녹두장군 7

지은이 | 송기숙
펴낸이 | 김성실
편집주간 | 김이수
책임편집 | 손성실
편집기획 | 박남주 · 천경호
마케팅 | 이동준 · 이준경 · 강지연 · 이유진
편집디자인 | 하람 커뮤니케이션(02-322-5405)
인쇄 | 중앙 P&L(주)
제본 | 대흥제책
펴낸곳 | 시대의창
출판등록 | 제10-1756호(1999. 5. 11)

초판 1쇄 인쇄 | 2008년 7월 1일
초판 1쇄 발행 | 2008년 7월 10일

주소 | 121-816 서울시 마포구 동교동 113-81 (4층)
전화 | 편집부 (02) 335-6125, 영업부 (02) 335-6121
팩스 | (02) 325-5607
이메일 | sungkiller@empal.com(책임편집자)

ISBN 978-89-5940-118-5 (04810)
　　　978-89-5940-111-6 (전12권)
값 10,800 원

녹두장군

7

우리 묘지는 백성의 가슴

송기숙 역사소설

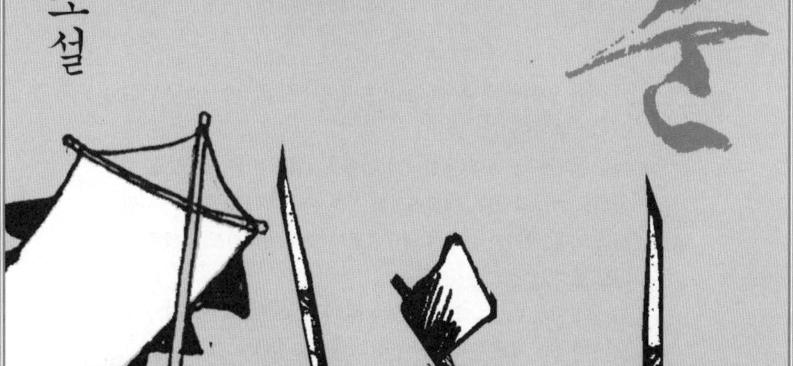

시대의창

일러두기

1. 이 책은 1994년 창작과비평사(현 창비)에서 완간한 《녹두장군》을 개정하여 복간한 것이다.
2. 지문은 원문을 최대한 살리되 현행표기법에 따라 표준말을 기준으로 바로잡았다. 대화에서는 사투리와 속어를 포함한 입말의 느낌을 살리기 위해 한글맞춤법에 맞지 않더라도 그대로 두기도 했다.
3. 외국인 인명人名은 외래어표기법에 따라 고쳤으나, 옛사람들이 쓰던 발음과 크게 달라지는 경우 그대로 두었다.
4. 독자들에게 생소한 어휘와 사투리 및 속담은 어휘풀이를 달았다. 동사 및 형용사는 사전에 등재된 기본형을 표제어로 삼았으나, 그 밖의 용어나 사투리 및 잘못된 표현은 본문 표기를 그대로 표제어로 삼은 것도 있다.

차 례

1. 너의 세상과 나의 세상 · 10

2. 살살 기는 저 포수야 · 51

3. 소는 내가 잘 몬다 · 87

4. 하늘의 소리가 들린다 · 116

5. 조정의 미소 · 139

6. 감영군이 움직인다 · 170

7. 우리 묘지는 백성의 가슴 · 200

8. 전죄를 묻지 않는다 · 230

9. 농민군 동요 · 257

10. 어사 이용태 · 284

11. 한 놈도 놓치지 마라 · 322

12. 불타는 고부 · 348

어휘풀이 · 392

◎ 제 1 권
비결/고부/형문/고산/아전삼흉/대둔산/민부전/황산벌/유월례/금강/백지결세

◎ 제 2 권
공주/밤길/방부자/강경/탈옥/당마루/사람과 하늘/삼례대집회/용천검/함성/전주

◎ 제 3 권
두령회의/늑탈/뿌리를 찾아서/만득이의 탈출/갈재의 산채/유혹/조병갑/임금님 여편네/첩자/새 세상으로 가는 길/오순녀

◎ 제 4 권
전창혁/지리산/화개장/만석보/두레/복합상소/장안의 대자보/산 자와 죽은 자/소 팔고 밭 팔아/얼럴럴 상사도야/사발통문

◎ 제 5 권
조병갑 목은 내가 맨다/궁중의 요녀/마지막 호소/대창/어둠을 뚫고 가는 행렬/추격/새벽을 나부끼는 깃발/배불리 먹여라/대동세상/아전들 문초/쫓기는 사람들/공중배미

◎ 제 6 권
꽃 한 송이/고부로 가는 사람들/탈출/지주와 소작인/장막 안의 갈등/그리운 사람들/감영군의 기습/방어대책/내 설움을 들어라/백산으로 가자/보복/별동대 총대장

◎ 제 8 권
쑥국새/통문/이용태는 들어라/탈옥/효수/음모/가보세 가보세/전봉준, 백마에 오르다/대창 든 사람들/함성은 강물처럼/고부탈환/앉으면 죽산 서면 백산

◎ 제 9 권
보부상/감영군 출동/유인/황토재의 새벽/조정군도 꾀어내자/고창을 거쳐 무장으로/초토사 홍계훈/장태/황룡강의 물보라/전주 입성/북관묘의 민비/전주 사람들

◎ 제 10 권
'외군 군대만은 아니 되옵니다'/포탄 우박/회선포/감사 김학진/전주화약/이홍장과 이토/집강소/이용태를 잡아라/경옥과 연엽/농민천하/김개남의 칼/북도는 남원접이 쓸고 남도는 보성접이

◎ 제 11 권
농민군대회/일본군, 경복궁을 짓밟다/전봉준, 선화당에/불길은 팔도로/나주성/대원군/김개남 봉기령/남북접 대립/다시 삼례로/동학 정토군/논산대도소/삼남대도

◎ 제 12 권
능티고개 전투/화약선/크루프포/피가 내가 되어/소작인들/마지막 술잔/우금고개 전투/양총과 화승총/공주대회전/여승/삭풍/최후의 불꽃

제7권 우리 묘지는 백성의 가슴

우리 시체는 비록 땅에 묻힐지라도 우리 정신은 팔도 백성의
가슴에 묻힐 것입니다. 그 정신이 이 나라 백성 가슴 가슴마다
조그마한 씨앗으로 살아서 언젠가는 이 나라에 보국안민의
대의가 잎이 나고 꽃이 피리라 확신합니다. 감히 말씀드리거
니와, 우리 묘지는 영광스럽게도 이 나라 백성의 가슴입니다.

1. 너의 세상과 나의 세상

　달주가 김도삼과 별동대 운영에 대한 의논을 하고 도소를 나올 때였다. 김확실이 환하게 웃으며 다가왔다.

　"니가 별동대 총대장이 되었담서? 잘 했다. 어지께 너 하는 것 본 게 장수가 따로 없드라. 잘 하겄드라. 나도 맘이 든든하다."

　"감사합니다. 너무 무거운 짐을 진 것 같습니다."

　달주는 전에 갈재 산채에서 김확실한테 목침단련을 한 번 당한 뒤로는 김확실만 보면 항상 주눅이 들었으나 처음으로 어깨가 펴지는 것 같았다. 그러면서도 한편으로 새삼스럽게 두려운 생각이 들기도 했다. 어제 저녁 사람을 둘이나 처치를 했으면서도 언제 그런 일이 있었느냐는 듯 멀쩡한 표정이었기 때문이다.

　"지금 정참봉하고 마름들 돼진 것은 어뜨코 말을 하고 있냐?"

　김확실이 회심의 미소를 머금으며 물었다.

"모두 겁을 먹고 귓속말로만 숙덕이고 있소. 정참봉을 죽인 것은 정참봉 소작인들이라는 소문이 퍼지고 있는 것 같소."

"소문이 지대로 퍼지는구나. 그런 놈들은 그렇게 작살을 내부러사 다른 지주 놈들도 겁을 묵고 그런 못된 짓거리를 못한다. 조병갑 놈도 이렇게 *어살버살 떠들고 일어나기 전에 누가 가서 배때기를 푹 쒸새부렀으면, 여그 사람들도 편하고 다른 수령들도 그런 짓거리를 못했을 것 아니냐? 일테면 작년이나 재작년에 여그 태인이나 정읍에서 그런 못된 수령 놈을 누가 가서 배때기를 쒸새부렀다고 생각해 봐라. 그런 일이 있었다면 조병갑 지놈 배때기에는 철판 깔았간디, 그런 못된 짓거리를 하고 자빠졌겄냐? 그런게 백성 성가시게 하는 놈들은 수령이 되았든지 정참봉 같은 지주가 되았든지 그때그때 젊은 놈들이 한나씩 나서가지고 푹푹 쒸새부러사 쓴다. 이 시상을 고칠라면 으짜고 으짜고 해사 쓴다고 긴소리 짜른 소리 나불그래쌌는디, 그런 것은 말짱 헛소리고 못된 놈들은 그때그때 푹푹 쒸시는 재주밲이는 없다. 팔도에서 수령을 열 놈만 그렇게 쒸새 봐라. 나머지 수령들은 백성 보기를 즈그 할애비로 볼 것이다."

김확실은 쑤신다는 말을 작대기로 울타리라도 쑤신다고 하듯 쉽게 말했다. 달주는 멍청하게 김확실을 건너다보고 있었다. 그런 간단한 말이 너무도 절실한 실감으로 울려왔기 때문이었다.

"여태까지 정참봉이나 조병갑 배때기 하나 쒸실 놈이 없은게 그놈들이, 장비야 내 배 다칠라 하고 배때기를 두 길 시 길 내밀고 그런 짓거리를 했제 으쨌겄냐? 까놓고 말해서 나도 수령 자리에 앉았다면 이런 병신 같은 백성한테는 조병갑보담 열 배는 더 하겄다. 조병갑이나 정참봉 욕을 한다마는 그런 놈 욕할 것 없다. 백성이 지 못난 것을 스스로 탓해사제 그런 놈 욕할 것 한나도 없어. 내 말이 틀렸냐? 내 이름은 확실이다. 성은 놈도 다 붙이고 댕기글래 나도 한나 줏어다 붙였다마는, 이름은 우리 어무니가 지어준 것인게 이름값을 할라고 나는 확실한 소리가 아니면 안 한다."

김확실이 달주를 보며 웃고 있었다. 달주는 멍청하게 김확실을 보고 있었다. 김확실의 말이 갈재에서 자기한테 던졌던 목침보다 더 거세게 가슴을 때렸다. 김확실은 자기보다 세상을 한참 앞서가며 살고 있는 것 같았다. 김확실이 새삼스럽게 우러러보였다.

그때 백룡사 쪽에서 별동대원 하나가 숨을 헐떡거리며 달려왔다.

"총대장님, 누가 찾아오요. 젊은 사람들이 여럿이오. 충청도서 왔다요."

젊은이는 꼿꼿하게 서서 달주한테 말했다. 총대장에 대한 예우를 하는 것 같았다.

"충청도?"

뒤를 돌아보던 달주는 깜짝 놀랐다. 김갑수, 왕삼, 막동, 그리고 용배와 박성삼이었다.

"아이고, 두령님."

대둔산 패가 김확실을 보고 빠른 걸음으로 다가왔다. 모두 허우대가 우람하고 걸음걸이도 당당했다. 그들은 몸피부터가 배곯으며 농사일에 찌들어 사는 젊은이들하고는 달랐다. 그들도 농사짓고 살다 뛰쳐나왔지만 저만한 나이 때는 이삼 년만 잘 먹어도 몸이 달라졌다.

12

"어서들 온나."

김확실이 환하게 웃으며 그들을 맞았다.

"두령님, 잘 계셨소?"

패거리가 김확실 앞에 허리를 깊숙이 숙여 인사를 했다.

"모도 반갑다. 갑수 너는 신에다 똥을 싸 담고 댕기냐 어쩌냐? 키가 언제까지 그로코 커 올라갈래?"

김확실 말에 모두 유쾌하게 웃었다. 김갑수는 패거리의 우두머리였다.

"대둔산 두령님이 여그 가서 형편을 한번 살피고 오라 하시글래 왔소. 그런디 모두 어디 가고 혼자 기시오?"

김갑수가 물었다.

"장호만 패는 볼일 있어서 전주 갔고, 시또하고 기얼은복은 잠깐 어디 보냈다. 가만 있자, 접주님한테 인사부터 드리자."

"이 사람 인사부터 받으시오. 든든한 젊은입니다. 박성삼이라구……."

장막 쪽으로 돌아서려는 김확실한테 달주가 박성삼을 소개했다. 김확실은 박성삼의 인사를 받고 나서 도소로 들어갔다. 전봉준한테 가는 것 같았다.

"용배 너는 여기 소식 들으면 그길로 달려올 줄 알았더니, 먼 존 일이라도 있었냐?"

달주가 용배를 보며 웃었다.

"그럴 일이 있었다. 이따 이얘기하자."

김확실이 들어오라고 했다. 방에는 전봉준 혼자 댕그라니 앉아 있었다. 옆방에서 이야기를 하다가 온 것 같았다. 모두 전봉준 앞에 너부죽이 절을 했다.

"먼 길에 오시느라고 고생들 했네. 고맙네."

전봉준이 다정스럽게 말했다.

"대둔산 두령님께서 여기 형편을 살펴보고 오라 해서 왔사옵니다. 두령님께서 안부 올리라 하셨습니다."

"고맙네. 두령님께서도 안녕하시제?"

"예, 저희들은 전부터 접주님 한번 뵙기가 소원이었습니다. 저희들도 불러주시기만 하면 언제든지 달려와서 기꺼이 목숨을 바치겠습니다."

김갑수가 무릎을 꿇고 꼿꼿하게 앉아서 의젓하게 말했다. 모두 김갑수처럼 꼿꼿하게 앉아 전봉준을 뚫어지게 보고 있었다. 대둔산 패는 전부터 유독 전봉준의 말을 많이 했다. 옛날에 임군한이 전봉준 앞에 무릎을 꿇었다는 무협지 같은 이야기 때문이었다.

"고마운 말씀일세. 편히들 앉게. 아버님은 어떻게 되셨는가?"

전봉준이 박성삼을 보고 물었다.

"지금도 그대로 옥에 계십니다. 지난번 올라가는 즉시 용배하고 동학교도들을 규합하려고 힘을 써보았습니다마는, 뜻대로 되지 않았습니다. 여기 소식을 듣고 진작 내려오려다 그 때문에 늦었습니다."

"지금도 옥에 계시면 추위에 고생이 많겠구만."

"그 문제는 따로 한번 말씀드리고 교시를 받을까 합니다."

박성삼은 진산서 동학도들을 규합하다가 실패했기 때문에 이렇게 큰 규모로 봉기를 한 전봉준이 새삼스럽게 우러러보였다. 이런 일에 대한 가르침을 받는다는 것은 그의 표현대로 정말 교시라고나 해야 할 일이었다.

"몸은 괜찮으신가?"

"예, 원래 강단진 분이십니다."

전봉준은 용배한테로 눈을 돌렸다.

"용배는 그 동안 무얼 좀 알아냈느냐?"

"이 얼마간은 박성삼 일을 거드느라고 그 일은 잠시 뒤로 미뤄뒀습니다."

"앞으로 천천히 찾아봐라. 여기 농민군들 모인 자리에서도 잠시 틈을 달래서 십자가를 보이며 그 내력을 이야기하는 것도 한 가지 방도겠그만."

"정말 그런 방도도 있겠습니다."

용배가 눈을 크게 떴다.

"당장 오늘 저녁에도 농민군들하고 이 근방 사람들이 다 모인다."

오늘 저녁에 장막에서 놀이판과 접주들의 강이 있다는 걸 달주가 설명해 주었다.

"그람, 총대장이 그런 짬을 한번 주선해 주면 쓰겠구만."

막동이 끼어들었다. 총대장님이란 소리에 모두 웃었다.

"나는 이야기를 하다 왔다. 달주 네가 대접을 해라. 오랜만인게 술도 한잔 대접을 해야겠구나."

전봉준은 웃으며 주머니를 끌러 은자 몇 닢을 꺼냈다.

"그냥 두십시오. 저희들한테 넉넉히 있습니다."

김갑수가 손을 저으며 큰소리로 사양을 했으나, 전봉준은 달주한테 은자를 쥐어주었다. 그들은 장막을 나왔다.

"이 아래 주막에서 술 한잔 하자."

백룡사 길로 내려가며 달주가 말했다.

"성삼은 아직 그 계집 못 찾았냐?"

달주가 용배한테 낮은 소리로 물었다.

"꿩 귀먹은 자리다. 그런데 그럴 듯한 소문은 한 가지 있다."

용배가 속삭이듯 말했다.

"뭔데?"

"모두 박성삼한테는 쉬쉬하고 있는데, 그 처자가 사당패에 끼여들었다는 소문이 있는 모양이다."

"사당패?"

달주가 놀라 묻자 용배는 찔끔하는 표정으로 제 검지를 입에다 갖다 댔다.

"그 처자가 어렸을 때부터 노래를 기가 막히게 잘 불렀다더라."

그제야 달주는 고개를 끄덕였다.

"오늘 저녁에 여기 장막에서 사당패 한 패가 판을 벌인다."

"그런 패에라도 끼여 있었으면 좋겠다."

용배는 맥살없이 웃었다. 백룡사 아래 주막에 이르자 김확실이 자리를 비켜섰다.

"나는 볼일이 한 가지 있다. 느그덜끼리 한잔씩 하고 있어라. 잠깐 있다 오마."

"나도 일을 맡겨놓고 와야겠소. 같이 갑시다."

달주는 일행을 주막으로 데리고 들어가 봉노로 들여보냈다. 주모에게 우선 술부터 들이고 닭도 한 마리 잡으라고 이른 다음 밖으로 나왔다. 오늘 저녁에는 이들과 얼려야 할 것 같아 오늘 밤에 별동대가 할 일을 의논을 해서 미리 지시를 할 참이었다.

김확실과 삼거리에 이르렀을 때 저쪽에서 전봉준 둘째아들 용현이 달주를 보고 달려왔다.

"총대장님!"

뒤에는 동네 조무래기들을 달고 있었다. 달주가 총대장 되었다는 소문이 이놈들한테까지 퍼진 것 같았다.

"나는 달주 삼춘이 총대장 된 게 질 좋다."

용현은 김확실한테도 꾸벅 절을 하고 나서 달주 손을 잡으며 깡총거렸다.

"접주님 둘째요."

"음, 참 야물게 생겼다. 큰놈도 듬직하글래 접주님은 맞상주 치레했다고 부러워했등마는 요놈이 더 야물게 생겼구나."

김확실은 잘된 곡식 보듯 오달진 표정으로 용현이 머리를 쓰다듬었다. 김확실은 어린애들만 보면 언제나 정감이 철철 흘러넘쳤다. 우악스러울 때하고 비교하면 전혀 다른 사람이 되어버린 것 같았다. 길을 가다가도 어린 아이들을 보면 볼을 쓰다듬어 주거나 엉뚱한 장난을 했다.

"삼춘, 인저 총대장님 되았은게 성 별동대에 여줄 것이여, 안 여줄 것이여? 성은 삼춘한티 말하라고 나만 성가시게 해."

용현이 야무지게 다그쳤다.

"큰놈이 열일곱 살밖에 안됐는데, 나보고 별동대에 넣어달라고 이 야단입니다."

"허, 그놈 벨 놈이네. 크면 즈그 아부지보담 낫겄다."

김확실이 껄껄 웃었다.

"임마, 이것도 병댄디, 병대가 느그들 병정놀인 줄 아냐? 밤중에 눈이 쏟아지고, 비가 철철 오고, 바람 불고 그런 디를 백 리도 가고, 논둑 밑에 달달 떰시로 저녁 내내 매복도 하고 그런디, 그런 일을 할 것 같냐?"

"성하고 동갑짜리도 하는디 왜 성이 못해? 성은 동네 들독도 작년에 대번에 들어부렀당게."

"허 참."

그때 시또와 기얻은복이가 장막 쪽에서 이리 오고 있었다. 김확실이 그쪽으로 갔다. 지금 김확실은 자기대로 말목서 이리 이진한다는 사실을 알린 놈을 찾고 있는 중이었다. 쟁우댁이 술막을 이리 옮길 때 그 전날 그가 여기 와서 자리를 보고 갔다는 사실을 귀띔해 준 사람이 있어, 그것이 사실인가 시또하고 기얻은복더러 알아보게 했던 것이다.

"나는 꼼딱한 이얘기 하나 있는디, 그람 나도 그런 이얘기 안 해 줘부러."

"먼 얘긴디?"

달주가 웃으며 물었다.

"삼춘이 들으면 아주 존 얘긴디, 성 별동대 안 디래준게로 나도 안 해줄 것이여."

녀석이 감질나게 뜸만 들이며 놀려댔다. 달주는 그냥 웃기만 했다.

"이만치만 해주까?"

용현은 검지 끝 한마디를 쥐어 보이며 달주 귀로 입을 가져갔다.

"충청도 큰애기 이얘기여. 키키."

녀석은 킥킥거리며 저만치 도망쳤다. 용용 죽겠지 하는 꼴로 팔짝팔짝 뛰었다. 조무래기들은 아무 속도 모르고 깔깔거렸다.

"별동대 들이는 일은 나 혼자 정하는 일이 아닌게 의논을 해봐사 써."

"총대장님이 그런 것 한나도 맘대로 못한단 말이여?"

"어서 그것이나 말해 봐."

"그라면 그 의논할 때 삼촌이 디래주자고 해사 써잉."

"알았다."

"느그들은 쩌리 가."

그는 제 동무들을 저만치 쫓아버렸다.

"지난참에잉, 충청도 큰애기가잉, 우리 집이 와서 누님들이랑잉, 하루저녁 같이 잤는디잉, 그때 나하고 같이 집이꺼정 감시롱잉, 맨날 아부지 이얘기만 물어보고잉, 아부지 배자도 뉘비고 있고잉, 그런디잉, 그 큰애기가 간 뒤로 큰누님이잉, 저 큰애기하고 우리 집이서 같이 살았으면 으짜겠냐고 했어."

"그것이 뭣이 그렇게 꼼딱한 이얘기냐?"

달주는 헤프게 웃었다.

"그라면 그것이 꼼딱한 이얘기가 아니고 멋이여? 히히."

용현은 또 혼자 낄낄거렸다. 그는 자기 형을 꼭 별동대에 넣어달라고 다시 한 번 당부를 하고 조무래기들과 함께 저쪽으로 달려갔다.

달주는 이들 대둔산 패가 오자 여간 든든하지 않았다. 그들이 당장 농민군 속에 끼여 일을 하는 것은 아니지만, 그들이 몰려오자 크게 의지할 데가 생긴 것 같았다. 달주는 여기 모인 농민군들이 관군하고 싸움이 붙는다는 생각만 하면 그때마다 조마조마하고 아뜩하기만 했다. 도대체 처음부터 싸움이 되어질까 싶지도 않았다. 농사꾼들은 *직수긋하게 애를 숙여 고된 일을 하는 데는 누구도 당할 수 없지만, 창칼을 휘둘러 싸우는 데는 호랑이 앞에 소랄까, 기껏 뚝심밖에 없는 사람들이었다. 소가 아무리 뚝심이 세다 한들 호랑이 앞에서야 어떻게 맥을 추겠는가? 농민군들은 고분고분 말은 잘 듣지만, 조직에 단련된 사람들이 아니라 모두가 제 요량대로 제각기 놀았고 건뜻하면 엉뚱한 짓을 하기도 했다. 더구나 자기 고집을 내세울 때는 그들을 제재할 권한도 방법도 없었다.

대둔산 패나 갈재 패나 두 패 다 모두가 빼어난 무술 솜씨에 배짱들도 두둑한 자들이었지만, 달주는 평소 갈재 패보다는 대둔산 패가 더 미더웠다. 두 패 사이에는 무슨 일을 할 때면 일하는 솜씨에 차이가 있었다. 갈재 패가 처음부터 완력으로 작살을 내는 편이라면, 대둔산 패는 꼼꼼히 앞뒤를 가려가며 머리로 일을 하는 편이었다. 양쪽 두령들의 성격이 졸개들한테 그대로 영향을 준 것 같았다. 그래서 달주는 갈재 패는 늘 위태로웠고, 대둔산 패는 그만큼 미더웠다. 대둔산 패 가운데서 용배가 성질이 급한 편이지만, 그도 일을 처리하는 것을 보면 치밀하게 머리를 굴렸다.

달주가 주막에 이르자 술판이 한창 어우러지고 있었다.

"오늘 저녁에 사당패가 한 패 장막에서 판을 벌인다. 마시다가 저녁 먹고 구경 가자. 정판쇠패라고 소문난 패다. 계집들도 삼삼한 모양이다."

달주가 제의를 했다.

"이런 겨울에도 사당패가 노냐?"

왕삼이 물었다.

"무장 손화중 접주님이 보냈다. 손접주님은 발이 넓은 분이라 그런 사당패하고도 거래가 있는 것 같은데, 어디서 특별히 불러온 것 같다."

"계집년들이 삼삼혀? 잣것, 먼 수가 없으까?"

막동이 김갑수 눈치를 보며 키들거렸다.

"임마, 패 박은 사당패가 보리 주면 외 안 주겠냐?"

왕삼이 퉁겼다.

"그건 안 될 거여. 여그 올 때 농민군들한테는 계집을 팔지 않기로 단단히 다짐을 받았다. 그 대신 도소에서는 행하를 톡톡히 내릴 것 같다."

달주가 웃으며 말했다.

"우리는 농민군이 아니잖아?"

"야, 이 눈치 없는 놈아, 그런 소리를 저런 쑥맥 앞에서 하고 자빠졌냐?"

왕삼은 달주를 가리키며 막동한테 핀잔을 주었다.

"워매, 나는 그새 이놈이 눈치를 채고 장작개비가 되아부렀네."

막동이 제 사타구니 사이로 손을 넣으며 익살스럽게 일그러뜨렸다.

"오거무가 따로 없고, 변강쇠가 따로 없당게."

왕삼은 막동의 손 밑으로 우악스럽게 손을 푹 쑤셔 넣었다.

"아야야."

모두 와 웃었다.

"오거무 그 작자 이야기 들어보면 참말로 변강쇠가 따로 없더라. 지난번에는 하룻밤에 계집 둘을 갈아치움시로 여덟 탕을 뛰고 난게 날이 새부러서 더 못 뛰었다잖냐?"

"허허, 그것이 사람이여?"

김갑수 말에 모두 어이가 없다는 표정이었다.

"그런 작자한테 날마다 해웃값이나 챙겨주고 가시는 갈재 두령님은, 그라고 보면 부처님이셔."

왕삼이 말에 폭소가 터졌다. 임군한은 이상하리만큼 여자에 관심이 없었다. 그래서 졸개들은 임군한을 도사님이라고 킬킬거렸다. 그런 임군한이 오거무한테 심부름 보낼 때마다 객비에다 해웃값을 얹어주고 있으니, 더구나 성질이 불같은 임군한 심사를 생각하면 웃음이 나오지 않을 수 없었다.

"진산 동학도들 잡어넌 것은 방학준가 그 작자 농간이라며?"

달주가 말머리를 돌렸다.

"우리가 왜 이렇게 늦게 온 줄 아냐? 실은 고부 소문은 그때 금방 들었다마는 그 방학주란 놈 작살을 내고 오느라고 늦었다."

용배 말에 모두 유쾌하게 웃었다. 몇 잔씩 들어가자 얼굴들이 불콰해지고 목소리도 커졌다. 그러나 박성삼은 아직도 *맨숭맨숭한 얼굴로 씁쓸하게 웃고 있었다.

"가만있어. 그런 이얘기는 지름기 흐르는 소리로 해사 써."

22

막동이 젓가락을 들며 말을 채갔다. 모두 와크르 웃었다. 막동은 잔뜩 뻗대는 본새로 커엄, 요란스럽게 건기침을 했다.

"그때여, 산수털배자를 두툼하게 껴입고 오소리감투를 모양 있게 눌러 쓴 천둥벌거숭이 건달 두 놈이 방학주 놈 골목으로 썩 들어서서, 게 아무도 없느냐, 벼락같은 거래 소리를 찌르릉 울려노니, 방학주란 놈 거동봐라. 쥐눈 같은 실눈으로 눈구먹을 씀벅이는디, 그놈 눈구먹이 쥐눈으로 생긴 것이 똑 조조 뽄으로 생겼던가 부더라. 자, 인자 길을 닦아났은게 이얘기를 대가리부텀 풀어봐……."

막동이 판소리 아니리 가락으로 익살을 부렸다. 사설이며 청이 제법이었다.

"아따, 그새 선생 되아부렀다. 요새 이 자석은 술자리나 어디서나 짬만 있으면 그 일을 소리가락으로 풀어내느라고 정신이 없다. 첨에는 돼아지멱따는 소리를 듣고 있제 못 듣겠등마는, 하도 여러 번 해싼게 인자 사설도 매끄러워지고 소리가닥도 제법이다."

김갑수 말에 모두 웃었다.

용배는 지난 *세안에 진산 건달 두목 방학주가 관가 놈들을 꼬드겨 진산 동학도들을 전부 잡아들인 일과 그 소식을 듣고 박성삼과 자기가 진산으로 가다가 원평에 들러 전봉준과 손화중, 김개남 등을 만난 이야기를 대충 늘어놨다. 그 이야기는 달주도 김승종한테서 이미 듣고 있었다.

"처음에는 대번에 대둔산 패가 몰려가려고 했거든. 그런데 손화중 접주님 말씀을 듣고 보니 그분 말씀이 옳은 것 같더라. 그래서 우리는 거기 동학도들을 찾아다니기 시작했다. 설을 쇠고 나서는 세배

다닌다는 핑계로 진산 바닥 동학도들을 거진 찾아다녔다. 우리가 입침을 튀기면서 일어서자고 하면 처음에는 거의가 고개를 끄덕이는데 방학주란 놈 소리만 나오면 모두 고양이 앞에 쥐 꼴이 되지 않겠냐? 시골 사람들이 건달들을 그렇게 무서워하는지 나는 정말 몰랐다. 촌사람들은 관가 놈들보다 그놈들을 배나 더 무서워한다. 이야기가 잘 나가다가 방학주 말만 나오면 방학주 방 자만 듣고도 발발 떨어."

용배는 어이가 없다는 듯 헛웃음을 쳤다. 용배가 박성삼 일을 거든 것은 그 일 자체도 의미가 있었지만, 그보다 더 중요한 까닭이 있었다. 박성삼의 변화였다. 길례를 못 잊어 다른 일에는 도무지 염이 없던 박성삼이 그 사건이 터지자 대번에 눈에 불을 켜고 하루아침에 다른 사람이 되고 말았기 때문이었다. 방학주가 자기 아버지를 또 가둔 것도 가둔 것이지만, 그 집에서 길례 신세를 망쳤다는 것에 대한 원한이 더 뼈에 사무치는 것 같았다. 그때부터 박성삼은 길례를 찾아다니며 한숨이나 푹푹 쉬던 나약한 사내가 아니라 원한에 불타는 복수의 화신이 되고 말았던 것이다.

동학도들을 설득시키느라 내뿜은 박성삼 입에서는 말이 아니라 불이 튀어나가는 것 같았다. 너무 감정이 앞서는 것 같아 용배가 주의를 줄 지경이었다. 용배는 박성삼의 이런 변화를 보면서 이제야말로 박성삼이 제 길로 들어선 것 같아 그를 끝까지 거들어주기로 결심했었다.

"여기서 봉기했다는 소문을 듣고 나니 마음은 급하고 안 되겠더라. 하는 수 없이 대둔산으로 갔지. 대둔산 두령님 허락을 간신히 얻어냈다. 이놈을 장바닥 만중 앞에서 작살을 내기로 작정을 했다. 아까 막동 거사께서 사설로 푼 대목은 이놈을 장판으로 유인해 내는 대목이다. 거기 간 두 거사는 저 막동 거사님하고 임용배 거사님이다. 그 다음 대목부터는 막동 거사께서 또 한 번 사설로 풀어보시지."

용배가 웃으며 막동한테 넘겼다. 패거리들도 따라 웃었다. 막동이 술잔을 기울이고 나서 또 커엄, 목청을 가다듬었다. 그러나 박성삼은 여전히 씁쓸한 표정이었다.

"아까 그 조막탱이만한 것들이 그로코 큰소리를 처났으니 그 방가란 놈 상판때기가 어뜨코롬 되어부렀겄냐. 벼락에 깨난 잠충이 상판도 아니고, 얼음에 미끄러진 황소 상판도 아니고, 천둥에 놀란 풀강아지 상판도 아니고, 밥 먹고 숟가락에 날라든 하룻강아지 썹은 시엄씨 상판도 아니고, 바지에 똥 싸담은 상판도 아니고, 용궁에 들어간 퇴생원이 간 내노란 소리 듣고 넋 나간 상판도 아니고, 그냥 요 상스런 상판으로 눈을 멀뚱멀뚱하고만 있구나. 하여간, 그 담 이얘기는 길게 할 것 없고 그렇게 해서 방학주 패거리를 장판으로 꼬셔냈다."

막둥이는 이내 중중모리 가락으로 내질렀다.

"그때여, 스님 한 분이 썩 나서는디, 방갓 쓴 저 스님 거동을 보아라. 멍석만한 팔모방갓 어깨까지 내려쓰고, 팔도 유람 납작바랑 두 어깨에 사푼 메고, 박달나무 *육환장을 모양 있게 옆에 끼고, 가만슬쩍 나설 적에, 방갓양태 앞머리를 맵시 있게 슬쩍 올려 방가 놈을 힐끔 보며, 너 이놈, 네놈이 방가 놈이냐. 방가란 놈 깜짝 놀라 그 자리에 우뚝 선다. 너 이노옴, 방가 놈은 들거라. 너는 내가 누군지 모를 것이다마는, 나는 너를 자알 안다."

다시 막동이 아니리 가락으로 주워섬겼다.

"첫인사를 잘 받아라. 두발당성 날랜 발이 물랫살로 핑글 돌아 방가란 놈 턱주가리를 우지끈 질러논게, 방가란 놈이 아이고매 큰댓자로 엎어지는디, 그 방가란 놈 턱주가리가 꼭 소한테 밟힌 늦가울 하눌타리 뽄으로 그 모양 한번 가관이었던가 보더라."

막동은 이번에는 자진모리 가락으로 내질렀다.

육환장이 돌아간다. 박달나무 육환장이 이리 핑글 저리 핑글 바람개비 한 짝으로 모양 있게 돌아를 간다. 키 큰 놈은 머리 박살 아이고매 대가리야, 땅딸보는 허리 맞고 허리 꺾여 넘어지고, 뛰던 놈은 뛰다 맞고 엉덩이로 땅을 찍고, 칼 던지던 칼잡이는 어깨 꺾여 모로 피글, 성한 놈은 비칠비칠 뒷걸음질 볼 만하다. 그때여, 또 어디서 방가 놈 한 패가 몰려드는디…….

10여 명이 나머지 놈들과 합세하여 스님한테 달려들었다. 그때 여기저기 박혀 있던 대둔산 패 여남은 명이 나섰다. 대둔산 패는 제 있는 재주껏 방학주 똘마니들을 인정사정 두지 않고 작살을 냈다. 읍내 건달들은 가락수가 아니라 악발로만 놀던 놈들이라 대둔산 패거리의 무술가락 앞에서는 맥을 추지 못했다. 전부 파지를 만들어 한쪽으로 끌고 갔다. 그때 골목에는 장꾼들이 엄청나게 몰려들었다.

"이놈, 일어나거라."

스님이 방학주를 일으켜 세웠다. 방학주는 턱을 싸쥐고 일어났다. 다시 아니리 가락이었다.

"이때여, 스님께서 이르기를, 이 못된 놈, 네놈 죄를 네가 자알 알 것이다. 너를 아주 여기서 없애려다가 천한 목숨을 살려준다. 앞으로 네 죄를 뉘우치면 모르거니와 만에 하나 그 행티를 다시 하면, 염라대왕이 동성 삼촌이요, *강님도령이 외사촌 남매간이라도 누를 황黃 자, 샘 천川 자, 돌아갈 귀歸 할 것인게 정신 똑바로 차려라, 이로코 이르는디, 그때 장판 들머리가 어수선한가 보더라."

막동은 계속 익살을 부렸다.

그때 저쪽에서 망을 보던 대둔산 졸개가 달려왔다. 방학주 똘마니들이 벙거지들을 데리고 온 것이다.

"방학주 이놈 내 두고 볼 것이다. 알았느냐?"

알았느냐 소리를 꽝 지르며 스님은 육환장으로 방학주 배를 꾹 찔렀다.

"욱."

방학주는 배를 싸쥐고 다시 무릎을 꿇었다. 벙거지들이 달려들었을 때 스님과 대둔산 패는 거미새끼들처럼 장꾼들 속으로 흩어지고 말았다.

"그 스님이 누구겠냐? 이 사람 웃는 맵시 그 스님이 분명쿠나."

막동이 청승을 떨며 김갑수한테 잔을 넘겼다. 모두 웃었다.

"그래 놓고 진산 호걸들은 산으로 가고 박성삼하고 나는 박성삼 집으로 돌아왔다. 방학주란 놈 그 뒤 거동이 어떤가 지켜보고 있는데, 또 기막힌 일이 벌어졌다. 엉뚱한 소문이 진산 바닥에 낭자하게 퍼진 거다."

용배는 어이없다는 듯 웃었다. 그날 방학주가 당한 것이 바로 장
판이라 그 소문은 온 고을에 쫙 퍼져 며칠 동안 진산 바닥이 들썩들
썩했다. 그런데 그 소문이 묘하게 변질이 되고 있었다. 그 스님은 계
룡산 도사라거니, 그 도사가 육환장을 돌리니까 방학주 똘마니들이
한꺼번에 여남은 놈이 공중으로 날아갔다가 한참 만에 땅으로 떨어
졌다거니, 스님은 그 육환장으로 방학주 모가지를 걸어 바람개비처
럼 여남은 바퀴를 빙글빙글 돌렸다거니, 소문은 터무니없이 부풀고
있었다. 박성삼이 다시 동학도들을 찾아다니며 들고일어나자고 했
으나, 동학도들은 고개를 설레설레 저으며 그 도사 이야기에만 정신
이 없었다. 그 도사가 다시 나타나서 방학주뿐만 아니라 관가 놈들
도 다 처치해 버릴 것이라는 식이었다. 그런 기막힌 도술을 부리는
도사가 그놈들을 두고 본다고 했으니, 그 도사가 금방 다시 나설 텐
데 우리 같은 사람들이 일어나보았자, 향청 머슴 놈 싸리 빗자루 을
러메고 덤벙거리는 꼴이 아니고 무엇이겠느냐는 식이었다.

"가는 데마다 우리 이야기는 들으려고도 하지 않고 그 도사 이야
기에만 신바람이 난다그랴. 나도 박성삼을 따라다니며 열심히 떠들
어댔지만 아무리 떠들어대 봤자 소용이 없었다. 나중에는 그 야젓잖
은 도사타령에 신물이 날 지경이었다. 방학주 일당을 징치하고 나면
백성이 일어설 것이라는 우리 생각은 터무니없는 오산이었다. 세상
을 살다가 그렇게 허망한 꼴은 처음이다."

용배가 어이없다는 듯 멀쩡게 웃었다. 달주는 넋 나간 표정으로
이야기를 듣고 있었다.

"그 사람들한테 여기 고부 이야기를 하면 뭐라고 하는 줄 아냐? 전봉준 접주님이 바로 그런 도술을 부리는 어마어마한 도사라는 거야. 전봉준 접주님은 지리산에서 10년간 도를 닦고 나와서 동학 접주가 되었는데, 이번 봉기한 날 군아 나졸들이 농민군들한테 총을 쏘자 전봉준 접주님이 손바닥에다 댓잎을 하나 놓고 훅 불어버리자, 나졸들이 전부 댓잎처럼 날아가 버렸다는 식이다."

좌중은 맥살없이 웃었다.

"거기다 지금은 한술 더 떠서 이런 이야기까지 퍼지고 있다. 전봉준 접주님은 도술이 스스로 해월선사보다 한 수 위라 생각하고 지난번 보은집회 때부터 해월선사와 갈라섰는데, 이번에 보니 전봉준 접주님 도술이 해월선사만 못하다는 거야. 그것은 조병갑을 놓친 것만 보아도 알 수 있다는 식이다."

또 모두 웃었다. 달주도 따라 웃었으나 허탈한 표정이었다.

"이번에 내려오면서 보니 주막에서도 술꾼들마다 고부 이야긴데, 거기서도 거의가 이 도술 타령이다. 저 위쪽하고 아래쪽이 다른 점이라면 전봉준 접주님하고 해월선사하고 누가 도술이 높냐는 점이다. 위쪽 사람들은 해월이 전봉준 접주님보다 높다는 편이고, 아래쪽으로 내려올수록 전봉준 접주님이 해월보다 도술이 높다는 편이다."

이런 도술타령은 이 근래 버썩 기승을 부린다는 것이다. 달주도 그런 소문을 듣고 있었다.

"그러니까, 진산 사람들 이야기는, 전봉준 접주님 같은 도사가 나서면 모를까 그렇지 않으면 자기들 사날로는 못 나가겠다는 소리냐?"

달주가 진지한 표정으로 물었다.

"그렇다. 전봉준 접주님 같은 도술을 지닌 사람이 일어선다면 모를까, 아무 힘도 없는 자기들이 일어서 가지고 어쩌겠냐는 식이다."

용배가 웃으며 대답했다.

"큰일이구나."

달주는 침통한 표정으로 절레절레 고개를 저었다.

그들은 밥을 먹고 주막을 나와 장막으로 향했다. 여사당패는 남사당하고는 그 구성이나 놀이부터가 판이했다. 남사당은 우두머리 꼭두쇠를 정점으로 4,5명밖에 되지 않았으며 모두가 남자들이었다. 그들의 연희 종목도 풍물, 버나(접시돌리기), 살판(땅재주), 어름(줄타기), 덜미(꼭두각시놀음) 같은 것이었고, 거기 소리꾼이 끼는 수도 있었다. 걸립패는 이보다 훨씬 규모가 크고 놀이 종류도 많았으며 거기에는 풍물패가 끼여 있었다.

보통 사당패라 부르는 여사당패는 쌍쌍의 남녀로 이루어진다. 우두머리를 모갑某甲이라 하며, 거사居士라고 부르는 남자들은 연희에는 전혀 관계하지 않고 여사당들을 데리고 다니며 돌봐주는 말하자면 기둥서방이었다. 놀이는 노래와 춤뿐이며 매음을 하기도 했다. 요사이같이 농촌이 피폐할 때는 이 매음이 중요한 수입원이었다. 거사들은 여자들의 놀이에 여러 가지 허드렛일을 하고 매음을 할 때는 해우채를 챙겼다. 그러니까 사당패가 나타났다 하면 그 근방 사내들은 그들의 노래나 춤보다도 그들의 몸을 탐해 입침을 흘렸다. 그러나 그들은 불사佛事를 돕는다는 명분을 내세우고 다녔으며, 실제로 절과 일정한 관계를 맺고 그들이 내주는 신표를 가지고 다니는 패도 있었다. 그런 패는 절에서 주는 부적을 팔아 그 수입의 일부를 절에 바치기도 했다.

사당패는 날씨가 추워지면 구경꾼들을 모아들일 수가 없었으므로 마치 동면하는 짐승들처럼 겨울을 났다. 절과 거래가 있는 패는 그런 절간에 가서 겨울을 나기도 했으나 그럴 형편이 못되면 뿔뿔이 흩어져서 제 요령껏 겨울을 나고 해동하면 다시 모여들었다. 계집은 색주가에 들어가고 거사는 건달로 돌아다니기도 했다. 요사이는 농촌이 피폐해지자 이런 떠돌이 사당패 살아가기도 전보다 배나 어려웠다. 이 정판쇠 패가 겨울인데도 이렇게 흩어지지 않는 데는 그만한 까닭이 있었다. 세상이 뒤숭숭하다보니 갖가지 방술이 판을 치고 있는 판이라 이리저리 몰려다니며 부적을 팔아 짭짤한 수입을 올릴 수 있었기 때문이었다. 평소에도 그들은 놀이판에서는 물론 동네로 돌아다니며 부적을 팔았지만, 요사이는 그 부적이 예전보다 두 배 세 배 팔렸다. 그래서 정판쇠는 거기서 머리를 한 바퀴 더 굴린 것이다.

"쌀 한 주먹으로 방액하시오. 이 부적은 계룡산 갑사 일파도사라는 도사님께서 30년 수도 끝에 내신 영부입니다. 그 도사님께서 금방 닥칠 난세를 내다보시고 무고한 사람들을 널리 건지고자 쌀 한 주먹에 부적을 하나씩 나눠 드리고 계십니다. 이 부적을 안채 *상인 방에 붙여노면 *오방신장이 절간 사천왕처럼 이 댁에 닥칠 액을 막아주신답니다."

이런 소리에 웬만한 사람은 쌀 한 주먹을 아끼지 않았다. 더구나 고부에서 농민들이 봉기하자 고부는 물론 인근 고을에서 부적이 불티가 났다. 부적은 거사들이 저녁마다 목판으로 수백 장씩 찍어냈다.

달주 일행이 장막으로 들어서자 장막에는 사람들이 가득 모여 있었다. 한가운데 엄청나게 큰 화톳불이 훨훨 타고 있었다. 지난번 배의근이 왔을 때보다 더 많이 온 것 같았다. 벌써 판이 벌어져 화톳불 한쪽에서 대여섯 명의 사당들이 나란히 서서 춤을 추며 노래를 부르고 있었다. 사당들답게 목소리가 청청했고, 노래에 맞춰 돌아가는 춤사위도 한창 간드러졌다. 널름거리고 있는 화톳불 불빛을 받으며 휘돌아가고 있는 여자들의 꽃 같은 모습은 얼핏 이 세상의 광경 같지 않은 환상적인 분위기였다.

용배 일행은 군중 어깨 너머로 안쪽을 기웃거렸다. 모두 이리저리 빈 데를 찾아 흩어지고 용배와 박성삼만 붙어 있었다.

"저 안으로 쑥 들어가 버리자!"

용배가 박성삼 팔을 끌며 앉아 있는 사람들 사이로 성큼성큼 발을 옮겨놨다.

"어디로 들어가냐?"

군중은 쥐어박을 듯이 핀잔이었으나 용배는 아랑곳하지 않고 성큼성큼 걸어 들어가 맨 앞에 앉아버렸다. 박성삼은 용배처럼 들어갈 엄두가 나지 않아 엉거주춤 서 있었다. 용배가 돌아보며 어서 들어오라고 손짓을 했다. 박성삼이 독하게 마음을 다스리고 용배처럼 성큼성큼 안으로 들어갔다.

"워매, 어디를 밟냐?"

무릎을 짓밟힌 작자가 박성삼 엉덩짝을 주먹으로 사정없이 쥐어박으며 악을 썼다. 박성삼은 등에서 땀이 바싹바싹 나는 것 같았다. 어색하게 웃으며 용배 곁에 앉았다.

"저기 전봉준 접주님도 와 계신다."

용배가 건너편을 가리켰다. 거기에는 전봉준 등 두령들이 앉아 있었다. 그 바로 뒤에는 김만수 패와 김확실 패가 수문장처럼 버티고 서 있었다.

노래와 춤은 한창 흐드러졌고, 군중은 흥에 겨워 추임새가 요란스러웠다. 노래가 끝나자 모두 뒤로 가서 앉고 그중 혼자만 남았다. 젊은 사당이었다.

"오매, 저년은 얼굴만 이쁜 것이 아니라 소리도 잘 한갑네."

"허, 저렇게 혼자 세와놓고 본게 더 이삐그만잉. 워매 저것은 그냥 *생으로 콱 썹어도 비린내도 안 나겄네."

젊은이 하나가 이가는 소리로 이죽거리자 곁에 앉은 패거리가 킬킬거렸다. 사당이 노래를 하기 시작했다.

에라 만수 에라 대신이야 성주야 성주로다. 성주의 근본
이 어디메뇨…….

몸을 건들거리며 가벼운 춤사위와 함께 낭랑한 노랫가락이 장막 안을 물결치고 있었다. 인물도 훤했지만 청도 간드러졌다.

"어!"

박성삼 입에서 가벼운 비명이 비져나왔다. 용배가 돌아봤다. 박성삼이 노래하는 사당을 뚫어지게 바라보고 있었다. 박성삼 눈이 금방 튀어나올 것만 같았다. 용배는 그 사당을 건성으로 한번 보고 나서 다시 박성삼을 돌아봤다.

밤이면 밤이슬 맞고 낮이면 볕에 쬐어 청장목 황장목 도
리지둥이 다 되었구나.

"조오타."
"워매 저 잣것이 노래도 사람 간 녹애주네."
사당의 노랫소리는 간드러졌고 군중의 추임새와 감탄은 한결 요
란스러웠다.
"으음!"
박성삼이 고개를 땅으로 떨어뜨리며 신음소리만 내고 있었다.
"혹시?"
용배가 조심스럽게 물었으나 박성삼은 이를 앙다물고 주먹을 쥔
채 부들부들 떨고만 있었다. 용배는 대충 사정을 짐작할 수 있을 것
같았다.
"어어!"
이번에는 박성삼을 보고 있던 용배가 깜짝 놀라고 말았다. 이에
물린 박성삼의 아랫입술에서 피가 흘러나오고 있었다. 박성삼은 그
대로 입술을 문 채 부들부들 떨고 있었다.
"임마, 진정해!"
용배는 벌떡 일어나서 박성삼 어깨를 잡아 일으켜 세웠다.
"비켜, 뭣 해?"
용배가 앞을 가리자 핀잔이 창날 같았다.
"나가자."
용배는 박성삼을 끌고 군중 속을 비집고 나왔다.

"나갈라면 얼릉 나가!"

"이 새끼들아, 어디를 봅고 댕기냐?"

"저런 미친 새끼들!"

악다구니와 핀잔 소리에 정신을 못 차릴 지경이었다. 용배는 박성삼을 부축하고 군중 사이를 빠져나왔다. 장막 밖으로 나온 박성삼이 비틀거리며 한쪽으로 갔다. 논둑에 풀썩 주저앉았다. 박성삼은 거칠게 숨을 씨근거리고 있었다.

"세상에 저 찢어죽일 것이 기어들 데가 그렇게 없어서 해필 사당패에 기어들었단 말이냐?"

박성삼이 주먹을 쥐고 부르르 떨었다.

"진정해!"

용배는 같은 소리만 노상 되뇌며 허리에서 수건을 뽑아 턱의 피를 닦아주었다.

"나는 제년을 못 잊어서, 으음!"

박성삼이 분을 이기지 못하고 짐승 소리 같은 신음만 쏟아냈다.

"오죽했으면 저런 데로 들어갔겠냐?"

"으음."

박성삼이 부드득 이를 갈았다.

"이제 찾았으니 그것만도 다행이다. 세상만사가 마음 하나 먹기에 달린 것이다."

박성삼은 계속 가쁜 숨만 씨근거리고 있었다. 길례의 간드러진 노랫가락은 박성삼을 비아냥거리기라도 하는 듯 여기까지 흘러오고 있었다.

"여기 잠깐 있어!"

용배는 박성삼의 등을 도닥거려 놓고 장막으로 달려갔다. 거두들이 앉아 있는 쪽을 건너다보았다. 그들 뒤에서 달주가 누구와 이야기를 하고 있었다. 무작정 달주 어깨를 잡아끌었다.

"큰일 났다. 박성삼이 그렇게 미치고 환장하게 찾아댕기던 계집이 지금 저 사당패에 끼여 있다."

"뭣이?"

"지금 박성삼이 반 미치고 있다."

"그 처자가 저 속에 있단 말이냐?"

"아까 성주풀이 부른 년이 그년이다. 얼른 가자. 지금 자칫하다가는 박성삼한테 일이 나고 말겠다."

두 사람은 달려갔다. 박성삼은 멍청하게 하늘을 쳐다보고 있었다.

"너무 상심 마라."

달주가 어깨를 도닥거렸다.

"임마, 대장부는 코에다 초 한 보시기를 붓어도 눈물 한 방울 안 흘린다고 했다. 세상만사가 마음 하나 먹기에 달렸어."

용배는 아까보다 대범하게 말했다.

"어쨌으면 쓰겠냐?"

용배가 달주를 한쪽으로 끌고 가며 물었다.

"글세."

달주는 너무도 갑작스런 일이라 어리둥절한 모양이었다.

"그 처자를 그냥 만나기는 쉽지 않을 것 같고, 그 처자를 사다가 성삼이하고 한방에 넣어주면 어쩌겠냐?"

"사다가?"

"그 처자를 만나려면 사는 수밖에 없을 것이다. 둘이 죽든지 살든지 알아서 하라고 그 처자를 사다가 한방에다 넣어버리자."

"본인 의사도 안 물어보고 그래도 괜찮을까?"

"*우물고누는 꼬닥수더라고 그렇게 외통으로 봐버리자. 사내하고 계집을 한방에 쳐넣으면 즈그들이 붙고 말제 다른 조화 있겠냐?"

역시 용배다운 생각이었다.

"그러겠다. 맨숭맨숭 앉아서 짜고 자시고 해봤자 서로 해골만 복잡할 것이고."

"그럼 서둘자!"

"내가 성삼일 데리고 삼거리 주막으로 가서 봉노를 잡아놓고 있을 테니 네가 그 계집을 사가지고 그리 데리고 와! 여기는 몸을 못 팔게 해놔서 좀 어려울 것 같다마는……."

"그런 것은 염려 놔라!"

두 사람이 박성삼 곁으로 갔다.

사당패 노랫가락에 한창 신명이 오르고 있을 때 장진호는 장막을 빠져나왔다. 장진호 부대는 어젯밤 김제 쪽에서 늦게까지 매복을 했기 때문에 오늘 밤은 쉬는 날이었다. 부대원들은 전부 놀이판에 있었다. 장진호는 가슴을 두근거리며 술막 있는 데로 갔다. 그저께 저녁 순심의 예사롭지 않았던 태도가 너무 궁금해서 장진호는 여태 제정신이 아니었다. 더구나 어젯밤은 술막에도 들를 수 없어 더 안달이 났다. 장진호는 걸음을 재촉했다. 그런데 술막에 거진 불이 꺼져 있었다. 쟁우댁 술막도 마찬가지였다. 서너 집에만 불이 켜져 있을 뿐이었다. 장진호는 그 자리에 멍청하게 서서 쟁우댁 술막을 한참 건너다보고 있었다. 아무리 신나는 놀이판이 벌어졌다지만 장사하는 사람들까지 이렇게 들떠버렸을까 싶었다. 하기야, 모두 놀이판으로 몰려 술손이 없을 테니 그럴 법도 하다 싶었다. 그러나 장진호는 아쉬워서 그 자리에 서성거리고 있었다.

"오셨어요?"

장진호는 깜짝 놀라 뒤를 돌아보았다. 순심이었다.

"아이고, 거그 있었구만."

"장막에서 나가시는 것 보고 따라나왔구만이라우."

"저쪽으로 가!"

장진호는 무작정 한쪽으로 순심의 등을 밀었다.

"우리 술막으로 갑시다."

"그것이 좋겠그만."

둘이는 바삐 술막으로 들어갔다. 그때 그들 뒤를 저만치 따르고 있는 그림자가 있었다. 김달식이었다. 그는 어제 자기 매형 조만옥한테서 혼쭐이 난 다음 당장 고부를 떠나라는 말을 듣고 금구 친척집으로 가려던 참이었다. 오늘 당장 떠나라는 조만옥의 호령소리가 서릿발 같았으나, 그냥 갈 수가 없어 용계리 자기 작은아버지한테 들러 혼사는 혼사대로 이뤄지게 해달라고 단단히 부탁을 한 다음 바로 조금 전에 여기에 스며들었던 것이다. 조만옥은 농민군들한테 얼굴만 보이면 어느 창날에 작살이 날지 모른다고 겁을 주며 고부에는 얼씬도 말라고 내질렀던 것이다.

"불을 쓰지 말고 여기서 지 얘기를 들으시오."

순심은 다급하게 말했다.

"먼 이얘기여?"

장진호는 어둠 속에서 순심의 손을 더듬어 잡았다.

"워매."

순심은 손을 뿌리치려 했다. 장진호는 꽉 틀어잡았다. 다시 손을 뽑으려다 말았다.

"우리 어무니한티 먼 말 함부로 하지 마씨오."

순심이 장진호한테 손을 맡긴 채 속삭였다. 밖에서는 김달식이 술막 울에다 귀를 바짝 대고 듣고 있었다.

"왜?"

"눈치가 쪼께 수상하요."

"수상하다니?"

"지난번 생애 나가는 날 말목서 이리 진을 욍긴다고 귀띔해 준 소리도 정석남이라고 우리 동네 정참봉 마름한티 바로 그날 말한 것 같습디다. 그런디 오늘 들어본게 도소에서 누가 이 옆집 술막에 와서 우리가 미리 여그 와서 술막 자리를 잡았다는디, 참말이냐고 묻더라요."

"도소 누가?"

장진호가 놀라 물었다. 김달식은 울에다 더 바짝 귀를 댔다.

"그것은 모르겠소."

"누가 그걸 묻거든 나한테서 들었다는 소리만 하지 말고 눈치껏

둘러대라고 그래."

"어무니도 눈치가 싼게 그럴 것이오마는, 그 정석남이란 이가 그때 여그 댕개간 뒤로 할아부지가 날마다 읍내를 가고, 밤에 움막에서 잘 때 가만히 들어보면 할아부지가 어무니한티 농민군 사정을 이것저것 캐묻고 어떤 일은 알아보라고 하기도 하고 그라요."

"그래? 그러면 할아부지가 읍내 댕긴 것은 정석남을 만나러 댕긴 것이란 말이여?"

장진호는 깜짝 놀라 물었다.

"그란 것 같소. 오늘도 갔다 온 것 같소."

"그래애?"

장진호는 말꼬리를 길게 끌었다. 잠시 침묵이 흘렀다.

"별일이사 있겄어."

장진호는 대수롭지 않게 말하며 순심의 허리를 껴안았다. 장진호 숨소리가 가빠지고 있었다.

"아이고 이러지 마시오."

장진호는 숨을 씨근거리며 더 꽉 껴안았다. 장진호는 순심을 더 거세게 껴안았다.

"나하고 같이 살아. 금방 중매쟁이를 열 텐께."

장진호가 숨을 씨근거리며 말했다.

"오매, 저 개새끼."

울 밖의 김달식도 숨을 씨근거리며 안절부절 못했다.

"여그 노시오. 또 드릴 말씀이 있소."

"멋인디?"

"달식인가, 그 사람 집이서 혼담이 들어왔소. 데릴사우로 들어오면 으짜겄냐고 헌다요. 그 사람 앞으로 논 서 마지기를 몫 지어논 것이 있는디, 그것도 가지고 오겄다고 헌다요."

"멋이라고?"

장진호는 깜짝 놀랐다. 순심을 껴안은 손에서 힘이 빠졌다.

"쟁우댁은 멋이라고 해?"

"저 듣는 디서는 말을 않는디, 솔깃한 것 같소."

"그 미친년. 안 돼. 만약 그런 소리를 하거든 순심이 절대로 허락을 하지 말아. 억지로 그리 시집을 보내면 죽어불란다고 버티란 말이여. 쟁우댁이 친어머니가 아니란 것이 참말이제?"

장진호는 숨을 씨근거리며 단호하게 말했다. 아까와는 씨근거리는 숨소리가 달랐다.

"오매, 저 개새끼."

김달식이 제 손을 으스러져라 틀어쥐며 숨을 씨근거리고 있었다.

"오매, 어떻게 지가 그러겄소. 친어무니는 아니래도 저를 키워준 사람인디."

순심이 처량한 소리로 힘없이 이죽거렸다.

"우리 집서도 금방 혼담을 여라고 할 것인게 마음을 단단히 묵으란 말이여. 순심은 내 사람이여. 하늘이 두 쪽으로 뽀개져도 다른 사람한테는 못 가."

장진호는 으스러져라 껴안으며 순심의 볼에 자기 볼을 대고 문질렀다.

"오매, 이라지 마시오. 나 얼릉 가사 쓰요. 어무니가 찾을 것이오."

순심이 숨을 헐떡거리며 다급하게 뇌었다.

"괜찮아, 가만있어."

장진호는 가쁜 숨을 내뿜으며 뇌었다. 울 밖의 김달식은 손으로 울 밑의 흙을 후벼 파고 있었다. 손가락을 갈퀴처럼 사납게 오그리고 으득으득 흙을 후벼 파며 숨을 씨근거리고 있었다.

"오매, 이러지 마시오. 오매매, 나는 으째사 쓰꼬."

순심이 숨넘어가는 소리를 했다.

"오매, 저 개새끼."

김달식은 숨을 헐떡거리며 손으로 흙만 으득으득 후벼 팠다. 순심이 자지러지는 소리를 냈다. 김달식이 자리에서 벌떡 일어섰다. 주변을 두리번거렸다. 입에서 대장간 풀무소리를 내며 다급하게 두리번거렸다. 다시 울 곁으로 갔다. 귀를 대보았다. 숨소리만 거세게 헐떡거렸다.

"오매, 저 개새끼! 오매, 저 잡년!"

김달식이 오리걸음으로 팔짝팔짝 뛰었다. 그때마다 손으로 으득으득 땅을 후볐다. 다시 벌떡 일어났다. 부리나케 장막 쪽으로 내달았다. 우뚝 발을 멈췄다. 저쪽에서 비춰오는 불빛에 몽둥이가 하나가 보였다. 얼른 집어들었다. 뒤돌아 뛰었다. 술막 앞에 이르렀다. 문으로 들어가려다 우뚝 멈췄다. 문을 노려보며 숨만 씨근거렸다. 안에서 나는 거친 숨소리가 거기까지 들려왔다. 달식은 몽둥이를 어깨 너머로 얼러멘 채 숨만 씨근거리고 있었다.

"흐, 흐."

김달식 손에 들린 몽둥이가 밑으로 축 처지고 말았다. 입에서 무슨 짐승 소리 같은 소리가 비져나왔다.

"저 잡년."

다시 몽둥이를 얼러멨다. 아까 귀 댔던 데로 갔다. 다시 귀를 댔다.

"흐으."

달식의 어깨가 축 늘어지고 말았다. 이내 벌떡 일어섰다. 이를 앙다물고 몽둥이를 얼러멨다. 몽둥이로 귀 댔던 자리를 사정없이 후려쳤다.

—퍽.

몽둥이가 맥살없는 소리를 냈다. 김달식은 술막을 노려보며 뒤로 한 걸음씩 물러나고 있었다. 장진호가 쫓아올까 겁이 난 모양이었다. 그는 지레 겁을 먹고 저쪽으로 뛰기 시작했다.

"나는 거기를 못 잊어서 미친놈같이 방방곡곡을 찾아댕겼는데, 해필 들어가도 저런 데를 들어간단 말이여?"

박성삼이 원망스런 눈으로 길례를 빤히 건너다보며 볼멘소리를 했다. 길례는 촛불 아래 눈을 내리깔고 그린 듯이 표정이 없는 얼굴로 박성삼 말을 듣고 있었다. 길례는 처음 방으로 들어오다가 박성삼을 보고 깜짝 놀랐으나 그 충격을 의외로 얼른 수습해 버린 것 같았다. 마치 이렇게 만날 것을 예상이라고 하고 있었던 것 같았다. 눈물을 철철 흘리며 대성통곡이라도 할 줄 알았던 박성삼은 가벼운 배신감을 느꼈다.

"팔잔 걸 으짤 것이오."

길례는 가볍게 한숨을 내쉬었다. 촛불이 바직바직 소리를 내며 타고 있었다.

"저런 패거리 속에 한번 들어가놓으면 쉽게 빠져나올 수가 없다던데, 그런 염려는 없겠어?"

박성삼이 길례를 빤히 건너다보며 물었다.

"저보고 빠져나오라는 말씀이유?"

길례는 또렷한 목소리로 되물었다.

"그걸 말이라고 하고 있어?"

박성삼이 눈알을 부라리며 튀겼다.

"저는 사당패로 기냥 살아갈 작정이구만유."

길례는 이런 엄청난 말을 아주 태연하게 하고 있었다.

"뭣이?"

박성삼이 멍청하게 되물었다.

"저는유 이렇게 떠돌아댕기며 살라는 팔잔가 봐유. 전에 지가 노래를 흥얼거릴 적마다 할무님은 이년이 사당패 삼시랑으로 태어난 년이라고 닦달을 허셨어유. 이렇게 되고 나서 생각을 해본게 정말 저는 사당패 삼시랑이 점지를 혀서 태어난 것 같구만유."

"멋이 어째?"

박성삼이 버럭 소리를 질렀다.

"잊어버리셔유. 저는 이제 사당팬걸유."

"그것이 지금 제정신 가지고 하는 소리여? 나도 길례하고 살 적에는 고향에서 살 생각은 없어. 아무도 모르는 낯선 데 가서 살면 누가 우리를 알겠어?"

박성삼은 성깔을 누르며 조용하게 말했다.

44

"싫그만유."

"내가 싫단 말이여?"

"저는 지금 누가 좋고 싫고가 없그만유. 싫다며는 전에는 세상 살기가 싫었는디유, 지금은 그냥 사당패로 살기로 작정을 했구만유."

"아니, 그것이 지금 먼 소리여? 살기로 했으면 제대로 살아사제 해필 사당패로 산단 말이여?"

"저는 그 동안 죽을라고 몇 번이나 마음을 도사려묵었는지 몰라유. 아무리 죽을라고 마음을 독하게 도사려묵어도 모진 것이 목숨인가 봐유. 그래서 죽는다는 심정으로 사당패에 발을 디래놨는디, 디래놓고 보닌게로 지가 살아갈 데는 바로 거그 같더만유."

길례는 담담하게 말을 하고 있었다. 그는 박성삼이 자기를 찾아 다닌다는 것을 알고 계속 피해 다녔다. 나중에는 금강산이나 묘향산 같은 먼 데로 가자고 북쪽으로 올라가다가 우연히 경기도 안성 청룡사에 들러 정판쇠 패를 만난 것이다. 청룡사는 사당패를 후원하고 있는 절로 그쪽 사당패는 여러 패가 그 절에서 겨울을 났다.

"도대체 지금 그것이 먼 소리라고 그런 소리를 하고 있어. 나는 지금 먼 소리를 하고 있는지 통 모르겠어. 어디 찬찬히 한번 말을 해 봐. 왜 그려?"

박성삼이 자세를 곧추세우고 정색을 하며 거칠어진 숨을 가다듬었다.

"저는 그 동안 세상 사람들 손가락질이 워떻게나 싫든지 그런 사람들을 피해서 도망쳐 댕겼던 심이지유."

길례는 차근하게 말문을 열었다. 그는 세상 사람들의 그런 눈을 피해서 정말 도망쳐 다닌 꼴이었다. 그렇지만 아무리 깊은 산중으로 들어가고, 아무리 후미진 산골짜기의 절간에 틀어박혀도 어디서 불쑥 아는 사람이 나타날 것만 같아 겁이 나기는 마찬가지였다. 그러다가 박성삼이 자기를 찾아다니고 있다는 소리를 들었다. 그때부터는 박성삼을 피해 다닌 꼴이 되었다. 찾아댕기다 못 찾으면 포기하고 새사람을 얻어 살겠지 하고, 그렇게 피해 다니다가 그것도 연이었던지 사당패를 만나게 되었다고 한다.

그 천한 사당패가 되는 것은 꼭 죽는 것하고 마찬가지란 생각이었다. 죽으려다 죽지는 못했으니 죽는 셈치고, 그런 진구렁에나 빠지기로 작정을 했다. 처음 그 사람들한테서 노래와 춤을 배울 때는 내가 이렇게 배우기는 배워도 만중 앞에 나가서 노래와 춤이 추어질까 싶었다. 처음 사람들 앞에 나서는 날, 그는 세상 사람들 다 보시오. 나는 패요 이렇게 세상에다 왜장치는 심정으로 춤을 췄다. 그런데 목청껏 노래를 부르며 춤을 추고 나니 여태 꽁꽁 얼어붙었던 마음이 활짝 펴지고 어디에 잔뜩 눌렸다가 빠져나온 것같이 후련했다. 그 뒤부터는 사람들 앞에 나가 노래를 부르고 춤을 추면, 정말로 춤을 추고 싶게 마음이 가벼워, 자기가 춤을 추는 것이 아니라 되레 자기가 춤사위에 얹혀 어디 구름 위로나 둥실둥실 떠가는 것 같았다. 꼭 세상을 다시 태어난 기분이었다.

"그때부터 파탈을 했어유. 인저 누가 나를 본들 내가 옛날 워느 늙은이한티 몸을 드럽힌 년이라고 새삼스럽게 손가락질할 까닭도 없고, 나도 그런 것을 조금도 마음에 안 끼고 살게 되었은게 마음이 을매나 후련했겠이유? 워떻게나 마음이 후련하든지 꼭 가위눌렸다

46

가 깨난 것같이 홀가분하더만유."

길례는 마치 남의 이야기하듯 담담하게 말을 하고 있었다. 조금도 꾸밈이 없었고 스스럼이 없었다. 정말 천근만근 바위에 눌렸다가 펴난 것 같은 여유가 있었고, 새 삶을 찾은 희열마저 엿보이고 있었다.

"지금 무엇에 씌워도 단단히 씌웠구만."

박성삼이 놀란 눈으로 길례를 건너다봤다.

"무엇에 씌웠다면 단단히 씌인 것 같구만유. 그렇지마는 지금 내 정신은 너무도 말짱하고, 지금 사당패로 살아가는 것이 월매나 속편한지 모르겠구만유."

"그럼 나는 무엇이여? 여태까지 길례를 못 잊어 팔도강산 안 간 데 없이 미친놈같이 길례를 찾아댕긴 나는 무엇이냐 말이여? 그렇게 애타게 찾아댕긴 남제는 그냥 헌신짝 버리듯 쉽게 내동댕이쳐도 좋단 말이여?"

박성삼은 이를 악물며 소리를 질렀다.

"그 심정 열 번 알고 있구만유. 그러제마는 안 되유. 더구나 지금은 더 안 되유. 지는 인저 당신이 사는 세상하고는 다른 세상 사람이 되어버렸시유. 지를 잊어버리시고 다른 여자한테 떳떳하게 장가들어 당신이 사는 세상 사람들 속에서 볕바르게 사서유. 지는 인저 사당패에서 발을 뺄 수가 없구만유."

"발을 뺄 수가 없다니, 왜? 그 작자들이 막는단 말이오?"

"그짓없이 말씀을 드리면 지는 이제 사당패에 퐁당 빠져부렀그만유. 아까 무엇에 씌웠다고 하셨는디, 이런 것도 썬 것이라면 씌어도 크게 씌워서 나갈 수가 없구만유."

처음에 사당패에 들어갈 때는 세상 사람들을 향해 묘한 오기 같은 것이 생겼다. 나는 사당패다, 느그들은 무엇이냐, 내가 몸을 망쳤다고 나를 비웃었던 느그들은 무엇이냐, 이런 오기였다. 그러나 지금은 그런 오기도 가라앉고 그저 만중 앞에 나서서 노래하고 춤추는 것이 즐겁고, 그것만이 자기가 살아나갈 길이었다. 그렇게 노래를 하고 춤을 추며 지내오는 사이 방필만으로 하여 마음속에 응어리졌던 옹이도 흐물흐물 삭아져 버리고 말았다.

"이렇게 변해 분 사람이 워떻게 함경도나 제주도 같은 데 가서 아득바득 애숙이고 살아지겠시유? 그것은 산중에 뛰어댕기는 노루를 잡아다 우리에 가둬놓고 염소같이 기르려고 하는 일하고 같은 것이구만유."

"허!"

박성삼은 넋 나간 꼴이었다. 멍청하게 길례만 건너다보고 있었다.

"절간에서 염불이나 하고 사는 중들을 보면유, 저런 사람들은 처자식도 없이 무슨 맛으로 세상을 사는고 허제마는, 그 사람들은 그 사람들대로 한세상이 있듯이, 우리 사당패도 세상 사람들이 모르는 한세상이 있어유. 그런게로 이런 겨울에 흩어져 어렵게 살다가도 봄이 되면 다시 모여들지유. 당신이 사는 시상하고 지가 사는 시상은 한 하늘 밑에 있지마는 이렇게 다른 시상이구만유."

"세상에 사람이 변해도 그렇게 변할 수가 있단 말이여?"

박성삼은 몽둥이 맞은 표정으로 멍청하게 길례를 건너다보고 있었다. 그러다가 갑자기 상판이 으등그러졌다.

"안 돼, 안 돼, 절대로 안 돼!"

박성삼은 이를 앙다물며 주먹으로 방바닥을 꽝꽝 쳤다. 길례는 그저 덤덤한 눈으로 박성삼을 건너다보고 있었다.

"세상에 이럴 수는 없어. 안 돼, 안 돼!"

박성삼은 이를 물고 울부짖었다. 길례는 다소곳이 고개를 숙이고 있었다.

"도대체, 내 심정을 그렇게도 몰라준단 말이여? 그렇게도 몰라? 2년 가까이 천지를 쏘다닌 심정을 그렇게도 모른단 말이여? 그렇게 쏘다닌 사내를 만나서 한다는 소리가 기껏 그것이란 말이여?"

박성삼이 길례 양쪽 어깨를 잡고 마구 흔들었다.

"진정하서유. 더 이야기할 것이 있어유."

길례가 조용히 말했다.

"그런 이야기라면 더 들을 것도 말 것도 없어."

박성삼이는 잡아먹을 것같이 길례를 노려보고 있었다.

"진정하서유. 진정하시고 지 말씀을 더 들어보서유."

길례는 마치 어린애 달래듯 침착하게 말했다. 박성삼이 허탈한 표정으로 길례 어깨를 놨다.

"세상 살아가는 길은 외길만은 아녀유. 더구나 사당패 속사정을 대강 아시겠지만유, 사당들한테는 워느 사당이나 모두 거사들이 있구만유. 사당들한티 그 거사는 남편들하고 똑같지유."

"거사? 그럼, 길례 거사는 어느 놈이야? 죽여버릴 거여. 죽여부러."

박성삼은 새삼스럽게 눈에 불이 확 켜졌다. 주먹을 쥐며 이를 갈았다. 눈에 핏발이 서고 숨소리가 풀무질 소리를 냈다. 박성삼이 너무 흥분하자 길례는 잠시 입을 다물었다.

"길례 거사가 어느 놈이냐 말이야, 어느 놈이야?"

박성삼 눈에는 퍼렇게 불이 켜졌으나 길례 표정은 얼음장같이 냉랭했다.

"으응."

박성삼은 주먹으로 방바닥을 찍으며 짐승 소리 같은 비명을 지르고 있었다.

2. 살살 기는 저 포수야

다음날 아침, 달주와 용배는 박성삼이 잔 삼거리 주막으로 갔다. 그들은 백룡사 아래 주막에서 잤던 것이다.

"허허, 눈이 비온 날 지팽이 구멍이 되어부렸구나. 아무리 첫날밤이라고, 예끼!"

박성삼 방으로 들어서며 용배가 익살을 부렸다. 박성삼은 핏발선 눈으로 두 사람을 멍청하게 건너다봤다. 그의 눈은 알아보게 때꾼했다.

"첫날밤 맛이 어떻더냐?"

달주가 웃으며 갈마들었다. 박성삼이 힘없이 따라 웃었으나 웃음이 일그러지고 있었다. 두 젊은이는 자기들의 계책이 맞아떨어진 줄만 알고 스스럼없이 농을 하고 있었다.

"그가 변해도 너무나 변해부렸다."

박성삼은 침통한 표정으로 무겁게 입을 열었다.

"변하다니?"

두 사람은 금방 얼굴이 굳어졌다.

"세상에 이런 일도 있는지 모르겠다. 날벼락도 이런 날벼락이 없다."

박성삼이 차근하게 이야기를 시작했다. 어제저녁 길례가 했던 이야기를 대충 늘어놨다. 두 사람은 멍청하게 박성삼 얼굴만 건너다보며 이야기를 듣고 있었다.

"이제 거기 그렇게 빠져부렀으니 촌에 가서 애숙이고 여염집 살림은 못 하겠다는 것이다."

"그것이 정말이냐?"

용배가 놀라 물었다.

"아무런들 그렇게 매정스럽게 등을 돌리다니, 그럴 수가 있단 말이냐?"

용배는 도무지 이해가 안 간다는 표정이었다. 박성삼은 멀젛게 웃을 뿐이었다. 달주는 혼자 무엇을 생각하는지 고개를 갸웃거렸다.

"혹시 그 사이 다른 사내가 생긴 것 아니냐?"

달주가 조심스럽게 물었다.

"다른 사내라기보다도 사당패에 들어갔으니 거사가 있기는 있는 모양이다."

박성삼이 힘없이 대답했다.

"실은 모갑 정판쇠가 그 처자 거사다. 그렇지만 그것은 그런 데 들어갔으니 할 수 없이 그렇게 짝이 지어지는 것이지 그것이 제대로 부부겠어?"

"그렇지. 아무런들 그런 작자들하고 정이 들었을 리는 없겠지. 제대로 정이 들었다면, 아무리 돈을 많이 준들 정든 계집을 남의 사내 품에 내맡기겠냐?"

달주가 어림없는 일이라는 표정으로 말했다.

"가만있자, 혹시 이런 것은 아니더냐? 문둥이 떼들 말이다, 그 문둥이 떼 속에도 한번 끼여노면 절대로 빠져나올 수가 없다. 멀쩡한 사람이 어쩌다가 잘못해서 들어가도 그놈들이 절대로 내보내 주지 않는다고 하더라. 저것들도 저렇게 떼를 지어 밑바닥을 기고 사는 것들이라 문둥이 떼하고 조금도 다를 것이 없거던. 틀림없이 그것이다."

용배가 단정을 했다. 두 사람은 박성삼을 보고 있었으나 박성삼의 반응은 신통찮았다. 넋 나간 놈처럼 멍청한 표정일 뿐이었다.

"그것이지? 내 말이 틀림없다. 그 계집들을 손아귀에 쥐고 다니는 그 거사란 놈들은 천하에 막된놈들이다. 계집년들을 저렇게 끌고 돌아다니면서 계집년들 몸을 팔아 목구멍에 풀칠을 하고 사는 놈들이니 오죽한 놈들이겠냐? 그놈들 손아귀에 한 번 들어가노면 웬만해서는 못 빠져나올 것이다. 그놈들 살아가는 밑천은 오직 그 계집년들뿐인데 농사꾼이 전답을 내놓고 말지 그놈들이 그 계집들을 쉽게 나주겠냐? 도망을 못 치게 별의별 수단을 다 써봤을 것이다. 그래서 그 처자도 그런 속을 잘 알기 때문에 잘못하다가는 너도 다치고 자기도 다칠 것 같아 자포자기를 한 것 같다."

용배 말에 달주가 고개를 끄덕였다. 정말 그렇겠다는 표정이었다. 그러나 박성삼의 반응은 여전히 신통치 않았다.

"그럼 용배 네가 그 모갑이란 작자하고 담판을 한번 해보면 어쩌겠냐? 그 처자 사정을 까놓고 말을 하고 당장 계집을 내놓으라고 하는 거야. 손화중 접주님하고 상관이 있는 걸 보더라도 그렇게 막된 놈들은 아닌 것 같다."

달주가 말했다.

"좋아. 내가 한번 나서겠다. 존말로 해서 안 내놓으면 감나두지 않겠다."

용배가 대번에 주먹을 쥐어 보였다.

"글쎄, 그게."

박성삼이 시르죽은 소리로 고개를 갸웃거렸다.

"임마, 뭣이 무서워서 그래? 그 처자를 안 내노면 대번에 작살을 내버리고 말겠다. 나한테 맡기고 마음 툭 놔라."

용배는 자신만만했다. 매사를 단칼에 처리하는 용배다웠다.

"사당패가 떠나는구나."

그때 밖에서 중노미가 중얼거렸다. 내다보니 사당패가 길을 떠나고 있었다. 달주와 용배는 문을 반쯤 열고 사당패가 떠나는 것을 내다봤다. 길례는 낮에 보아도 예쁜 얼굴이었다. 분홍색 저고리에 연두색 치마를 입은 몸매는 태깔이 자르르 흘렀고, 조금 수척해 보이는 얼굴이 더욱 매혹적이었다. 까만 눈에는 수심이 서려 한층 애처로워 보였다. 박성삼이 그렇게 기를 쓰고 찾아다닐 만하다 싶었다.

길례는 그냥 일행 속에 끼여 앞만 보고 걸었다. 일행 중에는 어린애를 업은 사람도 있었고, 어린애 손을 잡고 가는 나이 많은 여자도 있었다. 사당들은 모두가 맨몸으로 앞을 서고 있었으나, 거사패는 북, 장구를 짊어지거나 다른 자질구레한 짐을 지고 뒤따르고 있었다. 그런데 모갑의 모습은 보이지 않았다. 박성삼은 한숨만 푹푹 내쉬며 멍청하게 천정을 내다보고 있었다. 사당패는 고부 쪽으로 길을 잡아서고 있었다.

그때 도소 쪽에서 모갑 정판쇠가 내려오고 있었다. 전봉준한테 작별 인사를 하고 오는 것 같았다. 정판쇠는 허우대며 틀거지가 그럴 듯했다. 저런 패거리 한 패쯤 거느릴 만하다 싶었다.

"이 집으로 데리고 와서 이야기하는 것이 좋겠지?"

용배가 자리에서 벌떡 일어섰다.

"잠깐!"

박성삼이 용배를 가로막았다.

"내가 따라가서 다시 한 번 이야기를 해봐야겠다."

박성삼이 무겁게 입을 열었다.

"그 처자하고 말이냐?"

박성삼이 힘없이 고개를 끄덕였다.

"따라가서 어떻게든 다시 한 번 이야기를 해서 마음을 돌려봐야겠어."

"그럼 나하고 같이 가자."

용배가 나섰다.

"나 혼자 가는 것이 좋을 것 같다. 너는 그냥 여그 있어라."

"혼자 가도 괜찮겠냐?"

"괜찮아."

"아무래도 혼자 보내기가 좀 뭣한걸. 저 거사패가 보통내기들이 아니다."

"나 혼자 감시로 차근히 궁리도 해보고, 하여간 요령껏 할 테니 염려 마."

박성삼은 한사코 혼자 가겠다고 우겼다.

"그럼 잠깐."

용배는 주머니를 끌러 은자를 한 움큼 꺼냈다.

"이것이나 가지고 가. 이야기하다가 안 되면 오늘 저녁에 또 그 계집을 사!"

"웬 돈을 이렇게 많이?"

"염려 말고 가지고 가. 무슨 일에든지 요새 세상에 제일 든든한 뒷배는 돈밖에 없다. 아끼지 말고 푼푼히 써라."

용배는 시원스럽게 말하며 박성삼의 주머니 끈을 손수 풀어 안에다 은자를 털어 넣어 주었다.

"너무 서둘지 말고 침착하게 해야 한다."

"염려 마."

세 사람은 그 자리에서 작별을 했다.

박성삼이 멀리서 바람만바람만 사당패 뒤를 따라갔다. 고부 쪽으로 향하던 패거리가 5리쯤 가다가 평교리에 이르자 동네로 뿔뿔이 흩어졌다. 부적을 팔러 가는 것 같았다. 거사들은 동구 밖에서 서성거렸다. 박성삼이 멀리서 동정을 살폈다. 그들은 그 동네서 나와 다시 영원 쪽으로 갔다. 대죽리에 이르자 또 그 동네로 들어가 골목으로 흩어졌다. 거사들은 주막으로 들어갔다. 박성삼은 주막 안을 살피며 길례가 들어간 골목으로 따라 들어갔다. 첫 집으로 들어갔던

56

길례가 나오고 있었다.

"길례, 다시 한 번 내 이야기를 들어봐! 오늘 저녁에 나하고 다시
만나."

박성삼은 길례를 붙잡고 애원하듯 말했다.

"그냥 돌아가서유. 지는 매인 몸이라 지 맘대로 나갈 수가 없어유."

"어제처럼 내가 길례를 사면 되잖아?"

"얘기를 더 해봤자 지가 할 소리는 뻔헌디 뭣하려고 그 많은 몸값
을 치르고 만나유?"

"그까짓 몸값 몇 푼이 대수란 말이야?"

"백 냥이 적은 돈이란 말이유?"

"백 냥이라니?"

박성삼은 멍청하게 물었다.

"아니, 모르셨어우?"

박성삼이 머쓱한 눈으로 길례를 건너다보고 있었다.

"저는 모갑의 여자라 예사로는 몸을 팔지 않은게 웬만해서는 나
가지 않는디 엊저녁에는 예사 사람 열 배 가까운 백 냥을 받고 나갔
던 거유. 지가 그런 손해꺼정 또 워떻게 더 끼치겠이유."

"허!"

박성삼은 더욱 멍청한 표정이 되고 말았다.

"더구나, 당신하고 지하고 사이를 저 사람들한티 눈치래도 채이
는 날에는 당신은 봉변을 당해도 크게 당할 거유. 어서 가서유. 지가
당신하고 이렇게 이야기하는 것만 저 사람들이 알아도 무사하지 못
해유."

그때 이미 거사 두 놈이 박성삼이 길례 뒤를 따라가는 것을 보고 그 골목에다 눈을 박고 있었다.

"어느 놈이 나한테 봉변을 준단 말이여?"

박성삼은 성깔을 주체 못하고 가쁜 숨을 씨근거렸다.

"잊어버리고 어서 가서유. 나는 인저 당신이 사는 세상하고는 다른 세상에서 사는 여자유."

"안 돼, 백 냥이라도 좋으니 오늘 저녁 다시 사겠어."

"정 그러시다면 하는 수 없지만유, 여그서래도 눈치 안 채이게 어서 빠져나가서유."

"알았어. 저녁에 만나!"

박성삼이 처참한 표정으로 골목을 나왔다. 그는 거사 패 눈에 안 띄게 골목 어귀에서 얼씬거리다가 그들이 다음 마을로 떠나는 것을 보고 다시 어느 만큼 거리를 두고 따라갔다. 그들은 오늘 저녁을 고 부서 잘 것 같았다. 박성삼은 먼발치에서나마 길례를 한 번이라도 더 보려고 다음 마을 어귀에서 길례가 골목으로 사라지는 것을 멍청하게 보고 있었다.

"당신 나 좀 봅시다."

어깨판이 우람하게 발그라진 작자 둘이 박성삼 앞을 가로막았다. 하나는 광대뼈가 툭 불거지고 눈초리가 추어올라간 것이 목자가 험상스러웠고, 다른 하나는 키가 작달막했으나 그 작자 역시 험상이었다.

"왜 그러시오?"

박성삼은 봉변을 당할 거라는 길례 말이 떠올라 되도록 의젓하게 말했다. 그들은 박성삼을 논 가운데 있는 짚벼늘 뒤로 데리고 갔다.

"야 임마, 왜 우리 뒤를 청개구리 뒤에 실뱀 따라댕기대끼 졸졸 따라댕기냐?"

"아니, 그냥."

박성삼은 뭐라 그럴 듯한 말이 얼른 잡히지 않아 어물어물했다.

"그냥 뭣이여? 아까 저 동네에서 우리 패거리 붙잡고 무슨 수작을 부렸어?"

"그것이 아니고……."

"그것이 아니면 뭐여?"

"이러지 말고 존말로 합시다."

"이 새꺄, 내 말이 존말이 아니면 내 말에 똥이라도 묻었단 말이냐?"

대번에 광대뼈의 주먹이 박성삼 볼에 올라붙었다. 다음 순간 발이 배로 들어왔다.

"윽!"

박성삼이 배를 싸쥐고 허리를 굽혔다. 주먹과 발길질이 수없이 들어왔다.

"이 새끼, 잘 들어 둬. 그 계집한테 입침 흘린 놈이 한둘이 아닌디, 그런 놈들은 다 이 꼴이 됐다. 주먹맛을 더 보고 싶거든 더 찝쩍여라."

다시 주먹이 올라가려는 순간이었다.

"야!"

저쪽에서 누가 악을 썼다. 용배가 달려오고 있었다. 작자들이 돌아봤다. 용배 뒤에는 막동도 따르고 있었다. 둘이 어깨판을 벌리고 다가왔다.

"야, 이 자식들아, 왜 사람을 치냐?"

용배가 그들 앞에 버티고 서며 소리를 질렀다.

"내가 잘못했다. 느그들은 간섭하지 마라."

박성삼이 입에서 피를 뱉어내며 다급하게 손사래를 쳤다.

"이 자식들아, 잘못이 있으면 말로 할 일이지, 느그들 아가리는 밥만 들어가는 아가리냐?"

박성삼 입에서 피를 본 용배는 더 거칠게 숨을 씨근거렸다.

"허허, 하룻강아지 범 무서운 줄 모른다더니, 어디서 또 이런 천둥벌거숭이들이 뛰어들지?"

광대뼈가 픽 웃었다. 네까짓 촌것들이 뉘 앞이라고 분수없이 깝죽거리느냐는 투였다. 그 순간이었다. 용배 몸이 하늘로 붕 날며 한쪽 발이 광대뼈의 턱에 붙었다.

"윽!"

공중으로 튀겼던 용배 발이 땅에 붙는가 했으나, 연속 동작으로 몸통이 휘딱 돌아가며 발이 또 땅딸보 턱을 향해 날아올랐다. 태견 솜씨 가운데서 용배가 자랑하는 특기였다. 용배는 막동 앞이라 더 신나게 발을 내두르는 것 같았다. 그러나 맨 끝 동작은 이쪽 발이 미끌려 한 뼘 간격으로 땅딸보 턱을 빗나가고 말았다. 용배는 다시 발을 날렸다. 또 빗나갔다. 이미 땅딸보는 방어 자세를 취하고 있었고, 용배는 너무 서둘렀던 것이다. 두 사람은 서로 공격 자세를 취하고 잠시 노려봤다. 용배 몸이 다시 뜨며 땅딸보 볼에 제대로 붙었다.

"윽!"

땅딸보도 턱을 싸쥐며 나가 떨어졌다. 용배 솜씨는 정말 자랑할

만한 솜씨였다. 대둔산에 있을 때 하루에 2백 번씩도 더 연습한 동작이었다. 막동은 뒷짐을 떡 끼고 서서 헤실헤실 웃고 있었다. 아까 네발이 한 번 빗나갔것다, 하는 장난스런 표정이었다. 앞으로 용배가 솜씨 자랑을 할 때 좋은 비소거리가 생긴 것이 오달진 모양이었다. 막동은 지난번 한양 복합상소 때 광화문 건달들을 작살낸 뒤부터 용배 따위는 자기 곁에도 오지 말라는 가락으로 뻗대오던 참이었다. 그때마다 용배는 그때 제가 못 나선 것이 억울해서 미칠 지경이었다.

"이 싸가지 없는 새끼들. 아가리 놔두고 사람을 쳐?"

용배는 양손을 허리에다 얹고 서서, 작자들을 내려다보며 이죽거렸다. 그들은 턱을 싸쥐고 앉아 피를 뱉어내고 있었다.

"야, 어떤 새끼냐?"

그때 저쪽에서 거사들이 악을 쓰며 달려왔다. 용배와 막동이 뒤를 돌아봤다. 모갑 정판쇠가 앞장을 서서 다가왔다. 용배는 두 사람을 해치운 서슬로 그들을 노려보며 자세를 잡고 있었다.

"임마! 너는 머냐?"

모갑 정판쇠가 용배 앞에 떡 버티고 서며 소리를 질렀다. 모갑의 자세는 여간 만만해 보이지 않았다.

"이 새끼, 시킨 놈이 너지?"

순간, 용배 몸이 모갑을 향해 다시 붕 떴다. 모갑은 가볍게 용배 발을 피했다. 모갑이 피하는 자세는 여간 날렵하고 여유 있는 게 아니었다. 헛발질을 한 용배 몸이 저만치 나가떨어졌다. 용배는 숨을 씨근거리며 다시 자세를 잡았다.

"임마, 너 가락수 알 만큼 알았어. 말로 해!"

모갑이 의젓하게 나왔다. 모갑의 태도는 여유만만했고 그만큼 위엄이 있었다. 용배는 다시 달려들지 못했다.

"도대체 너희들은 어떤 놈들이냐? 계집을 사서 놀았으면 그만이지 여기까지 따라오며 뒷구멍으로 집적일 건 뭐냐?"

장판쇠가 큰소리로 내질렀다. 사당들도 몰려오고 있었다. 길례도 일행 속에 끼여 까만 눈에 잔뜩 겁을 먹고 다가오고 있었다.

"그래 좀 집적이기로서니 생사람을 친단 말이여?"

용배가 소리를 질렀다.

"생사람이건 익은 사람이건 계집을 다시 살리면 당당하게 앞으로 나서서 흥정을 해얄 것 아닌가?"

"그런다고 사람을 쳐?"

"그래 사람을 친 것은 우리 잘못이라 치고 그럼 이야기나 한번 들어보세. 우리한테 볼 일이 뭔가?"

정판쇠는 아무래도 뭔가 있다 싶은지 침착하게 물었다. 그러나 용배는 정판쇠 말에 금방 말이 막히고 말았다.

"사람을 친 것은 피차 잘못한 일인께, 그것은 기왕지사로 돌리고 저리 가서 췽히 이얘기합시다."

막동이 웃으며 끼어들었다.

"자네들도 농민군인가?"

"그렇소."

옳다구나 싶은지 막동이 얼른 대답을 했다. *문선왕 끼고 송사하더라고 농민군을 팔면 이자들을 한풀 누르고 들어갈 것 같았다.

"잘잘못간에 나이 든 이한테 함부로 덤볐은게, 그것은 니가 사과를 해라."

막동이 용배를 향해 제법 너름새 있게 말했다.

"야, 임마, 먼저 친 놈이 누군데 내가 사과를 해?"

용배가 버럭 소리를 질렀다.

"나이대접해서 손해 볼 것 없다."

"가당찮은 소리 말어!"

용배는 숙이고 들 자세가 아니었다.

"농민군이라니 전봉준 접주님 체면을 보더라도 이럴 일이 아닐세. 사단이야 어찌 됐든 우리 편에서 먼저 손을 댔으니, 내가 먼저 사과를 하겠네."

정판쇠가 선선하게 나섰다. 조금도 꾸밈이 없는 태도였고, 또 그만큼 어른스러웠다.

"저도 사과합니다."

용배는 정판쇠의 솔직한 태도에 대번에 감동을 한 것 같았다. *두억시니 같던 용배의 태도가 너무도 갑자기 돌변했다. 곁에 있던 거사들은 모두 어리둥절한 표정이었다.

"고맙네."

정판쇠는 웃으며 용배 손을 잡았다.

"이리들 와!"

정판쇠가 두 거사들한테 손짓을 했다. 상판을 으등그리고 있던 작자들이 마지못해 다가왔다.

"화해들 하게."

거사들은 얼굴을 얼른 펴지 않았으나, 정판쇠의 위압에 못 이겨 손을 내밀었다.

"미안합니다."

"우리도 미안합니다."

거사들은 아직 감정이 덩덩한 것 같았으나, 마지못한 소리로 이죽거렸다.

"갑시다. 화해술은 내가 사리다."

막동이 웃으며 서둘렀다. 정판쇠는 그러자고 해놓고 저쪽에 서있는 거사 하나를 불러 뭐라 한참 일렀다. 그대로 부적을 팔라는 소리 같았다.

일행은 주막으로 들어섰다. 봉노가 비어 있었다. 술이 들어왔다. 시래기 술국이 푸짐했다. 잔이 돌았다.

"실은 우리도 동학도일세. 우리 사당패 전부가 무장 손화중 접주님한테 동학에 입도했네."

"아, 그렇습니까?"

용배가 눈을 둥그렇게 떴다.

"그렇네. 일 년쯤 됐네. 무장서 판을 벌이고 다니는데, 하루는 손화중 접주님께서 우리를 보잔다기에 찾아갔네. 그랬더니 손접주님께서 우리한테 꼬박 하룻동안 동학 교리 강을 하시더니 입도를 시키시더구만. 손접주님 강을 듣고 나니 우리도 비로소 한몫 사람으로 살아갈 수 있는 길이 있더만. 우리가 이번에 여기 와서 하룻저녁 놀아준 것도 손접주님의 지시로 한 일일세."

"그건 들었소. 반갑소."

막동이 정판쇠 손을 잡아 흔들었다.

"그럼 한 가지 물어봅시다. 그 사람들도 사당팬디, 혹시 칠성 패 아시오?"

"알다마다. 자네들은 어떻게 칠성 패를 아는가?"

정판쇠가 놀라 물었다.

"좀 압니다."

"전봉준 접주님께서 그 패를 잘 아는 모양이시던데, 아마 그들은 지금 경기도 안성 청룡사에서 겨울을 나고 있을 걸세. 우리 패는 칠성 패 아우 사당팰세."

"아우 사당패라니, 사당패에도 성님 아우가 있단 말이오?"

막동이 웃었다.

"우리 패가 그 패에서 갈려나왔기 때문에 그렇게 부르네. 두레에도 형두레 아우두레가 있잖은가?"

"하긴 그렇군요."

술잔이 두어 순배 오갔다.

"헌데, 자네들이 우리한테 하겠다는 이야기는 뭔가? 설마, 저 젊은이가 어제저녁 그 사당한테 반해서 그 여자를 내노란 소리는 아니겠지?"

자리가 부드러워지자 정판쇠가 용배한테 잔을 건네며 웃었다.

"모갑님께만 따로 조용히 드릴 말씀이 있습니다."

용배가 말했다.

"그럼 우리가 나갑시다. 술청도 자리가 널찍합디다."

막동이 두 거사를 보며 말했다. 거사들도 그러자며 앞에 있는 술잔을 들었다. 세 사람은 앞에 놓인 술잔을 비우고 밖으로 나갔다. 박

성삼도 따라 나갔다. 방에는 모갑 정판쇠와 용배 둘만 남았다. 용배
는 술하고 술국을 더 달라고 한 다음 모갑한테 잔을 넘겼다. 술을 딸
고 나서 입을 열었다.

"방금 말씀하신 바로 그 얘깁니다. 아까 얻어맞은 젊은이는 박성
삼이라고 진산이 고향인데, 오늘 그가 여기까지 뒤를 따라온 데는
사연이 있습니다. 그 처자를 어제저녁 처음 보고 한눈에 눈이 뒤집
혀서 그런 것이 아닙니다."

용배는 박성삼과 길례의 관계를 주욱 늘어놨다. 정판쇠는 용배
말을 조용히 듣고 있었다.

"그렇게 미치고 환장하게 찾아댕기던 그 처자를 어제저녁 놀이판
에서 찾은 것입니다."

정판쇠의 얼굴은 점점 굳어지고 있었다.

"그래서 어제저녁 제가 그 여자를 사다가 박성삼 방에 넣어준 것
이지요. 이렇게 된 마당이니 숨기고 자시고 할 것 없이 말씀입니다
만……."

용배는 어제저녁 길례가 박성삼이한테 했다는 소리도 밤송이 까
놓듯이 죄다 털어놨다. 정판쇠는 가타부타 말이 없이 용배 말만 듣
고 있었다.

"이제, 뒷일은 모갑님 처분에 달린 것 같습니다."

용배가 말을 마쳤다. 정판쇠는 앞에 놓인 술잔을 들어 천천히 들
이켰다. 깍두기를 하나 집어 씹었다.

"실은, 나도 그 여자한테서 그 여자가 집을 나오게 된 사연은 대
충 들었네. 그런데 사정이 딱하게 됐구만."

"딱하다면 딱한 일입니다마는, 모갑님 마음 작정하시기에 따라서는 딱할 것도 없지 않겠습니까?"

용배가 웃으며 말했다.

"하하."

무슨 생각에선지 정판쇠는 혼자 가볍게 웃으며 쌈지를 꺼냈다. 곰방대에 막불겅이를 우겨넣어 차근히 불을 붙였다. 담배를 깊이 빨아 공중으로 연기를 길게 내뿜었다. 용배가 잔을 권했다. 정판쇠는 용배한테서 술을 받아 상 위에 놓고 다시 담배연기를 길게 내뿜었다.

"지금 자네 말은 나더러 그 여자를 내노라는 얘긴데, 따지고 보면 자네가 그런 소리 하는 것도 무리는 아니네. 이 세상 밑바닥에서도 저 밑바닥, 천하고 천한 것들이 헌 짚신 짝 맞추듯 짝을 지어 돌아댕기면서, 더구나, 돈 몇 푼에 제 계집을 남의 사내 품에 내맡기고 있으니, 그런 소리를 백번 할 만도 하네. 허나 우리도 사람 너울을 뒤집어쓰고 있으니 사람의 오장은 예사 사람들하고 다를 것이 없네. 우리도 의리가 있고 염치도 있고 정분도 있네. 우리끼리 느끼는 정분이나 눈물을 따지기로 하면 신세가 곤곤한 만치 그것은 예사 사람들보다 더했으면 더했지 조금도 덜하지 않네."

정판쇠는 말을 하다 말고 잔을 들었다. 소리 안 나게 조용히 술을 들이켰다. 정판쇠의 행동거조는 이런 때도 여간 침착하지 않았다.

"나는 어렸을 적부터 거렁뱅이로 굶다 먹다 하며 거지부처 떠돌아다니다가, 사당패에 끼여든 것이 어느새 20년의 세월이 흘렀구만. 그 사이 계집도 여럿 거느려봤네마는 내가 제대로 정을 주어본 여자는 40이 넘은 나이에 저 여자가 처음일세. 내가 끔찍이 위한 만큼 그

여자도 그만큼 나한테 정을 주고 있네. 초례청 차려 만중 앞에서 백
년해로를 기약한 바는 없네마는, 세상 밑바닥을 기며 쓴맛 단맛 다
보고 살아온 인생이라, 그런 정분도 잡초에서 피어난 꽃처럼 예사
사람들과는 다르네."

　용배는 정판쇠 얼굴만 건너다보고 있었다. 정판쇠는 지나간 세월
이 눈앞에 아득히 펼쳐지는 듯 그의 얼굴은 담배연기 속에서 한껏
숙연했고 말소리에는 대문대문 애조가 배어 있었다.

　"자네는 지금 나더러 그 여자하고 갈라서라는 것인데, 천금을 쏟
아놔도 그 일만은 안 되겠네. 제발 이 얘기는 더 길게 하지 마세."

　정판쇠는 씁쓸하게 웃으며 용배한테 잔을 내밀었다. 용배는 멍청
한 표정으로 잔을 받았다.

　"우선 나이 차이가 얼맙니까?"

　"그건 남녀 간에 정분을 몰라서 하는 소릴세."

　"정분이야 아무런들 첫정에야 비할 수가 있겠습니까? 더구나 자
기를 못 잊어서 2년을 하루같이 조선 천지 방방곡곡을 헤매고 다닌
사낸데……."

　"그렇지가 않네. 첫정이 어쨌는가는 모르겠네마는, 저 여자는 이
미 첫정 같은 것은 다 잊고 정으로도 이미 내 여자가 된 여자일세."

　용배는 절레절레 고개를 저었다.

　"그렇지가 않습니다. 그 처자가 도망친 것은 자기는 이미 버린 여
자라 생각하고, 총각한테는 시집갈 자격이 없다고 자포자기를 했기
때문입니다. 저 젊은이를 그만큼 끔찍이 사랑했던 것이지요. 그러나
지금은 저 사내가 여태까지 자기를 그렇게 애타게 찾아다녔다는 것

을 알게 되었고, 비록 사당패가 되었다 하더라도 총각 편에서 받아들이겠다고 하니, 이제 사정이 전혀 달라지지 않았습니까?"

용배는 여유만만하게 말했다.

"그 여자 생각은 전혀 그렇지가 않네."

"그럴 리가 없습니다. 만약 여기서 그런 눈치를 보였다가는 사당패의 보복이 얼마나 무섭다는 것을 알기 때문에 자기가 사랑하는 사내가 다칠까 싶어 울며 겨자 먹기로 저렇게 끌려가고 있겠지요."

용배는 당신들 속을 다 안다는 듯이 단정적으로 말했다.

"허허, 그렇지가 않아."

"뭐가 그렇지 않단 말씀입니까? 도대체 자기를 못 잊어 그렇게 애타게 찾아다니던 남자를 만났는데 정신이 올바로 박힌 여자라면 사당패가 뭐가 좋다고 그런 사내를 내치겠습니까? 사람의 의리로 보더라도 그럴 수가 없는 일이지요. 당신들이 우리를 예사 시골 행내기로 보는 모양인데, 형편이 이렇게 되었으니 우리 본색을 조금 드러내지요. 우리는 여차직하는 날에는 사람 목숨 하나쯤 파리 목숨같이 날리는 놈들입니다. 우리 패거리에서 지금 여기 여러 명이 스며들었습니다. 여기 온 두 사람만 나서도 당신들 열 명쯤 선 자리에서 작살을 냅니다."

용배가 가볍게 웃으며 잔뜩 깔보는 표정으로 거침없이 내뱉었다.

"그렇게 말을 하니 대충 짐작이 가네. 우리도 의지가지없이 눈비맞고 다니는 놈들이라 그렇게 무른 놈들은 아닐세마는, 아까 자네솜씨 보니 어디 가서나 그런 속으로는 큰소리칠 만하더구만. 그런데나는 20여년을 이렇게 떠돌아다니는 사이 깨친 것이 하나 있네. 웬만하면 주먹으로 맞서는 일은 피해야 한다는 것일세. 성주풀이 노래 있잖은가? 우리는 얼핏 드센 것 같지만 여자들까지 식솔이 많아 무슨 일이 생기면 얼른 도망을 칠 수도 없고, 더구나 자네 같은 사람들이 노리기로 하면 우리는 바로 살살 기는 포수 앞에 꿩 신세 한가질세."

정판쇠는 여유 있게 웃으며 말했다.

"이 일은 주먹 말고 해결할 방도가 한 가지 있네."

"뭡니까?"

"잔부터 받게."

정판쇠는 용배한테 잔을 넘긴 다음 술을 따랐다.

"이렇게 하면 어쩌겠는가? 그 젊은이하고 나를 앉혀놓고 자네들이 보는 앞에서 그 여자보고 둘 중에서 한 사람을 택하라고 하는 걸세."

"그 말 진정이십니까?"

용배의 눈에서 대번에 빛이 번쩍했다.

"이 사람아, 자네들이 어떤 사람들인지 알았는데 내가 허언을 하겠는가?"

순간, 용배 머리를 번쩍 스치는 생각이 있었다. 길례한테 만약 박성삼을 택하면 죽여버리겠다고 협박을 해놓고 그 자리에 앉힐지 모른다는 생각이었다.

"좋습니다. 만약 모갑님을 택하겠다고 한다면 우리도 두말없이 물러서겠습니다. 그런데 한 가지 조건이 있습니다. 그렇게 택하라고 하기 전에 우리도 그 처자한테 우리 사정을 말할 기회를 주셔야 합니다."

"그야 백번 그래야지."

정판쇠는 선선하게 나왔다.

"그러면 언제 할까요?"

"바쁜 사람들끼리 오래 끌 것 있는가? 오늘 저녁에 하세. 그 안에 그 여자한테 자네들이 이야기할 시간은 충분히 줌세. 우리는 오늘 읍내 가서 자려고 했네마는 저기 영원서 자겠네. 자네도 일행을 전부 데리고 오든지 알아서 하고 장소도 자네들이 마음대로 정하게."

"내일 아침에 합시다. 그리고 오늘 저녁에 그 아가씨는 박성삼하고 자게 합시다."

"좋네."

"감사합니다."

용배는 고개를 숙였다.

김달식이 도소 곁으로 와서 서성거렸다.

"여그 뭣하러 왔어?"

파수 섰던 별동대원이 퉁명스럽게 물었다. 잔뜩 깔보는 투였다. 김달식은 순심한테 너무 염치없이 집적인다는 소문 때문에 웃음거리가 되어 있었다.

"여그 얼굴 무섭게 생긴 사람 있지? 그 사람 쪼깨 만날라고."

김달식은 주눅이 들어 어물거렸다.

"멋이여, 얼굴 무섭게 생긴 사람? 한양 가서 박서방을 찾고 있구만잉."

파수 선 젊은이는 김확실을 찾고 있다는 것을 짐작하는 것 같았으나 핀잔만 주었다.

"늘 접주님 곁에서 지키고 있는 사람 말이여."

"그 사람 만나서 멋할라고?"

"할 말이 있어."

그때 도소에서 김확실이 나왔다. 시또와 기얼은복도 따르고 있었다.

"예 말이오, 예."

김달식이 김확실 곁으로 가며 불렀다.

"멋이여?"

김확실이 돌아봤다.

"나 쪼깨 봅시다."

김달식이 은근하게 말했다. 김확실이 김달식을 따라 한쪽으로 갔다.

"농민군이 말목서 이리 진을 욍긴다는 소리를 미리 정석남한테 갤켜준 놈이 있소."

"멋이?"

"저그 이삔 가시네 있다고 소문난 술막에 쟁우댁이라고 알지라우? 말목서 생애 나간 날 장진호가 그 소리를 술막 쟁우댁한티 귀띔해 준게, 쟁우댁은 그날 바로 정석남한테 말했다요."

"장진호가?"

김확실 눈에서 대번에 빛이 번쩍했다. 김달식은 최경선한테 문초를 받는 사이 백산으로 진을 옮긴다는 말이 어떻게 정참봉 일당한테로 새나갔는가, 그것이 문초의 핵심이라는 것을 잘 알고 있었다.

"예, 그 소리 말고 다른 소리도 밸소리를 다 그리 전했소."

"그걸 다 말해 봐!"

"농민군 사정이라면 안 한 소리가 없이 별소리를 다 했소. 장진호가 그런 소리를 쟁우댁한티 하면 쟁우댁은 그 친정아부지한티 하고, 그러면 그 영감은 날마다 정석남한티 가서 전허요."

"친정아부지?"

김확실 눈은 금방 튀어나올 것 같았다.

"움막을 치고 같이 사요."

"자네는 누군가?"

"나는 창동 사요. 조만옥 씨가 우리 매형이오."

"자네는 그것을 어뜨코 알았는가?"

"장진호가 순심이란 가시네하고 그 이야기하는 소리를 엊저녁에 지가 이 귀로 똑똑히 다 들었소."

"고맙네. 이 근방에 있게. 이따 다시 부르겠네."

김달식은 어제저녁 내내 이를 갈며 밤을 지새고 나서 바로 김확실을 찾아온 것이다.

"그놈 새끼 잡아다가 야물딱지게 닦달을 하시오. 지대로 안 불란지 모른게 안 불거덩 반 쥑애부시오."

김달식은 단단히 뒤를 눌러놓고 휑하니 산을 내려갔다. 그는 아직도 장진호한테 분이 안 풀리는지 이를 앙다물고 코를 씩씩 불며 내려갔다. 그가 그런 말을 일부러 김확실한테 하는 것은 김확실이래야 장진호를 무지막지하게 닦달을 해버릴 것 같아서였다. 정참봉 마름들을 처치한 것도 김확실이라는 소문이 나 있었으며, 그는 화적이라는 소문도 나 있었으므로 장진호도 그가 닦달을 해야 인정사정 두지 않고 닦달을 할 것 같았다.

김확실은 시또와 기얼은복을 불렀다.

"느그들이 잘 봤다. 장진호가 틀림없다."

김확실이 두 사람에게 김달식한테서 들은 이야기를 대충 설명했다.

"그런게, 그 쟁우댁인가 그 여자가 장진호한테서 내막을 알아내서, 그것을 친정아부지한테 말하고, 그라면 그 영감탱이가 정석남한테 가서 전했단 말씸이지라우?"

시또가 가닥을 추렸다.

"맞다. *동아 속 썩는 속은 밭 임자도 모른다등마는, 그런게 그런 때려쥑일 새끼가 바로 접주님 발밑에 있었다. 이런 새끼는 단매에 작살을 내부러사 쓴다. 일을 어디서부텀 손을 댔으면 좋겄냐?"

김확실이 숨을 발라 쉬며 물었다.

"그 영감탱이부터 족치는 것이 쫄 것 같소. 그 영감탱이한테서 자복을 받은 담에 장진호를 족칩시다."

시또였다.

"그래도 장진호는 별동대장인디, 우리가 족치기는 쪼깐 멋하고 접주님한테 알려사제라."

기얼은복이었다.

"그것은 자복을 받은 담에 생각할 일이다. 얼릉 가서 장진호하고 그 영감탱이를 끗고 온나. 한시가 급하다. 당장 어지께도 그 영감탱이가 정석남을 만났다지 않냐? 그놈들을 끗고 저 뒤에 수풀로 와."

김확실은 저쪽 백룡사 옆을 가리켰다. 거기 으슥한 숲이 있었다.

시또와 기언은복이가 바삐 산을 내려갔다. 한참 만에 시또가 그 영감을 데리고 약속한 장소로 갔다. 김확실이 그 자리에 기다리고 있었다.

"당신 여그 왜 온 중 아시오?"

김확실은 조용한 목소리로 물었다. 늙은이는 쥐눈같이 똥그란 눈으로 멍청하게 김확실을 건너다보고 있었다. 영감은 열두어 살 때까지만 자라다 그때부터 늙기 시작했던 것같이 몸피가 날아갈 것같이 작았다. 옷은 여기저기 기워 입었으나 매무새는 정갈하고 단정했다.

"묻는 말에 바른 대로 대답해사 쓰요잉."

김확실이 단검을 쑥 뽑아냈다. 시퍼런 단검에 영감은 한 발짝 물러섰다. 영감은 별로 놀라는 기색도 드러나지 않고 눈만 더 똥그래졌다.

"이 자리에서 지대로 불면 모르되 그렇잖으면 이 칼이 가만히 안 있어. 이런 칼을 갖고 댕길 적에는 무시밭에서 무시나 뽑아서 깎아 묵을라고 갖고 댕기는 중 아요? 눈 있은게 저그 송장 파낸 구뎅이 뵈지라우? 이 칼로 당신 모가지를 썰어서 저 구뎅이에다 땡개놓고, 젙에 있는 흙으로 오부작오부작 해불면 귀신도 몰라. 묻는 말에 바른 대로 대답하겠지라우?"

김확실은 파묘 구덩이를 가리키며 칼로 모가지를 썬다고 할 때는 이를 앙다물고 칼질하는 시늉까지 했다. 그러지 않아도 무시무시한 작자가 눈알을 부라리며 칼을 들고 설치니 갑자기 사천왕이 살아난 것 같았다. 그러나 영감이 하도 연약하기 때문에 김확실 꼴은 모기 앞에 칼을 겨누고 용을 쓰는 꼴이었다. 영감은 눈만 더 똥그래질 뿐

칼 앞에 모기처럼 별로 놀라는 표정이 나타나지 않았다.

"어지께 읍내 가서 누구 만났소?"

"정석남이라고 우리 동네 사람 만나로 갔는디, 집에 없어서 못 만나고 왔소."

늙은이는 대수롭잖게 대답했다. 그때 저쪽에서 기얼은복이 장진호를 데리고 왔다. 장진호는 심상치 않은 광경에 얼굴이 새파랗게 질렸다.

"이 영감탱이는 니가 족쳐."

김확실은 영감을 시또한테 맡겨놓고 장진호한테로 돌아섰다. 김확실 손에 칼이 들린 것을 본 장진호는 대번에 얼굴이 백지장이 되었다.

"너 이리 와."

김확실은 장진호를 끌고 저 아래 짚벼늘 뒤로 갔다. 저쪽 논두렁에 방천 말뚝이 몇 개 박혀 있었다. 김확실은 칼을 품속에 챙기며 그리 갔다. 방천 말뚝 하나를 옆으로 홱 재꼈다. 우두둑 소리를 내며 부러졌다. 무서운 힘이었다. 김확실은 말뚝을 꼬나쥐고 짚벼늘 뒤로 돌아갔다. 발목 굵기의 말뚝이었다.

"나는 비위가 상하면 몬자 쐬시거나 작살부터 내놓고 보는 사람이다. 두말하지 말자잉."

김확실이 몽둥이를 장진호 코앞에 들이댔다. 한 대면 작살이 날 것 같았다.

"너 왜 여그 온 중 아냐?"

김확실은 착 가라앉은 소리로 물었다.

"잘못이라면 이리 진을 욍기는 것을 쟁우댁한테 미리 말해 준 것밖에는 없소. 나는 그 사람들보고 술막 자리를 몬자 가서 잡으라고 말해 줬는디, 그 소리가 정석남 귀에 들어간 것 같소."

장진호가 숨을 씨근거리면서도 침착하게 말했다.

"그 소리는 누구한테서 들었냐?"

"접주님하고 최경선 씨가 이애기하는 것을 곁에서 얼핏 들었소."

"다른 것은 멋을 또 그 여팬네한테 말했냐?"

김확실은 차근하게 다그쳤다.

"그라고는 별로 한 소리가 없소."

"이놈의 새끼, 뒈지고 잡냐?"

김확실은 대번에 눈에 불이 켜지며 몽둥이를 얼렀다.

"저는 그 집 가서 여러 번 술을 마셨제마는, 농민군 내막은 한마디도 말한 적이 없소. 아까 그 소리는 술막 자리 땀새 해준 것 뿐이오."

장진호는 말을 하다 보니 자신이 생긴 것 같았다. 잠시 생각해 보니 쟁우댁한테 농민군 내막은 허튼소리나마 한마디도 한 것 같지가 않았다.

"그러면, 그 소리가 정석남이란 놈 귀에 들어간 중은 어뜨코 알았냐?"

"엊저녁에사 순심이라고 그 술막 처자한테서 듣고 깜짝 놀랬소." 장진호는 좀 꿀린 표정이었다.

"니가 한 그 소리가 정석남 귀에 들어갔다는 것을 알았으면, 그 소리를 듣고 정석남이랑 그놈들이 접주님 쥑일라는 그 무지막지한 일을 꾸맸다는 짐작도 못했냐?"

김확실이 의외로 차근하게 따졌다.

"얼핏 그런 짐작이 가글래 안 할 소리를 했다고 생각했소."

"멋이? 안 할 소리를 했다고 생각했어? 이 자석아, 그렇게 큰 잘못을 저지른 줄 알았으면 당장 도소에 가서 불어야제 생각만 하고 자빠졌어?"

김확실은 이를 앙다물며 노려봤다. 장진호는 김확실만 건너다보고 있었다.

"그것은 그렇고 다른 소리는 먼 소리를 했냐? 바른 대로 말해."

김확실은 다시 차근하게 물었다.

"다른 소리는 아무 소리도 한 것이 없소."

장진호는 자신 있게 대답했다.

"나를 허새비로 아냐?"

김확실이 대번에 몽둥이로 장진호 어깻죽지를 후려갈겼다.

"이라지 말고 말로 하시오."

장진호가 한 발 물러서며 소리를 질렀다.

"저 영감 안 뵈냐? 지금 저 영감이 다 불고 있어, 이 새끼야."

"나는 저 영감 만나본 일도 없소. 오늘 첨 보요."

장진호가 눈을 부라리며 당당하게 말했다. 영감은 낮에만 이따금 술막에 나와서 땔나무를 마련해 주는 등 일을 거들어 주었을 뿐 밤에는 술막에 나오는 일이 거의 없었다. 그래서 장진호는 먼발치로만 한두 번 봤을 뿐이다.

"뭣이여, 이 개새끼야. 니가 쟁우댁인가 그년한테 말을 하면 저 영감탱이가 날마다 정석남한테 댕김시로 전했다. 이래도 *우멍을 떨

78

래, 이 새꺄?"

김확실은 몽둥이로 사정없이 장진호 배를 질러버렸다.

"오매."

장진호는 배를 싸쥐고 맥살없이 무릎을 꿇었다.

"이 새끼가 뉘 앞에서 숭을 써."

김확실이 몽둥이로 장진호 등짝을 후려갈겼다. 장진호는 배를 싸 안은 채 옆으로 피글 쓰러졌다.

"안 일어나냐?"

장진호는 배를 싸안은 채 맥을 놨다.

"어라 이 새끼 봐."

김확실은 좀 겁먹은 표정으로 장진호를 내려다보고 있었다. 기얼 은복이 곁으로 갔다. 장진호가 숨을 발라 쉬는 것 같았다.

김확실은 숨을 씨근거리며 숲 쪽으로 돌아봤다. 그쪽으로 바삐 갔다.

"이 영감은 손주딸 중매 일로 이진하기 전날 정석남을 꼭 한번뱅 이 안 만났다고 하요. 그 일로 그저께도 가고 어지께도 정석남 집에 가기는 갔는디, 정석남이 없어서 못 만났다요."

시또가 그 동안 문초한 것을 김확실한테 말했다. 영감은 똥그란 눈으로 김확실만 건너다보고 있었다.

"그라먼 그놈한테 이쪽 내막 말한 것은 멋멋이냐?"

"그런 것은 말한 적이 없다고 하요."

시또가 덩둘한 표정으로 말했다.

"정석남한테 여기 내막을 말하지 않았단 말이여?"

김확실이 영감한테 소리를 질렀다.

"여그 내막을 이것저것 물어봅디다마는 내가 멋을 알아사 대답을 하제라우."

영감은 침착하게 말했다.

"멋을 물어봅디여?"

"그런게, 그날 말로 백산으로 진을 욍긴다는디 그대로 욍긴다고 하더냐, 밤에는 어디어디 기찰을 서느냐, 그런 것을 물어봅디다."

"그래서 멋이락 했소?"

"잘 모른다고 했제라우. 그랬등마는 그런 사정도 쪼깨 알고 댕기라고 허글래 우리 딸한티 이것저것 물어봤는디, 우리 딸도 그런 것을 잘 모릅디다. 그라고, 먼 말을 해주자도 그 담에는 정석남을 만나들 못했소. 그런게로 여그 술막 채린 뒤로 그 사람은 그때 꼭 한본 만났소."

"당신 딸이 말목서 이리 진을 욍긴다는 것까지 미리 알아내갖고 정석남한테 꼬아바치잖았어?"

김확실이 쏘았다.

"그 말을 할 적에는 나도 곁에 있었는디, 우리 딸이 그것도 달래 말한 것이 아니라, 정석남이 중매 일로 또 한 번 오겄다고 한게 진을 백산으로 욍긴닥 하드라고 올라면 그리 오라고 그럽디다. 그런게로 그 소리에 정석남이 깜짝 놀람시로 그러냐고, 틀림없냐고 묻습디다. 그래서 그때 나는 그런 소리에 왜 그렇게 놀라는고 했소."

영감은 또렷또렷하게 말했다.

"중매 일이라니 누구하고 먼 중매요?"

80

"우리 손지딸하고 김달식이라고 창동 젊은이요."

"김달식?"

김확실은 머쓱한 표정으로 시또를 돌아봤다. 영감은 정석남이 김달식 작은아버지를 데리고 와서 선을 봤다는 이야기도 했다. 김확실은 눈이 더 둥그레졌다.

"장진호도 그 가시내한테 눈독을 들이고 있다등마는 싸개통이 복잡한 것 같소."

시또가 말했다.

"워매, 그 때려쥑일 새끼!"

김확실 눈에 확 불이 켜지며 장진호 곁에 서 있는 기얻은복을 불렀다. 장진호는 일어서서 배를 싸안고 있었다.

"너 가서 김달식인가 그 새끼 잡아갖고 와."

김확실은 이를 앙다물며 내뱉었다. 기얻은복이가 달려갔다. 그때 시또가 영감을 향했다.

"그 순심인가 그 가시내는 어떤 가시내요? 당신 친손주요?"

"친손주가 아니오."

그가 순심이 내력을 말했다. 전에는 자기들이 고창서 살았는데, 십이삼 년 전 흉년이 든 해에 얻어먹으러 다니던 거지가 다섯 살 된 순심일 맡겨놓고 간 다음 소식이 없어 지금까지 딸처럼 키우고 있다는 것, 얼굴이 예쁘다고 소문이 나자, 부자들이 노리개첩으로 빼앗아가려고 하는 통에 간질병이 있다고 거짓말을 한 것이 그만 그 소문이 널리 나버려서 그쪽에서는 혼삿길이 막혀버렸다는 것, 그래서 고심을 하다가 이리 이사 와서 살게 되었다는 따위였다.

"어야, 호만이!"

정묘득이 장막에서 나오는 장호만을 불렀다. 장호만은 정묘득을 보자 눈이 둥그레졌다. 이천석과 김만복도 마찬가지였다. 그들은 전주에서 임군한을 배행하고 금방 당도해서 점심을 먹고 나오는 참이었다.

"아니, 왜 안 갔소?"

장호만이 놀라 물었다. 그날 새벽 피아골로 간다고 작별한 사람이 다시 돌아온 것이다.

"전주 가셨다고 허둥마는 댕겨오셨구만."

정묘득이 멋적게 웃으며 다가왔다.

"왜 안 갔소?"

장호만이 따지듯 물었다.

"실은, 가다가 그럴 일이 있어서 다시 왔네."

정묘득은 장막 뒤로 목발을 옮기며 말했다.

"어쩌려고 여기 와서 이렇게 낯을 내놓고 다니오? 몸이 표나겄다, 유배걸이 사람이라도 봐서 채가면 어쩔 참이오?"

장호만은 당신이 지금 정신이 있는 사람이냐는 표정으로 거듭 다그쳤다.

"내 말 들어보게. 그날 새복에는 급한 짐에 등을 떠민 대로 여그를 떠나기는 떠났는디, 아무리 내것 찾았다고 하제마는, 그 돈을 그대로 갖고는 도저히 발길이 안 떨어지글래 이러고 다시 돌아왔네. 정읍까지 가다가 몸살이 나서 친척집에 눴는디, 몸살이 어떻게 심해부렀든지 내가 시방 객사를 하라는 팔자라냐 어쩐다냐, 저승 문턱을

82

넘성거림시로 가만히 생각을 허본게로, 그렇게 아픈 것도 다 멋이 씌어대서 발길을 막은 것 같등만."

그는 정말 되게 앓았는지 눈이 때꾼하고 얼굴이 여간 초췌해 보이지 않았다. 세 사람은 멍청한 표정으로 정묘득 얼굴만 건너다보고 있었다.

"아무리 맘을 독하게 묵고 그냥 가불라고 혀도 꼭 도둑질이라도 해갖고 내빼는 것 같기도 하고, 여기 있는 농민군들을 배반하고 가는 것 같기도 하고, 가재도 더는 발이 안 떨어지는디 어떻게 가겄는가? 남이 일껏 지어논 농사에 낫 들고 들어가서 추수를 해 갖고 가는 것도 아니고 생각을 하면 할수록 당최 뒤가 땡겨서 걸음이 지대로 걸어져사 가제."

정묘득은 말주변이 좋은 사람이라 여기서도 말이 푸짐했다.

"그럼 어쩔 참이오?"

장호만이 퉁명스럽게 물었다.

"어쩐다기보담도, 전봉준 접주님을 찾아뵙고 이 일에 보태 쓰라고 논마지기 값이라도 내놓고 가사 발걸음이 제대로 떨어질 것 같네. 누워서 저승문턱을 오락가락함시로 생각혀 본게, 아까도 말했제마는 내가 병이 난 것도 긍게로 절로 난 것이 아니고, 하늘이 내려다보고 있다가 꼭 주걸이라도 때린 것만 같아."

정묘득이 멋적게 웃으며 말했다.

"여보시오. 돈을 내놓고 가다니, 당신 형편에 그 무슨 당찮은 말씀이오. 맞돈 내는 추렴에도 형편이 여의치 않으면 면을 묵는 것이오. 당신 지금 그런 몸으로 인정에 막히고 정분에 막히고, 콩팔칠팔 새삼육 따질 것 다 따지고, 차릴 체면 다 차려보시오. 그렇게 살다가는 더구나 요새같이 험한 세상에서는 자기 것으로 남아날 것이 한나도 없소. 당신이 논을 빼앗겼던 일만 하더라도 그렇잖소. 정분에 막혀 남의 빚보인 섰다가 그 꼴이 된 것 아니오? 우리가 술값 한 푼 안 받고 당신 등을 밀어보낼 적에는 다 그만한 생각이 있어서 밀어보냈제, 그런 총찮은 생각이나 하라고 보낸 줄 아시오? 그래도 지금은 나이가 젊어 그 몸으로 약초라도 캐제마는, 나이가 더 들어보시오. 나이 들어 자리 지고 누워 있으면 그런 알량한 인정이 밥 먹여 주고 누가 통때 묻은 동전 한 푼 갖다 줄 줄 아시오?"

장호만이는 눈알을 부라리며 내질렀다.

"낸들 그런 물정 없었는가? 그러제마는 이 추위에 주먹밥 강다짐험시로 한뎃잠 자는 농민군들 꼴이 눈에 밟혀서 발길이 지대로 안 떨어지는디 으짤 것인가? 기왕 돌아왔은게 전봉준 접주님한테 다문 몇 푼이래도 인사닦음이나 혀부러사 발길이 지대로 떨어지겄네."

"그런 씨알머리도 안 먹히는 소리 그만 하시고 어서 가실 생각이나 하시오. 지금 여기는 그런 돈 아니라도 관가에서 빼앗은 쌀이야 돈이야 흥청망청이오. 당신한테 그 돈이 어떤 돈이오? 안 돼요. 그 돈은 당신 돈이제마는 당신 혼자 마음대로 쓸 돈이 아니오. 우리라고 목숨 아까운 줄 몰라서 남의 집에 칼 들고 들어간 줄 아시오?"

장호만이가 눈알을 부라리며 쏘아붙였다.

"허 참!"

정묘득은 장호만의 단호한 태도에 몹시 난감한 표정이었다.

"그러면 이렇게 하는 것이 어짜겠는가?"

"뭐요?"

장호만이 퉁명스럽게 내질렀다.

"접주님을 만나 사정 이야기나 드리고 죄송하다는 말씀이라도 하고 가고 잡네."

"접주님이 얼마나 바쁘신 양반이라고 그런 얘기 들을 경황이 있는 줄 아시오? 정 마음에 걸리면 내중에 하시오. 지금 이 오합지졸 같은 촌사람들 모아놓고 감영군이 언제 쳐들어올지 몰라 그 양반은 그 일만 갖고도 짐이 한 짐이오. 이쪽 마음 편하자고, 그런 하찮은 일로 바쁜 사람 붙잡고 한가하게 장설을 풀고 앉았겠다는 거요? 여러 소리 할 것 없소. 어서 가시오. 지금 당장 유배걸이 보낸 사람이 당신을 찾고 다닐지 모르요. 더구나 싸움이 벌어지는 날에는 그 몸으로 도망치기도 만만찮을 것인게 당장 떠나시오."

장호만은 무작정 쫓아 보내려고만 했다.

"그래도 그것이……."

"그래도나 저래도나 그런 한가한 소리는 나중에 하라지 않소. 지금 이 자리는 목숨을 걸고 싸움을 기다리고 있는 전쟁판이오."

"그런게로, 시방 내것이나 챙겨갖고 끄덕끄덕 갈 수가 없는게 하는 소리 아닌가?"

"여러 소리 할 것 없소. 어서 나서시오. 해전에 여기를 벗어나야 부실한 몸에 주막집 봉노라도 불 땐 방을 차지할 것이오."

"허 참, 알겠네. 그라면 가기는 갈라네. 그란디 가다가 곰곰이 생각을 혀본게로 자네들한테 은제 우리 집에 한번 오라는 소리도 못했고, 같이 왔던 사람들만 놔두고 나 혼자 가는 것도 그렇고, 생각을 하면 할수록 어리총찮은 짓만 했더란 말이여."

"그런 생각 하다가는 또 병나요. 어서 가시오. 조두레 씨하고 김칠성 씨한테는 우리가 말을 잘 해드리겠소."

"알겠네. 알겠는디, 언제 틈이 있으면 우리 집에 꼭 한번 오게. 그 근방에 와서 나 물으면 모르는 사람이 없네."

"알겠소. 언제 가든지 한번 갈 텐게 그때는 지난번 접주님 갖다드린 그 섬사주나 한 병 담아 놨다 주시오. 얼마나 존 것인가 우리도 한번 맛봅시다."

모두 와 웃었다.

"아이고, 섬사주뿐이겠는가? 내 살을 비어줘도 안 아깝겠네."

정묘득은 얼른 발걸음이 떨어지지 않는 듯 충그렸으나, 장호만이 불같이 채근하자 하는 수 없이 작별 인사를 하고 돌아섰다. 세 사람은 목발을 짚고 가는 정묘득 뒷모습을 한참 동안 말없이 바라보고 있었다. 피아골서 올 때는 지팡이 끝에서 부싯돌이 번쩍이는 것같이 기세가 팔팔하던 사람이, 오늘은 지팡이에 얹은 몸뚱이가 *물 먹은 갈파래 짐만큼 무겁게 보였다.

그 능청스럽던 익살꾼이 마치 죄진 사람처럼 기가 죽어 전혀 다른 사람이 되어버린 것 같았다. 정참봉을 저 박달나무 지팡이로 갈긴 객기가 어디서 나왔을까 싶을 지경이었다. 그러나 그런 객기도 저런 염치하고 같은 부리에서 나와 서로 모습을 달리하고 있는 정묘득의 인간적인 여러 면모 가운데 한 가지가 아닌가 싶었다. 가려다 가려다 못 가고 돌아온 그 염치가 정참봉 같은 파렴치를 보고는 못 견뎌 그런 객기로 드러났을 터였다.

3. 소는 내가 잘 몬다

전봉준은 도소에서 임군한과 심각한 표정으로 이야기를 하고 있었다. 그때 김확실이 들어왔다. 전봉준이 김확실을 불러오라 했던 것이다. 김확실은 임군한한테 정중하게 고개를 숙여 두령에 대한 예를 표했다. 임군한은 굳은 표정으로 인사를 받았다. 전봉준이 김확실을 향했다.

"장진호한테서 들어보니 김두령이 한 이야기하고 조금도 틀리지 않았소. 그 이야기를 이 자리에서 임두령하고 같이 하자고 오라고 했소."

전봉준은 차근하게 말을 이었다.

"그 이야기를 하기 전에 깊이 알아두어야 할 것이 있소. 아까 김두령은 여기는 전쟁마당이라고 했소. 그러나 내가 늘 하는 말이지만, 여기는 전쟁마당이 아니오. 감영군이 쳐들어오면 응당 싸움이야

붙겠고, 모두 목숨을 걸고 싸우겠지만, 여기 모인 사람들은 군인들이 아니고 그냥 농사꾼들이며, 그래서 여기는 농사꾼들이 모여 있는 곳이지 군대의 진영이 아니오. 먼저 이 사실을 잘 알아야겠소."

좀 엉뚱한 소리에 김확실은 멍청한 표정으로 전봉준을 건너다보고 있었다.

"여기 모인 사람들은 처음부터 제 발로 모여든 사람이라 우리는 이렇게 나와 준 것이 고마울 뿐, 안 나온 사람들을 억지로 나오라 할 수도 없고, 또 여기 나온 사람들이 제 발로 가버리면 억지로 붙잡을 수도 없소. 다시 말하면, 이름이 좋아 농민군이지 여기에는 누구든지 마음대로 들어올 수도 있고 마음대로 나갈 수도 있고, 또 나오는 사람을 누가 못 나오게 할 수도 없고, 나가는 사람을 붙잡을 수도 없소. 그 점부터 나라의 정식 군대하고는 판이합니다. 그래서 우리는 처음부터 무슨 군율을 내세워 그걸 지키라고 말한 적도 없고, 군율로 누구를 닦달해 본 적도 없소. 장진호가 계집에 잠시 눈이 어두워 여기내막을 밖에 흘린 모양인데, 그가 알린 내막이란 것도 실은 별것이 아니오. 김두령은 기밀이란 말을 쓰셨는데, 우리한테는 꽁꽁 도사려 숨겨야 할 무슨 기밀이라고 할 만한 내막이 처음부터 별로 없소. 이리 진을 옮긴 것을 발설한 것은 크게 잘못한 짓이지만, 장진호는 그것을 크게 뉘우치고 있소. 그리고 그자가 아직 더 숨기고 있는 것이 있는 것 같다고 했으나, 병아리가 창자에 담고 있는 것이라면 쌀알 아니면 보리알이지 별것이겠소? 장진호가 실수를 한 것은 사실이지만, 크게 뉘우치고 있는데, 그런 사람을 잡아다가 김두령 말대로 만중 앞에서 엄하게 징치를 한다고 합시다. 농민군들한테 경각심을 주기도 하겠지마는, 동시에 농민군들은 우리한테 겁을 먹을 거요. 그 징치 정도에 따라서 겁을 먹고 아예 여기 안 나올 사람이 있을지도 모릅니다. 앞에서 말했지만, 그들이 등을 돌린다면 우리가 무슨 재주로 그들 등을 다시 돌려세우겠소? 우리 손에 국법이 있소, 그들한테 호령할 직함이 있소? 더구나 윗사람이 조심해야 할 세 가지 악행 중에 한 가지가 가르치지 않고 벌하는 것이오. 우리는 경황이 없었달까 생각이 못 미쳤달까, 여기서 지켜야 할 일을 지성으로 이르고 가르치지 못했소."

전봉준 말소리는 낮았으나 힘이 있었다. 김확실은 멍청한 표정이었고 임군한은 그냥 덤덤한 표정이었다.

"더 나뒀더라면 장진호가 정석남한테 발목을 잡힐 수도 있었는데, 다행히 김두령의 노력으로 발각이 됐소. 아까 들어보니 울고 싶자 빰치더라고 이렇게 발각이 되어버린 것을 되레 후련하게 생각하고 있는 것 같았소. 도망치는 자는 쫓지 말라 했고, 비는 장수 목 못 벤다고 했소. 똑같은 이치로 뉘우치는 놈은 용서를 해주어야 합니다. 그러면 그자는 그때부터 진짜 우리 사람이 될 거요. 여태까지 우리가 본 바로는 관가의 벼슬아치들은 백성한테 눈알을 부라리며 호령만 했고, 죄라면 있는 죄는 두말할 것도 없고, 없는 죄도 만들어 악형을 가했소. 우리는 거꾸로 호령이 아니라 따뜻한 말로 타이르고 죄지은 놈은 뉘우치게 하여 용서를 하고 관용을 베풀어야 합니다. 사람이 하늘이다, 사람을 하늘같이 섬겨라, 이 말은 이럴 때도 깊이 되새겨야 할 말이오."

전봉준은 말을 맺었다.

"접주님 말씀 잘 들었습니다. 제가 한 말씀 드리지요."

임군한이 무겁게 허두를 뗐다.

"여기 모인 사람들이 아무리 농사꾼이라 하더라도 그들이 여기 나온 것은 농사를 지으러 나온 것이 아니라 목숨을 걸고 싸우러 나온 사람들입니다. 쟁기질하는 소도 뿔싸움을 할 때는 자세를 도사립니다. 여기 나온 사람들도 싸움을 하러 나온 사람들이니 싸움에 걸맞는 자세를 갖춰야 할 것입니다. 더구나 이 싸움의 상대는 농사꾼들이 아니라 정식 군대입니다. 그렇다면 정식 군대처럼 대쪽 쪼개는 것 같은 엄격한 군율은 아니더라도 이 사람들한테 알맞은 기율이 있어야 하지 않겠습니까? 아까 그 장진호란 자 일만 하더라도 적과 내통한 것은 아니지만, 그자가 발설한 말이 곧바로 저자들한테 들어가서 하마터면 접주님이 변을 당할 뻔한 사건이 벌어졌습니다. 가르치지 않았으니 벌을 할 수 없다고 말씀하셨지만, 도둑질하지 말라고 안 가르쳤다 해서 도적놈한테 벌을 안 해야 합니까? 도둑질해서는 안 된다는 것은 세 살짜리 어린애들도 스스로 알고 있는 자명한 일입니다. 이쪽 내막을 발설하지 말아야 한다는 것도 그만큼 자명한 일입니다. 가르치고 말고 할 것도 없는 일입니다. 더구나 그자는 다른 사람한테 본을 보여야 할 별동대장입니다. 그리고 사람을 하늘같이 섬기라는 말씀을 하셨는데, 지금 이렇게 모두 목숨을 걸고 나선 것도 꼭 그런 말로 말을 한다면, 이렇게 만인이 봉기한 것은 만 사람이 만 사람을 하늘같이 섬기는 세상을 만들기 위해서입니다. 아까 그 장진호는 바로 이 만 사람을 하늘같이 받들자는 일에 방해를 한 자인데, 그 한 사람 징치하는 데다 그 말씀을 하신다면, 그자 한 사

람은 하늘같이 받들고 만 사람은 저버리자는 이야기가 되어버리고
맙니다. 그리고 관리를 행티를 들어 우리는 따뜻하게 감싸주고 용서
하고 관용을 베풀자는 말씀을 하셨습니다. 지당한 말씀이십니다. 그
러나 그런 관용을 장진호같이 명백한 잘못을 범한 자에게까지 무차
별로 베푼다면 그런 절도 없는 관용은 그 관용 자체를 의미 없게 만
들어버릴 것입니다. 더구나 그자가 접주님의 제자라니 그런 관용은
더 문제가 될 것입니다."

임군한은 정연하게 반박을 했다. 전봉준은 임군한의 말을 들으면
서 여러 번 고개를 끄덕였다. 우선 임군한의 변설에 놀라는 표정이
었다. 평소 껄렁한 것 같고 과격하기만 했던 임군한과는 전혀 다른
면모가 너무도 놀랍게 드러난 것이다. 역시 그 거친 화적집단을 거
느리는 것이 그냥 뚝심만으로 거느린 게 아니다 싶었다. 저마다 한
성깔씩 지니고 이 세상을 등진 화적들을 모아 그들을 한손에 주무르
며 그들의 거친 분노를 올바른 길로 이끌어가자면 이만한 분별과 주
견이 없이는 안 될 것 같았다.

"임두령 말씀도 백번 옳은 말씀이네. 다만 내 말과 임두령 말을
어느 선에서 적절하게 조화를 시키느냐가 문제구만. 그런데 임두령
말을 듣고 보니 역시 아까 그 아이는 임두령이 말한 대로 응분의 책
임을 물어야 할 것 같네."

전봉준은 솔직하게 임군한 말에 승복을 했다. 더구나 자기 제자
니까 더 문제가 된다는 말이 가슴을 찔러왔다. 웬만해서는 하기 어
려운 말을 대담하게 하는 임군한이 한참 쳐다보이기까지 했다.

"칭찬을 해주서서 감사합니다. 그럼 이제 저희들 이야기를 하십

시다. 저는 이 사람들이 도소의 영을 어겼고, 자기들이 해야 할 일과 안 해야 할 일을 분간하지 못했다는 점에서 크게 잘못을 범했다고 생각합니다. 이 점 죄송하게 생각합니다. 바로 당신들 이야기요."

임군한은 엄격한 표정으로 김확실을 돌아보며 말했다. 김확실은 여기서도 어리둥절한 표정이었다. 임군한은 김확실을 향해 말을 계속했다.

"장호만이 그날 저녁 정참봉한테서 논값을 받아주었는데, 그것은 도소에서 금하고 있는 일이었소. 그 일만을 따로 떼어놓고 잘한 일이냐 잘못한 일이냐 하는 것은 사사로운 문제고, 도소가 금하고 있는 일을 범했다는 것이 문제요. 그리고 당신은 흉계를 같이 모의한 마름을 잡았으면 도소로 끌고 와서 그 처리는 도소에 맡겨야지 그들을 처치해 버리다니 그런 어이없는 짓을 어떻게 할 수 있단 말이오? 더구나 별동대장 장진호가 그런 잘못을 범했다면 당신의 입장에서는 그 사실을 도소에다 알려주면 그만이지 그를 닦달까지 한단 말이오? 장진호는 농민군 속에서 별동대장이라는 엄연한 직위를 지니고 있고, 당신들은 아무 직위도 없이 곁에서 접주님 호위를 거들고 있는 사람들일 뿐이오. 그런 사람들이 마름을 처치하고 별동대장을 닦달하다니, 분수를 몰라도 그렇게 모를 수가 있단 말이오? 그만한 일은 분간을 할 줄 알았는데, 이게 무슨 짓들이오?"

임군한은 김확실을 향해서 눈을 부라렸다.

"아닐세. 내가 말한 것은 그것을 따지자는 것이 아닐세. 내 말을 더 들어보게. 내 이야기는 그와는 전혀 다른 이야기네. 아까 자네가 농민군을 소에 빗댔으니 말인데, 농민군이 쟁기질하는 소라면 자네들은 호랑일세. 소는 쟁기질을 하는 데는 호랑이하고 비할 바가 아니지만, 싸움속으로는 생무지라 호랑이한테 델 수가 없네. 이렇게 소하고 호랑이는 그 살아가는 결이 서로 달라. 그렇지만 이 농사꾼들도 쟁기질하러 나온 것이 아니라 자네 말마따나 싸우러 나왔으니 두말할 것도 없이 싸울 자세를 취해야 하네. 그래서 모두가 나름대로는 마음을 도사리고 용을 쓰고 있네. 그러나 농사지으며 허랑하게 살아가던 농사꾼들 습성이 하루아침에 바꾸어질 수는 없네. 산에 사는 곰이란 놈도 한겨울 땅속에서 겨울잠을 자고 나오면 몸이 굳어서 그 굳은 몸을 제대로 풀려면 여러 날이 걸린다고 하더구만. 그런데 이 사람들은 원래가 농사꾼들인데 그것이 쉽겠는가? 아까 자네가 기율을 세우라고 했네마는 내가 그것을 몰라서 그런 기율을 안 세우는 것이 아니라, 살아가는 결에 무리가 있으면 부러지기 때문에 지금 조금씩 조금씩 단련을 시켜가고 있는 중일세. 도끼로 무작스럽게 패는 장작도 나뭇결에 따라 도끼질을 해야지 그 결에 어긋나면 도끼가 퉁기거나 나무가 튀겨. 그런데 이런 농사꾼들 속에 자네들 같은 호랑이들이 들어와 섞여노니 서로 결이 맞지 않아 여러 가지로 무리가 생기고 있네. 내가 말을 하자는 것은 바로 이 점이네. 장호만이나 김두령의 잘못을 다져 그것을 나무라자는 것이 아니라 바로 근본이 되는 이 문제를 의논하자고 자네를 여기까지 부른 걸세."

임군한은 그때야 비로소 새롭게 눈을 밝혔다. 전주에 있는 자기를 이리 불러온 까닭을 이제야 비로소 짐작하는 모양이었다.

"일테면, 조병갑이 도망칠 때 거들어준 정참봉을 놔주고 아전들을 방면했던 것은 우리가 지금 벌이고 있는 일을 놓고 전체 형편을 살펴서 우리의 결에 맞추어 우리 힘에 맞게 작정을 하자는 것이었네. 집에 키우는 벌들 안 봤는가? 이놈들은 겨울이 돌아오면 자기들 수하고 그 통에 잇는 꿀하고 그 양을 가늠해서 꿀이 겨울나기에 부족할 성부르면 자기 식구들을 물어 죽여서 그 식량에 맞게 수를 조절하네. 우리가 정참봉이나 아전들을 놔줬던 것은 우리가 상대해서 싸워야 할 적을 우리 힘에 맞게 조절을 했던 셈이네. 그런데 자네들이 그 정참봉을 잡아서 너무 심하게 닦달을 해노니 그 정참봉이 우리한테 원한을 품고 우리 적이 되어 우리를 죽이려고까지 나왔던 걸세. 오늘 장진호란 놈만 보더라도 그놈이 잘못을 범한 것은 사실이네. 그런데 아까 보니 이놈이 완전히 주눅이 들어 발발 떨고 있네. 김두령이 그 아이를 닦달한 것이 지휘체계를 벗어났다 해서 그것을 문제 삼으려는 것이 아니고, 내 말은 닦달을 하더라도 소는 소처럼 닦달을 해야 할 것인데, 자네들 습성대로 호랑이처럼 엄하게만 닦달을 해노니 그 지경이 됐다는 이야길세."

전봉준 말은 언제나 그렇듯 조용했으나 여기서도 범하기 어려운 경륜이 바닥에 깔려 있었다. 두 사람은 그대로 듣고만 있었다. 그러나 전봉준 말에 그대로 승복하는 표정은 아니었다.

"자네들이 우리를 거들어 주는 것은 고마운 일이나 우리하고는 결이 맞지 않아 중요한 대목에서 이렇게 무리가 생기고 있네. 더구나 지금 자네들이 여기 들어와 있다는 사실이 소문이 난 것 같네. 그런 소문이 어떻게 나돌고 있을 것인가는 뻔하잖은가? 저놈들이 겉으로는 농민군이지만 속살로는 화적들이 좌지우지하고 있다, 이렇게들 이야기할 걸세. 그렇게 되면 명분상으로도 문제가 있네. 싸움이 벌어지면 자네들은 농민군 열 몫 스무 몫을 거뜬히 해낼 사람들이고 더러는 농사꾼들이 엄두도 못 낼 어려운 일들을 해낼 사람들이네. 그때는 자네 같은 사람들이 천군만마에 못지않은 원군이지만, 이렇게 그냥 있을 때는 자네들하고 우리 사이에 이런 무리가 있다는 이야길세. 자네는 내 말을 곡해할 만큼 옹졸한 사람이 아니니 내 소견대로 말을 하겠네. 자네들은 잠시 물러가서 쉬고 있다가 제대로 싸움이 벌어지면 그때 달려와 주는 것이 어떻겠는가?"

전봉준이 직설을 했다.

"알겠습니다. 하시기 어려운 말씀을 제대로 해주시니 감사합니다. 접주님 말씀을 듣고 보니 거들어준다는 것이 되레 크게 폐를 끼치고 말았습니다. 우리가 우리 습성대로 일을 해서 서로 위각이 나고 무리가 생긴다는 말씀은 옳은 지적 같습니다. 그러면 접주님 말씀대로 우리는 잠시 물러가 있다가 싸움이 어렵게 될 때 오겠습니다."

역시 임군한답게 시원시원했다.

"그런데 한 가지 말씀드리고 싶은 것이 있습니다. 아까도 드린 말씀입니다마는, 여기 나온 사람들은 농사꾼들이지만, 싸움을 하러 나온 글자 그대로 농민군들입니다. 그런데 접주님께서 너무 농사꾼 습성에만 맞추어서 그들을 다루는 것이 아닌가 싶습니다. 소하고 호랑이는 처음부터 종자가 다르지마는 농사꾼하고 군대는 같은 종잡니다. 소는 아무리 단련을 시켜도 호랑이가 될 수 없지만 농사꾼을 단련시키면 금방 군대가 됩니다. 너무 그들의 습성에만 뒤따라가실 것이 아니라 앞에서 끌고 가셔야 할 것 같습니다."

"고맙네. 그러나 나는 내 발걸음에 맞춰 억지로 끌고 가는 것이 아니라 그들 발걸음에 맞춰 몰고 가는 셈이네. 고삐질을 눅게 하느냐 되게 하느냐, 이 점에 자네하고 차이가 있을 뿐일세. 그러나 오늘 자네 말을 깊이 새겨서 고삐를 더 되게 휘두르겠으니 안심하게. 호랑이 모는 데는 자네 솜씨가 낫겠지만 소 모는 데는 내 솜씨가 더 나을 걸세. 고맙네."

전봉준은 껄껄 웃었다. 임군한도 따라 웃었다.

"그럼 앞으로도 오거무를 날마다 보내 소식 전하겠습니다."

임군한이 일어섰다. 김확실도 따라 일어섰다. 전봉준은 일어서는 김확실의 손을 잡았다.

"김두령이 고생을 많이 했는데 존 소리가 안 되어서 미안합니다. 내가 어찌 김두령의 그 백수 같은 심지야 모르겠소?"

전봉준은 웃으며 김확실의 등을 다독거렸다.

"접주님, 크게 깨달았습니다. 앞으로도 언제든지 불러주십시오. 두령님의 영만 있으면 접주님의 뜻에 따라 신명을 바치겠습니다."

김확실은 절도 있게 동작을 끊어 깊이 허리를 숙였다.

"고맙소."

전봉준이 거듭 김확실의 등을 다독거렸다.

장춘동은 자기 동네를 향해 밤길을 걷고 있었다. 오늘은 집에서 자는 날이 아니었다. 동네 사람들한테는 도소에 일이 있는 것처럼 말을 하고 슬쩍 장막을 빠져나왔다. 지난번 자기 아내와 이상만의 현장을 발견한 뒤 그 동안 두 번이나 이렇게 밤길을 쳤으나 현장을 잠을 수가 없었다.

　장춘동은 이상만을 처치할 결심을 하고 그 구체적인 방법까지 생각해 두고 있었다. 이상만을 잡아다 암장을 해버리기로 작정한 것이다. 자기 아내와 이상만의 관계를 알고 난 장춘동은 며칠 동안 피를 말리다가 그러기로 작정을 하고 나니 살 것 같았다. 이상만을 잡아다 암장해 버리자는 생각을 하자 암장할 장소까지 머리에 떠올랐다. 어쩌면 그 장소가 먼저 떠오르면서 그런 생각이 뒤따랐는지도 모른다. 천태산의 너덜겅이었다. 어렸을 때 나무하러 가서 맨 처음 보았던 곳이다. 그때 그곳을 보는 순간, 못된 놈이 있으면 이런 데다 암장을 해버리면 감쪽같겠다는 생각이 떠올랐다. 펑퍼짐한 바위가 하나 있고 그 밑은 마치 그렇게 만들어놓은 것처럼 사람 몸뚱이 하나 집어넣을 만한 공간이 있었다. 장춘동은 그 뒤로도 그쪽으로 나무하러 가면 그 생각을 하며 여러 가지 공상을 했다. 수령을 잡아다 암장하는 공상을 하기도 했으며, 이주호를 잡아다 암장하는 공상을 하기도 했다.

　장춘동은 이상만을 그렇게 처치하기로 결심한 다음날 당장 거기를 가보았다. 옛날대로였다. 그 장소를 보자 거기는 마치 이상만을 위해서 만들어졌고 여태까지 이상만을 기다리고 있는 것같이 느껴질 지경이었다. 장춘동은 그 생각을 가슴에 비수처럼 지니고 이상만을 감쪽같이 그리 끌고 갈 궁리를 했다. 그러면서 자기 아내와 이상만이 상관하는 현장을 다시 잡으려고 남모르게 밤길을 두 번이나 쳤지만 허탕이었다. 첫 번 허탕을 치고 났을 때는 더 이가 갈렸다. 그러나 두 번째 허탕을 치고 돌아올 때는 허탈감과 함께 차라리 잘되었다는 생각이 들었다. 이상만을 거기까지 끌고 가서 그를 처치한다는 것이 한 짐이나 끔찍스러웠는데, 그런 끔찍스런 일을 모면하게 된 것이 우선 후련했던 것이다. 그 자식이 마음을 돌려먹었을지도 모르니 모르는 척해 버릴까 생각하기도 했다. 그러나 그것이 쉽지 않았다. 집에 가면 입은 물 밖에 나온 조개처럼 닫혀 버리고 장막에 나와도 마찬가지였다. 동네 사람들 앞에 나서면 모두가 자기를 안쓰럽게 여기는 것 같아 지레 주눅이 들었고, 돌아서면 그들 눈초리가 자기 뒤통수에 박히는 것같이 스멀스멀했다. 장춘동은 다시 이를 사리물고 마음속에서 칼에 날을 세웠다. 그러나 밤에 혼자 길을 나서는 것부터 끔찍스러웠다. 다음 날로 미루고 그 다음날로 미루었다. 다시 그만두어 버릴까 생각했다. 그러나 이상만을 그대로 두고는 자기는 완전히 등신으로 세상을 살아가야 할 것 같았다. 자기도 그렇고 아내도 그렇고 그 일이 마음을 들돌처럼 눌러 그렇게 눌린 마음으로 일생 동안 칠흑같이 어두운 세상을 살아가야 할 것 같았다.

며칠 전 장춘동은 험한 꿈을 꾸었다. 동네 사람들이 전부 달려들어 자기를 두들겨팼다. 무슨 일인지는 모르겠으나 자기 아내도 동네 사람 틈에 끼여 몽둥이로 자기를 두들겨팼다. 자기는 아무 말도 못하고 때리는 대로 맞고만 있었다. 동네 사람들은 몽둥이로 패다 못해 대창으로 찌르기까지 했다. 온몸이 피투성이가 되었다. 먼가 한없이 억울했으나 말을 해보았자 아무 소용이 없을 것 같았다. 그냥 때리는 대로 맞고만 있었다. 자기 아내가 내리치는 몽둥이를 붙잡았다. 그 몽둥이는 자기 집 뒤란의 옹이가 박힌 몽둥이였다. 그 몽둥이에 제대로 맞으면 자기는 꼼짝없이 죽을 것 같았다. 그 몽둥이를 틀어잡고 악을 쓰다가 잠이 깼다. 온몸에 땀이 흥건했다. 그는 꿈을 꾸고 나서 가만히 생각해 보았다. 이제 이상만이 자기 아내를 범했다는 것이 문제가 아니라 그 작자를 그냥 두고는 자기 인생은 여기서 끝나고 말 것이라는 절박한 생각이 들었다. 다음 날, 정참봉이 참살당했다는 소리를 들었고, 그를 죽인 것은 소작인들이라는 소문이 돌았다. 그와 함께 정참봉의 마름도 둘이나 죽었다는 소문이 나돌았다. 모두 놀라면서도 시원해하는 표정들이었다. 장춘동은 가슴이 뛰었다.

장춘동은 마음을 얼음장같이 도사리며 길을 걷고 있었다. 하늘에는 별이 총총했다. 도매다리를 지나 자기 동네 뒷동산에 이르렀다. 고개를 올라서다가 길을 조금 옆으로 들어섰다. 시커멓게 웅크리고 있는 섶나무 벼늘 쪽으로 갔다. 어둠 속에서 나무 벼늘 한쪽에 손을 쑤셔넣었다. 몽둥이를 하나 뽑아냈다. 미리 감춰둔 몽둥이였다. 다시 손을 넣어 또 무얼 꺼냈다. 노끈 뭉치였다. 노끈도 모시로 곱게 꼬아 몽둥이와 함께 거기 숨겨두고 있었다. 몽둥이에서 뭉청한 무게가 느껴지자 지레 가슴이 뛰었다. 몽둥이가 그 뭉청한 무게로 자기의 결의에 동조를 해오고 잇는 것 같았다. 그는 숨을 발라 쉬며 동네로 들어갔다. 발소리를 죽였다. 그는 이렇게 몰래 길을 걸어보면서야 처음으로 짚신에서도 발짝 소리가 제법 크게 난다는 것을 깨달았고, 이제 그 발짝 소리를 죽이는 데도 어지간히 미립이 났다.

개가 짖었다. 천연스럽게 걸었다. 개가 짖다 말았다. 자기 집 골목으로 스며들었다. 방에 불이 꺼져 있었다. 사립문이 열려 있었다. 성큼 마당으로 들어섰다. 아무런 낌새도 느껴지지 않았다. 훈기가 끼처온 것 같던 첫날 같은 그런 조짐은 없었다. 그러나 그런 조짐은 아무 생각이 없었던 그런 때나 있을 수 있는 일이라 생각하며 뒤란으로 돌아갔다. 발을 멈칫했다. 귀를 쫑그렸다. 말소리가 난 것 같았다. 가슴이 횅 내려앉았다. 장춘동은 맥이 쭉 빠졌다. 설마 했던 칼이 자기 가슴에 꽂히는 기분이었다.

"오늘은 죽었으면 죽었제, 안 돼요. 어서 가씨오."

아내의 낮으나 앙칼진 목소리였다. 순간 장춘동은 대번에 숨이 차오르며 몸뚱이가 공중으로 부웅 떠오르는 것 같았다. 움츠렸던 살기가 칼날처럼 가슴속에서 퉁겨올랐다. 칼날이 가슴속을 휘젓고 다니는 것 같았다.

"왜 이래?"

이상만의 고압적인 목소리였다.

―하.

장춘동은 입을 벌려 숨을 내쉬며 침착하게 돌아섰다. 사립을 나왔다. 길가 논에 있는 짚벼늘 뒤로 몸을 숨겼다. 하늘을 쳐다보았다. 서리 머금은 별들이 파들파들 떨고 있었다. 장춘동은 머리가 먹먹했다. 뒤얽힌 남녀의 몸뚱이가 눈앞에 떠올랐다. 자기 집 골목 쪽을 내다봤다. 아무것도 보이지 않았다. 모시줄을 풀었다. 모시줄 한 토막을 손목에 감았다. 다른 줄은 허리에 돌려 가볍게 고를 냈다. 다시 자기 집 골목을 내다봤다. 아무것도 보이지 않았다. 가슴이 답답해 왔다. 몽둥이를 들었다. 두 손으로 몽둥이를 꼬나잡았다. 몽둥이를 쥔 손이 파르르 떨었다.

이상만의 집을 건너다보았다. 우람한 대문이 바위처럼 버티고 서서 자기한테 호령을 하고 있는 것 같았다. 이것들을 전부 죽여버리고 저 집구석에도 불을 질러버릴까? 저 집에서 훨훨 불이 타는 모습을 눈앞에 떠올려보았다. 그 불길 위에 남녀의 뒤엉킨 몸뚱이가 떠올랐다. 장춘동은 입술을 깨물었다.

장춘동은 짚벼늘에 등을 기대고 눈을 감았다. 오늘 드디어 저놈을 작살낸다 생각하니 오히려 마음이 차분했다. 머리는 그냥 먹먹하기만 했다. 뒤얽힌 남녀의 몸뚱이가 눈앞에 떠올랐다. 이상만 너 그 몸뚱이를 많이 짓이겨라. 오늘이 마지막이다. 장춘동은 몽둥이를 틀어쥐고 몽둥이 끝을 세웠다. 뭉청한 무게가 느껴졌다. 든든했다. 다시 자기 집 골목을 내다봤다. 그러나 이상만이 나타나지 않았다. 다시 짚벼늘에 등을 기대고 눈을 감았다. 또 뒤얽힌 몸뚱이가 눈앞에 떠올랐다. 마음대로 짓이겨라. 나는 네놈을 천 배 만 배 짓이겨 줄 것이다. 장춘동의 가슴이 이제 얼음장처럼 굳어지고 있었다. 장춘동은 자기가 이렇게 꼭 자기 아내와의 현장을 다시 확인한 다음에 이상만을 암장하려고 했던 까닭을 이제야 알 수 있었다. 암장을 하기로 작정을 했으니 아무 때나 그를 붙잡아 끌고 가도 될 텐데, 몇 번이나 허탕을 치면서도 기어코 이렇게 현장만을 다시 잡으려고 노렸던 것이다. 그것은 이 무서운 살기를 되살리기 위해서였던 것 같았다. 이런 무자비한 살기가 아니면 사람을 죽인다는 끔찍한 짓을 할 수가 없을 것 같았다.

다시 자기 집 쪽을 돌아봤다. 벌떡 일어섰다. 그림자가 하나 나타난 것이다. 장춘동은 숨을 죽이고 그 그림자를 찬찬히 보았다. 윤곽으로 보아 이상만이 틀림없었다. 이상만이 짚벼늘 가까이 오고 있었다. 장춘동은 손에 들었던 몽둥이를 논바닥에다 가만히 내려놨다. 이상만이 지나갔다. 장춘동은 짚벼늘 뒤에서 사뿐 나갔다. 길로 올라섰다. 이상만 가까이 다가갔다. 뒤에서 와락 목을 껴안았다. 이상만이 몸을 뒤챘다. 껴안은 팔에다 지그시 힘을 주었다. 우악스런 장춘동의 힘에 이상만 정도는 허깨비였다. 목을 감은 팔에 이상만 목줄기에서 따뜻한 체온이 느껴왔다. 장춘동은 왼쪽 팔목에서 끈을 풀어 재갈을 물렸다. 이상만을 짚벼늘 뒤로 끌고 왔다. 짚벼늘에다 이상만의 몸뚱이를 홀쩍 밀었다. 이상만이 털썩 엉덩방아를 찧었다. 몸을 일으키려 했다. 장춘동은 일어나려는 이상만의 어깻죽지를 몽둥이로 후려갈겼다. 이상만이 옆으로 대굴 굴렀다. 장춘동은 허리에서 끈을 풀었다. 이상만의 두 팔을 뒤로 돌려 결박을 지웠다. 이상만을 다시 짚벼늘에 기대 앉혔다.

"나 장춘동이다."

장춘동이 이상만 곁에 바짝 다가앉으며 말했다. 재갈이 물린 이상만은 어둠속에서 장춘동만 건너다보고 있었다.

"너는 내가 오늘 저녁에 당장 너를 죽일 중 알 것이다마는 안 죽인다. 안심해라. 나하고 갈 데가 있다. 갈 데가 있은게 거그 가서 이약을 허자."

장춘동이 마치 다정한 사람끼리 은밀한 밀담이라도 하듯 낮은 소리로 속삭였다. 장춘동 목소리는 조금도 흥분한 목소리가 아니었다. 한마디 한마디가 물방울 떨어지듯 또렷또렷했다. 장춘동은 스스로 자기 목소리를 들어보면서 절대로 흥분해서는 안 된다고 생각했다. 다시 움츠러들지 모르는 살기를 그래도 살리기 위해서는 얼음처럼 냉정해야 한다고 생각했다.

"일어서라."

이상만이 일어섰다.

"누가 오거든 나하고 어디 가는 것같이 천연스러워야 한다. 얕은 수작 부렸다가는 대번에 죽는다."

장춘동이 힘진 소리로 한번 어르고 나서 이상만의 등을 밀었다. 아까 왔던 뒷동산 쪽을 향했다. 동네 개들이 짖었다. 동네를 빠져나올 때까지 다행히 아무도 만나지 않았다. 뒷동산 잔등을 넘었다.

"니가 우리 집 여편네하고 상관하는 것을 안 것이 언젠 중 아냐? 말목으로 진을 옮기는 날 저녁이었다. 니가 소작 이얘기하는 소리도 들었고, 우리 여팬네가 징징 우는 것도 들었다. 나는 니가 나오면 몽둥이로 니 골통을 뽀개불라고 생각했다. 그런디 생각을 달리 묵고 지금까지 참아왔다."

장춘동은 친구하고 이야기하고 가는 것같이 조용한 목소리로 말을 하며 가고 있었다. 밭둑길을 지나 자랏고개로 올라섰다. 거기서 상봉 쪽을 향해 좁은 산길로 들어섰다. 이상만은 오늘 저녁 당장 너를 죽이지 않는다는 소리에 한가닥 희망을 품고 따라가는 것 같았다. 장춘동은 이상만을 그 너덜겅까지 쉽게 끌고 가기 위해서 이런 말까지 미리 생각해 두었던 것이다. 장춘동은 마음이 차근했다. 정말로 오늘 저녁에 그를 안 죽이고 누구하고 이야기하러 데리고 가는 것같이 느껴질 지경이었다. 장춘동은 아무래도 이 작자를 맨정신으로는 못 죽일 것 같았는데, 충분히 죽일 수 있다고 생각했다.

"갑갑하지야. 입을 풀어주께."

장춘동은 결박지은 데를 한번 만져본 다음 입에 물린 재갈을 풀었다.

"아이고, 살래주시오."

이상만이 돌아서며 숨넘어가는 소리로 애원을 했다. 땅에다 무릎을 꿇으며 수없이 고개를 굽실거렸다.

"이 자석아, 오늘 저녁에는 너를 안 죽인단 말이다. 저그 가면 너를 지다르고 있는 사람들이 있다. 거그 가서 이약을 허자."

장춘동은 능청스럽게 말했다. 이상만이 말을 하자 장춘동은 자기 입에서 재갈이 벗겨진 것처럼 후련했다.

"참말로 살래 줄라요?"

떨리는 소리로 더듬거리며 물었다. 숨을 씨근거리며 마치 어린애같이 애처롭게 말했다.

"오늘 저녁에는 안 쥑일 것인게 염려 말고 어서 가자."

이상만은 일어나서 다시 앞을 섰다.

"먼 일이든지 시킨 대로 할 것인게 살래만 주시오. 참말로 먼 일이든지 다 할라요. 참말이오."

정말로 무슨 일이든지 하겠다는 간절한 목소리였다.

"잔소리해싸면 또 입을 뭉꺼분다잉."

산속은 더 깜깜했으나 장춘동은 발에 익은 산이라 길을 짐작을 할 수가 있었다. 이상만은 별의별 소리를 다하며 살려달라고 애원을 했다. 그러나 한가닥 희망이 있기 때문에 그대로 앞장을 서서 갔다. 장춘동은 재갈을 풀어 준 것을 후회했다. 그의 목소리를 들으니 그가 불쌍하다는 생각이 들었기 때문이다.

"너는 다른 여자들도 여럿 범했다. 모두가 소작을 입갑으로 그런 무지막지한 짓을 했을 것이다."

장춘동은 이상만 목소리를 듣고 흔들리는 자기 마음에 살기를 되살리려는 듯 또박또박 말했다. 이놈을 죽이기까지는 문제가 없겠는데, 죽이고 돌아갈 때가 걱정이었다. 그때는 거의 정신이 나가 버릴지 모른다고 생각했다. 그때를 생각해서 되도록이면 침착해야 한다고 다짐했다. 지금은 이 작자가 이렇게 살아서 걸어가고 있으므로 외로움이 덜했다. 그러나 이따는 이자가 죽어서 귀신이 되어버릴 것이고 그때는 자기 혼자라는 생각을 하면 지레 가슴이 뛰었다. 그때는 그때라고 배짱을 가다듬었다. 너덜겅에 이르렀다. 바로 그 바위 옆으로 갔다.

"여그 앉아서 이얘기 쪼깨 허자."

바위 위에 앉혔다. 장춘동은 그 앞에 맞바로 보고 앉았다.

"지난번에 내가 너를 쥑애불라다 안 쥑이고 참았다고 했지야. 너를 안 쥑이고 그냥 참고 살아볼라고 생각했을 적에 한 가지 떠오른 것이 있더라. 내가 어렸을 적에 발을 다쳤을 때 니가 약을 볼라준 일이 있다. 그 일이 생각이 나더라."

장춘동은 차근하게 말했다.

"아이고, 살래 주시오. 멋이든지 다 할라우. 우리 재산을 다 주락해도 주께라우. 살래만 주시오. 참말로 살래만 주시오."

이상만은 고개를 수없이 굽실거리며 숨넘어가는 소리로 애원을 했다.

"그 약 볼라준 일이 생각이 나서 그런 일이 한 가지래도 더 있는

가 생각을 해봤등마는, 그 일 말고는 다른 일은 통 없고 니가 나를 서럽게 한 일만 생각나더라. 내 말 똑똑히 들어라잉. 너하고 나하고 다른 것이 있다면, 너는 재산이 있고 나는 재산이 없는 것뿐이다. 너는 그 재산을 업고 지금까장 뻗대고 살았고 나는 니 앞에 죽어 살아왔다. 너는 그 재산을 입갑으로 마지막에는 내 마누라까장 범했다. 너는 그렇게 동네 다른 여자들도 여럿 범했다. 그래서 나는 너를 쥑이기로 작정을 했는디, 너를 쥑이더래도 내가 애렸을 적에 그 약 볼라준 것만은 고맙다는 말을 하고 쥑애사 쓰겄글래 시방 이 말을 한다. 그것은 고맙다."

"아이고, 멋이든지 원하는 것이 있으면 다 말하시오. 다 해줄랑게 말만 하시오. 다 해줄 것인게 살래만 주시오."

장춘동은 몽둥이를 들려다 다시 놓았다. 지금까지는 살아 있는 놈을 대하지만, 이놈이 죽고 나면 죽어버린 시체를 대할 것이므로, 그 순간부터 자기는 지옥에라도 떨어지는 것 같을 것이다. 이 개새끼, 너는 끝까지 나를 괴롭히는구나, 장춘동은 이를 악물었다.

"또 한 가지 할 말이 있다. 오늘 너를 안 쥑인다고 했는디, 그것은 너를 여그까지 편히 꼿고 올라고 한 소리다. 그것도 알고 죽어라."

장춘동이 몽둥이를 들고 일어섰다.

그때 백산서 말목으로 가는 강둑에 그림자 둘이 바삐 내닫고 있었다.

"오매, 이라고 가도 괜찮을란가 모르겄소."

순심이 우는 소리를 하며 장진호를 따라가고 있었다.

"그라면 김달식한테로 시집을 가겠다는 말이여? 당장 날새면 쟁우댁 술막을 걷어내라고 할 것인디, 그라면 나하고는 만날 수도 없잖겠어? 더구나 그렇게 되면, 순심이 혼자 어떻게 달식이 혼담을 뿌리치냐 말이여? 지금 이라고 가도 내가 내중에 다 말을 잘 할 것인게 걱정 말고 가."

장진호는 순심을 달래며 바쁜 걸음을 쳤다. 전봉준은 장진호더러 얼마간 여기를 떠나 있으라고 했다. 곡성 태안사 주지스님을 찾아가면 지내기에 불편이 없을 것이라고 편지를 한 장 써주었다.

"심려를 끼쳐 드려서 죄송합니다."

"여기서는 너를 먼데 심부름 보낸 것으로 해두겠다. 절에 가면 여러 가지로 배울 것이 많다. 이번에 여기서 저지른 잘못도 깊이 뉘우치고 그 스님한테 여러 가지로 가르침을 받아라. 인생살이 하루하루는 너무도 소중하다. 하루도 헛되게 보내지 말아라."

장진호는 전봉준이 옛날 서당에서 자기들을 가르칠 때의 기억이 떠올라 울컥한 기분이었다.

"그라면, 우리 어무니는 괜찮겠소?"

"달주라고 알제? 별동대 총대장?"

"예, 몇 번 봤소."

"거그한테다 내가 말을 잘 해놓고 왔은게 괜찮을 것이여."

"우리 어무니만 괜찮았으면 쓰겠소마는 그래도 이것이……."

장진호는 김달식한테 내린 조처나 다른 사정은 전혀 모르고 있었다. 그러나 김확실 서슬로 보아 술막은 두말없이 뜯어내라고 할 것 같아, 그 길로 달주한테 숨넘어가는 소리로 사정을 말한 다음, 순심을 채가지고 도망치는 길이었다.

"암만해도 이라고 가서는 못쓸 성부르요. 아무 말도 안하고 이렇게 가불면 어무니가 지를 찾니라고 얼매나 애를 태우겠소."

순심이 다시 발을 멈추며 우는 소리를 했다.

"쟁우댁한테 말을 하면 그냥 순순히 가라고 하겠어? 김달식이 논서 마지기를 갖고 데릴사우로 들어온다는 바람에 쟁우댁은 시방 김달식한테 맘을 굳혀부렀는디, 나를 따라가라고 하겠냐 말이여?"

장진호가 큰소리로 내질렀다.

"그래도 어디로 간다는 말이라도 냉개놓고 가사제 암말도 안 냉기고 이렇게 없어져 불면 내가 죽은지 산지도 모르고 애를 태울 것인디, 어떻게 기냥 가겠소?"

순심은 그대로 버티고 서서 우는 소리를 했다.

"친어무니도 아니락 했잖아?"

"친어무니가 아니래도 친어무니보담 지를 더 애껴서 키웠소. 그런 사람을 배반하면 쓰겠소?"

순심은 또렷한 목소리로 말했다.

"그러면, 곡성 가서 사람을 보낼 것인게 걱정 말고 어서 가!"

장진호가 순심의 손을 잡아끌었다.

"지금 찾고 기실지 모른다라우?"

순심은 그대로 버티고 서서 숨을 씨근거렸다.

"일판이 이렇게 급하게 되았는디, 그람 으짤 것이여? 얼른 가!"

장진호는 무작정 순심 손만 끌었다.

"나는 이대로는 못 가겠소. 당신이 가서 우리 어무니한티 우리가 이라고 간다고 말을 하고 갑시다. 그 말만 해놓고 내빼와 불더래도 말을 하고 가사제 그냥은 못 가겄소. 기냥 이라고 가면 내가 배락을 맞아 죽을 것 같소."

순심이 애원하는 목소리로 말했다.

"허, 참말로."

장진호는 잠시 생각을 하는 것 같았다.

"그라면, 순심인 뒤에 숨어 있고, 나 혼자 쟁우댁한테 가서 내가 순심일 데꼬 간께 그리 아시오, 이 말만 하고 사정없이 내빼오란 소리제?"

"그렇게라도 해사제 너무 애를 태울 것 같소."

"그래, 그람, 얼릉 가!"

두 사람은 발길을 돌려 다시 바삐 내달았다.

"일어나시오. 누가 찾소."

용배하고 막동은 주막 주인이 깨우는 바람에 자리에서 벌떡 일어났다. 그들은 어제저녁 길례가 박성삼이 방으로 들어가는 것을 보고 근처 주막에서 잤던 것이다. 오늘 아침 길례가 두 사람 중에서 한 사람을 선택하는 자리에 그들 둘이만 배석을 해도 충분할 것 같아, 대둔산 패한테는 더 알리지 않았다. 정판쇠가 달리 무슨 술수를 부릴 것 같지는 않았다. 어제 저녁 김갑수한테는 볼일이 있어 여기서 자고 간다는 기별만 보냈다.

두 사람은 부리나케 밖으로 나갔다.

"저그 바깥에 있소."

두 사람은 밖으로 나갔다. 박성삼이 저만치 서 있었다. 얼빠진 놈처럼 멍청하게 먼 하늘을 보고 있었다. 축 처진 어깨며 하늘을 보고 서 있는 꼬락서니가 헛가게 걷어낸 빈 말뚝처럼 추렷해 보였다.

"일찍 일어났구나."

박성삼이 힘없이 돌아봤다. 눈이 때꾼했다. 얼굴이 어제보다 더 초췌하고 한 길이나 들어간 눈에는 핏발이 서 있었다. 박성삼은 비짓이 웃었으나 뺨맞고 웃는 꼴로 웃음이 일그러졌다.

"정판쇠하고는 어디서 만나기로 했냐?"

용배가 거듭 말을 걸었다.

"그냥 가자."

박성삼은 힘없이 내뱉었다.

"그냥 가다니?"

"그냥 가!"

두 사람은 멍청하게 박성삼을 건너다보고 있었다.

"왜?"

용배가 그게 무슨 소리냐는 표정으로 물었다. 오늘 아침 박성삼과 정판쇠를 앞에 앉혀놓고 길례가 벌일 숨 막힐 것 같은 장면을 상상했던 두 사람은 어리둥절하지 않을 수 없었다.

"아니, 왜 그래?"

용배가 다시 다그쳤다. 박성삼이 고개를 절레절레 저었다. 그의 표정은 금방 통곡이라도 쏟아져나올 것같이 처참했다. 박성삼 태도는 그렇게 앉아서 선택을 해보았자 빤하다는 소리 같았으나 두 사람은 너무 허망했다.

"가!"

박성삼은 제가 먼저 앞을 섰다.

"도대체 어떻게 된 거냐? 우리가 어떤 사람들이란 것을 지대로 말하고 절대로 저놈들이 보복을 못할 것이라는 소리도 다 했냐?"

용배가 큰소리로 다그쳤다.

"멋에 씌워도 크게 썬 것 같다. 아무리 무슨 말을 해도 어제저녁 에는 한마디 대꾸도 없다."

박성삼은 앞서 가며 맥살없이 이죽거렸다. 어제저녁 내내 박성삼 은 을러도 보고 달래도 보았으나 길레는 뚜껑 닫은 달팽이처럼 입을 처갈해 버렸던 것이다.

"뭣에 씌웠다니?"

박성삼은 대답하지 않았다.

"가만있어. 그 처자가 제절로 무엇에 씌인 것이 아니라, 그놈들이 무슨 방술로 그렇게 정신을 빼논 것 아니냐? 그러지 않고서야 오장 이 지대로 백힌 여자라면 그럴 수가 없잖냐? 그렇잖어?"

용배는 이제야 짐작이 간다는 듯 박성삼 곁으로 바짝 다가서며 다그쳤다. 이 작자들을 가만두지 않겠다는 서슬이었다.

"모르겠어. 사람이 변해도 그렇게 변할 수가 있는 것인지 알 길이 없다."

박성삼은 길게 한숨을 내쉬었다. 그는 몸뚱이가 금방 그대로 땅 바닥에 폭삭 내려앉아 겻불처럼 잦아져버릴 것 같았다.

"틀림없다. 틀림없이 무슨 방술로 정신을 뽑아 놨다. 우리가 이대 로 갈 일이 아니다. 내 말이 틀림없어."

용배가 박성삼 팔을 잡았다. 박성삼이 힘없이 용배를 돌아봤다.

"무슨 방술에 걸렸거나, 정신이 돌았거나, 양단간에 그것은 제정신으로 한 짓이 아니다. 그러면 우리가 지금 이렇게 그냥 갈 일이 아니다. 그 처자는 지금 정신이 헷갈려서 허방으로 가고 있는데 그냥 둘 수 없잖아? 멀쩡하던 사람이 정신이 돌아서 불 속으로 들어가는 것을 보고도 그냥 모른 척하는 것하고 뭣이 다르냐? 그것들을 작살을 내버리고 그 처자를 뺏어내자. 어쩌냐, 막동 네 생각은?"

용배가 막동을 향해 물었다.

"글씨 말이여. 나는 어지께부텀 통 먼 속이 먼 속인지 모르겠다. 맹물에다 도끼 대가리를 삶아 묵음시로 동냥치 첩질을 해도 지 멋에 산다는 소리가 있지는 있제마는, 해도 방불해사제 밑구녕까지 폴아서 사내놈들 맥애살리는 사당패가 멋이 좋다고 거그서 안 나오겄다고 버티냐 말이여. 문둥이 떼는 그래도 밑구녕은 안 폰다."

막동은 뚝배기에 든 두꺼비처럼 멍청한 표정으로 뇌었다.

"가만 있자. 우리끼리 이럴 것이 아니라 백산으로 가서 의논을 한 다음에 제대로 일판을 벌이자. 어제 갈재 두령님이 오셨을 것이다. 이것들을 작살을 내도 제대로 내버리자."

용배가 새로 결정을 내렸다. 그 작자들을 작살을 내고 길례를 뺏아 오려면 우선 두 사람만 가지고는 안 될 것 같고, 또 일판이 너무 크기 때문에 임군한 허락을 받아야 할 것 같았다.

그들은 백산을 향해 내달았다. 백룡사 밑에 있는 주막으로 갔다.

"야, 임마, 어디서 인자 오냐?"

김갑수가 눈알을 부라렸다. 일행은 모두 어디 갈 채비를 하고 이들을 기다리고 있는 것 같았다. 용배는 어리둥절했다. 임군한한테 인사를 하자, 어서 가자고 재촉부터 했다.

"어디로 가는 거지요?"

"어디로 가기는 어디로 가? 전주로 간다."

김갑수가 핀잔을 주었다. 달주도 같이 있었다. 그들을 배웅하러 나와 있는 것 같았다. 너무 갑작스런 일이라 용배는 어리둥절했다. 일행은 나루터를 향해 길을 떠났다.

"내 말 좀 들어봐."

용배는 일행을 따라가며 다급하게 달주를 끌었다. 그 동안 있었던 일을 바삐 늘어놨다.

"그렇게까지 말했는데도 그 처자가 제 사날로 사당패 속에서 살겠다고 한다면 거기까지야 우린들 어떻게 간섭을 하겠냐?"

달주가 덩둘한 표정으로 뇌었다.

"말을 어디로 듣고 있어? 그놈들은 그런 여자들이 자기들 살아가는 밑천이라 여자들이 한번 그놈들한테 걸리면 그들 손아귀에서 못 빠져나가게 별의별 술수를 다 쓰고 있다, 이 말이다. 그 처자도 그런 술수에 단단히 걸렸다. 그걸 뻔히 알면서 그대로 두잔 말이냐? 지금 그 처자는 그런 술수에 걸려 미친 것이나 마찬가지다. 미친놈들 안 봤냐? 미친놈치고 제가 미쳤다는 놈 없고, 미친놈들일수록 말을 제대로 할 때는 총한 사람 뺨친다. 틀림없이 그 처자도 그 꼴이다. 지금 멀쩡한 여자가 정신이 돌아서 불 속으로 들어가고 있는데 그걸 그냥 두잔 말이냐?"

"네 말도 그럴듯하기는 하다. 그런데 지금은 모두 전주로 가야 할

형편이다. 그 처자가 사당패에 들어 있는 줄을 알았으니 천천히 방
도를 생각해 보자. 그 사당패는 이름난 사당패라 그자들이 어디 있
는지 언제든지 수소문하면 알 수가 있다."

달주가 용배를 달래듯 말했다.

"지금 이렇게 다급하게 가야 할 일이 뭣이냐?"

"가면서 들어보면 안다. 지금 느그들 입장이 여기서 그런 일을 벌
일 입장이 아니다."

용배는 잠시 어리둥절한 표정이었다.

"지금 김두령까지 저렇게 떠나는 것을 보면 모르겠냐?"

용배는 뭔가 심상찮은 일이 있다는 것을 느낀 것 같았다. 못내 아
쉬운 듯 고추 먹은 소리를 했다.

"천천히 좋은 방도를 생각해 보자."

"그런 새끼들은 방도고 뭣이고 없다. 조지는 길밖에 무슨 방도가
있겠냐? 하여간, 그놈들은 내 손에 언제 작살이 나도 나고 말 것이
다."

용배는 화를 삭이지 못하고 주먹을 쥐었다. 나루터에 이르렀다.
달주는 나룻배를 따로 한 척 내라고 했다. 큰 나루터라 나룻배가 크
고 작은 것이 세 척이나 있었다.

"총대장님 위세가 대단하구나."

임군한이 한마디 하며 나룻배로 올랐다. 모두 따라 웃으며 배에
올랐다. 달주도 웃으며 나룻배에 올랐다. 그들을 보내는 달주는 심
사가 여간 무겁지 않았다. 배에서 내렸다.

"두령님, 제가 마지막 한 잔씩만 대접하겠습니다."

"그래라. 우리 총대장님이 마상주를 낸다는구나. 말은 안 탔지마는, 말 위에 앉아서 잔을 받는 기분으로 딱 한 잔씩만 하고 가자."

임군한이 선선하게 나왔다. 모두 주막으로 들어가 선 채로 막걸리를 한 잔씩 받았다. 큼직큼직한 국대접에 술이 찰찰 넘치게 따랐다.

"자, 별동대 총대장 무운장구를 빌고 다음에 다시 만날 것을 기약하며 죽 들자."

임군한 말에 모두 입으로 잔을 가져갔다. 술 넘어가는 소리들이 요란스러웠다. 모두 잔을 놓고 주막을 나와 호들갑스럽게들 달주 손을 잡아 흔들었다. 그들은 손을 흔들며 떠났다. 달주는 그들 뒷모습을 보고 있었다. 마치 호랑이 한 떼가 몰려가는 것 같았다.

세 사람씩 패거리끼리 몰려갔다. 김확실 패는 시또와 기얻은복이, 장호만 패는 이천석과 김만복, 김갑수 패는 왕삼과 막동이었다. 임군한과 김확실 둘이 맨 앞에 가고, 용배와 박성삼은 축에서 빠진 반치기 꼴로 한참 뒤에 처져서 따르고 있었다. 박성삼의 처진 어깨가 한 짐이나 무거워 보였다.

4. 하늘의 소리가 들린다

동쪽 하늘에 열나흘 달이 덩실하게 솟아올라 있었다. 손에 잡힐 듯 가까운 달은 금방 무슨 말이라도 속삭일 듯했고, 들판 아득히 반짝이는 동네 불빛들은 그 안온한 정감이 살결에 닿은 듯 다정했다. 멀고 가까운 동네에서 비춰오는 불빛들은 여기 백산을 향해서 애타게 손짓을 하며 목청껏 소리를 지르고 있는 것 같았다. 다듬이질 소리, 이따금 들려오는 개 짖는 소리, 별빛이며 마을의 불빛들이 한데 얼려 이 백산의 봉기를 속삭이는 것 같았다. 저 아래 장막에서는 누가 부는지 구슬픈 통소 소리가 달빛을 타고 은은하게 울려 퍼지고 있었다.

손님이 찾아왔다는 파수꾼의 전갈에 전봉준은 장막을 나왔다. 전봉준은 깜짝 놀랐다.

"아니, 선생님!"

전봉준이 쫓아갔다.

"오랜만이오. 고생이 많소이다."

일해 서장옥이었다. 서장옥은 혼자 들판을 보고 서 있다가 전봉준을 돌아보며 반갑게 전봉준의 인사를 받았다. 서장옥 곁에 섰던 동지가 전봉준에게 꾸벅 인사를 했다.

"어디서 오십니까? 어서 들어가십시다."

전봉준답지 않게 서두는 목소리였다.

"나는 이 백산 아래로 지나다니기는 여러 번 지나다녔으나 여기 올라오기는 오늘이 처음이오. 올라와서 보니 예사로 지나다니며 볼 때하고는 너무도 다릅니다. 희한한 산이구려. 정말 희한한 산이오. 어쩌다가 이런 산이 여기 솟았지요? 하늘의 조화가 절묘하구려."

서장옥은 감탄에 감탄을 거듭했다.

"바깥 날씨가 참니다. 안으로 들어가십시다. 지금 장막에는 근동 두령들도 여러 사람 와 계십니다. 그러지 않아도 선생님 교시를 받고자 오래 기다렸습니다. 아까 저녁을 먹으면서도 선생님 말씀을 했습니다."

전봉준은 다급하게 주워섬겼다.

"저기가 모악산, 저쪽이 노령산맥, 여기 서니 여러 고을이 한눈에 들어오는구려. 금구, 김제, 만경, 함열, 정읍, 임피, 부안, 홍덕, 바로 눈 아래는 고부."

"예, 예, 그렇습니다. 어서 들어가십시다."

전봉준은 어서 들어가자는 소리만 했다.

"음, 여기서 보니 모악산에 어미 모母 자가 붙은 까닭이 손에 잡히는구만. 어머니산! 거기서 미륵이 나와 이 세상에 용화세계를 이룩한다? 한데, 진표眞表 그자, 그 못된 자. 으음."

서장옥은 혼잣말로 속삭이다가 엉뚱하게 진표를 폄하하며 길게 한숨을 쉬었다. 진표는 통일신라 경덕왕 때 금산사를 크게 중창한 스님으로 미륵보살과 지장보살한테서 계를 받았다고 하여, 금산사에 미륵장륙상을 주존불로 모신 스님이었다. 그는 신라 *점찰법회占察法會를 확립했는데, 그것은 점을 쳐서 속세 선악의 업業과 현세의 길흉화복을 점찰 참회하는 신앙이었다. 그 신앙은 삼국통일 후 백제 유민들과 신라 왕조에 대한 원한을 개인적 업원으로 돌려 그들의 원한을 잠재우려는 의도에서 창설한 신앙이었다는 비판을 받는 신앙이었다. 그 경전인 《점찰경》이라는 경전부터가 불교의 정통에서는 한참 벗어난 경전으로 위경 시비가 있는 수상한 경전이었다.

전봉준은 전에 서장옥한테서 진표에 대한 이야기를 들은 적이 있어 그가 진표를 그자라고 하며 한숨을 깔아 쉰 까닭을 어렴풋이 짐작할 수 있었다. 서장옥은 진표의 점찰신앙도 혹독하게 비판을 했지만, 유독 미륵신앙을 왜곡시켰다는 점에서 진표를 더 혹독하게 비판했다. 그것은 한가한 복고 취미가 아니고, 바로 눈앞의 어지러운 세상을 보며 그 뿌리 하나를 신라 시대까지 찾아올라가서 보고 있는 것이다. 전봉준은 항상 서장옥의 그런 깊은 안목에 저절로 고개가 숙여지지 않을 수 없었다.

"이쪽은 부안이고, 저쪽은 홍덕, 저 너머는 고창!"

서장옥은 장막을 빙 돌아 달빛 아래 검은 윤곽을 드러내고 있는 산들을 휘둘러보며 노상 어린애처럼 감탄만 하고 있었다.

"날씨가 찹니다. 어서 들어가십시다."

날씨가 차다는 것은 안으로 들어가자는 핑계고 오늘은 겨울 날씨답지 않게 푸근한 날씨였다. 서장옥은 전봉준의 말을 들은 척도 않고 망연히 들판을 건너다보고 있었다. 그는 이내 입을 열었다. 마치 법문이라도 외우듯 큰소리로 외쳤다.

"아, 이 낮은 백산이 이렇게 높은 줄을 누가 미처 알았으랴. 사방이 눈앞에 환하기가 지리산보다 더 환하고 태백산보다 더 환하구나. 산은 많되 산이 없더니 드디어 이 작은 산이 들판에 우뚝 솟아 산이구나. 큰 산이구나. 이 땅에 하고많은 산이 있고 이 세상에 사람이 산천의 수목처럼 가득하되 모두 그만그만 서로가 서로에게 묻혀 산이 산이 아니고, 사람이 사람이 아니더니, 산이 산이고 사람이 사람인 이치가 바로 이 백산에 있지 않은가? 백산, 아무것도 아닌 백산, 이 백산이 백산인 까닭을 내 이제야 알겠구나. 한 주먹 크기로 그냥 백산이던 것이 마침내 천길 만길 높은 산이니, 천변만화, 그 조화가 어찌 무궁하지 않으리요. 바람을 부르면 바람이 일 것이요, 비를 부르면 비가 올 것이니, 동국에서 제일 낮은 이 산이 제일 우뚝한 제이치를 이제야 찾지 않겠는가?"

서장옥은 음조를 넣어 사뭇 감탄조로 읊조렸다. 늙은이의 쉰 목소리 같은 그의 독특한 목소리가 평소와는 또 다른 분위기를 자아냈다. 전봉준은 서장옥의 비장한 감개에 그대로 빨려들어 멍청하게 서있었다. 저 아래서 흘러오는 피리 소리가 한껏 구슬프게 달빛에 무르녹고 있었다.

"나는 이 얼마 동안 여기저기 이 세상을 바람같이 쏘다녔소."

서장옥은 이내 전봉준을 돌아보며 제 목소리로 말을 했다.

"지금 크게 바람이 일고 있소. 바람은 하늘과 땅이 조화를 이루어 일으키는 숨결이오. 그것이 작게 일면 미풍이요, 크게 일면 폭풍이지요. 지금 백성의 눈과 귀는 여기 이 백산으로 모아 있소. 지금 천하의 이목이 이 백산에 집중되어 여기서 들려오는 소리를 들으려고 모두 숨을 죽이고 있소. 지금 전봉준이란 이름은 지리산 골짜기 궁벽 한촌의 촌부에서부터, 절해 고도의 고기 잡는 어부에 이르기까지 모르는 사람이 없소. 전접주가 말목에서 일으켜 고부를 휩쓸었던 그 돌풍은 한 달 사이에 고부의 작은 고을을 벗어나 팔도를 뒤덮고 있소. 지금 세상은 *만귀잠잠, 모두가 손에 땀을 쥐고 이 백산에서 태풍이 일기만을 기다리고 있소."

서장옥은 달빛이 가득한 들판을 향한 채 말을 하고 있었다. 그는 언제나 무슨 말이든지 이렇게 비유로 했다. 대부분 아까처럼 말 전체가 비유여서 그 뜻이 아리송할 때가 많았으나 지금 하고 있는 말은 그렇지가 않았다.

전봉준은 고부 소문이 경상도까지 널리 나고 있다는 소리도 듣고 있었다. 며칠 전에는 하동 후암이 인편에 보낸 편지에 그런 이야기를 자세히 써 보냈다. 후암은 전봉준이 청년 시절에 그를 따라 천하를 주유했던 사람으로 지금 몸이 안 좋아 본인은 여기 오지 못하고 그 아들 김시만이 한 번 다녀갔다.

"그 사이 교시를 받아야 할 일이 한두 가지가 아니어서 선생님을 몹시 기다렸습니다."

전봉준은 서장옥이 이제야 나타난 것이 좀 원망스럽다는 듯 말했다.

"내가 여기 와서 무얼 말하겠소. 나는 전쟁마당에서는 농삿일에 중놈 한가지지요. 낄낄낄."

"앞이 어찌 될지 도무지 깜깜하기만 해서 잠을 설치고 있습니다."

"지금 잘 하고 있소. 나는 여기 사정을 소상히 듣고 있었소. 세상 사람들 모두가 전접주를 바위보다 더 든든하게 믿고 있습디다. 그만 하면 일이 제대로 가고 있는데 무엇이 두렵단 말이오."

"뼈를 깎는 저의 번민을 아시고 계실 텐데, 저를 잊어버리신 것이 아니신가 싶기도 했습니다."

전봉준은 원망하는 소리로 말했다. 그의 별명인 녹두처럼 단단하던 전봉준에게 이런 대목도 있을까 싶을 지경이었다. 전봉준은 겉으로는 아주 단단해 보였으나, 안에서는 그렇게 뼈를 깎는 번민이 있었던 모양이었다.

"천하의 전봉준이 호랑이 입으로 고양이 소리를 하고 있구만. 낄낄낄."

서장옥의 웃음소리는 꼭 고자 웃음소리같이 경박했다. 잔뜩 쉰 듯한 목소리였지만, 이상하게 말마디는 어느 한 대목 죽은 데가 없이 또렷또렷했다. 낄낄거리는 웃음소리는 그의 목소리와는 또 전혀 딴판이었다. 누가 그의 얼굴을 보지 않고 이 웃음소리만 듣는다면 간신배의 간사스런 웃음소리로 들을 것 같았다. 어찌 들으면 간사스럽기 짝이 없고 또 어찌 들으면 꾸밈없는 어린애의 천진난만한 웃음소리였다. 서장옥은 평소에도 그렇게 소리 내어 웃는 법이 없었는데, 오늘은 웬일인지 별로 우습지도 않은 일에 두 번이나 그런 웃음을 웃고 있었다.

"저 퉁소 부는 사람이 누구지요?"

서장옥이 전봉준한테로 고개를 돌리며 물었다.

"며칠 전부터 들었습니다마는, 누군지 알아보지는 않았습니다. 여러 사람이 모여노니 재주꾼도 가지가지 재주꾼이 모입니다."

전봉준이 대수롭지 않게 대꾸했다.

"잘 부는구만. 달인이야."

"어서 안으로 들어가십시다."

"아까 전접주가 뼈를 깎는다 했소. 이런 일에 뼈가 깎이는 사람은 한둘이 아니지요. 숲 속에서는 숲을 보지 못하는 법, 파수꾼이 파수 서는 게 소임이듯, 내 소임은 숲을 보는 게 소임이지, 숲 속의 뼈 사정쯤 내 알 바 아니오. 낄낄낄."

"일일이여삼추라더니 지난 한 달이 10년같이 아득합니다. 우리가 지난 정월 열하룻날 일어났으니 오늘로 꼭 한 달하고 닷새쨉니다."

"그 얼마나 소중한 시간이오. 전접주는 그 한 달을 10년으로 살아 그 한 달에 10년 만큼 치세의 경륜을 쌓았고, 또 이 세상은 이 세상 대로 그 한 달에 10년 만큼 무르익었소. 백산은 지금 팔도 만백성의 공안公案이오."

공안이란 불교의 선종에서 수행자의 마음을 연마하기 위해서 주는 참선의 주제랄까, 일종의 시험 문제였다. 잠시 말이 끊겼다.

"저기 사방에 불빛들 보이지요. 여기서 보니 별빛처럼 많기도 하구만. 저 불빛이 흘러나오는 등잔불 곁에서는, 저 불빛 하나하나마다 그 곁에서는 수많은 사람들이 머리를 맞대고 이야기를 주고받고 있소. 눈을 감고 가만히 들어보시오. 그 이야기 소리들이 내 말소리보다 더 분명하게 들릴 것이오. 어디 지금 같이 한번 들어봅시다."

서장옥은 엉뚱한 소리를 하며 정말 눈을 감고 귀를 쫑그렸다. 그는 눈을 감고 한참 말이 없었다. 전봉준은 서장옥의 어이없는 꼴을 멍하게 건너다보고 있었다.

"들었소?"

서장옥이 전봉준을 돌아봤다. 꼭 어린애 같았다. 전봉준은 그냥 덤덤하게 서서 서장옥을 건너다보고 있었다.

"들어봐요. 또렷이 들립니다. 분명하게 들려요. 자, 다시 들어봅시다."

서장옥은 다시 눈을 감고 귀를 쫑그렸다. 또 한참 그렇게 쫑그리고 있었다. 그러나 전봉준은 이번에도 그냥 덤덤한 표정으로 서장옥의 하는 양만 건너다보고 있었다. 이내 서장옥이 눈을 떴다.

"들어봤소?"

전봉준은 대답하지 않았다.

"해몽海夢!"

해몽은 전봉준의 호였다.

"예."

"아까, 앞이 어찌 될까 깜깜하다고 했는데, 그렇게 깜깜하거든 저 불빛 곁에서 속닥이고 있는 사람들이 무슨 소리를 하는가 귀를 쫑그리고 들어보시오. 그러면 그 대답이 확연하게 들릴 것이오. 내가 방금 들은 소리는 뭔 줄 아시오? 모두가 전봉준, 전봉준, 전봉준, 전봉준이오. 전봉준 소리가 대밭의 참새 소리 같소. 그러면 전봉준은 그 소리에 대답을 해주어야 하지 않겠소? 어떻게 대답을 할 참이오?"

전봉준은 말없이 서장옥만 건너다보고 있었다.

"어떻게 대답을 할 참이오? 말을 해보시오."

서장옥이 짓궂게 다그쳤다. 그러나 전봉준은 뭐라고 대답해야 할지 어리둥절했다.

"그 소리들이 불빛을 타고 와 들리니, 여기서도 불빛으로 대답을 해야 하지 않겠소? 저 사람들은 저녁을 먹고 나서도 여기를 건너다보고, 자다가 변소에 갈 때도 여기를 건너다보고, 새벽에 일어나서도 여기를 건너다볼 것입니다. 저 수많은 사람들이 저 불빛처럼 애타게 여기를 건너다보고 있습니다. 그런데 이 백산은 이렇게 그냥 깜깜하기만 하니 백성이 얼마나 답답하고 앞이 깜깜하겠소. 저기 높직한 데다 모닥불을 피우시오. 여기서 모닥불이 훨훨 타면 저 반짝이는 불빛들은 더 팔팔 살아날 것이고, 애타게 여기를 건너다보며 가슴 조이고 있는 사람들 앞을 훤히 비출 것이오. 그들 앞만 비추는 것이 아니고 전접주도 스스로 나아갈 바 앞이 훤해질 것이오. 낄낄낄."

"고맙습니다, 선생님."

전봉준은 그때에야 잠에서 깨어난 사람처럼 감동적인 목소리로 말을 하며 서장옥을 향해 고개를 깊이 숙여 절을 했다.

"나는 이제 그만 가겠소."

"그게 무슨 말씀입니까, 이 밤중에?"

전봉준이 펄쩍 뛰었다.

"할 말 다 했으면 가야지 내가 여기 있어 무얼 하겠소?"

"아니올시다. 교시 받을 일이 한두 가지가 아니올시다. 여기까지 오셨다가 다른 접주들도 뵙지 않고 가실 수가 있습니까?"

전봉준이 서장옥 앞을 막아서며 주워섬겼다.

"내가 할 말은 다 했소. 더 떠들면 군더더기일 뿐이오. 지금 우리는 서로가 백척간두에 있소. 피차에 일각이 여삼추요. 앞으로도 나는 부질없는 발걸음은 삼갈 것이니, 막히고 깜깜하거든 오로지 저 불빛들을 보며 저 불빛 곁의 사람들이 무어라 하는가 눈을 감고 귀를 기울여 자세히 들어보시오. 틀림없이 확연한 대답이 나올 것이오. 나는 전접주에게 따로 할 말이 없소. 내 목소리도 저 불빛들 속에 참새 소리 하나로 섞여 있을 뿐이오. 바로 그것이 하늘의 소리가 아니고 무엇이겠소. 나 같은 사람 소리를 들으려 하지 말고 하늘의 소리를 들으시오. 하늘의 소리가 너무도 뚜렷하게 들리는데, 그 하늘의 소리를 놔두고 무슨 소리를 듣자는 게요?"

서장옥은 발걸음을 옮겼다.

"퉁소 소리가 너무 맑구나. 저 퉁소 소리에 내 말을 다시 한 번 얹어볼까?"

서장옥은 다시 발걸음을 멈추고 들판을 향해 섰다.

"백산, 그 이름이 백산인 줄을 내 이제야 비로소 똑똑히 알았노라. 어느 것도 아니던 그냥 백산이 마침내 주인을 만났으니 천변만화, 그 조화가 어찌 무궁하지 않으리요. 바람을 부르면 바람이 일 것이요, 비를 부르면 비가 올 것이니 동국에서 제일 낮은 이 산이 제일 우뚝한 제 이치를 이제야 찾지 않겠는가? 진중에 한 사람 달인이 있어 달빛이 한층 아름답도다. 이 백산에 드디어 불이 오를 것이니 그 불이 어찌 만백성의 앞을 밝히지 않겠는가? 낄낄낄."

서장옥은 표표히 백룡사 쪽을 향해 길을 내려갔다. 동자가 뒤를 따랐다. 전봉준은 잘 가라는 인사도 변변히 못한 채 서장옥 뒷모습만 멀거니 내려다보고 있었다.

"해몽!"

저만치 내려가던 서장옥이 무슨 일인지 뒤를 돌아보며 큰 소리로 전봉준을 불렀다.

"예."

전봉준이 그쪽으로 발걸음을 크게 옮기며 대답을 했다.

"당장 모닥불을 피우시오! 크게 피우시오. 여기서 모닥불이 오르면 지금 가는 내 발길은 또 얼마나 훤하겠소?"

"잘 알겠습니다. 안녕히 가십시오."

"어서 피우시오. 나는 돌아보고 또 돌아보고 갈 것입니다. 내일도 모레도 이 백산의 불빛을 건너다볼 것이오. 나는 그 불빛을 바라보며 그 불빛을 해몽이 이 세상을 향해 외치는 소리로 듣고 세상 사람들과 함께 즐겁게 춤을 출 것이오. 장바닥서도 춤을 추고, 산중에서 혼자도 춤을 출 것이오."

"잘 알겠습니다. 조심하십시오."

서장옥은 그대로 사라져버렸다. 잠시 멍청하게 서 있던 전봉준은 다급하게 김만수를 불렀다. 저만치 서서 두 사람의 말을 듣고 있던 김만수가 달려왔다.

"여기다 당장 모닥불을 피워라. 일해 선생의 말씀을 들었지? 크게 피워라, 크게!"

서장옥은 사람을 만나는 방식이 매양 이런 식이었다. 그러나 이번에는 어느 때보다 말을 많이 한 셈이었고, 평소에는 호수처럼 잔

잔하던 사람이 감정을 후끈하게 내비치기까지 했다. 그리고 그 낄낄거리는 독특한 웃음을 몇 번이나 웃었다.

전봉준은 혼자 망연히 들판을 건너다보고 있었다. 서장옥의 말이 한 마디 한 마디 되살아 새삼스럽게 귓가에서 꽝꽝 소리를 지르는 것 같았다. 마디마디가 바윗덩어리같이 그 의미가 엄청났다. 전봉준은 가슴이 뛰고 있었다.

"저 불빛!"

전봉준은 동네마다 수없이 반짝이는 불빛을 보며 자기도 모르게 혼잣소리로 뇌었다. 그러고 보니 깜빡거리는 불빛들이 모두 펄펄 살아 숨을 쉬며 이쪽을 향해 소리를 지르는 것 같았다. 그 불빛 하나하나가 팔팔 살아서 그만큼 간절하게 소리를 지르고 있었다. 은밀하게 속삭이고, 애처롭게 호소하고, 꽝꽝 고함을 지르고 있었다. 전봉준은 몇 번이고 고개를 끄덕였다.

잠시 그쳤던 퉁소 소리가 저 아래서 다시 들려왔다. 저 불빛들처럼 애간장을 쥐어짜는 소리였다.

"누굴까?"

아까 서장옥이는 대뜸 달인이라 했었고, 나중에는 여기를 떠나려다가 저 퉁소 소리의 흥취에 젖어 처음에 했던 소리를 다시 읊조리기까지 했다. 정말 자세히 듣고 보니 잘 부는 것 같았다. 요 며칠 전부터 들려왔던 것 같았는데 자기는 그냥 귀 넘겨들었으나 서장옥은 그것을 챙겨들었던 것이다. 달인은 달인끼리만 서로 알아보는 것 같았다. 서장옥이 달인이라고 감탄했던 것은 단순히 퉁소 솜씨만을 말하는 것이 아닐지도 모르겠다는 생각이 들기도 했다. 그러나 굳이 누군지 알아보고 싶지는 않았다.

전봉준은 뒤를 돌아봤다. 저쪽에서 모닥불이 타오르기 시작했다. 마치 이 백산이 살아나 활활 저렇게 생명을 내뿜는 것 같았다. 저 불빛이 다른 데서 어떻게 보일까 생각하니 전봉준은 새삼스럽게 가슴이 뛰었다. 왜 진작 저 생각을 못 했을까, 전봉준은 스스로 부끄러운 생각이 들었다. 서장옥의 말같이 깊은 뜻이 아니더라도 여기는 그렇게 불을 피울 만한 자리였다. 이리 진을 옮기면서부터 바로 저렇게 불을 피웠어야 했다는 생각이 들었다. 이 백산은 저렇게 불이 타고 있어야 구색으로도 제격일 것 같았다.

전봉준은, 여기 타오르고 있는 불을 보며 지금 어디쯤 가고 있을 서장옥을 생각했다. 그는 달인이라면 달인이고 기인이라면 기인이었다. 그러나 그의 말은 스님들의 법담처럼 얼핏 아리송했지만 따져 보면 오늘 했던 말처럼 아주 구체적이면서 절박한 의미를 지니고 있었다.

전봉준은 서장옥의 이야기를 들으며 며칠 전에 보내왔던 후암의 편지를 생각했다. 후암의 편지도 서장옥의 말과 거의 같았다. 후암은 그 소리를 아주 구체적인 사실을 들어 설명을 했다.

전봉준이라는 이름이 구례나 곡성 지방에서는 '녹두장군'으로 호칭되고 있다는 소리를 들었네. 그런데 며칠 전 남원에서 온 사람 이야기를 들으니 거기서는 요사이 <녹두새> 동요까지 아이들 사이에서 퍼지고 있다는 소문일세. 이것은 그냥 흘려보낼 일이 아닐세. 세상은 여태까지 제세의 인물을 간절히 기다리고 있었네. 그런데 바로 '녹두장군'이라는 이름에 <녹두새> 동요까지 불러지고 있다는 것은 이제 세상은 전봉준을 그런 인물로 떠받들고 있다는 소리가 되네. <녹두새> 노래는, '새야 새야 녹두새야, 전주고부 녹두새야 윗녘 새야 아랫녘 새야 함박쪽박 딱딱 후여.' 이렇게 된다는 걸세. 가을 나락논에 새를 보면서 부르던 노래가 가을도 아닌 이 겨울에 널리 불리고 있다는 것은 두말할 것도 없이 자네를 가리키는 '녹두새' 때문일 걸세. 그래서 그 노래의 뜻을 며칠 동안 곰곰 생각해 보니, 그 속에는 깊은 뜻이 숨어 있는 것 같네. '함박쪽박 딱딱 후여' 하고 새를 쫓는 소리는, 자네더러 거기 고부에만 그러고 있을 것이 아니라, 모두 몰고 한양으로 쳐 올라가라고 세상 사람들이 자네들을 새 쫓듯이 모는 소리라고 생각되네. 너무 억지로 맞춘 풀이 같으나, 세상 사람들은 지금 실제로 자네가 전국을 도모해 주기를 그만큼 바라고 있네. 그러나 너무 서둘지 말고 자중자애하여 천운을 그르치지 않기 바라네.

전봉준은 그가 존경하는 두 사람이 비슷한 시기에 같은 말을 해 오자 정말 그런가, 그쪽으로 생각이 굳어가고 있었다.

전봉준은 다음날 백산 꼭대기 북쪽 조금 높은 곳에다 장막 높이로 봉화대를 쌓게 했다. 바닥에다 피우면 장막에 가린 쪽은 보이지 않았기 때문이다. 봉화대 위쪽 넓이는 웬만한 방 하나만큼은 컸다.

연료는 만석보 헐어낸 나무를 썼다. 그 나무는 밥하는 데 쓰고 있었으나, 나무가 아직도 많았고 물에 잠겼던 나무라 모질게 타 이런 불을 피우는 데는 안성맞춤이었다.

2월 15일. 민영준은 전라 감사 김문현의 전보를 받았다. 고부에서 지난달 11일 민란이 일어났다는 것과 그 동안 여러 가지로 회유를 하기도 하고 위협을 하기도 했으나 완강히 버티고 있다는 것이었다. 하는 수 없이 조정에 장계를 올리면서 따로 이 전보를 치니 선처를 부탁한다는 내용이었다.

"지난달 열하룻날? 그러면 벌써 한 달하고 닷새가 지나지 않았는가? 이 작자가 정신이 있는 작자야 없는 작자야? 그런 무지렁이 촌것들을 한 달이 넘도록 수습을 못한단 말이야?"

민영준은 전보지를 구기며 혼자 버럭 화를 냈다. 민란이 일어난 지가 오래 됐다는 것도 그만큼 심각하다는 것을 말해 주고 있었지만, 장계를 올렸다는 사실 자체에서도 일이 만만치 않다는 것을 직감할 수 있었다. 요새는 민란이 일어나도 웬만하면 장계를 올리지 않았기 때문이었다. 임금은 민란 장계만 올라오면 잔소리가 많아 대신들이 부접 못했다. 그래서 대신들은 민란이 일어나더라도 그 고을에서 적당히 수습을 해버리고 장계를 올리지 말라고 은근히 종용했다. 지난 11월만 하더라도 10여 건이나 올라왔던 민란 장계가 12월 이후부터는 거의 없었다. 그것은 민란이 일어나지 않아서가 아니라 장계를 올리지 않았기 때문이다.

"이런 병신 같은 작자, 조병갑이 일을 잘하고 있으니 그 공을 치하해서 포잉을 해달라고 한 것이 언젠데 이 지랄이야. 가만있자."

민영준이 잠시 눈알을 굴렸다.

"이 싸가지 없는 새끼들, 그러니까 바로 잉임이 되자마자 민란이 일어났구만. 이 새끼들이 사람을 어떻게 본 거지?"

민영준이 숨을 씨근거렸다. 그들이 곁에 있다면 대가리라도 한 대 쥐어박을 것 같았다.

"그런 무지렁이 촌것들 하나 닦달을 못하고 한 달 동안이나 무슨 죽을 쑤고 자빠졌다가 이제야 장계지? 사람을 거둬 줘도 거둬 줄 만한 것들을 거둬 줘야지, 정말 내가 어쩌다가 이런 구데기 같은 새끼들을 만나가지고."

민영준은 혼자 상판이 붉으락푸르락 제정신이 아니었다.

"여봐라."

민영준은 갑자기 밖에다 대고 소리를 질렀다. 금방 전보를 전해 주었던 놈이 무슨 죄라도 진 것같이 잔뜩 굽죄며 들어왔다.

"얼른 이조에 가서 전라도 감사한테서 조정에 올라온 장계를 베껴오도록 해라."

민영준은 소리를 질렀다. 민영준은 또 혼자 고추 먹은 소리를 하며 상을 찌푸렸다. 그러지 않아도 전운사 조필영과 균전사 김창석이며 그 외에 자기가 내려 보낸 놈들의 비행이 하루가 멀다고 상소가 빗발치는 판이었다. 이때에 이렇게 큰일이 터져버렸으니 난감하기 짝이 없었다. 물론 조병갑 잉임은 진령군을 앞세워 민비를 움직였던 일이지만, 이렇게 일이 터지면, 조정 안에서 말썽이 커지지 않도록 막아야 하는 일은 자기 차지였다. 민영준은 조병갑과 김문현한테서 받아먹은 것이 만만치 않았으나, 그들의 모가지 따위가 문제가 아니라 자기 입장이 문제였다.

장계를 베껴왔다. 자기한테 온 내용하고 똑같이 간단했다.

"이 병신들이 혓바닥은 촌놈들 낫에라도 잘렸나. 기왕 장계를 올리려면 내용이라도 소상히 밝혀야 발명이고 지랄이고 할 말이 있을 게 아닌가?"

민영준은 베껴온 장계를 확 구기며 문을 벼락 치게 밀치고 앞으로 나갔다. 영의정 심순택한테 먼저 알려야 할 것 같았다. 그때 잉임은 전례가 별로 없었던 일이라 심순택까지 동원했던 것이다.

심순택도 이미 전보를 받았는지 우거지 상판을 하고 있었다.

"도대체 고부 사건은 어떻게 된 일이오?"

심순택이 민영준을 보자 멍청하게 물었다.

"글쎄올시다. 그 작자들이 이렇게 칠칠찮은 작자들인 줄은 몰랐습니다."

"조병갑은 자기가 거기 도임하기 전에 많이 쌓여 있던 포흠을 잘 메꾸어가고 있으니 단순히 잉임을 시킬 것이 아니라 포잉을 해주어야 한다고 해서 포잉을 해주었던 자 아니오?"

심순택이 눈살을 찌푸리며 다그쳤다.

"그렇사옵니다. 감사란 자 말만 믿고 저도 그런 줄 알았더니 이 꼴이옵니다. 하오나, 그 근방은 원래 인심이 패악한데다가 동학배들 소굴이라 관속들만 나무랄 수도 없을 듯하옵니다."

민영준은 엉뚱한 소리를 하고 나왔다.

"일이 이렇게 되었으면 문책이 크게 있을 것이오. 어전에서 잘 아

뢰시오. 백성의 소요가 일어나면 상감께서 심려가 어떠신지 잘 아시
지요?"

심순택은 떨떠름한 표정으로 뇌었다.

"말씀은 제가 잘 드리겠사오니 우의정 나리 등을 좀 단속을 해주
십시오."

우의정 정범조鄭範朝는 이런 일에는 한마디씩 하지 않고는 넘어
가지 않는 성미였다.

"그 사람들이 내가 말을 한다고 들을 사람들이오. 어전에서 민대
감이 말씀하시기에 달린 일이오."

"그래도 대감께서 미리 한 말씀 하시면 쓸데없는 잔소리는 하지
않겠지요."

"두고 봅시다."

심순택이 어정쩡하게 대답했다. 민영준은 계속 상판을 으등그린
채 돌아섰다. 다른 대신들은 문제가 아니었으나 정범조 같은 자가
마음에 걸렸다. 다른 대신들은 민영준 앞에서는 꼼짝달싹 못했다.
더구나 작년에 어윤중 목을 떼는 것을 보고는 더 움츠러들었다.

"전라도 고부에서 난민들이 *둔취하여 한 달여를 버티고 있다 하
는데 이것이 어찌된 일이오? 감영에서는 한 달 동안이나 무엇을 하
고 있었으며, 그 사이 장계를 올리지 않은 까닭은 또 무엇이오?"

고종은 이것이 심히 괴이한 일이 아니냐는 듯이 조금 놀라는 표
정으로 물었다. 평소에는 사람 좋은 얼굴이었으나, 이렇게 놀라는
표정을 지을 때는 바보같아 보였다. 이조판서가 머리를 조아리고 나
섰다.

"아뢰옵기 황송하오나, 감영에서 난민들을 회유하느라고 장계가 지체된 것이 아닌가 하옵니다. 소상한 장계를 올리도록 영을 내렸사옵니다. 이 근래 전라도 지방은 조용했사온데, 그만한 사단이 있지 않았는가 싶사옵니다."

이조판서는 간단히 말을 했다. 민영준이 눈살을 찌푸렸다. 꼬리에 단 말은 하지 않아도 될 말을 하고 있었기 때문이다. 민영준이 머리를 조아리며 나섰다.

"아뢰옵기 황송하오나 거기 고부 근방은 전라도 중에서도 원래 인심이 유독 패악하여 예로부터 패륜지배나 불궤지배들이 많이 나와 사도로서 난정에 거리낌이 없던 곳이옵니다. 근자에 있던 일만 가지고 아뢰더라도 동학도배들이 수차 불온한 취회를 하는 등 이만저만 골치 아픈 곳이 아니오라, 이번 일도 꼭 관속의 잘잘못만 가지고 시비를 가릴 수는 없는 일일 듯하옵니다. 고부 인근 고을인 금구, 태인, 무장 등은 동학의 수괴들이 유독 사납게 준동하는 지역으로 수삼년래 여러 차례 동학의 불측한 취회를 주동한 자들은 거개가 거기 출신들인 줄로 아옵니다. 이번에도 필경 동학배들의 준동일 것으로 아뢰옵나이다."

민영준은 우선 전라도 지방의 민심이 패악하다는 것을 강조했다. 불궤지배란 모반을 일으키는 도배들이란 말로 '예로부터 사도로서 난정에 거리낌이 없다'는 말은 선조 때 정여립이 도참설을 내세워 난을 일으킨 것으로 되어 있기 때문에 그 일까지를 들추어 요사이 동학도들과 싸잡아서 이 지역을 모함하고 있는 것이다. 정여립은 전주 사람이었다.

민영준은 원래 무식한데다 대작에 올랐어도 밑에서부터 *잔다리를 밟아서 올라간 것이 아니라, 오로지 민비 떠세로 하늘 높은 줄 모르게 치솟은 자라 눈에 보이는 것이 없었다. 더구나 민비의 서릿발 같은 입김만 업고 임금 앞에서도 아무 소리나 멋대로 씨월거려댔다.

이때 조정 대신들이란 사람들은 무슨 일이 있으면 자기들의 잘못은 시렁에다 얹어놓고 이야기를 이런 엉뚱한 데다 갖다 붙여 자기들의 책임을 호도하는 것이 버릇이었다. 민란이 있을 때는 으레 그 지방을 *배역의 땅으로 먼저 못을 박은 다음 말을 엮어나갔다. 따지고 보면 이 말처럼 터무니없는 말은 없었으나 그런 터무니없는 소리들이 먹혀들고 있었다. 어느 지방치고 기나긴 역사에서 모반자가 안 나온 곳이 있을 수가 없으니, 그런 식으로 따지면 조선 팔도가 모두 배역의 땅일 수밖에 없으며, 그런 데서 사는 사람들도 그런 눈으로 보면 모두가 패악한 놈들일 수밖에 없었다.

"그렇지만 한 달여를 둔취하여 기세를 올리고 있는데도 감영에서는 무엇을 하고 있었소? 자기들 힘이 미치지 못하면 급히 조정에 알려서 백성을 안둔시킬 방책을 강구하는 것이 도리거늘, 도대체 이게 어찌 된 일이오?"

고종 언성이 조금 높아졌다. 이해가 안 간다는 표정이었다. 다시 민영준이 나섰다.

"아뢰옵기 황송하오나 고부 군수 조병갑은 작고하신 영상 조두순 나리 족질로서 그 선친 또한 그 근방 태인에서 목민을 했던 연이 있는 줄로 아옵니다. 그런 연고가 있는 지역이라 그곳에 깊은 애정을 가지고 백성을 따뜻하게 어루만지고 온유하게 다스렸던 것으로 아오며, 그곳 백성에게 정이 들어 잉임을 자원하기도 했던 걸로 아옵니다. 그는 거기 도임한 이래 그전에 많이 적체되었던 포흠을 해결해 가는 등 선정의 치적이 한두 가지가 아니었기로 그에 감복한 전라 감사는 그가 체개 발령이 나자 그 고을에 더 눌러 있도록 해달라고 간곡한 장계까지 올렸기로, 그간의 공을 치하하여 얼마 전에 포잉을 했던 것으로 아옵니다. 이런 일로 미루어보더라도 어리석은 백성이 소요를 일으키자 수령 조병갑은 어디까지나 관용으로써 그곳 백성의 어리석음을 깨우쳐 보려고 무진 애를 쓴 것 같사옵고, 그것을 지켜보던 감사는 장계를 지체했던 것이 아닌가 생각되옵니다. 이 점 너그러이 통촉하여 주시기 바라옵니다."

민영준은 이런 터무니없는 소리를 입에 침도 바르지 않고 씨월대고 있었다. 그러나 그 말 속에는 잉임을 한 것에 대한 교활한 변명이 들어 있었다. 포잉을 하기는 했는데 그것은 어디까지나 감사의 장계만 믿고 했다는 소리가 되기 때문이다.

민영준은 정범조 쪽을 힐끔 돌아봤다. 정범조는 입을 꾹 다물고 있었다. 정범조는 전라도 지방에는 관리들의 민막이 유독 심하니 그쪽 관리들을 잘 다스려야 한다는 소리를 민영준에게도 여러 번 했다. 잘 다스려야 한다는 소리는 그쪽에서 웬만큼 뜯어먹으라는 소리를 우아하게 표현한 것이었다.

"전라도 지방에서는 근자에 민요가 있었다는 소리를 들은 바 없소. 그렇지 않소?"

고종은 심순택을 보며 물었다.

"동학도배들의 불측한 준동은 있었사오나 다른 민요는 없었던 것으로 아뢰옵니다."

"동학도들 준동이야 전라도 지역이 조금 거셌을 뿐이지 그곳에서
만 있었던 것은 아니지 않소?"

"그렇사옵니다. 이 근래 전라도 지방에서는 이렇다 할 민요가 없
었던 것이 사실이옵니다."

이조판서가 말했다. 지난해 11월 익산민란은 전라도 지방에서는
근래 처음으로 일어났던 민란이었으나, 김문현은 그 잘못을 인정하
여 재빠르게 수습을 하고 군수를 파직하는 것으로 가볍게 수습해 버
렸기 때문에 고종은 그 사건을 전혀 모르고 있었다.

"짐이 듣기로는 근자에 숱한 민요가 있었으나 월여씩이나 *작요
를 한 적은 없었던 것 같소. 여기서 이토록 작요가 심한 것은 그 까
닭이 무엇이오?"

"아뢰옵기 황송하오나, 장계가 처음 올라와 소상한 내막을 알 수
가 없기로 바로 소상한 내막을 밝혀 올리라고 영을 내렸사옵니다."

이조판서는 허리를 사뭇 주억거리며 아까 했던 소리를 되풀이했
다. 고종은 민영준이 여태 한 소리 따위는 으레 하는 소리로 치부해
버린 것 같았다.

"근자에 백성의 소요가 그치지 않기로 누차 이런 일이 없도록 하
라고 각별히 일렀거늘, 조정에서도 그 근본을 다스릴 방책을 생각
하지 않고 있을 뿐만 아니라, 지방 수령과 방백들이 이렇게 월여씩
이나 사건을 은폐하고 있으니 이 어찌 나라의 기강이 온전하다 하
겠소?"

고종이 목소리를 높였다.

"황공하옵니다."

모두 고개를 주억거렸다. 진짜로 황공한 것이 아니라 이럴 때 그냥 허투루 하는 소리고 몸짓이었다. 정승, 판서라는 자들도 모두가 백성 뜯어먹고 살기로는 지방 수령방백들과 한통속이라 눈앞의 난처한 입장이나 모면해 보자는 짓들이었다.

"군수와 감사는 엄하게 문책을 할 것이요, 어진 사람을 새로 수령으로 보내 하루바삐 인심을 안돈시킬 것이며, *안핵사를 임명하여 소상한 내막을 밝히도록 조처하시오."

고종의 영은 근래에 없이 엄했다. 오랜만에 임금 같은 소리를 하는 것 같았다. 고종은 자리에서 일어서 버렸다. 심순택은 벌레 씹은 표정이었다.

고종의 엄한 영에 따라 조병갑은 파직을 하고 김문현에게는 월봉 3개월의 처분이 내려졌으며, 용안 현감 박원명을 고부 군수로 임명하는 한편 장흥 부사 이용태를 안핵사로 임명했다.

5. 조정의 미소

2월 17일. 저녁나절이었다. 오거무가 바삐 도소에 당도했다. 얼굴이 벌겋게 익어 있는 것이 급한 일인 것 같았다. 전봉준은 거의 날마다 오거무를 대하기 때문에 그의 표정을 보면 대충 그가 가져오는 소식의 완급을 짐작할 수 있었다.

"드디어 조정에서 개입을 하고 나선 것 같습니다."

오거무는 예사 때 같지 않게 편지의 내용을 말하며 김덕호의 편지를 내놓았다. 전봉준은 피봉을 뜯었다. 바삐 읽어내려갔다.

"이에 대한 농민군의 조치는 오늘 저녁에 의논한다더라고 전해주시오."

편지를 읽고 난 전봉준이 오거무한테 말했다. 오거무는 고개를 꾸벅하고 돌아섰다. 전봉준은 편지를 들고 두령들이 있는 방으로 갔다. 한쪽에는 별동대장들도 앉아있었다. 두령들하고 별동대 운영에 대한 의논을 하고 있다가 오거무를 맞았던 것이다.

"조정에서 개입을 하고 나선 것 같습니다."

전봉준이 입을 뗐다. 모두 전봉준을 보고 있었다.

"장흥 부사 이용태를 안핵사로 발령했다 합니다."

"장흥 부사요?"

"예, 용안 현감 박원명이란 자를 고부 군수로 발령하고, 조병갑은 파면을 하는 한편 잡아서 한양으로 압송하라는 영이 내렸다 하며, 감사 김문현은 월봉 3등의 처벌을 내렸답니다."

모두 2월 15일자 발령이고, 이용태는 16일자 발령이었다.

"월봉이란 것이 무엇입니까?"

조만옥이가 물었다.

"잘은 모르겠습니다마는, 글자 그대로 새기면 월급을 몇 달 뛰어 넘는다는 소리니 월급 몇 달치를 안 준다는 소리 같습니다. 돈이 문제가 아니고, 이것이 관직에 있는 사람들 처벌 방법인 것 같습니다."

"박원명은 어떤 사람이지요?"

김도삼이 물었다.

"전주서 알아본 바로는 광주 출신으로, 이자는 요사이 예사 수령들답지 않게 성품이 웬만한 자라고 합니다."

전봉준아 김덕호 편지에 적힌 내용대로 말했다.

"조병갑을 파면하고 감사를 처벌한 걸 보거나 그런 자를 군수로 보낸 것을 보면 일을 순리로 풀자는 것이 아닐까요?"

정익서가 조심스럽게 말했다.

"글쎄올시다. 그런데 장흥 부사 이용태란 자는 전주서 알아보기로는 아주 고약한 자로 소문이 난 것 같습니다."

"그자는 보통 놈이 아닌 것 같습니다. 지난번에 장흥 이방언 접주한테서 들었습니다마는, 이만저만 흉물이 아닌 듯합니다. 수완도 대단한 모양이어서 도임하자마자 거기 아전들을 대번에 손아귀에 넣어버렸다고 합니다. 장흥 아전들은 여기 고부 아전들처럼 험하기로 소문난 자들인데, 그런 아전들을 손아귀에 틀어쥐었다면 만만찮은 놈일 것입니다. 그리고 역대 장흥 수령들은 이방언 접주님을 감히 건드린 자가 없었는데, 이자는 이방언 접주님까지도 집적이며 드레질을 해보고 있는 모양입니다. 이방언 접주님을 직접 건드리지는 못하고 주변 인물들을 몇 사람 잡아들였다 합니다."

김도삼 말에 모두 놀라는 표정이었다. 김도삼 말대로 역대 장흥 수령치고 이방언을 건드린 수령은 없었다. 이방언은 무슨 인연이었던지 대원군이 파락호 시절에 여기 장흥에 와서 이방언 집에서 며칠 머문 일이 있었는데, 그 때문에 대원군이 집권하고 있을 때는 새로 도임하는 수령들은 그에게 문안 인사를 갈 지경이었고, 이 근래까지도 수령들이나 아전들은 그를 은근히 두려워하고 있었다. 대원군이 언제 다시 집권을 할지 모르기 때문이었다. 그래서 지금까지 장흥에서는 동학도들이 다른 고을처럼 험하게 탄압을 받은 일이 없었다. 장흥이 남도 지방에서 어느 지방보다 동학이 드센 것은 이방언의 이런 위세 때문이었다. 그런데 이용태가 이방언을 건드렸다면 조정에 뒷배도 그만큼 든든하다는 소리가 되고 그 스스로도 보통내기는 아니라는 소리였다.

"박원명 같은 자를 군수로 보내면서 어사는 왜 또 그런 험한 자를 보낼까요?"

송대화가 고개를 갸웃거렸다.

"고부 수령은 군수라 직급이 한 급 높은 부사를 찾다 보니 그렇게 된 것이 아닌가 싶소. 그리고 또 한 가지 이유가 있다면 장흥 벽사역은 그 근방에서는 제일 큰 역이라 역졸 때문이기도 한 것 같습니다."

지방 사정에 밝은 최경선이 대답했다. 전라도에 목은 전주하고 나주 둘이었고 도호부는 장흥, 순천, 광주 등이었다. 그리고 장흥 벽사역은 아주 큰 역이었다.

"그러면 역졸을 끌고 온다는 얘긴가요?"

조만옥이 눈을 둥그렇게 떴다. 두령들은 어사와 역졸 이야기가 나오자《춘향전》의 어사 출도 장면을 떠올리는 것 같았다.

"그야, 우리 기세가 만만찮으니 회유와 위협 등 여러 가지 술책을 쓰겠지요."

김도삼이었다.

"거기 역졸들은 몇 명이나 되지요?"

전봉준이 최경선에게 물었다.

"벽사역 역졸은 5,6백 명쯤 되는 것 같습니다마는, 거기 달린 원院이 여럿이라 모두 긁어모으면 5,6백 명에다 2,3백은 더 보탤 수 있을 것 같습니다."

"그럼 8,9백?"

정익서가 뇌었다.

"그럼, 이용태가 역졸을 거느리고 오면 김문현도 감영군을 거느리고 같이 쳐들어올지도 모르잖습니까?"

송대화였다.

"그것은 알 수 없는 일이지만, 김문현은 이 일로 처벌을 받았으니, 바로 이 일에서 신임을 만회할 길을 찾으려고 할지도 모르겠습니다."

"장흥서 여기는 3백여 리가 넘으니 준비하고 어쩌고 나면 빨리 와도 닷새는 걸릴 것 같습니다."

최경선이 말했다. 그때 전봉준이 자세를 고쳐 앉았다.

"오늘로 봉기한 지 꼭 한 달하고 7일째입니다. 비로소 조정에서 개입을 하고 나왔습니다. 우리는 이렇게 오래 버티면서도 그 동안 계획에 크게 차질이 없었소. 30여 년 전 임술봉기 이래 수많은 민란이 있었으나, 우리같이 오래 버틴 사람들은 없었습니다. 그것은 우리 모두가 하나로 철통같이 뭉쳐 위아래가 한마음 한뜻이 되어 있는 힘을 다했기 때문이오. 우리의 이런 기세에 눌려 그 동안 감영에서는 감히 손을 쓰지 못했소. 이제 드디어 조정하고 맞닥뜨리게 되었소. 여기서 우리는 어떻게 해야 할 것인지 다시 한 번 생각해 보아야 할 것 같습니다. 좋은 방도가 있으신 분은 말씀들을 해보시오."

전봉준이 두령들을 돌아봤다. 잠시 서로 얼굴만 보고 있었다. 정익서가 나섰다.

"이런 일에 어사를 임명한 것은 당연한 일이니 어사 임명은 특별한 뜻이 없는 것 같습니다. 우리가 여기서 생각해 보아야 할 것은 조병갑과 감사에 대한 조정의 조처입니다. 조병갑을 파직하고 그를 잡아들이라고 했다는데, 파직도 그렇거니와 잡아들이라고 한 것은 조정에서 조병갑 죄를 인정하고 더 엄한 처벌을 내리겠다는 것이 아니겠습니까? 더구나 감사까지도 처벌을 했습니다. 조정에서 이런 조치를 취한 계기가 무엇이든지간에 우리 편에서 보면 우리가 요구한 것한 가지를 들어준 셈입니다. 이제 감영에서는 우리한테 조정에서 이런 조치를 취했으니 해산을 해라, 이렇게 나올 것이 뻔합니다. 그런 소리를 해올 때 우리는 어떻게 해야겠습니까?"

정익서가 본질적인 문제를 제기했다. 송대화가 나섰다.

"저는 그 점 이렇게 생각합니다. 감영에서 그렇게 나오든지, 안핵사가 그렇게 나오든지, 우리는 똘똘 뭉쳐가지고 이대로 버티고 있으면서 당당하게 맞상대를 해야 합니다. 그자들과 담판을 하더라도 농민군을 뒤에다 두고 담판을 해야 합니다. 균전사나 전운사 문제도 그렇고, 수세야 뭐야 우리가 그 동안 여기서 한 일을 그대로 다 인정하고 하나도 문책을 않겠다는 확실한 다짐을 받고 난 연후에 해산 문제는 제일 나중에 논의해야 하며, 지금은 해산의 '해' 자도 입 밖에 내서는 안 됩니다. 지금부터 해산을 의논했다는 소리가 소문이 나면 그자들은 그때부터 우리를 대번에 깔볼 것입니다. 아까 임술란을 말씀하셨습니다마는, 그때 전라도에서 일어났던 38개 고을 가운데서 익산과 함께 가장 드셌던 함평을 보십시오. 정한순 씨란 분은 대단한 분이었지만, 관에서 민군을 해산부터 하고 나서 시정을 의논하자고 하니까 그자들이 하라는 대로 서둘러 민군을 전부 해산해버렸습니다. 그 뒤 정한순 씨가 어떻게 되었습니까? 민군을 해산하고 그들과 시정을 의논한다고 그들 앞에 맨몸으로 나가자, 그자들은 옳다구나 하고 정한순 씨를 잡아 대번에 처단해버렸습니다. 우리는 결단코 그런 전철을 밟아서는 안 됩니다. 만약 무력으로 나오면 무력

144

으로 맞서야 할 것은 두말할 것도 없습니다."

송대화가 확신에 찬 소리로 말했다. 모두 고개를 끄덕였다.

"송대화 씨 말씀에 다른 의견 없으십니까?"

아무도 말하는 사람이 없었다.

"그러면 앞으로 모든 문제는 저 사람들 나오는 것 봐서 그때그때 의논을 하기로 합시다. 그 다음에 의논할 것은 지금까지 시일을 너무 오래 끌어노니 좀 지치기도 하고 마음이 풀린 것 같은데, 조정의 조처가 알려지면 농민군 사이에 동요가 있을 것 같습니다. 여기에 대처할 좋은 방도가 있으면 말씀해 주십시오."

"특별한 방도란 것은 없을 것 같습니다. 농민군들은 처음부터 감영군하고 싸울 각오를 하고 있으니까, 방금 송대화 씨가 말한 우리의 방침을 다시 한 번 농민군들에게 다짐하면, 따로 무슨 방도를 취하지 않더라도 모두가 정신을 바짝 차릴 것입니다. 지금까지 해온 대로 하면서 도소에서는 전보다 더 바짝 조이되, 그렇게 조이기만 하면 너무 겁을 먹을지 모르니, 지난번처럼 소리꾼도 한둘 더 데려다가 소리판도 걸쭉하게 벌여 흥도 돋구고 그랬으면 좋을 것 같소."

조만옥이었다.

"이미 각오한 일이니 조만옥 씨 말 대로 합시다. 여기서 특별히 야단스럽게 나서는 것도 좋지 않을 것 같습니다."

송대화였다. 두령들은 조정에서 그렇게 나온다는 소리를 듣고도 크게 동요하는 것 같지가 않았다.

"놀이판은 당장 손쉬운 걸로 지난 참에 짚신 장원을 다시 한 번 뽑으면 어쩌겠소? 지난 참에는 요령을 잘 몰라갖고 장원을 못했다고 억울하다는 사람이 많습니다. 당장 나만 하더라도 짚신 삼는 디는 둘째가라면 서러울 솜씬디, 곱게만 삼다가 상을 놓쳐부렀소."

김이곤이었다. 모두 웃었다.

"이번에는 지난번매이로 한 동네서 한 사람쓱만 나오랄 것이 아니라, 나오고 싶은 사람들은 전부 나와 삼으라고 해서 등수를 매기든지 그래사 쓰겄습디다."

조망태였다.

"그것은 최경선 씨가 잘 의논을 해서 하십시오. 그러면 오늘은 동네 임직들 가운데서 집에 간 사람들도 있고 할 것이니 동네 임직회의는 내일 아침에 열겠습니다."

전봉준이 회의를 마무리지었다.

"그 짚신 장원은 나도 지금 원성을 너무 들어서 잠자리가 사날 지경이오. 판을 다시 벌이기는 문제가 아닌데 그러자면 상금도 새로 걸어야 할 게고."

최경선이 전봉준을 보았다.

"이번에는 계제도 그렇고 하니 상금을 좀 푸짐하게 걸지요. 지난번에는 베 한 필 걸었지만, 이번에는 세 필을 겁시다."

전봉준이 말했다.

"아따, 상 한번 푸짐하다. 이참에는 나도 나가사 쓰겠구만."

송대화였다.

"하찮은 짚신 솜씨에 베가 시 필이라니 거적문에 은돌쩌귀 아니오?"

김이곤이 웃으며 말했다.

"거, 먼 소리? 하찮은 짚신이라니, 저 사람이 짚신을 양반 놈들 상놈 보듯 하네. 짚신이 아니면 우리는 멋을 신고 살간디, 하찮여?"

조만옥이 퉁바리를 놓았다.

내장사 아래 털보 주막에서는 술꾼들이 떠들썩했다. 여기서도 역시 고부 이야기였다. 그때 경상도 말을 쓰는 사람들 둘이 주막으로 들어서고 있었다. 하동 김시만과 그 친구였다. 그들은 국밥을 한 그릇씩 시켜놓고 비어 있는 봉노로 들어갔다. 김시만은 전봉준이 청년시절에 천하를 주유할 때 따라다녔던 하동 후암의 아들이었다. 그때 김시만은 전봉준과 함께 그 아버지를 따라다녔기 때문에 전봉준과는 형제 같은 사이였다. 후암은 병석에 누워 있기 때문에 고부에 오지 못하고 있었으나 김시만은 벌써 두 번째 오고 있었다. 지난번에 올 때는 자기 아버지가 전봉준한테 보내는 편지를 가지고 왔다.

"그런게로, 이용탠가 장흥 부산가 그 작자는 지가 어사 났다는 소리를 듣고, 겁이 나서 방구석에 이불을 뒤집어쓰고 끙끙 앓고 눠 있다, 시방 이 말인가?"

"지가 어사 났다는 소리를 듣고 얼매나 놀래부렀던지, 범 본 예팬네 창구먹 틀어막대끼 문을 꽝꽝 때래 장가놓고 끙끙 앓고 자빠졌는디 앓는 소리가 들보가 들썩거린다여."

술꾼들은 마치 자기가 보고 오기라도 한 듯 호들갑을 떨었다.

"이용탠가 그 작자가 왜 그렇게 끙끙 앓고 있제? 고부로 어사 나갔다는 죽을 성부른게 꾀병을 앓고 있는 것이여?"

"꾀병인가 생병인가는 모르겄는디, 하애간에 앓는 소리가 문짝이

들썩거린다드랑게."

"그 작자가 놀래기는 그런게로 사정없이 놀래분 것 같은디, 그라면 전봉준은 여그 고부에 가만히 앉아서 몇백 리 밖에 있는 어사 놈병을 내부렀구만."

"어사뿐이간디, 감사란 놈은 전봉준이 전주로 쳐들어올 중 알고 얼매나 똥이 타부렀는가 눈구먹이 삼천리나 들어가불고, 한 달 새에 팔십객 늙은이맨키로 폭삭 늙어부렀다여."

"멀쩡한 사람이 한 달 새에 팔십객 늙은이가 되아부러? 허허, 죽은 공맹이가 산 중달을 쫓는다등마는 꼭 그 짝이구만."

술꾼들이 호들갑스럽게 웃었다.

"여기서는 전봉준이 녹두장군이 아니고 그냥 전봉준이구먼요."

봉노에서 김시만 친구가 김시만을 보며 웃었다.

"원래 현인은 고향에서는 알아주지 않는 법이지."

김시만은 빙긋 웃으며 대답했다.

"여그는 고부하고 가까운 데라 전봉준 이름이 그만큼 친숙한 탓도 있겠지."

고부에서 멀어질수록 고부 이야기와 전봉준 이야기는 신비화되고 전봉준에 대한 호칭도 녹두장군으로 변하고 있었다.

"그런디 오늘 짚새기 솜씨로 과거를 본다든디, 그 소리 들어봤어?"

"짚새기라니, 시방 우리가 신고 댕기는 이 짚새기 말이여?"

"그려. 이 짚새기를 삼아갖고 그 짚새기 삼는 솜씨로 장원, 차상, 차하, 이렇게 인물을 뽑는다는 것이여."

"그것이 시방 먼 소리여? 과거를 보는디, 짚새기 솜씨로 과거를 봐? 하다못해 언문으로 과거를 본다면 혹간에 또 모르제마는, 과거를 짚새기 솜씨로 보다니 살다가 밸소리를 다 들어보겄네."

"지난번에도 한번 그런 과거를 봤다는디 또 본다여. 그런게 그렇게 과거를 보는 것이 시방 보통 일이 아닌 성불러."

"알겄구만. 나는 그것이 먼 속인 중 알겄어."

"먼 속인지 알다니?"

"글줄이나 읽었다는 놈들은 전부가 도둑놈들인게, 글 읽은 놈들은 모두 쫓아내불고 짚새기 삼는 솜씨로 맘씨 지대로 백힌 놈 추래낼라고 그런 것 같구만."

"짚새기 삼는 솜씨로 어떻게 맘씨 존 놈을 추래낸단 말이여?"

"다 그만한 눈이 있은게 그라겄제."

"그라먼 금방 한양으로 쳐 올라가서 싹 쓸어불고 고을 수령이야 감사야 이런 놈들을 싹 갈아치울라고 시방 사람을 뽑고 있다, 그 말이여?"

"틀림없구만. 지난 참에 그런 과거를 한 차례 봐서 사람을 뽑았는디, 그도 부족혀서 또 뽑는다면 시방 속살로는 일이 폴새 다 되어간다는 소리제 멋이겄어?"

"그런게로 시방 사람을 뽑아서 각 고을 수령부터 정해논 담에 일판을 벌여도 각단지게 벌일라고 그런다는 소리여?"

"틀림없어. 틀림없구만."

"가만있어. 그란디 짚새기 삼는 솜씨로 과거를 봐서 사람을 뽑는다면, 이것이 우리 같은 촌놈들이 시상을 좌지우지 주장하고 사는 시상이 온다는 소리까?"

"워매, 그런 시상이 오면 내 솜씨 갖고도 수령은 몰라도 아전 한 자리는 차지가 오겠제?"

모두 와 웃었다.

"시방 웃을 일이 아녀. 백산에 모닥불 말이여. 그 모닥불을 그냥 피운 것이 아니라, 일해도사가 와서 피우라고 해서 피우기 시작했다여. 일해도사는 그 말을 함시로 천하를 도모하라고 천서天書를 한 권 전해 주고 갔다는 소리가 있어."

"맞아. 그 천서 소리는 나도 들었구만. 그 일해도사한티 대면 최시형이는 저 아래도 한참 저 아래 어린 애기라여."

"인저, 시상은 틀림없이 개벽이 되고 말겠구만."

술꾼들은 *피리춘추들이 모두가 제갈량이었다. 김시만과 그 친구는 밥을 다 먹은 다음 웃으며 밖으로 나왔다.

"짚신 삼는 솜씨로 수령을 뽑는다면 우리같이 글줄이나 읽는 사람들은 살았달 것이 없네. 낼부터 짚신 솜씨나 익히세."

김시만 말에 두 사람은 유쾌하게 웃으며 고부로 향했다.

도소에서는 이웃 고을에까지 소문난 짚신과거에 응할 사람들이 모두 짚 토막을 들고 모여들었다. 어사를 임명했다는 등 조정의 조치가 전해진지 3일째 되는 날이었다. 처음 조정에서 어사를 임명했다는 소리와 함께 짚신 장원을 다시 뽑는다는 소리가 번지자 농민군들은 어리둥절했다. 조정에서 어사가 뜬다면 겁을 먹어야 할 텐데 한가하게 놀이판을 벌인다니 어리둥절할 수밖에 없었다. 그러나 며칠 사이에 농민군들은 놀이판에만 정신을 쏟기 시작했고, 그 소문이 이웃 고을로 번져가면서는 묘하게 변하고 있었다.

젊은이 네 사람이 꽹과리, 징 등 사물을 가지고 나와 단 곁에서 손을 맞춰보고 있었다. 이내 이 일을 관장하고 있는 최경선과와 김승종이 나왔다. 최경선이 단으로 올라섰다.

"이렇게 많이 과거를 보러 오셔서 감사합니다. 지난번 과거판은 좀 서툴게 벌였더니, 우리한테 원한을 품은 사람이 하도 많아서 그 원한을 풀어 드리지 않았다가는 뒷이 안 좋아도 크게 안 좋을 것 같아서 과거판을 새로 벌이기로 했습니다. 지난번 과거 뒷이야기를 들어봤더니, 그때 장원이나 차상, 차하로 뽑힌 짚신이 그것이 어디 사람이 신을 신이냐, 장원한 짚신은 내장사 불목하니가 삼은 절치고, 차상은 큰 굿할 때 금방 태울 허수아비한테 신길 막치고, 차하는 말생원이 소생원한테 진상할라고 말이 삼은 소신이다. 그런 것에 상을 줘야, 이렇게들 내지름시로 삿대질을 하는 통에 내가 생혼이 났소."

최경선이 익살을 부리자 모두 와 웃었다.

"그런데 이번에는 절치나 막치가 아니라 방불하게 삼은 방불치라야 된다 이 말씀이오."

밥하는 여인들도 저쪽에서 웃고 있었다. 연엽도 끼여 있었다. 오기창과 최낙수도 짚 토막을 들고 자기들 동네 사람들 틈에 끼여 있었고, 이갑출도 똘마니를 두엇 달고 와서 엉거주춤 구경을 하고 있었다. 오기창과 최낙수는 달걀 삼킨 쑥구렁이처럼 시치미를 뚝 따고 동네 사람들 속에 천연스럽게 얼렸고 농민군들도 그들을 별로 이상스럽게 보지 않았다. 그런데 이갑출이 나타난 것은 달랐다. 이상만이 행방불명된 것이 벌써 20여 일이 넘었기 때문에 별의별 소문이다 나고 있었는데, 요사이는 이갑출까지 이주호 집을 제 집 드나들 듯 드나들면서 이주호와 고개를 맞대고 의논을 한다는 것이다.

"이참에는 과거 보는 방법도 전하고 다르요. 빨리 삼는 솜씨도 보 제마는 모양새 내는 솜씨도 같이 봅니다. 아무리 빨리 삼아도 모양 새가 절치나 막치면 그것은 낙방이고, 아무리 모양새가 춘향이 신이 더래도 늦게 삼으면 그것도 낙방이오. 그라고 또 한 가지 지난번하 고 다른 것은 이번에는 개인별로 솜씨를 겨루는 것이 아니라 동네별 로 솜씨를 겨룹니다. 누구든지 나오고 싶은 사람은 다 나와서 한 켤 레씩 삼되, 동네별로 젤 먼저 삼은 다섯 켤레씩을 냅니다. 그 다섯 켤레를 놓고 시간하고 솜씨를 봐서 장원을 뽑습니다. 신은 지난번하 고 같이 총은 *돌기총말고 엄지총까지 합쳐서 한쪽이 15개 이상이 되어야 하고 *뒷갱기는 신날이 안 보여야 하요. 그라고 상은 무명베 가 세 필인데, 한 필은 지금 파수 서고 있는 별동대한테 주기로 했고 여기서는 두 필을 줄 것입니다. 장원을 한 동네는 한 필이고 차상, 차하는 똑같이 반 필씩입니다."

"장원은 우리 동네가 맡아놨은게 모두들 그리 아시오."

"누구보고 물어본게?"

최경선 말이 끝나자 저마다 장담을 하며 떠들썩했다. 최경선이 내려오자 김승종이 올라갔다.

"동네별로 전부 몰려앉았지라우? 여그 창호지에다 동네 이름을 써놨은게 찾다가 신 다섯 켤레를 다 삼으면 그 다섯 켤레를 한꺼 번에 묶어갖고 동네 이름 써진 이 종우때기를 달아서 이 한가운데로 던지요. 같이 던져도 여그 몬자 떨어진 것으로 순번을 매기겠소. 모두 나와서 이 종우때기 찾아가시오."

김승종은 종이쪽지를 나누어 주었다.

"지가 삼으라고 하면 삼기 시작하요잉. 저그 저분, 아직 삼지 마시오. 자, 삼으시오!"

김승종이 소리를 질렀다. 동시에 사물이 깨갱깽 요란을 떨었다. 모두 날파람나게 신날부터 꼬기 시작했다. 신날을 쑥쑥 훑어 길을 낸 다음 양쪽 발가락에 걸로 고를 걸어 허리에 찼다. 번개같이 신총을 내기 시작했다. 두령들이나 동네 임직들도 여럿 나섰다. 김이곤, 조만옥, 장특실 등 여럿이었다.

"아따, 이 양반은 번갯불에 콩 굴 솜씨네요. 그새 신총을 다섯이나 내부렀네."

조망태가 신칙을 하고 다녔다. 그는 어깨는 다 나았으나 제대로 힘은 쓰지 못했다. 그는 여기 나오면서 아내한테 별의별 능청을 다 떨었다. 감영군하고 싸움이 붙을 기미만 보이면 뒤도 안 돌아보고 도망을 쳐서 집으로 오겠다는 둥 이틀 만에 하루씩은 하늘이 두 쪽으로 뽀개져도 집에서 와서 자겠다는 둥 있는 능청 없는 능청을 다 떨었다. 뒤도 안 돌아보고 집으로 도망쳐 오겠다고 할 때는 영원으로 해서 운학동을 지나 탐선리로 내빼가지고 자랏고개를 넘어 달려오겠다고 도망쳐올 행로까지 촘촘히 주워세며 엉너리를 쳤다. 그래도 두전댁은 막무가내여서 그러면 얼른 가서 구경이나 한번 하고 오겠다고 내빼 온 다음 요새는 사나흘 만에 한 번씩 집에 들르고 있었다. 집에 한번 갔다 하면 마누라 떼고 나오기가 찰거머리 떼기만큼 어려웠다.

"보리개떡 안팎 있을랍디여마는, 그래도 뿐을 본당게 말인디라우, 짚새기가 뿐이 나면 어디서 나겄소? 첫째는 총이 골라사 쓸 것이고 그 담에는 총받이하고 도갱이에서 뿐이 날 것 같소. 아무리 바뻐도 총받이 돌릴 때는 한 번씩 더 매스리시오."

"아따, 이 양반 솜씨도 날아가네. 진짜 과거를 짚새기로 본다면 원님 날 사람 여럿이구만."

조망태는 한 사람 한 사람 기웃거리고 다니며 한 마디씩 했다. 이갑출은 똘마니들을 달고 저쪽 술막께로 갔다. 이갑출은 표정이 굳어 있었다. 그는 요새 이주호가 자기를 온전한 혈육으로 대접을 해주자 눈에다 불을 켰다. 혈육 대접을 하자 그 값을 하려고 밤낮을 몰랐다.

이주호는 그 사건 직후 이상만을 찾으려고 여기저기 천방지축 싸대고 다니다가 보름이 지나면서부터 원한 살인 쪽으로 눈을 돌렸다. 그러면서 이갑출을 불러왔다. 이주호는 동네 사람들을 의심했고, 동네 사람들 가운데서도 우선 그럴 만한 성깔을 지닌 사람들을 지목했다. 장춘동 마누라와 이상만 소문은 이주호 귀에까지는 들어가지 않았다. 이갑출은 벌써 두 번째 장막에 나타났다. 그러나 그는 정석진 기습사건 때 감영군을 하나 죽인 공로가 있었으므로 장막 출입쯤 누구도 막지 않았다.

장막 밖에서는 별동대들이 경계를 삼엄하게 펴고 있었다. 그제부터 경계를 강화했지만, 이런 일이 있을 때일수록 경계를 잘 하라는 김도삼의 영에 따라 별동대들은 더욱 눈을 밝히고 있었다. 화호나루로 통하는 길이 백산과 장막 사이로 나 있었으므로 그러지 않아도 행인들이 많아 여간 마음이 쓰이지 않았는데, 오늘은 여기 장날이라

154

행인이 더 붐볐다. 더구나 요사이는 날씨가 풀리자 나들이꾼들이 그만큼 많았다.

"저 사람들이 어째서 아까부텀 안 가고 저렇게 얼쩡거리고 있다냐?"

삼거리에 파수 섰던 김장식 패가 저쪽에서 오자 김장식더러 들으라는 듯이 혼잣소리처럼 구시렁거렸다. *떡니가 밤조각만한 젊은이였다.

"멋이?"

김장식이 알은체를 했다. 김장식은 순찰을 하고 있는 중이었다.

"저그 나루터로 가는 사람 있제? 저 사람 둘이 여그를 두 번이나 왔다가 다시 가고 있그만."

떡니하고 같이 서 있는 키다리가 말했다. 괴나리봇짐을 진 사람들이었다.

"잘 봐라. 오늘은 유독 행인이 들끓는다."

장막 안에서는 환성이 쏟아지고 있었다. 벌써 다 삼은 동네가 있는 모양이었다. 심사는 두령들이 하기로 되어 있었으나 전봉준과 김도삼은 이웃 고을 접주들이 와서 나오지 못하고 있었다. 계속해서 함성이 쏟아졌다. 김장식이 순찰을 한 바퀴 돌고 나서 함성 소리에 끌려 장막 쪽으로 갔다.

"자, 창동 나간다."

짚신 뭉치를 가운데로 내던지며 소리를 질렀다. 이어서 계속 신뭉치가 가운데로 날아들었다. 김승종은 신뭉치가 날아올 때마다 꼬리표 종이에다 붓으로 순번을 매기고 있었다. 벌써 여남은 동네 짚신이 날아들었다. 마지막 판이 되자 짚신뭉치들이 집중적으로 날아들었다. 그러나 지금까지 삼고 있는 사람들도 많았다. 출품을 포기 못한 사람들이었다.

"어허, 이 양반은 한숨 주무시고 일어나서 삼는 모양이네."

조망태 익살에 모두 웃었다. 이제야 다른 쪽 신총을 너덧 개 내고 있는 사람도 있었다.

"금방 묵을 떡에도 소를 박더라고 싸목싸목 삼아도 방불하게 삼아사지라우."

"예끼 여보시오. 아무리 그런다고 곽란에 약을 지러 가시제, 그 솜씨 갖고 장원 바라보고 나왔소?"

조망태 익살에 폭소가 터졌다. 저쪽에서는 두령들이 모여 심사를 하고 있었다. 의견이 엇갈리는 듯 말이 많더니 큰소리가 나오기 시작했다.

"저 시관 나리들 장원 정하기 어려울 것이구만."

조망태가 웃으며 그쪽을 돌아봤다.

"조생원은 시관이 되아갖고 멋하고 계시오?"

최경선이 조망태를 보고 소리를 질렀다.

"보나마나 삼은 시간하고 솜씨를 놓고 의견이 안 맞지라우? 첨부터 그걸로 시끄럽겠글래 내 입이라도 하나 덜어낼라고 안 나갔소."

조망태가 늘어진 소리를 하며 다가가자 모두 웃었다. 서로 상반되는 기준이라 말썽이 생길 수밖에 없었다.

"여럿이 나서보았자 말만 많애질 것인게 최두령하고 김승종하고 둘이 저 칸막이로 갖고 가서 정해부는 수밖이 없소."

조망태가 말했다.

"아이고, 그래부러."

송대화가 일어서 버렸다. 그러기로 했다. 짚신 뭉텅이들을 칸막이로 가지고 갔다.

그때 나루터 쪽에서 오던 엿장수 하나가 삼거리를 지나 백룡사 쪽으로 가고 있었다.

"어디서 못 보던 엿장사가 왔네. 엿장사가 되아갖고 가위춤도 안 추고 버버리 엿장사라냐?"

떡니가 웃으며 이죽거렸다. 엿장수는 엿가위는 들었으나 가위춤도 추지 않고 엿단쇠 소리도 없이 그냥 엿목판만 지고 덤덤하게 지나가고 있었다.

"어디서 엿 폴다가 한 귀퉁이 얻어맞았다냐 어쨌다냐?"

키다리 말에 두 사람은 한참 킬킬거렸다. 엿장사는 백룡사 쪽을 한번 쳐다보고 나서 한참 서성거리더니 돌아섰다. 다시 이쪽으로 나왔다. 역시 덤덤하게 오고 있었다.

"여보시오. 왜 엿은 안 폴고 왔다갔다 그라고만 댕기요? 울릉도 호박엿인지 강원도 찹쌀엿인지 알아사 사묵지라잉."

떡니가 수작을 걸었다.

"사묵을 사람은 사묵겠지라우."

작자는 어색하게 웃으며 그제야 손에 들었던 엿가위를 몇 번 찰랑거렸다.

"가만있자, 저 사람 수상한디."

떡니가 키다리를 돌아봤다. 엿가위 소리를 풍물 소리만큼 듣고 사는 사람들이었다. 엿가위 소리가 여간 어색한 게 아니었다. 그러고 보니 얼굴이 번듯한 것도 엿장수나 할 풍신이 아니었다.

"나 따라와 봐."

떡니가 앞장서서 엿장수한테로 달려갔다.

"엿 주시오."

엿장수가 뒤를 돌아봤다. 엿목판을 길가에 내렸다.

"이놈어치만 주시오."

떡니가 동전 한 닢을 내밀었다. 엿판에 끌을 대고 가위자루로 탁때렸다. 엿 가르는 솜씨도 여간 서툴지 않았다. 두 젊은이는 두 토막으로 나눠논 엿을 한 토막씩 집어들었다. 그때 장막에서 김장식이 나오고 있었다.

"저 엿장수 수상하구만. 가위춤도 출지 모르고 엿 끊는 솜씨도 그렇고 틀림없이 가짜여. 생긴 것도 엿장수가 아녀. 지난 참에 말목장에 왔던 담배장수들매이로 저 안에 칼이라도 들었는지 모르겠구만."

떡니 말에 김장식이 눈을 번쩍이며 그쪽을 봤다.

"눈치 보이지 말고 가만있어. 그런 놈이라면 이 근처에 저놈 떨거지들이 여기저기 박혀 있을지 모른다."

"저 엿장수도 첨 본 엿장순디."

키다리가 화호나루 쪽을 보며 뇌었다. 역시 아까 그 나이 또래 엿장수가 엿목판을 지고 서툴게 엿가위를 철렁거리며 오고 있었다. 이엿장수는 가위는 찰랑거렸으나 엿단쇠 소리는 하지 않았다. 그 역시가위 소리가 여간 서툴지 않았다. 가까이 왔다.

"엿 주시오."

김장식이 동전 두 닢을 내밀었다. 엿장수가 엿목판을 길가에 내렸다. 그 역시 엿 끊는 솜씨가 서툴렀다.

"어디 엿이오?"

"김제 엿이오. 여그 판이 크다글래 첨으로 한번 와봤소. 하다 해묵을 것이 없어서 엿판을 한번 짊어져 봤등마는, 이 일도 쉽잖소."

작자는 어색하게 웃으며 서툰 솜씨로 엿을 세 토막으로 갈라났다. 모두 엿을 하나씩 집었다. 그때 바로 옆 주막에서 사내 둘이 앞에 술잔을 놓고 이들의 동정을 유심히 보고 있었다. 엿장수는 엿목판을 짊어지고 역시 서툴게 엿가위를 찰랑거리며 저쪽으로 갔다.

"여기서 잘 보고 있어."

김장식은 두 젊은이에게 속삭여놓고 천연스럽게 도소로 올라갔다. 도소로 올라갔던 김장식이 좀 만에 송늘남을 데리고 내려왔다. 뒤에는 대원 너덧 명이 따르고 있었다. 송늘남은 대원 하나를 달고 장막으로 가고 다른 두 대원은 장 쪽으로 갔으며, 다른 두 대원은 화호나루 쪽으로 갔다. 그때 장막 안에서는 풍물 소리가 요란을 떨었다. 장원이 결정된 모양이었다.

김장식은 부하 하나를 달고 길가에 서성거리며 송늘남이 들어간 장막과 백산 꼭대기를 번갈아 힐끔거리고 있었다. 꼭대기에서는 김도삼과 달주가 김장식을 내려다보고 있었다. 달주 곁에는 전봉준 아들 용규가 제 키보다 배나 긴 대창을 들고 서 있었다. 달주는 그놈한테 졸리다 못해 하는 수 없이 별동대에 넣어 자기 호위병으로 달고 다녔다. 별동대 대창은 일반 농민군 대창보다 더 길고 가늘었다. 달주가 총대장을 맡으면서 그렇게 바꾼 것이다. 이유는 간단했다. 칼과 싸울 때는 말할 것도 없고 창끼리 싸울 때도 창이 길어야 유리하다는 것이었다.

그때 아까 장 쪽으로 갔던 엿장수가 이리 오고 있었다. 송늘남이 들어간 뒤로 떠들썩하던 장막 안은 쥐죽은 듯 조용해졌다.

"엿 주시오."

김장식이 엽전 두 닢을 내밀었다. 엿장수는 엿판을 땅에 내렸다. 엽전을 챙기고 김장식을 힐끔 한번 보며 끌을 들었다. 엿을 끊었다. 김장식은 장막 쪽을 다시 힐끔 보며 두 토막으로 잘라논 엿 하나를 집어 들었다. 엿장수가 엿판을 짊어지려 했다.

"여그 엿 더 주시오. 줄 놈이 또 하나 있소."

다시 동전 한 닢을 내밀었다. 엿장수가 동전을 챙기는 순간이었다. 장막에서 송늘남이 이쪽을 내다보며 손을 번쩍 들었다. 김장식은 알았다는 시늉을 했다.

"어디 멋을 얼마나 벌었소."

김장식이 엿목판 위짝을 훌쩍 들어 아래짝 속을 들여다보았다.

"거그는 멀라고 열어?"

엿장수가 기겁을 했다. 김장식은 엿장수를 밀치며 목판 아래짝 속의 보자기를 훌쩍 젖혔다. 양총이 대여섯 자루 재어 있었다. 순간, 곁에 섰던 김장식 부하가 엿장수 가슴에다 창을 들이댔다. 김장식이 산 위의 달주를 향해 손을 번쩍 들었다.

"꼼짝 말아!"

─징징징.

산꼭대기에서 징소리가 요란스럽게 울렸다. 장막 안에서 농민군들이 창을 들고 함성을 지르며 쏟아져 나왔다. 송늘남은 장막 안의 농민군들에게 대창을 들게 한 다음 김장식을 향해 손짓을 했던 것이다. 농민군 일부는 백산을 향해 내닫고 일부는 용계리 장판을 향해서, 일부는 들판을 무질러 동진강 강둑을 향해 달렸다.

그때 도소 주변에는 고미륵 부대와 송늘남 부대가 흙벽 너머로 눈을 밝히고 있었다. 꼭대기를 빙 둘러서 싸놓은 흙벽이 허리 높이였으나 성벽처럼 든든했다. 농민군들이 몰려와 모두 흙벽에 붙었다.

"온다."

고미륵 대원들이 저 아래 비탈을 보며 소리를 질렀다. 5명이 총을 들고 가플막을 기어오르고 있었다.

"별동대하고 여기 오신 분들은 지 말 들으시오. 거그 가만히 있다가 지가 창을 땡기라고 하면 창을 땡기시오. 지금은 고개를 숙이고 저놈들이 가차이 올 때꺼정 가만히 계십시오."

고미륵이 소리를 질렀다. 모두 창을 꼬나쥐고 그 자리에서 버티고 있었다. 별동대원 곁에는 한 사람 곁에 대창이 여남은 자루씩 쌓여 있었다. 대창은 모두가 길었다.

—탕.

—탕.

고미륵 부대 앞으로 기어오르던 놈들이 총을 쏘기 시작했다.

"고개를 숙여."

고미륵이 고함을 질렀다. 기습병들은 더 기어올라왔다. 웬만큼 가까이 왔다.

"창을 땡개!"

고미륵이 소리를 질렀다. 대원들은 흙벽 너머로 아래를 향해 창을 던졌다. 아래로 내리꽂히는 창은 미끄러져 가듯 멀리 나갔다. 그러나 기습병들은 하나도 맞지 않았다. 기습병들은 계속 총을 쏘아대며 육박해 오고 있었다.

"으아!"

창은 던지려던 농민군 하나가 비명을 질렀다. 창 던지던 농민군들은 무춤했다. 총 맞은 대원은 옆구리에서 피를 흘리고 있었다. 농민군들이 달려들어 옷을 벗기고 상처를 돌보고 있었다.

"창을 땡개!"

고미륵은 창을 던지라고 계속 악을 썼다. 그러나 농민군들은 총에 겁을 먹고 흙벽 뒤에서 고개를 내밀지 못했다. 기습병들은 10여 보 아래까지 육박해 오고 있었다. 그때 백룡사 쪽에서도 총소리가 났다. 거기서는 계속 콩 볶는 소리가 났다.

"창을 던져라."

송늘남이 소리를 질렀다. 백룡사 쪽에서도 5명이 총을 쏘며 올라오고 있었다. 그러나 그쪽은 이쪽보다 비탈이 훨씬 가팔라 공격해 올라오기가 그만큼 어려웠다. 그쪽에서는 계속 총소리가 났다.

"창을 땡개!"

고미륵도 계속 악을 쓰며 자기도 창을 던졌다. 놈들은 수없이 날아오는 창에 더 총을 쏘지 못하고 뒤로 주춤주춤 물러섰다.

"도망친다, 더 땡개라."

저쪽에서도 송늘남이 목이 찢어져라 악을 썼다. 고미륵 대원들도 계속 던졌다. 창이 한 놈 등에 맞았다. 그러나 창이 박히지 않고 떨어졌다. 그자는 휘청거리며 도망쳤다.

송늘남 부대는 악을 쓰며 흙벽을 넘어가고 있었다. 기습병들은 잔뜩 위를 쳐다보며 공격을 하다가 위에서 아래로 내려꽂히는 창에 견디지 못하고 도망쳤다.

전봉준 등 두령들은 손화중, 김개남, 송희옥 등 다른 고을 두령들과 함께 김만수 패의 호위를 받으며 장막 문 밖에 나와서 싸우는 것을 보고 있었다.

"그 자리에 엎드려!"

고미륵 부대 공격에 물러서던 기습병들이 다시 이쪽을 향해 총을 겨누며 엎드렸다.

"모두 허리를 숙이고 내 말 들으시오!"

고미륵이 소리를 질렀다.

"모두 창을 들고 있다가 내가 땡기라면 젤 가운데 나무 밑에 엎진 새끼, 그 새끼가 대장이오. 모두 그놈을 향해서 땡기시오. 창을 꼬나 들어."

모두 창을 꼬나들었다.

"땡개!"

창이 날았다. 창이 대장한테로 집중했다. 동시에 저쪽에서도 총이 불을 뿜었다.

"으아."

농민군 하나가 또 옆으로 쓰러졌다. 그 때 저쪽에서도 대장이 창을 세 개나 맞았다. 이쪽 총 맞은 농민군은 어깨에서 피를 흘리고 있었다. 곁에서 수건을 찢어 어깨를 묶고 있었다.

"땡개!"

고미륵 소리에 농민군들은 정신없이 창을 던졌다. 아까 무춤했던 것과는 달리 대원들은 정신없이 창을 던졌다. 기습병들은 물러나기 시작했다. 저쪽 대장은 목과 가슴에 창을 맞고 버르적거리고 있었다.

"둑을 넘어서 쫓아!"

고미륵의 명령이 떨어지자, 농민군들은 손에 창을 두 개씩 들고 쫓아갔다. 놈들은 저만치 도망쳐 내려가고 있었다. 농민군들은 정신없이 아래로 창을 쏘았다. 또 한 놈이 목을 맞아 쓰러졌다. 나머지 세 놈은 정신없이 내달았다.

"그만 쫓아!"

고미륵 고함 소리에 농민군들은 발을 멈추었다. 자기들이 던진 창을 계속 주워 던지며 쫓고 있었으나, 더 아래는 들판이어서 총든 자들을 상대하기에는 불리했다.

농민군들은 부상당한 기습병 두 놈 옆구리를 끼고 올라왔다. 총도 걷어왔다. 대장은 목에서 피를 쏟으며 숨을 할딱거리고 있었다. 이쪽 부상자들은, 먼저 당한 사람은 옆구리를 맞았으나 다행히 관통상은 아니었다. 팔을 맞은 사람도 뼈를 상하지는 않았다.

농민군들은 여기저기서 기습군을 쫓느라 난장판이었다. 화호나루 쪽을 달리던 기습병들은 둑을 타고 만석보 쪽으로 도망쳤다. 그 뒤에는 농민군 백여 명이 쫓고 있었다. 그들은 모두 화호나루로 도망치던 자들이었으나, 아까 김장식이 미리 나룻배를 저 건너로 보내

버렸기 때문에 나루를 건너지 못하고 둑으로 붙은 것이다. 그자들은 모두가 맨몸이었다. 총을 든 자들은 도소 양쪽으로 공격해 올라오던 10여 명뿐인 것 같았다.

"저쪽으로도 내뺀다."

김장식이 양계동 쪽을 향해서 소리를 질렀다. 예동 사람들이 그쪽으로 쫓아갔다. 동진강 둑에 쫓고 쫓기는 사람들은 꼭 달음질 경주라도 하는 것 같았다. 강둑 위를 쫓기는 패와 쫓는 패의 간격이 점점 좁아지고 있었다. 한 놈씩 붙잡기 시작했다. 쫓기다 지친 놈들이 강가로 도망쳐 강물로 뛰어들기도 했다. 농민군들도 강물로 뛰어들었다. 물속에서 드잡이판이 벌어졌다. 강 아래로도 내빼고 들판으로도 내뺐다. 붙잡아 끌어오는 사람, 쫓는 사람 난장판이었다. 이놈들이 도대체 몇 명이나 되는지 알 수가 없었다.

강둑으로 도망치는 수는 10여 명으로 줄었으나, 쫓는 수는 줄지 않았다. 만석보까지는 시오리가 빠듯했다. 벌써 5리쯤 쫓아 대여섯 놈을 잡았다. 쫓는 쪽은 쫓다 지쳐 주저앉으면 그만이었지만, 쫓기는 놈은 지쳐 빠지면 붙잡혔다.

쫓기는 자들 가운데는 칼을 든 놈도 있었으나 원체 지쳐 제대로 칼을 쓰지 못했다. 그런 칼쯤 대창으로도 대적이 너끈했다. 만석보에 가까워졌을 때는 다 잡고 다섯 놈만 남았다. 농민군들은 기어코 쫓아 그중 세 놈을 더 잡고 두 놈은 놓치고 말았다.

도소에서는 아까 총 들고 공격하다 부상당한 놈들을 앞에 앉혀놓고 최경선이 문초를 하고 있었다.

"영병이냐?"

"예."

"몇 명 왔냐?"

"50명이오."

"전주서는 언제 떠났고 여기는 언제 스며들었냐?"

"어제저녁 나절 떠나서 김제서 자고 오늘 아침에 왔소."

"네가 대장이냐?"

"아니오. 대장은 저쪽 백룡사 쪽에서 습격을 했소."

백룡사 쪽으로 공격하던 놈들은 모조리 붙잡히고 말았다. 그중 대장은 대원들의 거친 창에 찔려죽었다.

"총은 몇 자루 가지고 왔냐?"

"20자루 가지고 왔는데, 미리 발각이 나는 바람에 10자루밖에는 못 썼소. 나머지 10자루는 엿장수로 변장한 사람들 엿목판 속에 들었소."

"누가 보내더냐?"

"감사가 보냈소."

"미리 이쪽 사정은 조사를 했냐?"

"예, 여러 사람이 오래 전부터 여기저기 다 돌아봤소."

"오늘 장막에서 놀이한다는 것도 미리 알았냐?"

"예."

"어디서 들었냐?"

"감사가 그럽디다."

그들은 오늘 점심 때 전봉준이 장막으로 점심을 먹으러 내려오면 습격을 하기로 했는데, 전봉준이 나타나지 않아 계책을 변경하여 직접 도소를 습격하기로 했다는 것이다. 그런데 미처 습격을 하기 전에 발각이 나는 바람에 백룡사 쪽에 몰려 있던 사람들만 습격을 했다고 했다. 거기 몰려 있던 사람들은 불공드리는 사람을 가장하여 백룡사 방을 하나 차지하고 있었다고 했다.

전봉준은 오늘 장막에서 밥을 먹지 않았다. 어사가 뜬다는 소문에 손화중 등 인근 접주들이 몰려와서 그들과 대비책을 논의하다 보니 시간이 늦어 도소로 밥을 가져다 먹었던 것이다. 전봉준은 이런 접주들이 와도 반드시 장막으로 내려가서 밥을 먹었으나, 아까는 벌써 장막이 놀이판으로 바뀌고 있어서 하는 수 없이 도소로 밥을 가져다 먹었다.

"처음 습격하려고 짠 계책을 그대로 말해 봐라."

"전접주님 등 여러 두령들이 점심을 먹으러 저 아래 장막으로 내려가면 여기 도소다 불을 지르기로 했습니다. 그러면 장막에 있는 사람들이 이리 불을 끄러 몰려오느라 북새통이 벌어질 때 그 사이에 저 밑에 있던 우리 패가 농민군 속에 섞여 두령들을 살해하기로 했습니다."

최경선은 눈이 둥그레졌다.

"여기다 불을 어떻게 지른단 말이냐?"

"전봉준 접주 등 두령들이 점심을 먹으러 저 아래 장막으로 가기를 기다렸다, 바로 그때 우리가 감사의 사자처럼 꾸미고 이 도소로 오면, 두령들이 밥 먹고 올 때까지 기다리라며, 도소 안으로 안내할 것 같았습니다. 그때 바로 방에서 불을 지르기로 했습니다."

최경선은 새삼스럽게 눈이 둥그레졌다. 계획이 너무도 치밀했기 때문이었다. 만약 그 계획대로 이루어졌더라면 영락없이 당할 뻔했다.

"그러면 총은 무엇 때문에 20자루나 가지고 왔지?"

"그것은 우리가 도망칠 때 농민군이 쫓아오지 못하도록 견제하기 위한 것입니다. 화호나루로 모일 때까지 농민군을 총으로 견제해 놓고 나룻배로 건넌 다음에는 총으로 배 밑창을 쏘아 추격을 못하게 하려 했습니다."

"그런 계책이라면 수를 너무 많이 데리고 오지 않았는가?"

"첫째는 일을 확실히 하기 위해서였고, 둘째는 그 계획이 실패했을 때 차선책을 쓰기 위해서였습니다. 여기 데리고 온 병사들은 특별히 뽑은 사람들이었습니다. 우선 지원을 받은 다음 지원자 2백여 명 가운데서 체력이나 총 솜씨 등을 보아 50명을 골랐습니다."

"차선책은 무엇이었는가?"

"전봉준 접주님은 무슨 일이 있어도 밥은 장막에서 농민군들하고 같이 먹는다는 것을 알고 있었기 때문에 틀림없이 계획대로 될 것이라 했습니다. 그렇지만 만약 계획대로 안 되면 백룡사 쪽으로 집결해서 그쪽 파수들을 작살내고 바로 뚫고 올라오기로 했습니다. 그런데 그 계책을 쓰려고 연락을 하는 판인데, 그만 들통이 나고 말았습니다."

기습군들은 45명이 붙잡히고 2명이 죽었다.

최경선은 두 명을 더 문초했으나 거의가 말이 일치했다. 이번 계책은 감영으로서는 마지막 기회라 생각하고 그만큼 치밀하게 짠 것 같았다. 계책의 치밀하기도 그랬고, 또 뽑아 보낸 병사들도 그랬다.

그런데 이 계획이 실패로 돌아갔으니 이제 정면으로 나오지 않을까 싶었다. 이번까지 감영으로는 두 번, 정참봉이 저지른 것까지 합치면 세 번이나 기습을 한 셈인데 세 번 다 실패를 했으니, 감사로서는 우선 체면이 말이 아니었다. 이런 것을 벌충하자면 정면으로 나올 것 같았고, 그만큼 강공을 해 올 것 같았다. 이제 결전의 때가 온 것이 아닌가 싶었다. 최경선은 무거운 표정으로 일어섰다.

6. 감영군이 움직인다

2월 22일. 기습 미수사건이 있던 이틀 뒤였다. 해거름에 오거무가 왔다. 얼굴이 벌겋게 익은 것이 급한 소식 같았다. 오거무는 요사이 다리에서 불이 날 지경이었다. 이용태가 안핵사로 발령이 난 뒤로 오거무는 하루는 장흥을 다녀오고 하루는 전주를 다녀왔다. 오거무의 진가가 제대로 나타났다. 몇만 냥을 주고도 살 수 없는 보배였다. 그래서 전봉준는 오거무가 올 때마다 칙사 대접을 했다. 그제는 장흥에 갔다 와서 고부 호방 은세방이 장흥에 가 있다는 소식도 전해 왔다. 박원명이 군수로 발령이 나고 이용태가 안핵사로 발령이 났다는 소식이 전해 오자 고부 아전들은 그를 맞이하러 가기로 하여 이방은 새 수령 신영맞이를 가고 호방은 어사를 맞으러 장흥으로 간 것이다.

도소로 바삐 들어가려던 오거무가 달주와 마주쳤다. 오거무가 반색을 하며 멈춰 섰다.

"자네한테 진직 전할 말이 있었는디, 깜빡 잊어부렀네. 그저께 장
홍 갔다 와서 전한다는 것이 잊어불고 전주로 갔구만. 장홍 이방언
접주님 말씀인디, 여그 고부 호방 놈이 이용태가 어사 났다는 소리
를 듣고 어사를 맞으러 장홍으로 달려갔거든, 그런디 이 작자가 거
그 가서 만득이라디야, 그 사람 내외를 잡아간 모냥이네. 자네한테
그로코만 전하면 알 것이라고 하등만."

"멋이라우? 만득이 내외를?"

달주는 대번에 벼락 맞은 꼴이 되고 말았다.

"첨에는 멋 땀새 잡아갔는지 몰랐는디, 알아본게 여그 호방이 잡
아오락 해서 잡아갔다고 한다네. 먼 일인가는 모르겠다는디, 일이
어려운 눈치등만."

"전주는 언제 가시오?"

달주는 겨우 숨을 발라 쉬며 물었다.

"낼 가네."

"대둔산 용배 아시지라우?"

"알제."

"전주에 있던가요?"

"저 지난 참에, 그런게 닷새 전에는 봤는디, 그 뒤로는 못 본 것 같
네."

"오늘 저녁에 어디서 주무실라요?"

"백룡사 밑에 주막에서 잘라네."

"알겠소. 저녁에 봅시다."

달주는 처참한 표정으로 입술을 깨물며 돌아섰다.

"이 자식을 죽여버려야지. 죽여버려. 이 자식을 죽이지 못하면 내가 성을 갈 것이다."

달주는 다시 이를 앙다물고 주먹을 부르르 떨었다.

전봉준은 오거무한테서 편지를 받아 피봉을 뜯었다. 편지를 읽는 사이 전봉준 얼굴이 조금씩 굳어졌다. 다 읽고 난 전봉준은 오거무를 향했다.

"이럴 때를 당하니 오처사 활약이 너무나 고맙소. 천군만마에 비길 바가 아니오. 머라 감사해야 할지 모르겠소."

"새삼스럽게 무슨 말이십니까요?"

"너무 고마워서 하는 말이오. 그런데 고되겠지만, 얼른 한 군데 다녀와야 할 데가 있소. 영광을 좀 다녀와야겠소."

전봉준은 영광 법성포에 가서 고달근더러 빨리 좀 와달란다더라고 전하라 했다. 전봉준은 오거무가 나간 다음 정길남을 불렀다. 원평에 사람을 보내 송태섭을 불러오라 했다. 이싯뚜리도 거기 있을 것이라 했다. 두 사람을 내보낸 다음 전봉준은 편지를 들고 두령들이 있는 방으로 갔다. 전봉준 눈에서 빛이 나고 있었다. 김도삼, 정익서, 최경선 외에 김개남, 송희옥, 강경중 등 이웃 고을 두령들이 와 있었다.

"감영에서 제대로 움직이는 것 같소."

두령들은 눈이 둥그레졌다.

"감영에서 이 근방 9개 군현에 영을 내려 내일 오시까지 군사를 정읍으로 집결을 하라 하고, 따로 5개 진영과 11개 군현에는 병을 소집하여 놓고 감영의 영을 기다리고 있으라 했다는 것이오."

전봉준 말에 모두 얼빠진 얼굴들이었다.

"9개 군현과 따로 5개진에다 11개 군현이오?"

김도삼이 놀라 물었다. 전봉준은 그렇다고 했다. 두령들은 잠시 서로를 돌아봤다. 너무도 엄청난 규모였기 때문이다. 새로 군수가 도임하면서 농민군을 완전히 짓밟아버리겠다는 배짱인 것 같았다.

"금구, 정읍, 무안, 김제, 담양, 무장, 태인, 흥덕 등 9개 군현이랍니다."

"무안까지 끼여 있단 말이오?"

최경선이 놀라 물었다. 전봉준이 고개를 끄덕였다.

"이놈들이 그제 당하고 나서 이제 그런 잔졸한 짓으로는 안 되겠다 생각한 모양입니다."

송대화가 웃으며 말했다. 그는 감영에서 그렇게 군사를 동원한다고 해도 별로 놀라는 기색이 아니었다. 전봉준은 그제 붙잡은 기습병들을 어제 전부 풀어줘 버렸다. 여기다 붙잡아놓고 있어봤자 아무 소용이 없었기 때문이다. 부상자는 치료를 해주고 죽은 사람들은 들것에 실어 그들이 떠메고 가게 했다.

"그렇게 대규모로 동원한다면, 전주 영병이 나설 것은 불문가지니 그러면 관군의 총수가 얼마나 될까요? 우선 지난 8월에 새로 설치한 남무영 군사만 하더라도 4백 명이라니 모두 천 명은 넘지 않겠습니까?"

김도삼이 김개남을 보며 물었다.

"많이 긁어모으면 그쯤 되겠지요. 그러나 5개 진영하고 11개 군현에도 병을 소집하여 대기하라는 영을 내렸다면 단단히 작심을 한 것 같습니다. 각 진영군도 만만치 않고 또 이용태도 역졸을 끌고 온다면 그 수가 얼마나 될지 쉽게 가늠을 못할 것 같습니다."

김개남이 침통한 표정으로 말했다.

"군사들 수도 수지마는 그 사람들이 가지고 있는 무기가 문젭니다. 남무영 병졸이나 전주 영병들은 신식 총을 가졌습니다. 신식 총은 4,5백보도 더 나갈 뿐만 아니라 화승총 한 발 쏘는 사이에 10여 발을 쏠 수가 있고 정확하기가 4,5백보 거리에 있는 참새도 떨어뜨린다고 들었소."

강경중이었다. 명중률은 과장이었으나 사거리와 발사 속도는 사실에 가까웠다. 반자동이었기 때문이다.

"정읍으로 모이라 했다는 것을 보면 거기서 말목과 읍내 쪽으로 몰려와 이리 조여들 것 같은데, 그렇게 되면 우리는 배수진이 되어 버리지 않겠습니까? 우리가 여기다 진을 친 것은 전주 쪽에서 몰려올 것으로 생각하고 저 동진강의 잇점을 이용하자는 것인데, 정읍으로 집결하라고 했다니 그자들이 그것을 간파한 것 같습니다."

송대화였다. 두령들은 고개를 끄덕이며 전봉준을 건너다봤다. 전봉준은 말없이 듣고만 있었다. 송대화는 계속했다.

"우선 들판에서 붙는 것은 우리한테 불리할 것 같습니다. 저쪽에 신식 총이 백여 자루만 된다 하더라도 들판에서는 우리한테 치명적입니다. 우리가 일어난 것이 한 달 반이 가까우니 관에서는 그 사이 그만한 대비를 했다고 보아야 할 것입니다. 미리 우리가 주천삼거리 쯤으로 되레 전진을 해서 거기서 관군의 기세와 무기를 보면서 임기

응변, 계책을 세우는 것이 어떨까요?"

주천삼거리는 여기서는 50리 거리고 거기서 정읍 읍내는 10리도 못 되었다.

"나는 좀 달리 생각합니다."

정익서가 나섰다.

"관군의 기세와 무기를 본 다음에 맞닥뜨리자는 데는 동감이나, 주천삼거리로 나가는 것은 위험한 일입니다. 무슨 싸움에서든지 첫판 싸움이 중요한데, 만약 주천삼거리에서 제대로 붙어보지도 못하고 후퇴를 해야 한다면, 우리 쪽의 사기는 그만두고라도 백성의 실망이 클 것입니다. 또 거기서 우리가 후퇴할 때 관군 쪽에서 틈을 주지 않고 질풍같이 들이친다면 풍비박산이 되고 말 것 같습니다. 그리고 여기는 전주서 곧장 쳐들어오면 저 강 때문에 우리가 유리하지만 정읍에서 쳐들어오면 배수진이 되기 때문에 불리할 것은 분명합니다. 그러니 정읍에서 쳐들어오는 것에 대비하여 진의 일부를 읍내로 옮기는 것이 어떨까 싶습니다. 읍내에 있는 군량을 확보하는 것도 중요한 일입니다."

"그것이 좋을 것 같습니다."

정익서의 말에 두령들은 고개를 끄덕이며 전봉준을 보았다.

"나도 그렇게 생각합니다. 그러면 농민군 반을 나누어 내일 읍내로 이진을 합니다. 그리고 오늘 저녁 별동대를 읍내로 보내 군량을 단단히 지키게 하시오. 다음 계책은 따로 더 의논합시다. 나는 이분들하고 의논할 일이 있소."

전봉준은 김도삼한테 지시를 한 다음 다른 고을 두령들을 데리고 옆방으로 갔다. 전봉준은 좀 서둘렀다. 김개남, 송희옥, 강경중 등이었다. 강경중은 손화중의 심복이었다. 전봉준은 정익서와 최경선도 오라고 했다.

"이제 저자들이 정면으로 나온다는 사실은 의문의 여지가 없소. 그것은 우리도 처음부터 각오를 하고 있던 바입니다. 저자들 결의는 대단한 것 같습니다마는 우리는 애초에 각오한 대로 싸울 뿐입니다. 이제 다른 고을에서는 어떻게 하시겠습니까?"

전봉준 눈에서는 빛이 나고 있었다.

"잘 아시다시피 대부분의 접주들이 결정을 못하고 있는 셈입니다. 법소에서는 어제도 사람이 다녀갔습니다. 미처 말씀드릴 경황이 없었습니다마는, 사실은 어제 서병학 씨하고 김연국 씨가 와서 이 근방 접주들을 거의 만나고 갔습니다."

"서병학이요?"

송희옥 말에 전봉준의 말꼬리가 조금 올라갔다. 좀처럼 감정이 드러나지 않는 전봉준의 얼굴이 조금 굳어지는 것 같았다.

"만약, 다른 고을에서도 고부처럼 일어난다면 그 접은 그대로 법소와는 연을 끊는 것으로 알겠다고, 법헌의 마지막 통첩을 전했습니다. 법소에서는 여기 고부 일만 가지고도 조정에서 동학교단에 대해서 어떻게 나올 것인가, 조정 눈치 보느라 전전긍긍 살얼음판을 밟고 있는 판인데, 만약 다른 고을에서 또 동학도들이 앞장을 선다면 조정에서는 동학 법소부터 완전히 작살을 내버릴 것이라 했습니다."

송희옥은 침통한 표정으로 말을 했다. 최경선이 입을 열었다.

"이제 두령님들께서 마지막 결단을 내리실 때가 된 것 같습니다.

이 사건은 이제 고부를 뛰어넘어 적어도 전라도 전역으로 확대된 셈입니다. 감영에서 감영군만 동원하는 것이 아니라 다른 고을 군사까지 동원한다니 우리도 이웃 고을 백성에게 봉기를 호소할 수밖에 없습니다. 이 사건은 이제 전국으로까지 확대될지도 모르는 중대한 국면에 이르렀습니다. 명분상으로도 그렇고 현실로도 그렇습니다. 우리는 처음 일어설 때도 우리가 이렇게 들고일어서는 명분을 당당하게 천하에 밝혔지만, 정작 관군과 전쟁에 들어가는 마당에서는 우리가 왜 관군하고 전쟁을 해야 하는가, 그 명분을 다시 한 번 천하에 밝혀야 할 것입니다. 우리 고부 농민들은 보국안민을 위해 목숨을 걸고 싸우겠다, 우리와 뜻을 같이하는 사람들은 어느 고을 사람을 막론하고 우리를 따라나서라, 이렇게 호소를 할 수밖에 없습니다. 이 고을을 뛰어넘어 이 나라 모든 백성에게 호소를 할 것입니다. 그러면 엄청나게 모여들 것이라 저는 확신합니다. 제가 그런 확신을 하는 데는 근거가 있습니다. 지금 전봉준 접주님 이름은 팔도까지는 몰라도 한강 이남은 산골 어린애들도 다 알게 되었습니다. 어제 경상도에서도 사람이 다녀갔습니다마는, 저자들이 지금까지 한 달 반 가까이 시간을 끈 것은 그렇게 시간을 끌면 우리가 지쳐빠져 제풀에 흩어질 줄 알고 시간을 끌었던 것인데, 사실 그 시간은 이 세상 사람들에게 전봉준 접주님을 천하를 건질 영웅으로 만들어버리는 시간이었습니다. 더구나 여기 백산 꼭대기에서 봉화가 타기 시작하면서부터 세상의 이목은 지금 이 백산으로 집중하고 있습니다."

최경선이 여유만만하게 말했다.

"우리가 그렇게 호소하면 동학도도 따라올 것이고 동학도 아닌 사람들도 따라올 것입니다. 동학도도 동학도로 나서는 것이 아니라 이 나라 백성으로 나설 것입니다. 당장 여기 고부만 하더라도 우리는 동학도로 일어난 것이 아니라, 이 나라 백성으로 일어난 것입니다. 전접주님은 비록 이 고을 동학 접주님이시지만 동학 접주님으로 일어나신 것이 아니고, 그보다 먼저 이 나라 백성으로 일어나셨고 여기 모인 동학도들도 그 점은 마찬가집니다. 제가 군이 이 말씀을 드리는 것은 동학 접주님들이 앞장을 서지 않아도 일어날 사람은 다 일어날 것이라는 점을 말씀드리자는 것입니다. 동학이 아니어도 두레로도 뭉쳐서 몰려올 것이고 동네로도 뭉쳐서 몰려올 것입니다."

최경선의 말은 확신에 차 있었다. 두령들은 듣고만 있었다.

"아직 거기까지는 의논을 하지 않았습니다마는, 내일쯤은 대의를 밝히는 방을 붙일 터인데 그것을 붙인 다음, 저는 그 방과 같은 취지의 통문을 전라도 각 접주들이며 기타 의혈지사들에게 띄우자고 하겠습니다. 그 때 저는 그 통문을 들고 모두 일어나 달라고 천방지축 뛰어다니며 호소를 할 작정입니다. 이것은 당장은 우리 목숨 살자는 것이요, 크게는 나라를 건지자는 일입니다. 주먹에 핏사발이나 들었다는 사람들은 웬만하면 다 나서리라 봅니다. 이렇게 일어설 것인데 그때도 접주님들은 가만히 계실 수 있겠습니까?"

최경선은 말을 마치며 좌중을 돌아봤다.

"최두령 말을 듣고 보니 사정은 더 절박합니다. 정말 결단을 내려야 할 막바지 골목이 몰렸습니다. 이 근방 두령들을 모아서 이 문제를 한번 의논해 보는 것이 어떻겠소?"

김개남이 송희옥에게 물었다.

"되도록 많이 모아야 할 것 같으니 그러자면 내일은 촉박하고 모래 고부읍내로 모이라 하는 것이 어떻겠소?"

"그렇게 합시다."

김개남이 고개를 끄덕였다. 강경중도 좋다고 했다.

"그러면, 모래 저녁나절 고부 군아로 모여달라고 여기 있는 접주들 이름하고 손화중, 김덕명 접주님 이름까지 넣어 통문을 띄워주시오. 손접주한테는 강접주가 말씀을 드리시오. 김덕명 접주님은 내가 직접 만나서 말을 하겠소."

그렇게 하기로 했다. 모래 읍내서 만나기로 하고 다른 고을 두령들은 바삐 자리를 떴다.

2월 23일. 농민군들이 들판에 모였다. 어제까지 춥던 날씨가 풀리자 두꺼워진 햇발에 논바닥이 녹아 질컥거렸다. 농민군은 천여 명쯤 되었다. 별동대를 제외하고 일반 농민군은 두 패로 나누어 하루씩 교대로 나왔으므로 장막에는 항상 5백 명쯤이 머물고 있는 셈이었다. 그런데 집에서 자고 나오는 사람들과 장막에서 자는 사람은 아침에 교대를 했으며, 집에서 잔 사람들도 아침밥은 장막에서 같이 먹기 때문에 농민군들이 아침이면 하루에 한 번씩은 전부 모이는 셈이었다. 김도삼이 동네 우두머리들 앞장을 서서 도소에서 내려오고 있었다. 김도삼이 단으로 올라갔다.

"중대한 사실을 한 가지 말씀드리겠습니다. 오늘 읍내로 우리 농민군 반수가 진을 옮깁니다. 감영에서 여러 고을 병사들을 오늘 오시에 정읍으로 집결하라는 영을 내렸다 합니다. 그에 대비하여 우리 농민군 반수는 읍내로 가서 진을 치고 감영군 출동에 대비를 하겠습니다."

갑작스런 소리에 군중은 대번에 눈들이 주발만해지며 술렁거렸다.

"그리 이진할 농민군은 주천삼거리를 돌아서 읍내로 행군을 하겠습니다. 감영에서 영을 내린 대로 각 고을 군사들이 오늘 정읍에 제대로 모인다면, 주천삼거리에서 전투가 붙을지도 모릅니다. 단단히 각오를 하시기 바랍니다. 감영군들이 몇 번 기습하는 것을 보셨으니 잘 아실 것입니다마는, 원래 전쟁은 그렇게 예고가 없습니다. 언제 어떤 모양으로 어디서 쳐들어올지 모르는 것이 전쟁입니다. 항상 상대편 약점을 찔러야 하므로 뜻하지 않은 방식으로 갑작스럽게 공격을 하는 것이 전쟁입니다. 한밤중 모두가 꽃잠이 들었을 때 공격을 하기도 하고, 비가 억수로 쏟아져 방심하고 있을 때 공격을 하기도 합니다. 우리는 그런 일에 항상 대비해야 합니다. 오늘 읍내로 이진할 사람들은 읍내 쪽 사람들 전부하고 나머지는 이쪽 사람들 가운데서 상·하학동과 도매다리 등 읍내에 가까운 동네 사람들입니다. 거기 가서는 장막은 치지 않고 군아하고 객사를 쓰겠습니다. 그쪽 진의 총책임은 이 사람이 맡겠습니다."

농민군들은 다시 웅성거렸다. 이진한다는 말이 이번에는 일체 말이 새지 않아 농민군들은 아무도 그 사실을 모르고 있었다.

"밥해 먹을 살림살이는 따로 가져갈 사람들을 뽑아 그 사람들이 가져가도록 하겠습니다. 나머지 사람들은 몸만 가면 됩니다. 조금 있다가 곧바로 읍내로 출발을 할 것이니 동네 우두머리들 지시에 따라 준비를 하십시오. 읍내로 가는 농민군은 대오를 정연하게 지어 창의기와 농기 등을 앞세우고 풍물을 치고 가겠습니다. 동진강 강둑을 타고 가서 말목을 경유 주천삼거리에서 점심을 먹고 읍내로 갑니다. 행군은 다섯 패로 나누어 가겠습니다. 별동대는 세 패가 그리 가는데, 그 별동대를 두 패로 나누고 일반 농민군을 세 패로 나누어 모두 다섯 패로 나누어 행군을 하겠습니다. 그 패마다 따로 깃발을 세우고 풍물을 치면서 갑니다. 일반 농민군 패는 어떻게 나눌 것인지 그것은 조금 있다가 동네 우두머리들이 말할 것입니다. 풍물패도 물론 다섯 패를 짭니다. 지금부터 빨리 준비를 하십시오."

농민군들은 다시 웅성거렸다. 비로소 전쟁에 임하는 긴장이 흐르기 시작했다. 여기서 주천삼거리가지는 50리, 거기서 읍내까지가 20리, 도합 70리 길이었다. 주천삼거리에서 정읍 읍내까지는 불과 10리도 못 되는 거리였다. 그러니까 주천삼거리로 돌아 행군을 하는 것은, 감영에서 다른 고을 군사들을 정읍으로 집결하라고 했다니, 그 시간에 맞춰 농민군의 기세를 한바탕 시위를 하자는 것이었다. 그게 가장 중요한 목적이었지만, 행군하는 길처의 마을 사람들에게 농민군의 기세를 보이는 한편, 전투에 대비하여 농민군에게 긴장을 주는 효과도 있었고, 앞으로 그런 데서 전투가 벌어질지도 모르므로 길을 한번 익혀두는 효과도 있었다. 오늘 거기서 전쟁이 붙을지도 모른다고 했으나, 9개 고을이 모인다면 그 사이 전열을 정비하여 공격해 올 것 같지는 않았다.

동네 우두머리들은 농민군들을 세 패로 패를 나누고, 따로 솥이며 여러 가지 살림살이를 가지고 갈 사람들을 뽑아냈다. 풍물을 챙겨오고 여기저기 꽂혀 있는 깃발을 뽑아왔다. 풍물패로 패를 나누어 한쪽에서 손을 맞춰보고 있었다.

준비가 거진 끝나자 다시 모이라고 했다. 모두 모여들었다. 농민 군들은 5개의 패로 나누어 정렬을 했다. 맨 오른쪽에 송늘남 부대가 새로 생긴 별동대 한 부대를 합쳐 한 패를 이루었다. 그 다음 일반 농민군 세 부대가 서고, 마지막 고미륵 부대는 그냥 그 부대가 한 패를 이루어 섰다. 각 패의 맨 앞에는 창의기 두 개씩과 농기, 그 다음에 풍물패가 섰으며 그 뒤에 농민군들이 머리에 수건을 질끈질끈 묶은 다음 대창을 메고 섰다. 정만조는 오늘 이진하는 패가 아니었으나, 김도삼의 지시로 척후군 풍물패 상쇠를 섰다.

진용은 지난번 두 번 이진할 때하고는 전혀 달랐다. 훨씬 짜임새가 있었고 위세도 더 당당해 보였다. 그때는 살림살이 등을 옮기는 데 주력을 했으나 이번에는 행군만 하기 때문이다. 창의기의 빛깔도 부대에 따라 달랐다. 그 빛깔들은 그냥 치장이 아니라 그 빛깔 하나하나가 하나씩의 부대를 표시하고 있었다. 맨 앞에 갈 척후진은 청색, 그 다음의 중군은 황색, 그리고 나머지 세 군진은 각각 홍색, 백색, 흑색이었다.

전봉준이 두령들과 함께 별동대의 호위를 받으며 도소에서 내려오고 있었다. 풍물패가 요란스럽게 풍물을 울려 두령들을 맞이했다. 전봉준이 단으로 올라갔다. 모두 숨을 죽였다. 휘황찬란한 깃발들이 허공에 나풀거리고 있었다. 여기 남을 농민군들이 빙 둘러서 있었고, 밥하는 여자들도 나와서 구경하고 있었다. 연엽도 보였다. 전봉준이 단으로 올라섰다. 전봉준의 하얀 명주 배자가 햇볕을 받아 유난히 때깔이 흘렀다. 연엽이 누벼준 배자였다.

"감영군이 움직인다는 소식입니다. 여태까지 백성한테 도적질만 일삼던 도적의 떼라 하는 짓도 도적들처럼 잔망스럽게 뒷구멍으로 기습이나 하더니 이제 낯을 내놓을 모양입니다. 도적들은 대명천지 밝은 날에는 낯을 치켜들고 나설 명분이 없으나, 우리 농민군들이야말로 보국안민의 대의가 저 깃발처럼 떳떳하고 당당합니다. 우리는 천하에 부끄러울 것이 없으며 두려울 것이 없습니다. 우리 깃발이 휘날리는 곳에는 의로움이 있을 뿐이며 의로움이 있는 곳에 천하 만백성의 지지가 있습니다. 지금 팔도 백성의 이목은 여기 이 자리에 서 계시는 여러분한테 집중되어 있고, 여러분이 지금 들고 계시는 창의의 깃발은 고부의 하늘에서만 나부끼고 있는 것이 아니라 어느덧 팔도 백성의 가슴속에서도 힘차게 나부끼고 있습니다. 세상 사람들은 저녁마다 저 백산 꼭대기에서 타고 있는 봉홧불에 가슴을 두근거리며 우리가 손짓만 하면 먹던 밥도 내던지고 달려올 기세들입니다. 이제 우리 고부 농민군은 군아 하나를 습격한 사람들이 아닙니다. 우리 고부 농민군들이 한 달 보름 가까이 이 자리에서 관에 대항을 하고 있는 사이 우리 소문은 조선 팔도에 퍼져, 팔도 백성이 우리를 바라보며 우리한테 나라를 건지는 선봉에 서라고 소리높이 외치고 있습니다. 우리는 어느덧 우리처럼 뜯기고 핍박받는 팔도 백성의 간절한 소망을 우리 어깨에 짊어지게 되고 말았습니다. 이 짐은 무거운 짐이지마는 영광스런 짐이요, 청사에 빛날 짐이올시다. 사람이 이 세상에 나와 청사에 빛날 영광스런 소임을 맡게 되었다면 이 어찌 목숨을 던져 아까울 것이 있다 하겠습니까? 우리가 앞장을 서서 싸울 때 팔도의 백성이 어찌 그대로 구경만 하고 있겠습니까?"

전봉준의 카랑카랑한 목소리는 여느 때 없이 높았다. 앞에 섰던 송대화가 손을 번쩍 들어 박수를 쳤다. 농민군들도 모두 박수를 치고 풍물이 우광쾅 울렸다. 갑작스런 박수 소리에 어떤 사람들은 깜짝 놀라 바삐 박수를 따라 치느라 대창을 땅에 떨어뜨리기도 했다. 전봉준은 계속했다.

"아시다시피 관에서는 그 사이 우리 기세에 주눅이 들어, 어사라는 자는 조정의 영을 받고도 병을 핑계로 이불을 뒤집어쓰고 있고, 감사도 겁을 먹고 있습니다. 오늘 다른 고을 병사들이 정읍에 얼마나 모일는지 모르겠으나, 우리는 우리대로 대처를 하지 않을 수가 없습니다. 나도 오늘 저녁 읍내로 가겠습니다. 여러분이 지나가는 동네마다 백성의 뜨거운 환호가 있을 것입니다. 한 사람 한 사람이 하늘인 그 백성의 환호가 무엇을 말하는 것인가 가슴에 깊이 새기고 그들의 환호에 우렁찬 풍물 소리로 확실하게 대답을 하면서 당당하고 자랑스럽게 행군하시기 바랍니다."

군중의 박수 소리와 풍물 소리가 요란스럽게 울렸다. 농민군들의 모습을 보면서 연엽은 옷고름을 눈으로 가져갔다.

드디어 행렬이 발진을 했다. 행군은 척후군이 맨 앞장을 서고 황군, 홍군, 백군, 흑군 순이었다. 각 부대는 창의기와 농기를 앞세우고 풍물을 요란스럽게 치며 동진강 둑을 향했다. 행렬이 모두 동진강 둑으로 올라섰다. 높은 둑에 올라서자 행렬이 공중에 둥실둥실 떠가는 것 같았다. 강바람을 받아 푸른 하늘에 길게 꼬리를 끄는 깃발은 한층 휘황찬란했다. 풍물패는 신명이 나서 버꾸 패는 사지를 있는 대로 내갈기며 길바닥 전부가 제 세상인 듯 정신없이 휘젓고 다녔다. 허공을 휘젓는 깃발 밑으로 걸어가는 농민군 행렬은 이 세상의 모습 같지 않은 환상적인 분위기였다. 별동대까지 오륙백 명이 강둑에 늘어서자 그야말로 장관이었다. 배들 안통 동네 사람들은 전부 내다보고 감탄을 하고 있었다.

행렬이 만석보 헐어낸 데 이르자 예동 등 그 근방 사람들이 수없이 길로 몰려왔다. 풍물패는 더욱 신나게 풍물을 두들겨댔다. 남녀노소 다 나와서 구경을 하고 있었고 동네 개들도 허투루 컹컹 짖어댔다. 만석보 자리에서 말목까지 5리길은 동네 사람들로 장이 서버렸다. 자기 동네 사람들이 안 보이자 조금 섭섭한 모양이었으나 모두 박수를 치며 환성을 질렀다. 농민군들은 대창 멘 어깨판을 한껏 펴고 걸었다.

농민군들은 말목삼거리를 지나 소독, 대독, 대동, 삼봉, 신월을 거쳐 영달, 새터, 석촌, 내정, 쌍정, 내촌, 두지, 만종, 개미등, 신정, 내오, 자갈뜸을 지났다. 동네 앞을 지날 때마다 사람들이 구름같이 몰려나와 미친 듯이 환호를 했다. 여러분이 가는 데마다 뜨거운 환호가 있을 것이라던 전봉준의 말이 새삼스럽게 실감이 날 지경이었다.

김도삼은 그 사이 미리 정읍 읍내뿐만 아니라 그리 가는 길처 여기저기에 사람을 보내 다른 고을 병졸들이 정읍 읍내로 모이는가 염탐을 하고 있었다. 새벽에 정읍으로 갔던 사람들이 벌써 연달아 세 패나 와서 보고를 하고 있었으나, 어디서도 정읍 읍내로 병졸들이 가지 않는다는 것이다.

농민군 행렬이 주천삼거리에 가까워지고 있을 때였다. 저쪽에서

느닷없이 풍물패 한 패가 이쪽으로 오고 있었다. 농가를 앞세우고 20여 명이 신나게 풍물을 치며 다가오고 있었다.

"용계리 두레꾼들이다."

"와!"

농민군 속에서 함성이 쏟아졌다. 주천삼거리 근방에 있는 동네였다. 그 동네서는 농민군에 나온 사람은 없었으나 동학도는 많았다. 정익서가 오래 포교를 했던 곳인데, 그래서 정익서의 주선으로 농민군 점심을 이 동네서 하기로 되어 있었다. 풍물패는 지금 점심을 해놓고 농민군을 마중 나온 셈이었다.

농민군 풍물패 선두와 용계리 풍물패 선두가 가까워졌다. 두 패가 마주보고 인사를 하자 군중의 함성이 쏟아졌다. 이내 용계리 패가 자기 동네로 향했다. 동네 앞에 이르자 동네 사람들이 잔뜩 몰려 있었고, 논바닥에는 밥시루와 국옹배기가 무럭무럭 김을 피워올리고 있었다. 풍물패는 밥시루를 가운데 두고 또 그 주위를 빙빙 돌며 판을 이루었다. 여기서도 농민군 상쇠 정만조가 판을 잡았다.

— 깨갱갱 갱갱 깨갱갱 갱갱 딱.

신나게 돌아가던 꽹과리가 딱 멈췄다. 땅덩어리를 떠메고 하늘로 올라갈 것 같던 꽹과리 소리가 멎자, 온 세상이 땅속으로 폭 가라앉은 것 같았다.

"보국안민 농민군들!"

정만조가 소리를 질렀다.

"예애."

풍물패가 소리를 모아 크게 대답했다.

"관군들이 쳐들어온다고 소문이 요란스럽등마는 그것이 북풍에 쪽쟁이 날리는 소리였던가 여그 와서 본게 어리친 강아지 새끼 한 마리 없네그려. 이것은 우리 농민군이 만백성 뜻을 좇아 탐관오리 징치하고, 보국안민 좋은 세상 우리 손으로 맨들자고 열에 열 성 각 자손이, 열에 열 맘, 천에 천 맘을 한맘으로 똘똘 뭉쳐 내장산 벼락 바우보다 더 단단하게 뭉친 탓이 아니고 뭣이겠는가?"

"그렇고말고."

농민군들은 함성을 지르며 풍물을 치며 판을 휘돌았다.

— 깨갱깽 깽깽 깨깽깽 깽깽 딱.

다시 풍물 소리가 딱 그쳤다. 상쇠가 다시 소리를 질렀다.

"우리가 두 달 가까이나 북풍한설 찬바람에 주먹밥을 묵음시로 거적 깔고 말뚝잠을 잤어도 수천 군사들이 손톱눈 하나 튄 사람이 없고, 감기 고뿔 하나 걸린 사람이 없었으니, 이것은 천지신명이 굽어 살피시고 조선 팔도 만백성이 걱정해 준 덕분이 아니고 무엇이겠는가? 천지신명 우러르고 만백성 뜻을 좇아 한바탕 신나게 두들기고 나서 밥을 묵는디, 쳐라!"

"와!"

정만조의 구수한 사설에 군중과 풍물패는 미친 듯이 함성을 질렀다. 풍물패는 다시 꽹과리야 깨져라, 북 장고야 찢어져라, 있는 힘을 다해 두들기며 휘돌아갔다. 한참 두들기고 나서 멈췄다. 풍물패는 허리에서 수건을 뽑아 땀을 닦으며 모두 밥 먹을 자리를 찾아갔다. 밥 먹을 자리는 논바닥에 빙 둘러 이엉을 폭신하게 깔아놓았다.

밥은 여기서도 허연 쌀밥이었다. 그릇 위로 올라간 감투 무더기만도 제 무더기보다 더 높았다. 국은 미역국이 푸짐했다. 농민군은 모두 걸퍽지게 우겨댔다. 오십릿길을 왔기 때문에 거진 저녁 새참 때가 되고 말아 모두 배가 등짝에 붙어 있었다. 유독 풍물패가 걸퍽지게 우겨댔다. 농민들 밥 먹는 인심이란 어디서나 그러듯, 여기서도 마치 농사 때 두레꾼 못밥 먹듯 곁다리로 나온 동네 사람들이 백 명도 넘었다.

"아이고, 인자 살겄다."

밥을 일찍 먹은 사람들이 숭늉을 마시며 배를 쓸었다.

"허허, 밥 묵을 사람이 아무리 봐도 한 패가 부족하다 했등마는 저그 한 패 오네."

숭늉을 마시고 나서 곰방대에다 막불겅이를 우겨넣고 있던 오기창이 들판 쪽을 보며 익살을 부렸다. 거지 떼 한 패가 헐레벌떡 달려오고 있었다. 모두 와 웃었다. 거지들은 누더기 자락을 내갈기며 달려오고 있었다.

"이 사람들아, 올라면 진작 오제 어디서 뭣을 하고 자빠졌다가 늦참헌 상주 제청에 뛰어들대끼 인저사 그렇게 바쁜가? 남의 밥에 숟가락 몽댕이 한나만 들고 댕기는 사람들이 물때 짐작을 못혀도 그렇게 못한단 말이여? 시방 밥을 다 묵어불고 없는디, 인저 오면 농민군 인심은 멋이 될 것이여? 저 사람들이 시방 농민군 인심을 궂히기로 첨부터 작정을 한 사람들이구만."

오기창 익살에 모두 배를 쥐고 웃었다. 거지 떼는 오기창 핀잔은 들은 척도 않고 밥시루 쪽으로 무작정 몰려갔다.

"오매, 어짜사 쓰꼬, 밥이 한나도 없는디……."

여인네들이 울상을 지었다. 거지들은 옹송거리고 서서 멍청하게 여인네들만 건너다보고 있었다.

"우리 묵던 것이래도 쪼깨 덜어주세."

여인들이 먹다 남은 밥을 덜기 시작했다.

"우리도 한 숟구락씩 덥시다."

남자들 사이에서도 늦게 먹던 사람들이 밥을 덜기 시작했다.

"올라면 진작 오제 어디서 뭣을 하고 자빠졌다가 인저사 기어와?"

사람들은 밥을 덜면서도 핀잔을 쏟아냈다.

"날씨가 땃땃한께 어디 논두렁 밑에서 이 타작이래도 혔던 모양이구만."

오기창 익살에 모두 또 와 웃었다. 밥이 너덧 그릇이 되었다. 거지들은 숟가락을 뽑아들고 허겁지겁 달려들었다.

"천천히 묵어. 그렇게 정신없이 묵다가 쎗바닥까지 넘어가불면 그나마 인생이 끝장이여."

오기창이 곰방대를 물고 질지이심스럽게 거지들 밥 먹는 데까지 가서 참견이었다. 모두 웃었다.

농민군들이 담배를 한 대씩 피우고 나자 김도삼 지시에 따라 정만조가 풍물판을 일으켰다. 풍물패는 밥 먹은 자리를 한판 돌고 나서 그 길로 읍내로 향했다.

"젠장칠 것, 해도 저렇게 많이 남았겄다, 기왕 여그까지 온 김에 정읍까지 몰려가서 한바탕 휩쓸고 오면 어쩌?"

농민군 속에서 누가 소리를 질렀다. 곁으로 지나가는 송대화 들으라는 소리였다.

"그것은 안 돼요. 바로 이 앞이 정읍하고 고부하고 경계 아니오? 저 경계를 넘어가면 월경이 되아붙게, 우리가 월경을 하면 저놈들한 테 책을 잡히요."

"젠장, 기왕 이판사판으로 뒤꼭지에다 사자밥을 달고 일으났는 디, 월경 가리고 달거리 가리고 한단 말이오?"

농민군의 객담에 송대화는 그냥 웃으며 지나치고 말았다. 이렇게 민란이 일어났을 때 난군이 고을 경계를 넘어서면 변란으로 취급되 어 죄가 훨씬 무거워진다는 것이었다. 그래서 민란을 일으켜 수령을 축출할 때는 짚둥우리에 수령을 태운 다음, 고을 경계까지 떠메고 가서 그 경계 밖으로 내쫓아버렸다. 이게 말하자면, 이 무렵 일어났 던 민란의 일반적인 모습이었다. 여기 모인 사람들도 그 동안 이런 속으로는 별의별 이야기를 다 들었던 다음이라 그쯤 다 알고 있었 다. 이 사람도 그런 걸 알고 있기 때문에 송대화 들으라고 질지이심 이 객담을 한번 해본 것이다.

마을을 지날 때마다 사람들이 쏟아져나와 구경을 했다. 겁먹은 눈으로 멀뚱하게 구경만 하는 사람도 있었고, 읍내로 갈 것이 아니 라 전주로 쳐들어가라고 악을 쓰는 사람도 있었다.

영광 고달근과 이만돌은 새벽 서리를 털며 고창을 지나 고부를 향해 급히 내닫고 있었다. 그들의 발걸음은 팔팔 나는 것 같았다. 어 제 오거무한테서 급히 와 달라는 전봉준의 기별을 받은 즉시 그들은 김국현을 찾아갔다. 감영군이 뜨기만 하면 바로 영광서도 일어나자고 합의를 봤다. 전봉준이 일어나라는 영만 떨어지면 그대로 일어날 판이었다. 영광은 그만큼 사태가 무르익고 있었다.

"저기서 아침을 먹자."

그들은 고창 읍내를 지나 항상 자기들이 들르는 주막으로 들어갔다. 밥을 시켜 놓고 막걸리부터 한 잔씩 들었다. 두 잔째 입으로 잔이 가던 고달근이 막걸리 잔을 멈추었다. 이만돌도 깜짝 놀라 깍두기 집던 손을 멈추고 고달근을 봤다.

"들어봐!"

고달근이 웃으며 저쪽으로 손가락질을 했다. 동네 아이들이 노래를 부르며 오고 있었다.

　　새야 새야 녹두새야
　　윗녘 새야 아랫녘 새야
　　전주 고부 녹두새야
　　함박 쪽박 딱딱 후여

조무래기들은 큰소리로 노래를 부르며 지나갔다.

"세상은 인자 녹두새 세상이 다 되아부렀구만."

이만돌이 웃었다. 고달근도 만족스런 표정으로 손에 들고 있던 술잔을 입으로 가져갔다. 이 동요는 요사이 급속도로 퍼지고 있었다. 후암이 말했듯이 초가을 아이들이 볏논의 새를 보면서 부르던 이 동요가 가을철도 아닌 이 초봄에 널리 퍼지고 있었던 것이다. 두 사람은 이 노래를 요새 영광서도 몇 번 들은 적이 있었다. 이 노래가 퍼지면서 저기서도 전봉준에 대한 호칭이 녹두장군으로 변해가고 있었다.

전봉준의 어렸을 때 별명 녹두와 이 동요가 묘하게 맞아떨어진 것인데, 바로 이런 우연한 사실은 전봉준이라는 영웅이 이 세상에 나오기로 이렇게 예정되어 있었다는 것이 되므로 전봉준은 그만큼 세상을 건질 영웅으로 굳어가고 있었다. 이 노래가 퍼지기 시작한 것은 백산에 봉홧불이 오르기 시작한 것과 거의 때를 같이하고 있었다.

이 노래가 불리면서 이런 의미를 꼬치꼬치 따지는 사람들은 끄트머리 '함박 쪽박 딱딱 후여'가 좀 걸리는 듯 고개를 갸웃거렸다. 그러나 여기서도 후암이 해석한 것처럼 어디로 멀리 쫓아버리는 소리가 아니고, 전봉준과 그 주변의 농민군들에게 고부라는 좁은 고을을 벗어나 전주와 한양으로 내달으라고 쫓고 있는 소리라는 해석이 나와 모두 새롭게 고개를 끄덕였다. 세상이 난세라 별의별 참언들이 다 나돌았으며, 그런 참언이 나돌 때마다 그 뜻을 풀이하느라 고심했는데, 이 노래도 그런 참언의 성격을 띠었으므로 그 뜻을 따졌고, 그럴 듯한 해석이 나오자 그런 해석 또한 급속도로 번져나가고 있었다.

요새는 갖가지 참언은 물론 조금만 색다른 소문이 나면 날개라도 돋친 듯 세상을 휩쓸었으므로 이 동요는 상상할 수도 없을 만큼 급속도로 퍼져나가고 있었고 그 위력은 엄청났다. 재작년에 선운사 미륵에서 비결을 꺼냈을 때보다 더 무서운 위력이었다. 더구나 이번에는 전봉준이 구체적으로 농민군을 모아 한 달 반을 버티고 있는데다가, 백산 꼭대기에서 타고 있는 모닥불이 지니는 신비성이며, 더 구체적으로는 어사로 임명된 이용태가 겁을 먹고 이불을 뒤집어쓰고

192

있다는 소문에다, 얼마 전에 감영군이 또 기습을 했다가 실패한 사건들이 신비스런 쪽으로만 부풀대로 부풀어오르고 있었다. 그런 이야기의 중심에 있는 전봉준은 이 세상을 건질 영웅으로 우뚝우뚝 솟아올라가고 있었다.

고달근과 이만돌은 점심때 못미처 백산에 당도했다. 곧 이어 원평서 송태섭과 이싯뚜리가 왔다. 뜻밖에 옥에 갇혔던 전주 고덕빈과 전여관도 같이 왔다.

"아니, 언제 풀려났는가?"

전봉준이 두 사람을 보고 반색을 했다.

"어제 풀려났습니다. 그러잖아도 여기 오고 있던 참이었습니다."

전봉준은 두 사람을 위로한 다음 용건을 꺼냈다. 먼저 감영의 조처와 앞으로 이쪽의 대응책을 설명했다. 오늘 아침에 농민군들에게 했던 말을 대충 그대로 하면서 이 사건이 고부라는 한 고을을 뛰어넘어 섰다는 점을 강조했다.

"여기 백산에 봉화불이 오르기 시작하면서 이 봉화불을 보는 사람들은 지금 모두 가슴을 조이고 있습니다. 벌써 금구 사람들은 대창을 깎아놓고 저녁마다 짚세기 삼기에 정신이 없습니다. 자기 신을 짚세기가 아니고 자기들이 전쟁에 나간 사이 식구들이 신을 신입니다. 우리 동네서만 하더라도 대창 깎아논 사람들이 여러 사람이고, 아침마다 저를 만나면 우리는 언제 일어나느냐고 은밀하게들 묻고 있을 지경입니다."

송태섭 말에 모두 웃었다.

"옥에서도 날이면 날마다 고부 이야기뿐입니다. 요새 와서는 접주님은 전봉준이라는 함자보다 녹두장군이라는 별호로 불리고 있는데 나와서 본게 녹두새 노래도 퍼지고 있었습니다."

고덕빈이 웃으며 말했다.

"영광서도 마찬가집니다. 오늘 오다가 고창에서도 그 노래를 들었습니다. 저희들도 모르고 있었는데, 언제부턴가 녹두장군이란 별호로 불리기 시작하면서부터 접주님 이야기는 엄청나게 퍼져가고 있습니다." 고달근이 덩달아 웃으며 말했다.

"그래애?"

최경선이 놀라는 표정이었다. 전봉준이나 최경선은, 여기 박혀 있으니 녹두새 노래를 들어볼 기회가 없었다. 고부 봉기 이야기를 신비화하는 이야기나 이런 이색적인 일들은 모두가 다른 지방에서부터 시작되었다.

"일이 이렇게 급하게 돌아가는디 동학 접주님들은 꿈속에서 살더만요. 솔직히 말해서 지금까지는 동학 동학 해왔제마는, 세상은 폴새 동학하고는 따로 돌아가고 있어라우."

이싯뚜리는 비웃는 가락이었다.

"법소에서 법헌이 자꾸 편지를 보내다가 이번에는 사람까지 보낸 모양이네. 내일 이 근방 접주들이 읍내에 모여서 의논을 하기로 했네."

그때 송태섭이 나섰다.

"저도 김개남 접주님이 김덕명 접주님한테 말씀하시는 것을 들었습니다. 지금 법소에서 접주님들 닦달하는 꼴은 극성스런 시엄씨가 며느리 닦달하는 꼴도 아니고 성미 고약한 훈장이 학동 닦달하는 꼴도 아닙니다. 저는 법소의 통유문이란 것도 거진 읽어봤고, 엊그제 온 서병학 씨하고 김연국 씨가 우리 접주님께 말하는 것도 같이 앉아 들어봤습니다. 그런데 그 사람들 말하는 것이 법소에서 나온 사람들인지 조정에서 나온 사람들인지 모를 지경입니다."

송태섭은 한심하다는 표정이었다.

"이제 동학 접주들이 어떻게 나오든지 우리는 우리대로 따로 움직이자고 다시 작정을 했습니다. 그 동안 여기저기 부지런히 싸대고 다녀봤습니다마는, 아까 녹두새 노래 같은 것만 들어봐도 사정이 아주 급박하게 돌아가고 있습니다. 밑바닥 동학도들은 접주님들이 안 움직이면 그들끼리 일어서버릴 것입니다. 법소에서 저렇게 극성을 부리고 나오면, 접주님들은 법소를 택하든지 밑바닥 교도들을 택하든지 양단간에 하나를 택해야 할 것입니다."

송태섭이 차근하게 말했다.

"그 노인은 왜 그 모양인지, 자기가 못 거들어 주겠으면 가만히나 기실 일이제 혀도 너무 한 것 같습디다."

이싯뚜리는 노골적으로 핀잔을 주고 나왔다. 그는 동학도가 아니므로 최시형이 비록 동학의 우두머리라 하더라도 그에게는 남의 집 조상이었다.

"그야 어제 오늘 일인가?"

송태섭이 웃었다.

"김개범 접주도 큰소리는 땅땅 혼자 쳐쌌등마는 이럴 때 본게로 햇대 밑에서 호랭이 잡는 소리등만이라."

이싯뚜리는 엉뚱하게 김개남한테까지 핀잔을 주고 나왔다. 그는 김개남을 김개범이라 부르고 있었다. 그는 전부터 김개남을 별로 좋아하지 않았다.

"지금 자네들이 움직일 수 있는 고을은 몇 고을이나 되겠는가? 전주는 다시 일어나기 어렵겠지?"

전봉준이 고덕빈한테 물었다.

"그쪽 사람들은 여러 골이 합쳐놔서 뭉치는 맛이 덜합니다마는, 잡혀 들어간 사람들 가운데서 아직 풀려나지 못한 사람이 있은게 그 사람들 내노라고 한바탕 몰려가자고 하면 젊은 놈들은 따라나설 것 같습니다."

"순천은 여기서 말만 던지면 일어날 것 같고, 영광이나 홍덕도 마찬가집니다. 홍덕은 이싯뚜리가 손짓 하나만 하면 벌떼같이 일어날 것입니다."

고달근이었다.

"영광이나 홍덕은 거기 접주님들 체면도 있잖은가?"

영광이나 홍덕은 오하영 접주와 고영숙 접주가 고부 봉기에 전적으로 지지를 보내고 있었고, 전봉준과 깊이 맥을 통하고 있으므로 다른 고을과는 달랐다.

"*언제 쓰자는 하눌타리간디, 이럴 때 손 개얹고 앉아 있을라면 동학 했다가 어따 쓰자는 것이라요?"

이싯뚜리는 계속 어긋한 표정으로 동학 접주들에게 핀잔이었다. 고부에서 이렇게 일어났으면 당연히 다른 고을에서도 일어나야 할 게 아니냐는 것이 이싯뚜리 주장이었다. 그런데 여러 고을을 돌아다녀 보니 눈을 제대로 박혔다 하는 사람들은 거의 동학에 들어가 있었고, 그런 사람들끼리의 관계도 동학으로 얽혀 결국 그런 사람들 벼리는 동학 접주들이 잡고 있는 셈이었다. 이싯뚜리는 그래서 동학 접주들에게 더 화가 났다.

"접주님들은 아직은 법소를 무시할 수 없는 형편들이라 모두 골치를 앓고 있네."

전봉준이 달래듯 말했다.

"만당간에, 감영군이 고부로 쳐들어오기만 하면 시상이 시방 어떻게 돌아가고 있는지 알 것이오. 아까 말씀드린 몇 고을에서 들고 일어나는 날에는 동학 접주들이 아니더라도 벌떼매이로 일어날 것인게 두고 보시오. 시방 다른 데꺼정은 모르겠소마는, 전라도 천지에서는 전접주님이 한울님이오. 아까 녹두장군 별호 이얘기도 혔제마는, 지금 최시형이고 법헌이고 그런 사람들 이얘기는 쑥 들어가불고 전봉준 접주님백이는 없소."

이싯뚜리는 자신 있게 말했다.

"내일 동학 접주님들 회의가 어떻게 되든 우리는 우리대로 오늘부터 당장 움직여야겠습니다. 저는 바로 이싯뚜리하고 순천으로 가겠습니다. 나머지는 고향으로 가서 일을 하도록 하지요."

전봉준이 해야 할 말을 송태섭이 해버렸다.

"김덕명 접주님한테는 말씀드렸는가?"

"대충 눈치를 채고 계십니다."

"영광은 같은 영광이래도 법성포 이쪽은 전부텀 동학하고는 따로 놀았소. 전에 삼례 갈 적에도 오접주님이 동학에 입도부텀 하고 오락 해서 그때부텀 우리는 그 양반들하고는 폴새 비위가 상해부렀소.

기왕 따로 놀았은게 이랄 때도 따로 놀라요."

고달근은 오하영에 대한 반감을 노골적으로 드러냈다. 영광은 항상 법성포를 중심으로 한 바닷가와 육지 쪽 사람들이 사이가 좋지 않았다. 법성포 쪽에도 동학도들이 없는 것은 아니었으나 세가 약한 편이었다.

"우리는 법성포에 전운영이 있은게 거그부텀 작살을 내불고 그 기세로 읍내로 달려가서 수령 놈도 없애불라요."

고달근이 아주 쉽게 말했다.

"전운영이 먼 강아지 집이간디 그렇게 쉽게 작살을 내고, 수령은 또 어째? 수령 모가지가 풍뎅이 모가지냐?"

이싯뚜리가 고달근한테 편잔을 주자 경황 중에도 모두 웃었다. 고달근도 너무 쉽게 말했다 싶었던지 따라 웃었다.

"그럼 먼저 전주하고 순천부터 움직여 주게. 그리고 영광은 거기 두령님들하고 의논부터 하게."

"그라면, 영광은 지가 오하영 접주님을 만날라요. 만나서 당신 이러날라요, 안 일어날라요. 당신이 안 일어나면 우리끼리 일어날 것인게 내중에 원망은 마시오. 이라고 한번 달라들어 불랑만이라우. 그로코 말을 해도 안 일어나면 우리끼리 일어나도 자기는 할 말 없겠지라우."

"맞아. 그것이 좋겠구만. 흥덕이나 금구 같은 디는 기왕에 동학하고 손을 잡고 일을 해왔제마는 영광은 안 그랬은게 그로코 대들어부러."

이싯뚜리가 맞장구를 쳤다.

"그러면 이렇게 합시다. 전주는 다시 일어나자고 가서 의논들을 하고, 영광은 거기 동학 접주님들하고 먼저 의논을 한 다음에 결정을 합시다. 그리고 순천은 바로 일어나도록 하겠습니다. 지금 바로 우리 둘이 달려가겠습니다."

송태섭이 이싯뚜리를 가리키며 서둘렀다.

"그럼 여기 사정은 더 생각할 것 없이 순천부터 일어나도록 서둘러 해주게."

"우리가 오늘 저녁 밤길을 쳐서 달려가면 모레쯤은 일어날 수 있을 것입니다."

"고맙네. 고생해 주게."

전봉준이 옆으로 돌아앉으며 주머니를 끌렀다.

"노자로들 보태 쓰게."

창호지에 싼 자잘한 종이뭉치를 하나씩 나눠주었다.

"멋을 이라고 또 주시오?"

"얼마씩 안 되네."

"순천하고 전주는 내가 사람을 보낼 것인게 그 편에 그때그때 그쪽 소식을 알려주게."

"그 오처사 말씀이지라우? 아따, 접주님은 보배도 큰 보배 한나 두셨습니다. 걸어댕기는 것도 아니고 날라댕기는 것도 아니고, 이름이 거무라 그란가 물 욱으로 미끄러지대끼 슬멍슬멍 미끄러져 댕기등만이라우. 축지법, 축지법 했샀등마는 축지법이 따로 없습디다."

이싯뚜리가 감탄을 했다. 그들은 바삐 장막을 나갔다.

7. 우리 묘지는 백성의 가슴

2월 24일. 전봉준은 아침에 백산서 읍내로 왔다. 어제 읍내로 온 농민군들은 사방 경계를 하는 한편, 풍물을 앞세우고 읍내로 들어오는 길목을 쓸고 다니며 위세를 뽐내고 있었다. 마치 새로 이사 온 집 마당밟이를 하고 있는 것 같았다. 농민군들은 어제저녁 군아와 객사, 여각과 주막 그리고 여염집 사랑방에서 밤을 샜다. 그리고 밥은 여각과 주막에 맡겨서 먹었다. 풍물판을 벌이고 다니는 농민군의 사기는 하늘을 찌를 것 같았다. 전봉준은 풍물의 위력을 새삼스럽게 실감했다. 풍물이 없는 농민군들의 모습을 상상해 보면 너무도 삭막했다.

점심참이 지나자 통문을 받은 근방 동학 두령들이 한 사람씩 모여들었다. 해거름이 되자 손화중, 김덕명, 김개남을 비롯하여 10여 명이 모였다. 영광 접주 오하영과 거두 오시영도 왔다. 회의에 임하는 전봉준의 기분은 착잡했다. 오늘 회의 결과에 따라서는 세상을 같이 걱정해 오던 여러 접주들과 갈라설지 모른다는 생각 때문이었다. 법소의 태도가 너무 완강했으므로 접주들이 어떻게 나올지 짐작할 수가 없었다.

회의가 시작되었다. 김개남이 나섰다.

"여기 모여달라는 제안을 제가 했으니 제가 먼저 말씀을 드리겠습니다. 이렇게 와주셔서 고맙습니다. 드디어 고부에 결전의 때가 온 것 같습니다. 이제 감영에서는 고부 새 수령 도임을 계기로 고부 농민군을 짓밟아버리고 새 수령을 도임시킬 계획인 것 같습니다. 당장 9개 고을 군사를 정읍으로 집결하라는 영을 내렸고, 그렇게 되면 어사도 역졸을 몰고 올지 모르니, 그 기세는 만만찮을 것으로 여겨집니다. 감영에서 계획하고 있는 대로 나선다면 관군은 군사 수도 수지만, 우선 상당한 수가 신식 양총으로 무장을 하고 있을 것이니 강약이 부동입니다. 거기에 고부 농민군들은 어떻게 대처를 할 것인가, 우선 그 점부터 들어보고 의논을 하는 것이 순서이겠습니다. 먼저 전봉준 접주님께서 말씀을 해주십시오."

모두 숨을 죽이고 있었다.

"그 동안 각별한 관심들을 가져주시고 또 오늘은 원로에 이렇게들 와주셔서 감사합니다. 감영의 결의나 방침은 대충 알고 계실 줄 압니다. 저 사람들이 우리의 주장한 바를 인정하고 호의로 나온다면 또 모르거니와 무력으로 나온다면 우리 고부 사람들의 태도는 처음이나 지금이나 변한 것이 없습니다. 변한 것이 있다면, 팔도 백성의 원한까지를 짊어지고 제세의 선봉에 서겠다는 각오를 새로이 한 것

뿐입니다. 우리가 두 달 가까이 버티고 있는 사이 조선 팔도 방방곡
곡 원한에 차 있는 백성은 손에 땀을 쥐고 우리를 바라보며 성원을
보내고 있었습니다. 우리는 처음 일어날 때부터 어떤 경우도 다 예
상을 하고 주기를 각오하고 일어났습니다. 어제 이리 이진을 할 때
우리 농민군들 기세를 보니 처음 일어날 때의 기세하고 조금도 다름
이 없었습니다. 그 기세에 저도 새삼스럽게 놀랄 지경이었습니다.
우리는 기왕에 세상에다 공언을 한 대로 그저 목숨을 걸고 싸우는
길 한가지 밖에는 다른 길이 없습니다. 승패는 하늘에 맡기고 사람
으로서 할 일을 다할 뿐입니다. 우리가 비록 여기서 패하여 모두 죽
는다 하더라도 우리가 들고 나선 보국안민의 깃발 아래서 떳떳하게
싸우다가 떳떳하게 죽을 것입니다. 죽음으로써 그 대의를 천하에 떨
칠 때 우리의 죽음은 결코 헛되지 않으리라 생각합니다. 우리 시체
는 비록 땅에 묻힐지라도 우리 정신은 팔도 백성의 가슴에 묻힐 것
입니다. 그 정신이 이 나라 백성 가슴 가슴마다 조그마한 씨앗으로
살아서 언젠가는 이 나라에 보국안민의 대의가 잎이 나고 꽃이 피리
라 확신합니다. 감히 말씀드리거니와, 우리 묘지는 영광스럽게도 이
나라 백성의 가슴입니다."

　전봉준의 어조는 예사 때와 다름없이 담담했으나 확고한 결의
에 차 있었다. 조금도 들뜨거나 내로라하는 자세가 아니었다. 이미
죽음 같은 것은 안중에 없는 것 같았다. 그 결연한 표정은 좌중을
압도하고 있었다. 두령들 표정은 돌덩어리처럼 굳어버렸고 숨소리
하나 들리지 않았다. 전봉준은 조금 사이를 두었다가 다시 말을 이
었다.

"여러 두령님들의 입장을 잘 알고 있습니다. 동학의 교단은 중요하고 법소의 영은 지금 서릿발 같습니다. 그러나 밑바닥에서는 뭇백성의 아우성이 하늘을 찌르고 있습니다. 백성의 아우성은 하늘의 아우성이고, 그 아우성은 하늘의 준엄한 영입니다. 법소의 영보다는 한울의 영이 더 지엄합니다. 법소의 영을 거스르자는 것이 아니라 더 지엄한 한울의 영에 따르자는 것입니다. 우리 고부 농민군 귀에는 이 나라 뭇 백성의 피맺힌 아우성이 들릴 뿐이고, 그것을 하늘의 영으로 듣고 있습니다."

전봉준이 말을 맺었다. 전봉준은 결전의 결의를 다지는 명분만을 말하고 있었으나 바로 눈앞에 싸움을 앞둔 절박한 입장이었으므로 그만큼 설득력이 있었다. 더구나 김개남이 이 회의를 주도하자 전봉준의 말이 미묘한 효과를 내고 있었다. 전봉준과 좀 사이가 뜨던 김개남도 이미 결심을 하고 나선 것이 되어버렸고, 전봉준은 객의 입장에서 말을 하는 것이 되어 그의 말은 한층 무게가 있었다.

전봉준과 김개남은 생김새부터가 대조적이었고, 그 생김새처럼 서로 사이도 별로 좋지 않았는데 오늘은 둘이 나란히 앉아 있으니 묘하게 조화가 이루어지는 것 같았다. 키부터가 전봉준은 5척 단구고 김개남은 우람한 장신이었다. 전봉준은 웬만한 사람들하고 같이 앉으면 그의 작은 몸피가 정상이고, 그보다 큰 사람은 그 큰 만큼 *군더기가 붙어 있는 것같이 꺼벙하게 느껴졌다. 그러나 김개남은 전봉준에 비해 꺼벙하다는 느낌이 들지 않았다. 김개남은 김개남대로 예사 때는 우선 그 몸피로 다른 사람을 압도해 버렸고, 그보다 작은 사람은 그 작은 만큼 인간의 크기도 작게 느껴졌다. 그러나 전봉준은 김개남에 비해 작다는 느낌이 들지 않았다. 그러니까 두 사람은 다 제 생긴 대로일 뿐 서로 눌리지 않았다. 이런 사람들이 나란히 앉아서 평소와는 달리 의논이 맞은 것 같자 좌중은 이미 두 사람에게 압도되어 버린 것 같았다.

"들으신 바와 같이 전접주님의 결의는 확고하고, 이 결의는 그대로 고부 사람들의 결의 같습니다. 우리는 지금 고부의 이런 사정과 교단 사이에 끼여 있습니다. 여기서 이제 우리는 명확한 입장을 정해야 할 어려운 처지에 놓여 있습니다. 모두 많이 번민을 했을 줄 압니다. 좋은 의견이 있으시면 말씀해 주십시오."

그때였다. 비짓이 방문이 열렸다. 너무도 조용하던 참이라 두령들 눈이 전부 문으로 쏠렸다. 감영군이 지금 쳐들어온다는 소식이 아닌가 겁을 먹은 것 같았다. 이 회의가 어떤 회의라고 웬만한 일로야 누가 감히 문을 열 것 같지 않았기 때문이다. 김만수가 조심스럽게 들어왔다. 전봉준 곁으로 갔다. 모두 보고 있었다.

"오처사가 순천 다녀오셨습니다. 순천서 내일 아침 봉기한답니다."

귓속말로 했으나 하도 조용하기 때문에 '순천' '봉기' 등 몇 마디는 그대로 들렸다. 전봉준은 고개를 끄덕였다. 두령들은 서로 얼굴을 돌아봤다.

"죄송합니다. 순천서 내일 아침에 봉기한다는 소식이 왔습니다. 감영에서 군사를 동원한다는 소식을 듣고 일어나는 것 같습니다."

"거기서는 누가 앞장을 섭니까?"

영광 접주 오하영이 물었다.

"작년 전주민회 때 앞장섰던 젊은이들하고 원평집회에 나왔던 젊은이들입니다. 물론 그 사람들은 동학도가 아닙니다."

두령들은 잠시 술렁거렸다. 이것은 엄청난 충격이었다. 동학도가 아닌 사람들이 각 지역에서 들고 일어날 조짐이기 때문이었다. 오하영의 충격은 더 큰 것 같았다. 모두 전주민회와 원평집회를 생각하는 것 같았다. 한양 복합상소 때도 동학교단과는 달리 전주에서 민회가 열려 동학도 아닌 사람들이 독자적인 움직임을 보여 동학 접주들은 그때 그만큼 충격이 컸고, 보은집회 때는 노골적으로 동학교단에 맞서 원평에서 독자적인 행동을 취하는 바람에 법소와 일반 접주들은 그만큼 위기감을 느끼고 있었다. 그런데 그 동안 긴가민가했던 전봉준의 독자적인 세력이 이제 구체적으로 모습을 드러내고 있으니 모두 겁을 먹지 않을 수 없었다. 그 세력이 순천까지 뻗치고 있었다니 입이 벌어질 수밖에 없었다. 내일 일어날 일을 미리 소식까지 전해 올 정도라면 그 관계가 보통이 아닌 것 같아 충격이 더 컸다. 한 군데서 일어난다면 다른 고을 밑바닥 동학도들도 거진 그런 식으로 일어날 것이므로 자기들은 공중에 뜬 허수아비가 될 판이었다. 두령들의 머릿속에는 이런 현실적인 계산이 다급하게 회오리치고 있었다.

전봉준이 관군에 대항하여 싸울 투지를 명확하게 천명하고 있는 판에 날아든 이 소식은 접주들에게 콩팔칠팔 길게 논의하고 있을 여지를 주지 않았다. 법소의 영을 따를 것이냐 밑바닥 교도들을 따를 것이냐는 선택이 목에 칼을 대듯 절박하게 강요되고 있었다. 그때 손화중이 나섰다.

"순천서 일어나면 다른 지역에서도 일어날 것이고 그렇게 되면 밑바닥 도인들도 거개가 따라나설 것입니다. 이것은 우리 동학 두령들로서는 중대한 일입니다. 여기서 우리는 법소의 영을 어떻게 할 것인가, 이 문제를 보다 심각하게 생각해 보아야 할 처지에 이르렀습니다. 그러나 무작정 법소의 영을 무시할 수도 없는 일입니다. 그렇게 되면 30여 년 동안 키워온 우리 교단은 두 조각이 나기 때문입니다."

손화중은 몹시 곤혹스런 표정이었으나 내심 이미 작정한 바가 있는 것 같았다.

"감영에서 9개읍에 영을 내린 것은 사실인 듯하나, 내가 오늘까지 알아본 바로는 정읍으로 군사를 보낸 수령은 아직 없습니다. 모두 자기 집안 단속이 더 급하기 때문입니다. 모든 수령들이 조병갑하고 오십보백보라 자기 고을 군사들을 정읍으로 빼내면 자기 고을에서도 백성이 일어나지 않을까 겁을 먹고 있습니다. 그래서 지금 그들은 감영의 영을 받아놓고 서로 다른 고을에서 정읍으로 군사를 보내는가 안 보내는가 동정을 살피면서 감영의 눈치만 보고 있는 형편입니다. 사정이 이러니 감영의 영대로 정읍에 병졸들이 모일지 어쩔지는 아직은 알 수가 없습니다. 형편이 이러하니 우리한테도 다소의 여유가 있는 셈입니다."

손화중은 담담하게 말했다. 귀골풍의 손화중이 시냇물 같은 소리로 말을 하자 전봉준과 김개남한테 압도되었던 좌중의 분위기가 달라졌다. 손화중이라는 사람이 있었구나 싶게 손화중은 손화중대로 제 모습을 큼직하게 드러내고 있었다.

"이렇게 대처를 하는 것이 어쩌겠습니까? 먼저 각 고을 접에서는 동학도들이 일어설 준비를 하되, 그 준비를 은밀하게 할 것이 아니라 소문을 크게 내어 일어선다는 사실을 수령들이 알 수 있도록 하는 것입니다. 그러면 수령들은 더 겁을 먹고 집안 단속에만 정신이 없을 것이므로 정읍으로 군사를 보낼 엄두를 못 낼 것입니다. 여기 모인 접주님들이 열 분이니, 열 고을에서 그렇게 나서면 그 고을에서 병졸을 정읍으로 보내는 것은 확실하게 견제를 할 수 있을 것이고, 감영군까지도 견제할 수 있을 것입니다. 일단 이렇게 저자들의 총공격을 견제해논 다음에 우리 몇 사람이 법소로 가서 여기 형편을 저저이 설명을 하는 것입니다. 지금 여기 형편은 우리가 앞장서지 않으면 틀림없이 밑바닥에서 들고일어나게 생겼다는 사정을 말씀 드리고, 그렇게 되면 우리 접주들은 허수아비가 될 수밖에 없다는 사실을, 순천 같은 데 예를 들어 말을 하는 것입니다. 그런 사정을 듣고 법헌께서 허락을 내리시면 좋고, 법헌의 허락이 없더라도 그렇게 불가피한 사정을 말하고 난 다음에 우리가 움직인다면 법헌도 용납할 수밖에 없을 것입니다."

"아, 거 탁견입니다."

"좋은 생각입니다."

손화중 말에 여러 두령들은 살았다는 듯이 동의를 했다. 기발한 절충안이었다.

"그렇지만, 그 사이에 다른 고을에서 순천처럼 일어나면 낭패 아닙니까?"

오하영이었다. 그는 고달근과 실랑이를 한바탕 벌이고 왔던 것이다. 모두 전봉준을 건너다봤다.

"그 사람들이 나한테 의논을 하러 오면 나도 그런 형편을 말하겠습니다마는, 두령님들께서도 그 고을에서 앞장설 만한 사람들에게 방금 손두령께서 내노신 방침을 말씀하시고 설유를 하면 듣지 않을까 싶습니다."

"그러면 정읍에는 군사들이 못 모인다 하더라도 이용태가 역졸을 몰고 오면 어떻게 할까요? 그자는 보통나기가 아닌 것 같습니다."

김도삼이었다.

"그자가 많이 몰고 와야 천 명 미만일 것인데, 여기 사람들이 그까짓 역졸 천 명쯤 못 당하겠습니까?"

오하영이 말했다. 이야기는 의외로 쉽게 마무리가 되었다. 법소에는 김덕명, 손화중, 김개남 세 사람이 가기로 하고 서둘러 회의를 끝냈다.

2월 25일. 순천에서 예정대로 민란이 터졌다. 처음에는 등소 형식을 취해 몇 사람이 가서 진황지 결세며 무명잡세 등 폐정 개혁을 요구하는 내용의 등장을 들이댔다. 소두는 나이 먹은 사람 두 사람과 젊은 사람으로는 강삼주가 끼였다. 일반 사람들은 백여 명이 몰려갔다. 순천 부사 김갑규는 전형적인 탐관이었으므로 순천 사람들은 고부에서 농민들이 봉기했다는 소식이 들려올 때부터 여기서도 누가 앞장서지 않나 모두 귀를 쫑그리고 있던 참이었다.

"진황지 결세는 내가 도임하기 전 일이고, 무명잡세는 어떤 명색이 무리한 것인지 잘 모르겠으니 알아보도록 하겠소."

부사 김갑규는 잔뜩 뻗대고 앉아 가볍게 대답했다. 소두들은 부쇄가며 경주인, 영주인 역가미 첩징 등 명백한 것만 들어 그 부당성을 낱낱이 열거했다. 그러나 김갑규는 자세히 챙겨 들으려고도 하지 않고 알아보겠다는 말만 남기고 자리에서 홀쩍 일어서 버렸다.

"한마디 하시오."

강삼주가 곁에 노인 옆구리를 꾹 찔렀다. 성이 장가로 성질이 급한 노인이었다.

"사또 나리!"

장노인이 큰소리로 불렀다. 김갑규가 고개를 돌렸다.

"그래도 언제까지 기다리랄지 기한이라도 정해 주셔야 하잖겠습니까요?"

"건방진 작자들 같으니라구, 알아본다고 했으니 알아보면 말을 해줄 것 아닌가? 썩 물러가지 못할까?"

김갑규는 눈알을 부라리며 턱없이 큰소리로 버럭 악을 썼다. 소두들은 그대로 밖으로 나왔다. 강삼주는 속으로 웃었다. 예상했던 대로 되고 있었다. 밖에서 기다리고 있던 사람들이 소두들 곁으로 몰려들었다.

"이빨이 안 들어가요. 내막을 알아보겠다고 기다리라고 하길래 언제까지 기다릴 것이냐고 했등마는, 건방진 소리 말라고 악을 쓰고 들어가 부요. 이 늙은이가 건방지다는 소리는 이 나이토록 살다가 오늘 처음 들어봤소."

장노인은 어이가 없다는 듯이 웃었다.

"워매, 멋이라고 해라우? 노인장께 건방지다고 해라우?"

젊은이 하나가 소리를 질렀다.

"워매, 그것이 먼 소리여? 그 개새끼는 에미 애비도 없단 말이여?"

사람들이 대번에 열을 받았다. 그때 강삼주가 나섰다.

"지가 보기에는 그것이 문제가 아니고, 뒷이 무사하지 못할 것 같아서 그것이 더 걱정이오. 지난 참에 산송山訟을 한 우리 동네 사람은 태도가 불손하다고 얼매나 무지하게 곤장을 쳐부렀든지 시방 집에서 숨이 꼴딱꼴딱하요. 송사를 할 적에는 가만두었다가 송사가 있은 지 사흘이나 지낸 뒤에사 잡아다가 그로코 작살을 내부렀소. 이 어르신들께 하는 저놈 말본새도 천하에 그런 상놈이 없는디, 지가 곁에서 봤은게 말씀이오마는, 저 작자 으등그리고 들어가는 꼬라지가 암만해도 아까 그 사람매이로 뒷이 무사하덜 못할 것 같아서 시방 나는 그것이 걱정이오."

강삼주가 차근하게 말했다.

"워매, 그란게 틀림없이 소두들 뒤통수를 치겄다 그 말이구만. 당장 가서 동네 사람들을 모두 데꼬 옵시다. 올 사람은 다 데꼬 와서 저 작자 본때를 보입시다. 나는 우리 동네서 2백 명은 데꼬 오겄소."

젊은이 하나가 소리를 질렀다.

"데꼬 옵시다. 오늘 우리 동네서도 동네 사람들이 전부 따라올라고 했는디 못 오게 했소. 당장 데꼬 와서 저 작자하고 담판을 합시다."

"데꼬 옵시다."

군중은 대번에 들떠버렸다. 사실, 오늘 그대로 두었으면 엄청나게 몰려올 기세였지만, 노인들이 제지를 하는 바람에 백여 명만 왔던 것이다.

"가서 모두 데꼬 옵시다. 소 올린 뒷이 어떻게 되았는고 하고 사람들이 모두 귀를 쫑그리고 있을 텐게 그런 소리를 하면 모두 몽댕이를 들고 나설 것이오. 나는 우리 동네서 5백 명도 데꼬 오겄소. 고부 사람들 하는 걸 보시오. 그 사람들은 지금 두 달 가까이 버티고 있소. 우리는 그러기는 못할값에 잘못한 것도 없이 노인장들이 당하는 것을 보고 있어사 쓰겄소? 쇠뿔도 단짐에 빼랬더라고 당장 동곳을 뺍시다."

젊은이 하나가 주먹을 휘둘렀다. 강삼주 패거리였다.

"갑시다."

"김갑규 저 새끼 죽여."

모두 주먹을 쥐고 악을 썼다. 군중이 소두들 곁으로 몰려들며 어서 가자고 소리를 질렀다.

"이렇게 나서자고 할 때 뿌리를 뽑아사 소 올린 것도 그렇고 뒤가 무사할 것 같소."

강삼주가 노인들에게 조용히 말했다.

"많이 모아노면 너무 드세게 나오잖으까?"

"어르신들이 기신게 불상사는 없을 것이오."

노인들은 군중의 열기에 겁을 먹은 것 같았으나, 강삼주 말에 엉거주춤 허락을 했다. 모두 몰려가서 자기 동네 사람들을 데리고 오라고 했다.

"부사 놈 나온나. 쌍판때기 잔 보자."

가까운 동네 사람들부터 몰려들기 시작했다. 고부 소문에 잔뜩 들떠 있는 판이라 모두 서슬이 시퍼랬다. 대번에 2,3천 명이 몰려들었다.

"부사 놈 나오락 하시오."

"안 나오면 쫓아가서 몽댕이로 허리부터 걸쳐놓고 봅시다."

군중은 이만저만 거세지 않았다.

"진정하시오. 이러다가는 우리가 되레 책을 잡혀 아무것도 못하게 됩니다. 우리가 차릴 예모는 예모대로 차려야 합니다."

장노인이 점잖게 말했다. 군중이 숙어들었다. 소두들은 동헌으로 들어갔다. 소두들은 예대로 동헌 마당에 서서 고개를 숙이고 있었다. 아전들이 나왔다. 벌서 군중의 서슬에 아전들은 얼굴이 질려 있었다. 이내 김갑규가 다시 나왔다. 마루에 놓인 의자에 버티고 앉았다. 김갑규는 상기된 얼굴이었다.

"지금 군중을 끌고 와서 관을 강박하자는 배짱이오?"

김갑규가 소리를 질렀다. 장노인이 고개를 들었다.

"순천에 오셨으니 팔마비가 있다는 사실을 아실 줄로 압니다. 그 팔마비는 그 수령의 자랑이기도 하지마는, 우리 순천 사람들 자랑거리기도 합니다. 그런 명관들한테는 그렇게 대접을 할 줄 아는 사람들이 우리 순천 사람들입니다. 사또 나리께서도 그런 대접을 받게 되기를 천만 바랍니다."

장노인은 의젓하게 말했다. 팔마비란 고려 충렬왕 때 최석이란 부사가 이임할 때 관례로 주게 되어 있는 7마리의 말을 그 동안 낳은 새끼까지 8마리를 돌려보내자 이에 감격한 부민들이 되돌려보냈다. 그런데 최석은 그것을 또다시 돌려보내 그 일을 기념하여 세운 비였다. 그때부터 관례가 되어 있던 그런 민폐가 없어졌다고 한다.

"팔마비고 무엇이고 이렇게 떼 몰려와 관을 강박하다니 이게 무슨 짓들이오?"

김갑규는 눈알을 부라렸다.

"처음부터 이렇게 몰려온 것이 아니오라, 아침나절에는 몇 사람만 조용히 왔습니다. 그때 나리께서 말씀을 하신 대로 전했더니마는 그럼 우리가 모두 몰려가자고 저렇게 몰려왔습니다."

아문 밖에 웅성거리고 있는 군중의 악다구니 소리가 들려왔다.

"부사 저 개새끼 죽여라."

"부사 놈 이리 안 나오냐?"

"김갑규 저 새끼 찢어 죽여."

그때 장교가 군중에게 물러서라고 악을 쓰며, 나졸들에게 어서 몰아내지 못하느냐고 욱대겼다. 나졸들은 육모방망이를 휘두르기 시작했다. 한 사람이 머리를 맞아 피를 흘렸다. 피를 본 군중은 대번에 흥분했다. 나졸들을 잡아 짓밟기 시작했다. 나졸들이 피투성이가 되어 도망쳤다. 군중이 동헌 뜰로 물밀듯이 몰려 들어갔다.

"부사 놈 죽여라."

군중이 동헌 마당으로 육박해 들어가자 동헌 마루에 거만을 떨고 앉았던 김갑규는 얼굴이 새파래지고 말았다.

"이 개새끼야, 이리 내려와."

군중이 악을 썼다. 돌멩이가 날아갔다. 돌멩이가 연거푸 날아 돌멩이 하나가 부사 가슴에 맞았다. 부사는 앗 뜨거라 부리나케 안으로 도망쳤다. 아전들이나 나졸들도 쥐구멍을 찾아 모두 도망을 쳐버렸다.

"너무 이러지 마시오. 이러면 안 돼요."

장노인이 군중을 진정시켰다. 조금 진정되는 것 같았다. 좀 만에 부사가 들어간 방문이 열렸다. 책방이 발발 떨며 나왔다. 소두들더러 들어오란다는 것이다. 소두들이 들어갔다. 김갑규는 얼굴이 새파랗게 질려 바들바들 떨고 있었다. 소두들은 깜짝 놀랐다. 금방까지 그렇게 버티고 있던 작자가 이렇게 발발 떨다니 마치 다른 사람을 대하는 것 같았다.

"무엇이든지 다 들어주겠소. 요구대로 다 들어주겠으니 우선 물러서라고 해주십시오."

김갑규는 입술을 바들바들 떨며 말했다. 도무지 제정신이 아니었다. 소두들은 잠시 김갑규를 건너다보고 있었다. 권세가 허망하기로 하면 이렇게 허망한 것인가 어이가 없었다.

"무엇을 어떻게 한다고 확답을 듣지 않고는 물러가지 않을 것입니다."

장노인은 여유 있게 버텼다. 그때 돌멩이가 수없이 날아와 방문을 떵떵 때렸다.

"아, 알겠소. 하여간 물러가 있으라 한 다음에 이야기합시다. 원하는 대로 다 들어주겠소, 다. 얼른, 얼른!"

김갑규는 군중이 금방 방으로 몰려올 것 같은지 연방 방문만 보며 발발 떨고 있었다. 장노인이 문을 열고 밖으로 나왔다. 강삼주 등 다른 소두들도 따라나왔다. 토방으로 내려섰다. 군중이 조용해졌다.

"부사 나리께서 무엇이든지 다 들어주신다고 했소. 조목조목 확답을 받겠으니 잠시 물러가 있으시오. 대답이 나오면 그대로 말씀드리리다. 그 대답이 양에 안 차면 그때 다시 몰려와도 되잖겠소? 관의 체면도 있는게 체면은 웬만큼 세워 줍시로 따질 것은 따져야 합니다."

장노인이 차근하게 말했다.

"안 돼요. 그 백여시 같은 새끼보고 이리 기어나와서 우리 앞에서 조목조목 대답을 하라고 하시오. 개새끼 안 나오면 쫓아가서 끗고 나올 텐게."

"그 자식 남문 밖으로 끗고 가서 팔마비에다 한 다리를 묶어갖고 가랭이를 칵 찢어붑시다."

"그 씨발놈, 좆대가리부터 칵 뽑아놓고 봅시다."

군중은 중구난방 악다구니를 썼다. 소두들이 더 설득을 했으나 군중은 부사 나오라고 악만 쓰고 있었다. 소두들은 하는 수 없이 다시 들어갔다.

"왜, 그냥 들어오시오?"

부사는 새파랗게 질려 소두들을 쳐다봤다. 지옥에서 부처님이라도 쳐다보는 꼬락서니였다. 소두들은 이 작자가 이렇게도 겁쟁이였던가 어이가 없을 지경이었다.

"물러가지 않을 것 같습니다. 우리가 여기 있으면 더는 행패를 못 부릴 것입니다. 여그서 조목조목 말을 하십시다."

장노인이 차근하게 나섰다. 너 혼쭐 한번 나보라는 태도였다.

"아까, 멋, 멋이었소?"

장노인은 진황지 결세며 그 외 여러 가지 폐막을 입 벌어지는 대로 들이댔다. 김갑규는 제대로 챙겨듣지도 않고 말이 떨어지는 대로 모두 예예였다. 너무 쉽게 대답하는 바람에 믿기지가 않았다. 그러나 어쨌든 들어준다는 데야 더 어찌 할 수가 없었다. 이 작자 겁먹은 것으로 보아 달리 농간을 부릴 것 같지는 않았다.

"어, 얼릉 물러가게 하시오, 얼릉!"

김갑규는 가쁜 숨을 헐떡거리며 제정신이 아니었다. 장노인이 다시 밖으로 나갔다.

"모두 다 들어준답니다. 진황지 결세도 다시 돌려주고……."

"안 돼요. 그 새끼보고 나와서 지 아가리로 우리한테 말하라고 하시오. 안 나오면 동헌에다 불을 칵 질러불 것인께."

"김갑규, 이 개새꺄, 얼릉 안 나오냐?"

또 돌멩이가 날아갔다. 돌멩이가 창문이며 마루에 우박 쏟아지듯 했다. 소두들은 다시 방으로 들어갔다.

"안 되겠소. 다른 불상사는 없게 할 것인께 나가십시다."

"아이고, 내가 어떻게 나갑니까?"

김갑규는 뒤로 한걸음 물러앉으며 손까지 저었다. 장노인은 불상사가 없게 하겠다고 달랬다.

"아이고, 그람 도, 돌멩이 안 날라오게 하겠지요, 돌멩이?"

김갑규는 가쁜 숨을 헐떡거리며 더듬거렸다. 돌멩이가 제일 무서운 모양이었다. 강삼주는 김갑규 꼴을 멍청하게 건너다보고 있었다. 권세의 허울이 벗겨지니 저 꼴인가 거듭 허망한 생각이 들었다.

장노인이 먼저 나갔다.

"부사 나리께서 나오실 것입니다. 돌멩이를 던지거나 너무 소리

216

를 지르지 말고 말을 들읍시다."

군중이 조금 진정되었다. 김갑규가 새파랗게 질린 얼굴로 달달 떨며 나왔다. 그가 걸친 화려한 관복이 민망스러울 지경이었다. 김갑규 꼬락서니를 본 군중은 대번에 조용해졌다. 군중도 김갑규의 처참한 꼴에 어이가 없는 것 같았다.

"죄, 죄송합니다. 소두님들께서 마, 말씀하신 것, 저, 전부 다 들어 드리겠습니다, 전부! 저, 전부 들어 드리겠으니 염려 마십시오."

김갑규는 새파랗게 질려 입술을 겨울 문풍지 떨듯 달달 떨며 말을 더듬거렸다. 전부라는 소리를 서너 번이나 되풀이했다.

"야, 씨발놈아. 그렇게 쉽게 들어줄 것을 그렇게 뜯어묵었냐?"

"거짓말만 해봐라. 이참에는 동헌에다 불을 질러불란게."

군중이 악다구니를 썼다. 김갑규가 돌아서려 했다.

"가만있어. 저 노인장한테 건방지다고 한 소리도 잘못했다고 빌어!"

한쪽에서 소리를 질렀다. 빌라고 악다구니가 쏟아졌다.

"예, 지가 죽을죄를 졌습니다."

김갑규는 장노인과 소두들에게 허리가 땅에 닿게 절을 했다.

"예끼, 병신!"

바로 앞에 서 있던 사람이 욕설을 퍼부으며 들고 있던 돌멩이를 사정없이 던졌다. 돌멩이가 김갑규 대가리에 맞았다.

"워매."

김갑규는 머리통을 싸쥐고 조그맣게 오그라들며 뒤로 도망쳤다. 장노인이 부축하고 안으로 들어갔다.

"에라, 이 개새끼."

여기저기서 돌멩이가 수없이 날아갔다.

"이라면 안 돼요."

소두들이 소리를 질렀으나, 동헌 창문과 마루에 돌멩이 맞는 소리가 콩 튀는 소리였다. 소두들은 군중을 겨우 진정시켜 동헌을 물러나왔다. 군중은 승리감에 도취되어 떠들썩하게 물러갔으나 어떤 사람들은 씁쓸한 표정이기도 했다. 권세의 허망한 실상을 본 것 같아 되레 입맛이 쓴 모양이었다.

강삼주도 허탈한 표정으로 동헌을 나왔다. 저런 벌레 같은 놈들한테 그렇게 험하게 눌리고 살았다는 것이 새삼스럽게 무슨 모욕이라도 당한 기분이었다.

"고생했네."

그 동안 어디에 있었던지 보이지 않던 송태섭과 이싯뚜리가 강삼주 곁으로 가며 강삼주 손을 잡았다.

"에이, 구데기 같은 새끼."

강삼주는 일그러진 표정으로 이싯뚜리한테 손을 맡겼다.

2월 26일. 영광서도 군아에 등소를 했다. 여기서는 2백여 명이나 몰려갔으나, 이틀 뒤에 대답해 주겠다는 군수의 대답이어서 싱겁게 물러나오고 말았다. 그냥 물러나오기는 했으나 여기도 농민들의 기세는 순천에 못지않았다.

여기서도 동학과는 별도로 일어난 것이다. 그런다고 오하영이나 오시영 등 동학 두령들을 아주 제껴놓고 일어난 것은 아니었다. 24

일 고부에서 열린 동학 접주들 회의 결과를 알려고 고달근과 김국현은 오하영과 오시영을 찾아갔다.

"동학도들이 일어난다고 우선 위협만 하기로 했다는 말씀 들었습니다. 그렇다면, 실제로 몇 군데 일어나는 곳도 있어야 그런 위협이 먹혀들 것 같습니다. 여기서는 우리가 먼저 일어서겠습니다. 우리가 동학하고 꼭 따로 놀자는 것이 아니라 사리가 그렇지 않습니까?"

김국현의 말에 두 사람도 순순히 승복을 했다. 오히려 동학교단 전체의 움직임에 따라야 하는 자기들의 입장을 이해해 달라고 미안해하는 태도였다. 그래서 소두는 김국현과 고달근이 서기로 하고 군아로 몰려갔던 것이다. 김국현은 전에도 여러 번 군민 추대로 소두를 섰기 때문에 아전들은 물론 군수 민영수도 김국현을 알고 있었고, 그가 군민에게 신망이 높은 사람이라는 것도 잘 알고 있었다.

모레 군수가 어떻게 대답을 하고 나올지 모르겠지만 군민 기세는 보통이 아니었다. 군중은 물러나오면서 이 자식 영광 갯벌 맛이 어떤지 한번 보여주자고 단단히 별렀다. 건드리기만 하면 폭발할 것 같았다.

2백 명 가운데는 어민들이 반수가 넘었다. 어민들은 농민들보다 관에 대한 증오가 더 거셌다. 어살 하나만 치고 있어도 계절마다 어세를 받아가고 두 벌 세 벌 첩징까지 했다. 더구나, 여기는 유명한 영광굴비의 명산지라 더 견뎌날 수가 없었다. 그리고 어민들은 농민들보다 성격이 거칠었다. 파도와 싸우면서 단련된 사람들이라 성격이 그만큼 거칠 수밖에 없었다. 그러나 그들은 무작정 거친 것이 아니라 소위 경오(경위)를 따져서 그에 어긋나면 주먹부터 나갔다. 무얼 숨기고 깔아뭉개고 의뭉을 떠는 것이 아니라 툭툭 까놓고 이리 발기고 저리 발겨서 경오를 따졌다. 경오 앞에서는 체면이고 뭐고 없었다. 그들은 그들이 날마다 싸우고 사는 파도 같았다. 파도는 무섭지만 파도의 결에 따라 배를 저으면 배를 안아주었다. 그러나 그 결에 어긋나면 조그마한 파도도 배를 뒤엎어버린다. 그들은 싸움이 많았다. 칼부림도 많았다. 경오를 따져 그에 어긋나면 치고 박고 칼부림을 했다. 어부들은 임자 없는 광막한 바다와 드넓은 갯벌에서 고기를 잡고 갯것을 해서 먹고 살아갔으므로 소작 따위 빈부에 묶이지 않았고, 체면에 묶이지 않았기 때문에 두루 가난하기는 해도 누구한테 눌려 살지는 않았다. 그런 어민들이 들고 일어선 것이다.

순천과 영광 두 곳뿐만 아니라 다른 고을에서도 움직였다. 정읍, 태인, 금구, 흥덕 등이었다. 여기서는 동학도들이 24일 고부 회의에서 결의한 것을 실천한 것이다.

정읍에서는 엉뚱하게 읍내 거리에 현감과 아울러 동학도들을 같이 비난하는 괘서가 수십 장 나붙었다. 현감의 비행을 소상하게 늘어놓고 현감을 잔뜩 비방한 다음 제세의 소임을 자임한 동학도들은 무엇을 하고 있느냐고 동학도들을 비난하는 내용이었다. 동학도들의 궐기를 촉구한 괘서였다. 현감은 자기를 비난한 사실보다 동학도들의 궐기를 촉구한 것에 더 겁을 먹었다. 물론 이 괘서는 동학도들이 붙인 것이므로 제대로 효과를 내고 있었다.

태인서는 동학도들이 백여 명 장판에 모여 고부 사정을 소상히 이야기하고 만약 감영에서 고부를 치려고 군사를 동원한다면 우리도 당장 일어서야 한다고 군중에게 호소했다. 군중의 호응은 예상했던 대로였다. 왜 우리는 고부처럼 일어나지 않느냐고 비난하는 악다구니가 빗발쳤다. 동학교단과 접주들 규탄대회가 되고 말았다. 물론 이 집회도 거두들은 앞에 나서지 않고 동학교도들을 앞세워서 접에서 연 것이다.

금구와 흥덕서는 동학도들이 금방 일어난다는 소문을 널리 퍼뜨렸다. 동학도들이 금방 일어날 것이니 짚신 다섯 켤레씩과 미숫가루 한 되씩을 준비하라는 소리까지 했다.

이 네 고을에서 한 일은 금방 효과를 나타냈다. 그곳 관아에서는 그 고을로 드나드는 사람들에게 기찰을 엄하게 했고 동학도들의 동태를 파악하기에 혈안이 되었다. 27일에는 고창, 무장, 익산, 전주 등에서 앞의 세 고을과 비슷한 방법으로 움직였다.

전봉준은 읍내에서 백산으로 나와 각 고을에 사람을 보내 관의 움직임과 민심의 동향을 면밀히 알아보고 있었다. 앞의 몇 고을에서 있었던 일은 그 고을 사람들은 물론 이웃 고을 사람들까지 들뜨게 하고 있었다. 특히 짚신 다섯 켤레와 미숫가루 한 되씩을 준비하라는 금구와 흥덕 등 몇 고을의 소문이 가장 그럴듯하게 퍼지고 있었다. 그것은 전주나 한양으로 쳐들어간다는 소리가 되기 때문이었다. 사람들은 금방 무슨 일이 일어날 것 같은 기대에 손에 땀을 쥐고 있었다.

그런 가운데서 특히 큰 효과를 내고 있는 것은 백산 꼭대기에서 밤마다 크게 타고 있는 불이었다. 밤이면 백여 리 밖에서까지 보이는 백산의 불은 앞으로 엄청난 봉기를 기약하는 의미로 비쳐져 각 고을 동학도들의 움직임을 그런 엄청난 큰 봉기의 구체적인 움직임으로 보이게 하고 있었다. 그와 함께 고부와 전봉준의 소문은 녹두새 노래와 함께 끝도 가도 없이 부풀고 있었다. 지난번 기습병들을 잡아 방면한 사건은 전봉준이 도술을 한번 부려버리자 기습병 50명의 발이 땅에 딱 붙어버렸다는 식으로 소문이 나고 있었다. 전봉준은 그렇게 도술을 부려 그들 50명을 전부 잡은 다음, 5만 명 몰살지계를 가지고 있는 내가 어찌 너희들 50명을 보고 칼에다 피를 묻히겠는가 하고 껄껄 웃으며 모두 살려보냈다는 식이었다.

"접주님, 저는 오늘 정읍서 그 스님을 봤습니다."

김장식이 뛰어들며 숨을 헐떡거렸다.

"스님이라니?"

"이따금 장판에 나타나 춤을 추신다는 스님 말입니다. 칼노래를 부름시로 육환장으로 칼춤이 흐드러졌습니다."

전봉준은 그 스님의 나이와 생김새를 물었다. 서장옥은 아니었다. 그러나 서장옥과 관련이 있는 스님일 것 같았다. 전봉준은 비짓이 웃었다. 어떤 고승이 장판에 나타나서 칼노래와 녹두새 노래를 부르며 칼춤을 춘다는 소문은 진작부터 나고 있었다. 이런 스님의 기행도 세상 사람들의 화제가 되었다.

요새 전봉준은 별동대 젊은이들을 일부러 다른 고을로 내보내 그런 고을 소문을 듣고 오라 했다. 이런 소문은 정작 일이 벌어진 고부에서보다는 다른 고을에서 더 요란스럽게 나고 있었으므로 싸움이 일어나면 앞장을 서서 싸울 사람들이 그런 말을 직접 듣는 것이 좋을 것 같아서였다.

"지금 내 소문이 너무 부풀고 있는 것 같지 않소?"

전봉준은 고개를 갸웃거리며 최경선에게 물었다.

"글쎄, 저도 그런 생각을 하고 있습니다마는, 당장은 엄청난 효과를 내고 있습니다. 부러 그렇게라도 해서 민심을 휘어잡아야 할 판인데 제절로 나고 있으니 얼마나 다행입니까? 나중에는 그것이 큰 부담이 될 수도 있겠지만, 당장은 두고 볼 수밖에 없습니다."

두 사람은 쓸쓸하게 웃었다.

2월 28일. 드디어 영광에서 민란이 터졌다. 군수 민영수가 답변을 해준다는 날이라 군민들이 몰려갔다. 그러나 민영수는 순천 부사하고 똑같이 다중이 몰려온 까닭이 무어냐며 고래고래 악을 썼다. 지난번보다 많은 3백여 명이 몰려갔던 것이다. 법성포 쪽에서 멀리 왔기 때문에 수가 얼마 되지 않았다.

"다중의 위력으로 관을 강박하면 무슨 죄가 되는 줄 아는가?"

동헌 마루에 틀거지를 틀고 앉은 민영수는 마당에 고개를 숙이고 서 있는 김국현과 고달근에게 삿대질을 하며 고함을 질렀다. 두 사람은 마당에 서서 그대로 민영수만 쳐다보고 있었다.

"강박이 아니오라, 등장에 대한 답변이 궁금해서 온 사람들입니다."

김국현이 침착하게 말했다.

"여러 소리 말고, 내 답변을 들으려면 밖에 있는 사람들부터 물리치고 다시 오시오. 여기가 고분 줄 아시오?"

민영수는 의자를 박차고 일어서 버렸다. 두 사람은 닭 쫓던 개꼴이 되고 말았다. 토방에 섰던 아전들도 멍청한 표정이었다.

"갑시다."

고달근이 말하자 김국현도 돌아섰다. 그러지 않아도 농민들은 여기 몰려오는 사이 이미 감정이 딩딩해 있는 참이었다.

이틀 전 민영수는 소꾼들에게 돌아가라고 한 다음, 문저리(망둥이)가 뛰니까 절간 빗자루도 뛰더라고 이놈들이 멋모르고 덤벙거린다며 내가 누군 줄 아느냐고 별렀다는 것이다. 아전들 입을 통해서 흘러나온 소리였는데 문저리 어쩌고 한 소리까지 소상하게 퍼졌다. 그 소리에 격분한 군중은 그놈 답변은 들으나마나라며, 이 작자한테 영광 갯벌 맛이 짠지 싱거운지 한번 맛을 보여줘야 한다며 대창부터 준비하자고 서둘렀다. 그러나 김국현은 설마 그러기야 했겠느냐고, 처음부터 대창을 들고 가는 것은 너무 성급한 일이라며 말렸던 것이다. 그러나 나중에 온 사람들은 대창을 가지고 와서 골목에 숨겨두고 있었다.

그 판에 다중의 위력을 꼬투리로 호령을 하고 나오자 타는 불에 기름을 끼얹은 꼴이 되고 말았다. 문저리 어쩌고 하는 소리를 군수가 정말 했는지 어쨌는지 모르지만, 아전들이 그런 소리를 전해준 것은 군수를 작살내라는 부추김이 분명했다. 요사이 아전들은 웬만한 데서는 모두 수령에 대한 감정이 백성과 별반 다를 것이 없었다.

김국현과 고달근은 밖으로 나갔다. 군중이 두 사람 곁으로 몰려

들었다. 김국현은 민영수가 한 말을 그대로 전했다. 김국현도 사태를 크게 끌고 가버리려고 결심을 한 것 같았다. 군중은 대번에 열을 받았다.

"그 개새끼, 찔러 죽입시다."

"창 갖고 오자!"

대번에 군중이 들떠버렸다. 군중은 말리고 어쩌고 할 여지가 없었다. 마치 달음질 경주를 기다리고 있던 사람들 같았다. 정신없이 군아 골목을 쏠려 나갔다.

"그 새끼 죽여."

"오래 참았다."

감춰 두었던 대창을 들고 달려왔다. 대창이 없는 사람들은 남의 집에 들어가서 장작개비며 몽둥이를 주워들고 달렸다. 울목을 뽑아 든 사람도 있었다. 군중은 악을 쓰며 아문으로 쏠려 들어갔다.

"민영수 개새끼 죽여."

농민들의 심상찮은 기세를 본 벙거지들이 미리 아문을 지키고 있었다. 벙거지들은 시퍼렇게 창을 꼬나쥐고 서 있었다. 농민들이 몰려 들어가자 장교 하나가 앞으로 나섰다.

"여러분, 이러면 안 됩니다. 물러가시오."

장교가 제법 의젓하게 소리를 질렀다.

"이 똥개야, 민영수 같은 도둑놈 충신 나서 시호 내릴 중 아냐?"

"저 새끼부터 죽여."

군중이 육박해 들어갔다.

"이렇게 다중이 관문에 작변하면 무슨 법에 걸리는지나 아시오?"

작자는 고함을 질렀다.

"법? 아나, 법 여깄다!"

젊은이 하나가 앞으로 돌진하며 대창으로 작자를 후려갈겼다. 군중이 우 밀려들어왔다. 군중은 작자를 사정없이 후려갈겼다. 작자는 그만 땅바닥에 쓰러지고 말았다. 군중은 쓰러진 장교를 그대로 질끈질끈 짓밟고 군아로 몰려 들어갔다. 벙거지들부터 닥치는 대로 후려갈겼다. 벙거지들과 드잡이판이 벌어졌다. 벙거지들이 다 도망쳤다.

"민영수 이 도둑놈아, 영광 문저리 왔다."

"너 이놈의 새끼 칠산 바다 갯물 맛이 으짠지 아냐?"

방마다 문을 벼락쳤다. 그러나 민영수는 보이지 않았다.

"내사로 내뺀 모냥이다."

군중은 내사로 쏠려 들어갔다. 방문이 잠겨 있었다. 발로 차도 쉽게 부서지지 않았다.

"영광 문저리 왔다. 문 열어. 문저리 왔당께. 얼릉 문 열어, 이 씨발놈아."

그때 젊은이 하나가 저쪽에서 맷돌짝을 들고 왔다. 방문을 사정없이 후려갈겼다. 방문이 와장창 부서졌다. 민영수가 발발 떨고 있었다.

"아이고, 살려주시오."

민영수는 무릎을 꿇고 손을 비볐다. 작자는 정신없이 손을 비벼댔다.

"우리는 영광 문저리여. 문저리가 왔당께, 이 씨발놈아."

226

여기저기서 대창으로 사정없이 후려갈겼다.

"살려주시오. 한 번만 살려주시오."

민영수는 정신없이 빌었다.

"에라, 개새꺄, 금방 빌 새끼가 그렇게 큰소리를 쳤냐?"

젊은이 하나가 이를 앙다물며 민영수 가슴팍을 사정없이 발로 걷어차 버렸다. 뒤로 발랑 나자빠졌다. 곁에 있던 젊은이가 민영수 멱살을 잡아끌고 나왔다. 몸피가 작은 민영수가 깍짓동만한 사내한테 질질 끌려나왔다.

"영광 문저리 맛이 으짜냐?"

작자는 군수 멱살을 댕댕히 추켜들고 나오며 이죽거렸다. 순천 사람들하고는 또 다른 데가 있었다. 갯물 맛, 갯물 맛 하고 뇌던 소리가 허튼소리가 아니었다.

"아이고매, 살려주시오."

군수는 멱살을 잡힌 채 비명을 지르며 끌려갔다.

"이 개새꺄, 호령을 해라, 호령을! 그래야 우리도 잡아가는 맛이 있을 것 아니냐? 잡아가는 맛도 생각해, 이 병신아."

아까 발로 가슴팍을 찼던 사내가 이번에는 주먹으로 볼따구니를 질러버렸다.

"이런 걸레가 군수 자리에 앉아서 호령을 했구만잉. 예끼 개새끼."

다른 젊은이가 민영수 뺨을 쳤다. 손바닥도 아니고 손등으로 쳤다. 민영수를 동헌 마당으로 끌고 나와 마당에 꿇어앉혔다. 군중이 민영수를 빙 둘러쌌다.

"이 새끼야, 여태 묵은 것 다 내놓겠냐, 못 내놓겠냐?"

끌고 온 사내가 물었다. 김국현과 고달근은 저쪽에서 나졸들 찌르려고 하는 사람들 말리느라고 정신이 없었다.

"내놀라요, 내놔. 목숨만 살려주시오."

작자는 엉덩이를 들고 손을 비볐다.

"목숨만 살려주라고? 이 새끼야, 백성 목숨은 안 중하고 니 목숨만 중하냐, 이 개새꺄?"

젊은이 하나가 대창으로 반쯤 일어선 민영수 엉덩이를 사정없이 찔러버렸다.

"워매, 나 죽네."

민영수는 옆으로 고꾸라졌다.

"그런 것 찔려갖고는 안 죽어야. 일어나! 으짜냐, 영광 갯물 맛이 짜냐 싱겁냐?"

민영수를 끌고 왔던 작자는 대창 맞은 것쯤 아랑곳없이 민영수 멱살을 잡아 일으키며 이죽거렸다.

"대답해, 이 새꺄!"

곁에 섰던 젊은이가 다그치며 또 대창으로 허벅다리를 찔러버렸다.

"아이고, 나 죽네애!"

민영수는 악을 썼다. 피가 옷에 배어나왔다.

"이런 새끼는 진짜 쥑애부러! 고부서는 놓쳤은게 여그서는 패쥑애부러."

다른 젊은이들이 대창으로 민영수를 후려갈겼다. 너도 나도 후려갈겼다. 정말 죽으라고 갈기는 서슬이었다. 그때 김국현이 달려왔다.

"이래서는 안 돼요."

김국현이 뛰어들며 대창을 가로막았다. 모두 대창을 멈췄다. 김국현의 제지로 군수는 겨우 목숨은 건졌다. 나졸들도 여러 명 대창에 찔렸다. 아까 아문에서 당한 장교는 땅바닥에다 피를 쏟고 있었다.

8. 전죄를 묻지 않는다

영광 민란 소식이 전해지자 고부 농민들은 사기가 충천했다. 아침 일찍 거기 갔던 오거무가 부리나케 달려와 소식을 전했던 것이다.

"나기는 영광 사람들이 난 사람들이구마."

"그려, 대창을 들고 일어섰으면 그렇게 푹푹 쑤시는 맛이 있어사 제잉."

"맞어. 우리는 참말로, 대창만 들었제 벙거지 한 놈도 못 쑤새보 고 이것이 먼 꼴이여?"

"우리도 조병갑만 잡았더라면 엉뎅이가 아니라 배때기에 맞창을 내부렀을 것인디, 허 참."

농민군들이 영광 소식에 떠들썩하고 있을 때였다.

"워매, 저것이 여태 안 뵈등마는 어디가 자빠졌다 저라고 나오까"

저쪽에서 미친년이 노래를 부르며 오고 있었다.

어매 어매 우리 어매 멋 할라고 날 났던가
기왕지사 날라거든 팔자 좋게 나아 주제
청실홍실 맺은 임은 날 버리고 어디 가고
적막 한설 독수공방 나만 혼자 누웠다네
언니라고 찾아간게 구박 측문 웬 말인가
쌀 한 되만 재졌으면 성도 묵고 나도 묵제

미친년은 간드러지게 몸을 흔들어 춤을 추며 삼거리 쪽으로 오고
있었다. 미친년은 동네 조무래기들을 뒤에다 잔뜩 달고 오며 노랫소
리가 간드러졌다. 얼굴은 전보다 더 초췌했으나 매무새는 전같이 단
정했다.

"저것은 또 멋들이여? 고부 바닥에 안 뵈던 것들이 저그서도 오
네."

나졸들이었다. 봉기한 뒤로 자취를 감추었던 나졸들이 갑자기 나
타나자 모두 눈이 둥그레졌다. 나졸 둘이 반내고개 쪽에서 읍내로
들어오고 있었다. 손에는 웬 두루마리 종이뭉치를 들고 있었다. 그
쪽에 파수 섰던 사람들이 나졸들을 막아섰다. 송늘남이 그쪽으로 뛰
어갔다.

"웬 사람들이오?"

"신관 사또 영을 받고 방을 붙이러 온 사람들이오."

나졸들은 의젓하게 대답했다.

"뭣이, 신관 사또 방?"

"예."

"어디 한번 봅시다."

송늘남이 그들 손에서 방 뭉치를 받아들었다. 방을 풀었다. 모두가 몰려들어 방을 읽었다.

> 나는 새로 도임할 신임 군수 박원명이다. 지금 이 고을에
> 소란이 있으나 나는 소란을 진정시키고 백성을 휴양케
> 하고자 한다. 소요에 가담했던 사람들도 모두 돌아가 안
> 업에 종사하면 상하를 가리지 않고 전죄를 묻지 않을 것
> 이다. 이것은 위로는 조정의 뜻이요, 아래로는 내 뜻이기
> 도 하니 농민들은 모두 돌아가 더 소란을 피우는 일이 없
> 도록 하라. 앞으로 소요에 가담한 농민들과도 시정을 의
> 논할 것이요, 그 동안 소란에 놀란 백성을 널리 위로할
> 작정이다. 조정의 뜻을 깊이 헤아려 어긋남이 없기를 바
> 라노라.
>
> 갑오 2월 28일
> 고부 군수 박원명

모두 깜짝 놀라 서로를 건너다봤다. 송늘남은 방을 말았다. 나중에 몰려든 사람들이 방을 보자고 소리를 질렀으나 송늘남은 조용히 하라고 제지하며 나졸들을 향했다.

"신관 사또가 어디서 이 방을 붙이라고 했단 말이오?"

"지금 정읍에 계시오."

"당신들 두 사람만 붙이러 왔소?"

"고부 동네마다 붙이라고 해서 여러 패가 나섰소."

나졸들은 전혀 두려워하는 기색이 없었다.

"군수 놈이 임명을 받았으면 이리 들어오제, 뭣이 무솨서 거그 자빠져서 그런 걸 붙이라고 시켜?"

곁에서 소리를 질렀다. 나졸들이 너무 의젓하게 나오자 자기들이 무시를 당한 것 같아 심통을 부린 듯했다. 곁에 섰던 농민군들도 한마디씩 핀잔을 주었으나 나졸들은 대꾸하지 않았다.

"그럼 말목이나 백산 쪽으로도 붙이러 갔단 말이오?"

송늘남이 물었다.

"갔소. 거기는 사또 나리가 농민군 도소에 보내는 편지도 가지고 갔소. 같이 오다가 주천삼거리에서 헤어졌소."

그때 전봉준은 백산서 박원명의 편지를 받았다. 전봉준에게 보낸 군수의 편지도 방에 내건 소리하고 똑같았고, 다른 말이 있다면 자기는 곧 고부로 도임할 것이니 도임하는 즉시 농민군 대표를 뽑아 보내면 앞으로 할 일을 의논하겠다는 소리가 더 첨가되어 있었다. 두령들이 전봉준 방으로 몰려들었다. 정익서, 최경선, 조만옥 등이 둘러앉았다.

"그 작자가 우리하고 한마디 의논도 없이 저런 방을 붙이는 것을 보면 우리를 그만큼 얕보는 것이 틀림없습니다. 그리고 방문도 곧이곧대로 믿을 수가 없습니다. 그 속에 무슨 흉계가 있는지 모릅니다."

최경선이었다.

"그렇게 쉽게 생각할 일이 아닙니다. 저 방을 본 농민군들은 이제 살았다고 쾌재를 부를 것입니다. 너무 지친데다 전죄를 묻지 않는다고 했으니, 얼씨구나 하고 들뜰지 모릅니다. 군수가 시정을 의논하자고 했으니 대표를 뽑아 보내 의논을 하면서 저자들의 속셈을 살피는 것이 어떨까 싶소. 전죄를 묻지 않고 시정을 우리하고 의논한다고 했으면 관으로서는 크게 양보를 한 것입니다. 우리의 진용은 조금도 흩트리지 말고 그대로 버티고 있으면서 의논을 하면 우리는 얼마든지 당당하게 나설 수 있을 것입니다."

정익서가 침착하게 말했다.

"그렇지만, 지금 순천에서도 일어나고 영광에서도 일어나고 한창 다른 고을로 번지고 있는 판에 본거지에서 그렇게 무르게 나간단 말이오?"

조만옥이었다.

"다른 고을에서 그렇게 거세게 일어서기 때문에 조정에서는 저렇게 굽히고 나온 것입니다. 전죄를 묻지 않는다는 것은 조정의 뜻이라고 했습니다. 조정에서는 이미 조병갑을 파직하고 잡아들이라고 했으며, 이번에는 우리까지도 전죄를 묻지 않겠다고 했습니다. 우리가 내건 직접적인 요구는 다 들어준 셈입니다. 그러면 우리가 더 싸울 명분을 어디서 찾습니까? 더구나 우리가 싸우자고 한들 농민들이 따라오겠소? 그러다가 여기 유생들이라도 들고일어나 신관의 편을 든다면 우리는 난처한 입장에 빠지고 말 것 같소."

사태가 너무도 급변하고 있었다. 그때 읍내에서 김도삼이 왔다. 전봉준이 그쪽 농민군들 반응을 물었다.

"얼핏 보고 왔습니다마는, 전죄를 묻지 않는다는 소리에 모두 이제 일은 다 끝났다고 마치 승전이라도 한 것같이 들떠 있습니다. 오면서 보니 일반 백성 반응도 비슷합니다. 엄청난 전쟁판이 벌어질 줄 알았다가 무사하게 끝나게 되었다고 모두 안심이라는 표정들입니다."

전봉준은 김도삼에게 최경선 말과 정익서의 말을 대충 간추려 설명했다.

"글쎄요, 저도 저자들 말을 어디까지 믿어야 할지 모르겠습니다마는, 방에 내건 소리가 사실이라면 더 싸울 명분은 사실상 사라지지 않았습니까?"

김도삼도 자신 있는 판단이 서지 않는 것 같았다.

"저자들의 의논에 응하면서 속셈을 살펴보는 것이 득책일 것 같소. 저런 방을 걸어놓고도 나중에는 참지랄을 할지 개지랄을 할지, 하도 많이 속아봐서 지금은 알 수 없는 일이지만, 지랄을 한다고 하니 덕석을 깔아주는 셈치고 읍내를 비워 주는 것이 어떻겠습니까?"

정익서가 한걸음 더 내쳤다. 그때 최경선이 나섰다.

"저자들이 이렇게 유화책으로 방침을 바꿔버리니 우리가 무작정 버티고 있을 명분은 약해져버린 것이 사실입니다. 읍내에 있는 농민군을 이리 다시 옮기고 군수한테 동헌은 비어주되, 우리는 그대로 여기서 진용을 흩트리지 말고 버티면서 의논을 하는 것입니다. 그렇게 읍내를 내주면 우리도 무작정 싸우려고만 하는 사람들이 아니라는 태도를 보이게 되고, 우리 진용을 그대로 유지할 수 있는 명분을 얻게 될 것입니다. 그리고 읍내에 있는 농민군을 이리 옮겨오되 그냥 옮겨오는 것이 아니라 읍내에 있는 군량을 전부 이리 가져오고,

또 한 패는 줄포로 몰려가서 거기 전운소 쌀을 몽땅 이리 가져와 버리는 것이 어쩌겠습니까? 그것은 실제로 군량을 확보하는 일도 되고, 의논의 결과가 여의치 않으면 가만히 있지 않겠다는 우리의 결의를 그런 군량 확보로 보이게 될 것입니다."

"읍내를 내주자는 데는 동감입니다마는, 줄포 전운소까지 건드리는 것은 너무 도발을 하는 게 아닙니까?"

정익서였다.

"너희들 유화책에 우리가 감지덕지하는 것이 아니라는 우리 의지를 보여주자는 것이지요."

"그렇게라도 우리의 태도를 보여줄 필요가 있습니다. 저자들은 항상 백성의 양보를 굴종으로 보고 예절을 아첨으로밖에는 볼 줄 모르는 놈들입니다. 우리하고는 일언반구 의논도 없이 일방적으로 내건 방문 한 장에 우리가 무작정 읍내를 내주어 보십시오. 제 놈들 말한마디에 우리가 벌벌 떠는 줄 알 것입니다."

최경선이었다.

"저도 동감입니다. 여기다 방을 붙이려면 적어도 우리하고 먼저여러 가지 일을 상의한 다음에 붙여야 옳은 일입니다. 그런데 어떻게 됐든 우리 손아귀에 있는 고을에다가 방을 붙이면서 우리하고 일언반구 상의도 없이 붙였습니다. 이것은 그만큼 우리를 무시한 것입니다. 우리도 꼭 그런 태도로 대답을 해주어야 합니다."

김도삼이 최경선의 말에 동조를 했다.

"더 다른 말씀 있으십니까?"

전봉준이 좌중을 돌아보며 물었다. 모두 말이 없었다.

"이 일은 동네 임직회의를 열어 결정할 일이나 일이 너무 급박하니 여기서 결정을 내리겠습니다. 최두령의 말씀대로 읍내를 내주되 읍내 식량을 전부 이리 가져오고 줄포의 전운소 식량도 전부 이리 가져오겠습니다. 그리고 군수가 시정을 의논하자는 것은 저쪽에서 사람을 보내 다시 제의를 해올 때 다시 논의를 해서 어떻게 할 것인가 여부를 결정하겠습니다. 동헌은 내일 아침에 비워 주되 식량은 전부 이리 가져오고, 줄포 전운소 쌀도 가져오시오. 읍내 농민군이 이리 이진하는 일은 김두령이 맡고, 줄포 전운소 가는 일은 송두호 씨한테 맡기시오. 그리고 우리도 군수의 방에 대한 우리 태도를 밝히는 방을 붙여야겠소. 그 방은 최두령이 맡아서 군수가 붙인 방 곁에 붙이시오."

전봉준은 명쾌하게 결정을 내렸다.

"최경선 씨가 할 일이 또 한 가지 있습니다. 농민군들이 이리 온 다음에는 농민군들한테 날마다 강을 하시오. 오늘 여기서 한 말을 바탕으로 조정에서 저렇게 나와도 우리는 여기 버티고 있으면서 저자들하고 담판을 해야 하는 까닭을 자세하게 납득을 시켜야 합니다. 다른 고을 두령들한테도 부탁을 해서 밤낮을 가리지 말고 틈만 있으면 강을 하시오."

"알겠습니다."

"더 하실 말씀 있으십니까?"

"줄포는 몇 명이나 데리고 갈까요? 읍내에 있는 쌀은 백여 섬 밖에는 안 됩니다."

"3백 명쯤 데리고 가시오."

더 말하는 사람이 없었다. 회의를 끝냈다.

전운소 창고를 부수고 양곡을 탈취해 온다는 것은 단순한 문제가 아니었다. 조정으로서는 최대의 양보를 하여 유화책을 쓰고 나오는데 전운소까지 손댄다는 것은 조정의 태도에 정면으로 도전을 하는 일이었다. 더구나 지금까지는 모든 문제가 고부 한 고을에 국한되어 있었는데 고부 경계를 넘어 줄포까지 침범하는 것도 문제였다. 더구나 전운소 창고는 바로 정부의 창고였다. 정익서가 지나치다고 한것은 이 때문이었다. 그 안을 낸 최경선이나 그에 동조한 김도삼이 그것을 모를 리 없었고, 더구나 마지막 결단을 내린 전봉준도 그것을 모를 리가 없었다. 정익서는 그들의 의중을 짐작하고 입을 다물어버렸다. 그러나 정익서의 표정은 여간 무겁지가 않았다.

최경선이 초를 잡은 방은 상당히 강경한 내용이었다. 조정에서 전죄를 묻지 않는다고 했다 하나, 과거의 예로 보아 그 말을 곧이곧대로 믿을 수 없으니 우선 그 진의를 알아볼 것이고, 새로 도임한 군수가 시정을 의논하자는 제의를 정식으로 해오면 그에 응하겠으나, 그 의논이 우리 백성이 바라는 바에 어긋날 때는 한 치의 양보도 없을 것이며, 그런 일은 농민군이 백산에 그대로 둔취하고 있으면서 할 것이니, 백성은 조금도 동요하지 말고 전과 똑같이 우리를 지지해 주고 지켜봐 달라는 내용이었다.

2월 29일. 이날은 작년에 죽은 전봉준 아버지 전창혁의 소상이었다. 전봉준은 도소 일은 김도삼을 비롯한 두령들에게 맡기고 어젯밤 늦게 조소리 자기 집으로 왔다. 이렇게 움직일 때마다 별동대들의

238

호위를 받아야 했으므로 거동이 이만저만 번거롭지가 않았다. 집에
는 동네 여자들이 와서 일을 거들고 있었다. 전봉준은 가까운 일가
가 없었으므로 이럴 때는 바깥 손대보다 안 손대가 항상 아쉬웠는
데, 작년 초상 때도 그랬지만 이번에도 동네 여자들이 모두 나서서
몸을 사리지 않고 일을 거들고 있었다. 집이 콧구멍만 했으므로 이
웃집 두 집에까지 차일을 치고 손님을 받기로 했다. 지금이 결정적
으로 중요한 국면이라 마음 같아서는 집안 식구들끼리만 간단하게
치렀으면 좋겠는데, 조문객들이 많이 올 것 같아 그럴 수가 없었다.

아침에 맨 먼저 찾아온 조문객은 별산 영감 등 부자들이었다. 지
난번 만석보 수세 포기증서를 받아온 노인들 7,8명이 이번에도 같이
몰려왔다. 김진두, 이진삼, 그리고 도매다리 나부자, 궁감 비장이라
는 별호가 붙은 두 사람 등이었다. 그들은 지난번 수세 포기증서를
가지고 온 뒤에도 몇 번 도소에 와서 전봉준을 격려했다.

"거사가 이렇게 마무리가 잘 되고 보니 고인 생각이 더욱 간절하
네. 그분이 살아 계셨더라면 얼마나 좋아하시겠는가? 그렇지만 그분
이 뿌려논 씨가 이렇게 크게 열매를 맺었으니 지하에서도 즐거워하
실 걸세. 자네 개인의 인륜으로 친다 하더라도 효도치고는 이만한
효도가 없네. 감영도 아니고 조정을 이겼으니 고인의 영전에 얼마나
자랑스럽고 떳떳한가?"

별산 영감은 위로와 치사가 흐드러졌다. 그러나 같이 온 사람들
은 얼굴이 굳어 있었다. 농민군이 내건 방 때문이었다. 그들이 이렇
게 같이 찾아온 것은 그 점에 할 말이 있기 때문인 것 같았다.

"고맙습니다. 모두 힘을 합쳐 거들어주신 덕택입니다."

전봉준이 고개를 숙였다. 아직 조문객이 없어 전봉준은 잠시 그들 부조상 곁에 앉았다.

"새 수령은 사람이 웬만하다는 것 같구만. 광주 사람이고 박씨라면 거그 솔머리 박씨들이 아닌가 모르겠는디, 그 박씨들이라면 사람들이 무던혀. 조정에서 그런 사람을 특별히 추려서 보내고 전죄도 묻지 않는다고 하는 것을 본게 그 사람들이 겁을 먹어도 되게 먹은 것 같구만."

별산 영감은 껄껄 웃었다.

"도소에서는 해산을 하지 않고 의논을 하시겠다고 하셨는데, 관에서는 자기들도 크게 양보를 했으니 농민군도 해산부터 한 다음에 의논을 하자고 나오지 않을까?"

김진두가 조심스럽게 물었다.

"먼저 해산을 할 수는 없습니다. 방에도 내걸었습니다마는, 전죄를 묻지 않겠다고 했는데, 그 말이 진실인가 그 점도 의심스럽거니와, 그 전죄라는 것도 어떤 일까지를 말한 것인지 말을 제대로 들어보지 않고는 알 수가 없습니다."

"조정의 뜻이라고 했는데 그것까지는 의심할 수는 없을 것 같지 않습니까? 일개 수령이 조정까지 팔아서 술수를 부릴 수 있을까요?"

이진삼이 조심스럽게 말했다.

"작년 봄 한양 복합상소 때는 바로 조정 문전에서 한 말도 거짓이었습니다. 돌아가 안업에 종사하면 소원대로 해주겠다고 해놓고 바로 그 말과 함께 뒤로는 동학도들을 전부 잡아들이라고 각 관아에 영을 내렸습니다."

240

"그렇지만, 농민군이 그대로 버티면서 수령과 의논을 하려고 하면 관의 체통이 있는데 수령이 응할까?"

김진두가 고개를 갸웃거리며 말했다.

"그렇지마는, 우리 농민군들로서야 해산을 한 다음에 의논을 할 수는 없습니다. 해산부터 하고 의논을 하자는 소리는 모든 처분을 자기들한테 전부 맡기라는 소리하고 조금도 다를 것이 없습니다."

"그래도 관하고 상대가 되아노면 그런 점이 아주 어렵겠어. 관에서 다 용서한다는데 어째서 버티고 있느냐? 이러고 나오면 답답할 일이잖은가?"

별산 영감이었다. 그때 김만수가 문 쪽에서 고개를 디밀었다. 밖에 조문객이 많이 온 것 같았다. 전봉준은 김만수에게 고개를 끄덕여놓고 다시 그들을 향했다.

"그 점 깊이 의논을 했습니다마는, 우리도 무작정 대적을 하자는 것이 아니라 일을 순리로 풀자는 것입니다. 기왕에 일이 여기까지 왔으니 뒤끝을 제대로 마무리를 해야 하지 않겠습니까? 진황지 문제야, 무명잡세 같은 것도 이럴 때 한번 제대로 짚고 넘어가야 할 것입니다."

"그야 그렇네마는, 농민군 쪽에서 너무 드세게 맞서고 나가면 관의 체통도 있고 한데 일이 지대로 풀릴까 걱정이 되는구만."

별산 영감이었다.

"잘 알겠습니다. 여러분들께서도 기왕 우리하고 뜻을 같이 해오셨으니 우리 입장을 이해하시고 우리하고 손발을 맞춰주시기 바랍니다. 과거 이런 일이 있었던 여러 곳의 예를 보더라도 통째로 저 사람들한테 처분을 맡기고 해산을 할 수는 없습니다. 그럼 다음에 따로 한번 의논을 드릴까 합니다. 저는 좀."

전봉준이 일어섰다. 김만수가 문 밖에서 기다리고 있었다.

"금방 읍내에서 사람이 왔습니다. 읍내서는 식량을 지고 출발을 했고, 줄포로는 어제 밤중에 3백 명이 갔답니다."

전봉준은 고개를 끄덕이며 영호 앞으로 가서 조문객을 받았다. 조문객은 엄청나게 몰려들었다. 점심참이 되자 감당을 할 수 없을 지경이었다. 전봉준은 이렇게까지 몰려들 줄은 미처 상상도 못했다.

조의품도 엄청나게 쌓였다. 명태 등 건어도 그렇고, 담배는 몇 년을 피워도 못 다 피울 지경이었다. 초, 향 등은 말할 것도 없고, 쌀, 찹쌀, 콩, 팥, 녹두 등 곡물이며, 형편에 따라서는 마늘 한 접, 심지어는 봄 파 두어 다발을 곱게 다듬어서 들고 오는 이웃 동네 아주머니도 있었으며, 곱게 삼은 미투리를 들고 와서 부의첩에 올리지도 않고 슬그머니 한쪽에 놓고 가는 영감도 있었다. 돈 있는 사람들은 적당한 핑계를 대어 돈으로 부조를 했는데, 그 액수 또한 적은 돈이 아니었다. 부의첩을 들여다본 두령들은 혀를 내둘렀다.

전봉준은 영호 앞에서 조문객을 맞아 절을 하느라 무릎이 저릴 지경이었다. 술은 이미 말목 주막까지 동이 나버려 부조상은 밥뿐이었다. 부조로 들어온 쌀이며 건어 등을 아낌없이 삶아 밥상을 차려 냈다. 동네 너덧 집에서 밥을 하고 국을 끓였다.

점심참이 조금 지났을 때였다. 손화중, 김덕명, 김개남 등 거두들이 왔다. 충청도 법소에 갔다가 돌아오는 길이었다. 그들은 오늘이 소상인지 모르고 백산으로 갔다가 이리 왔다. 전봉준은 잠깐 자리를

242

비우고 그들과 함께 사랑방으로 들어갔다.

"법헌의 태도는 바늘 끝도 들어갈 틈이 없으십디다."

손화중이 술잔을 받으며 말했다.

"가기는 법헌을 만나러 갔지만, 소득이라면 오며가며 세상인심을 바로 알게 된 것이 소득인 것 같소. 들리는 주막마다 녹두장군 소리뿐입니다. 남접과 북접은 이미 백성 마음속에서부터 크게 갈라져 버렸고, 남접 교주는 전봉준 접주더만요."

김덕명이 껄껄 웃으며 말했다. 두 사람도 따라 웃었다.

"농이라도 무슨 그런 말씀을 하십니까?"

전봉준이 웃으며 가볍게 튀겼다.

"우리는 농이지만, 세상 사람들 생각은 농이 아니오."

김덕명은 거듭 껄껄 웃었다.

"조정의 태도가 바뀌었다는 말도 들었고, 이쪽 방침도 대강 들었소. 역시 해산을 하지 말고 버티면서 담판을 해야 할 게요."

손님들이 너무 밀려닥치자 그들은 내일 백산에서 만나자며 일어섰다. 해거름에는 오거무가 왔다. 오거무는 얼굴이 굳어 있었다. 전봉준은 오거무를 한쪽으로 데리고 갔다.

"어지께 장흥서 이용태가 떴소. 역졸들을 몰고 오요. 역졸은 7, 8백 명쯤 되겠습디다."

오거무가 다급하게 말했다.

"역졸이 7, 8백 명?"

"예, 촘촘하게는 못 시어 봤는디, 7백 명은 넘겠습디다. 어사 행차를 중도에서 만났는디, 오늘 저녁은 능주에서 잘 것 같그만이라."

"그럼 여기는 언제쯤 당도할 것 같은가?"

"즈그들이 잘 걸어야 하루에 7, 80리 걸을 것인게 낼 저녁은 광주 경양역에서 자고 모레 초하룻날 저녁은 장성서 자고, 글피는 새벽부터 나서면 갈재 넘어서 천원역에서 자겠지라우."

천원역에서 고부읍내까지는 40리였다. 3월 3일에는 고부에 당도한다는 이야기였다.

"어사 떴다는 소리는 누구한테도 말하지 말게."

"알겠습니다."

"그럼 내일 아침에는 전주를 빨리 갔다 와야겠구만."

전봉준은 주머니를 풀어 오거무에게 노자를 주었다. 오거무는 사양하지 않고 받았다. 그때 송늘남이 숨을 씨근거리며 달려들었다.

"박원명 행차가 읍내에 당도했습니다."

"행차가 요란하더냐?"

전봉준은 이미 예상하고 있던 일이라 별로 놀라는 기색이 없었다.

"아니라우. 풍악도 안 잡히고 사또가 탄 가매 한 채를 나졸들이 전후로 호위를 하고 왔소. 전에 조병갑이나 다른 놈들 행차하고 빗대보면 아무것도 아닙니다."

"백산에도 그 소식 갖고 갔냐?"

"예, 바로 백산하고 여그하고 두 패로 나눠 달렸그만이라우."

해거름에 조망태가 지게를 진 농민군 30여 명을 거느리고 조소리로 왔다. 전봉준 지시였다.

"부조 들어온 것을 도소로 옮깁시다."

"부조로 들어온 것이오? 그걸 어떻게 그럴 수가 있습니까?"

조망태가 어리둥절한 표정으로 물었다.

"들어오기는 나한테 들어왔지마는, 이게 어디 전봉준 개인 얼굴 보고 들어온 것이겠소? 너무 많아서 어떻게 처치할 길도 없소. 깊이 생각할 것 없고 우리 집에는 너무 많으니 이웃 사람들끼리 나눠먹는다 칩시다. 요새는 반찬이 없어서 된장국에다 맨밥을 강다짐하듯 했는데, 명태 같은 것으로 국물이라도 시원하게 한번 끓여먹읍시다."

조망태는 더 참견을 하지 못했다. 전봉준은 명태 등 건어며 쌀, 콩, 팥, 녹두, 담배 등을 전부 꾸려 지게 했다. 건어가 여남은 짐, 담배만도 다섯 짐이나 됐다.

"왜 다 가져가 부요?"

용현이 잔뜩 볼 부은 소리로 투그렸다. 주둥이가 한 자나 비져나왔다. 오늘 부조가 천장만장 들어오자 입이 비지게가 됐었는데, 그걸 거의 꾸려서 짊어지고 있으니 심통이 날 법했다. 두 딸은 더 아쉬운 표정이었다.

"이놈아, 다 가져가기는 누가 다 가져간단 말이냐? 우리 먹을 것은 챙겨뒀다. 이런 것이 우리 집에 들어왔다고 우리 것인 줄 알제마는 우리 것이 아니다."

전봉준이 웃으며 말했다.

"할아부지 소상에 들어왔는디, 으째서 우리 것이 아녀라우?"

용현이 당돌하게 따지고 나왔다. 어리광이 아니라 정색을 하고 대들었다.

"허허, 느그들 말대로 내가 농민군 대장인게 이런 것이 다 농민군

대장 집에 들어온 것이제, 전봉준 집에 들어온 것이 아니다. 이런 것이 전봉준 집에 들어온 것이라면 응당 전봉준 식구들이 먹어사 쓴다. 그런디 이것이 전봉준 집에 들어온 것이 아니고 농민군 대장 집에 들어온 것이면 누가 먹어사 쓰겠냐? 두말할 것도 없이 농민군들이 먹어사제."

전봉준이 웃으며 말을 했다. 그러나 그냥 농으로 하는 소리가 아니고 식구들한테 제대로 이해시키려는 진지한 구석이 있었다.

"담배 같은 것은 다 가져가도 꾀기는 더 놔두시오. 할무니 지사도 있고 어무니 지사도 있고."

용현은 제사 걱정까지 하고 나왔다.

"저그 많이 남겨뒀잖냐?"

둘째딸이 용현한테 눈을 흘겼다.

"찹쌀이나 팥 같은 것은 좀 더 놔두지요."

식구들의 아쉬움이 이해가 되는 듯 조망태가 한마디 했다.

"장막에서도 떡이나 한번 해먹읍시다."

전봉준은 그대로 모두 짊어지게 했다. 전봉준은 별동대의 호위를 받으며 백산을 향해 집을 나섰다.

2월 30일. 달주가 종이 하나를 들고 도소로 달려왔다. 오늘 아침에 붙였다는 박원명의 방이었다.

"천지에 화기가 돌아 대지에 새싹이 돋고 있는 요즈음 여기 고부에도 새봄이 오고 있나니……" 따위 화려한 수식으로 시작된 방문은 꽤나 길었다. 자기는 어제 고부에 도임했다는 것과, 자기가 도임하기 전에 방으로 내건 조처는 조금도 어김이 없을 것이니 추호의 의심을 갖지 말라고 한 다음, 지금 자기가 할 일은 제일 먼저 그 동안 놀란 군민을 위로하여 안심하고 생업에 종사할 수 있도록 하는 일이요, 그 다음에는 여러 가지 잘못된 일을 군민과 의논하여 고쳐 나가는 일이며, 그런 일은 맨 먼저 민군에 나간 사람들하고 의논을 하겠다는 것이었다. 그리고 바로 내일 군민을 위로하기 위하여 군아에서 군민 위안잔치를 한번 베풀고자 하니 나와 달라는 것이었다.

"이자가 보통나기가 아닙니다. 우리는 가만 놔두고 밑바닥만 사정없이 흔들어버리자는 술책 같습니다. 이렇게까지 나올 줄은 몰랐는데, 군민의 동요가 크겠는걸요."

최경선이 말했다. 박원명은 최경선이 말한 것처럼 밑바닥 백성부터 흔들어버리자는 계획인 것 같았다. 지난번 방에도 농민군과 시정을 의논하겠다는 말만 했을 뿐 농민군 도소에는 아직까지 일언반구 말이 없었다. 술책이라면 대단한 술책이었다. 군민과 농민군을 분열시키고, 농민군과 지도부를 분열시켜 결국에는 지도부를 고립시키자는 속셈이 환히 들여다보였다.

낮이 되자 농민군들 사이에서는 박원명의 잔치 이야기로 떠들썩했다. 동네마다 나올 사람 수가 통고되었는데, 작은 동네는 10명 큰 동네는 20명이었다. 주로 농민군에 나온 마을을 중심으로 사람들을 초청한 것이다. 내일 잔치에는 소를 두 마리나 잡고 떡을 20섬이나 한다는 소문이었다. 방을 붙이고 다닌 나졸들이 그렇게 말을 하고 다녔다고 했다.

"어제 온 자가 이렇게 발 빠르게 움직이다니 정말 보통나기가 아닙니다."

김도삼이 고개를 저었다.

"이용태가 역졸을 끌고 온다는 것하고 그 문제를 결부시켜 생각해 보아야 할 것 같습니다. 이용태가 거동을 하는 것이며 역졸을 끌고 오는 것이 모두 감영의 지시라고 보아야 합니다. 그런 지시가 박원명의 여기 도임과 동시에 내려진 것 같습니다. 그렇다면 지금 박원명이 하는 짓은 군민과 농민군을 분열시켜 이용태가 몰고 온 역졸로 농민군을 뭉개고 나가자는 것이라고 볼 수 있지 않겠소?"

전봉준이 무겁게 입을 열었다.

"그러면 어떻게 대처를 해야 할까요?"

"동네 임직회의를 열어 의논을 한 다음에 농민군을 모아 저자들 계책을 낱낱이 밝혀서 더 들뜨지 않도록 단단히 이릅시다."

바로 회의를 소집했다. 어제 든번이었던 사람들도 임직들은 가지 않고 장막에 서성거리고 있다가 모여들었다. 전봉준은 저자들 계책을 낱낱이 이야기하면 농민군은 물론 일반 군민도 들뜨지 않도록 각별히 단속을 하라고 지시했다.

3월 1일. 잔칫날이었다. 고부 군아에 사람들이 몰려들기 시작했다. 군아 마당에는 멍석이 깔리고 여남은 채의 차일이 쳐졌다. 음식은 주막이나 여각에 맡겼던지 그런 집에서 음식을 날라다 한쪽에서 상을 차리고 있었다.

"저 안쪽에서부터 자리를 잡아 앉으시오."

벙거지들이 안내를 했다. 안쪽에는 벌써 100여 명이 와서 자리를 잡고 있었다. 그 동안 어디로 숨어버렸던지 코빼기도 보이지 않던 장교와 나졸들이 부산하게 싸대고 있었다. 난리를 한번 되게 겪었던 다음이라 그들의 기세는 알아보게 풀이 죽어 있었다. 아전들도 바삐 싸댔다. 호방은 물론 보이지 않았다. 바로 엊그제까지 농민들이 차지하고 있던 군아에 다시 아전과 벙거지들이 싸대고 있는 것을 보자 모두 감회가 새로운 듯 말없이 그들의 거동만 지켜보고 있었다.

농민군에 나간 동네서는 동네 임직들은 동임들만 나왔다. 어제 동네 임직회의 때 그러기로 결정을 했던 것이다. 동임들은 동임으로서 책임이 있기도 했지만, 군수가 하는 말과 거기 온 사람들 반응을 보이기 위해서였다. 그런데 농민군에 나오지 않은 사람들은 너도나도 가겠다면서 나섰던 것이다.

"신관은 광주 분이라며?"

"음, 사람이 웬만하다는 것 같더만."

"민군하고는 어떻게 이얘기가 되었는고?"

"민군 쪽에는 아직 아무 소식이 없다는디, 방에다 그 사람들하고 시정을 의논한다고 했은께 금방 의논을 하겠제."

"그이들하고 의논을 하면 전봉준이 이리 와서 의논을 할 것인가?"

"전봉준이 그렇게 쉽게야 나서겠어? 아직 깊은 속을 모르는 판인디, 민군 대장쯤 되는 이가 아무하고나 함부로 만날 수야 없을 거여."

"하긴 그려. 그이가 어떤 이라고."

"그런께 아직까지도 민군하고는 딩딩하게 서로 버티고 있다는 소린가?"

"속살로는 서로 오가는 말이 있을지도 몰라."

사람들은 끼리끼리 앉아 숙덕이고 있었다. 점심때가 가까워지자 사람들이 거진 온 것 같았다. 3백여 명쯤 되었다. 농민군에 나간 지역 사람들만 불러들인 것 같았다.

"사또 나리 납시오!"

동헌 뜰에서 책방이 소리를 질렀다. 좌중이 모두 일어서고 아전들은 뜰아래 늘어서서 고개를 숙이고 있었다.

"모두들 일어서시오."

수교 은덕초가 군중을 향해 소리를 질렀다. 사람들은 모두 일어섰다. 이내 동헌 방문이 열리며 관복으로 정장을 한 박원명이 모습을 나타냈다. 박원명은 보통 키에 얼굴은 동안으로 여간 온화해 보이지 않았다. 토방으로 내려서서 계단을 내려왔다. 모두 앉으라 했다.

"이렇게 와주셔서 감사합니다."

박원명은 얼굴 생김새와는 달리 목소리가 여간 다부지지 않았다.

"그간 이 고을에 크게 소란이 있어 잠시 정사가 끊겼습니다. 위로는 상감마마께 황공한 일이요, 아래로는 *여항의 백성이 크게 놀랐으니 신관으로서 마음이 아프지 않을 수가 없소. 그러나 이제 본관이 도임하여 다시 정사를 보게 되었으니, 모두 안심하시기 바랍니다. 그 사이 여러 사람을 만나 저간의 사정을 들어본즉 민군들이 정사를 크게 어지럽히지는 않아 불행 중 다행으로 여기고 있소. 미리 방을 걸어 알린 바와 같이 조정에서는 전비를 묻지 않기로 했으니,

이제 본관이 여기서 할 일은 우선 민심을 가라앉혀 모두 안심하고 생업에 종사케 하는 일이오. 지금 민군은 백산에 둔취하고 있으나, 조정의 뜻과 본관의 뜻이 제대로 알려지면 그들 또한 더 버티고 있을 까닭이 없을 것이오. 오늘 여기 소연을 베푼 뜻은, 첫째는 그 동안 놀란 군민을 위로하자는 것이요, 두 번째는 본관이 방을 걸어 약속한 내 본의를 여러분들에게 보이자는 것입니다. 여기서 다시 말하거니와 민군에 가담했던 사람들은 위로는 수창자로부터 아래로는 부화한 사람들에 이르기까지 전죄를 일절 묻지 않을 것이니 안심하고 돌아가 생업에 종사하도록 여러분들께서 설유해 주시기 바랍니다. 세 번째는, 여기 사정을 들어보니 여러 가지로 민막이 없지 않았던 듯하나 본관이 재임하는 기간 동안에는 과거에 있었던 민막을 광정할지언정 새롭게 원성을 사는 일은 없을 터인즉 그 점 믿으시기 바랍니다. 더구나 관에 관계되는 백성의 억울한 일은 대소를 가리지 않고 바로잡아 나갈 것이며, 본관의 힘으로 어려운 일은 여러분의 도움을 청할 것이니 힘이 되어주시기 바랍니다. 본관이 방으로 내건 일이나 이 자리에서 말한 것은 추호도 어김이 없을 것이며, 지금 백산에 둔취하고 있는 민군들과도 사정을 의논하여 그들이 바라는 바는 본관의 권한에 속한 일이라면 다 들어주고자 합니다."

박원명이 잠시 말을 멈추었다. 사람들은 숨을 죽이고 듣고 있었다.

"이 자리를 빌려 여러분들께 특별히 부탁을 하고자 하는 일이 한 가지 있습니다. 이삼 일 사이에 어사가 당도하십니다. 그런데 그분하고 저하고는 소임이 서로 다릅니다. 그분 소임은 고부에서 왜 이런 일이 일어났는가, 전관의 비행은 무엇인가, 민란을 일으킨 경위는 어떻게 되었는가, 이런 것을 사핵하여 그것을 조정에 품달하는 한편, 어사 단독으로 일정한 조처를 취하기도 하실 것입니다. 그러면 무엇보다 먼저 백산에 있는 사람들이 해산을 해야 합니다. 전비를 묻지 않는다는 조정의 조처는 어디까지나, 그 조처를 내리기 이전의 전비를 묻지 않는다는 말입니다. 그런 조처가 내렸다는 것을 방으로 알렸는데도 백산에 계속 둔취를 하고 있다면 그것은 새로 문제가 됩니다. 민군들은 백산에 그대로 둔취하면서 담판을 하겠다는 방을 내걸었는데, 그것은 크게 잘못 생각한 것입니다. 어사가 오실 때까지 둔취를 하고 있다면 새롭게 책을 잡히게 됩니다. 어사가 그것을 문제 삼으신다면 그 일은 전적으로 어사의 권한에 속하는 일이요, 본관의 권한은 전혀 힘이 미치지 못하는 일입니다. 이번에 내린 조정의 조처는 전례가 없는 일이라는 사실을 깊이 아셔야 하며, 또 어사 나리의 소임과 본관의 소임은 다르다는 것도 아셔야 합니다. 이런 말을 이 자리에서 특별히 강조하는 까닭은 지난 일에 더 책을 잡히지 않으려면 무엇보다 백산에 둔취하고 있는 사람들이 한시바삐 해산을 해야 하기 때문입니다. 바로 내일이라도 어사 나리가 당도할지 모르니 한시가 급합니다. 우선 여러분의 동네서 나가신 분들에게 이 점을 잘 일러 더 나가지 않도록 설유를 해주십시오. 다시 말씀드리면, 본관의 방이 붙기 이전까지 나간 것은 조정의 방침이니 죄를 묻지 못하겠지만, 그 이후로 나가면 새로 문제가 된다는 사실을 그분들께 잘 말씀해 주시기 바랍니다. 이 점 거듭 부탁드립니다. 이번 민요의 뒷수습은 이런 일에서만 차질이 생기지 않는다면 다른 일은 별로 어려운 문제가 없을 것 같습니다. 속언에 비온 뒤에 땅이 굳어진다고 했습니다. 이번 일을 거울삼아 모두가 마음 놓고 생업에 종사할 수 있도록 힘을 쓰겠으니 저에게 힘이 되어 주시기 바랍니다. 차린 것이 변변치 않고 자리가 불편하나 즐겁게 드시기 바랍니다."

박원명은 말을 마쳤다. 그의 말은 부드러웠다. 그리고 그 말에 진심이 배어 있는 것 같았다.

"모두 편히 자리를 잡아 앉으십시다. 곧 상이 들어옵니다."

이방이 좌중을 향해 말했다. 교자상을 날라 왔다. 음식이 푸짐했다. 팥을 넣어 찐 찰밥과 쇠고기를 넣은 미역국에 따로 쇠고기가 푸짐하게 한 접시씩 놓여 있고 저냐며 생선찜이며 과일까지 놓여 있었다. 술은 청주와 막걸리가 섞어 나왔다. 웬만한 부잣집 젯상보다 나았다.

"허, 이거 참말로, 맘 묵고 장만한 것 같구만. 관에서 내는 술 마셔 보기는 난생 처음일세. 말씀도 점잖고 대접도 이만하면 사람대접이 방불허구만."

"겉볼안이라고 사람이 저만치 생겼으면 속도 실할 것 같구만."

"듣던 대로 웬만한 것 같아."

"그려, 조정에서 맘 묵고 사람을 골라 보낸 것 같네. 아이고, 인저부터 발 뺄고 쪼께 살아볼란가?"

노인들은 박원명의 온화한 생김새와 그의 말에 적이 안심이 된 것 같았다. 저마다 박원명의 인물평을 한마디씩 하면서 술을 마셨다. 초봄 굴풋했던 판이라 양껏 고기를 우기고 술을 마셨다.

박원명은 자리를 누비고 다니며 노인들한테 손수 술을 따랐다. 노인들은 황송해서 무릎을 꿇고 두 번 세 번 고개를 주억거렸다. 관복을 입은 수령이 소위 야복을 입은 야인들에게 이렇게 술을 따르고 다니다니 이만저만 파격이 아니었다. 관복 입은 관속한테서 술을 받아 마셔보기는 모두 난생 처음이었다.

박원명은 맨 앞자리에 놓인 상에 앉았다. 그 자리에는 별산 영감과 김진두 등 말자리나 하는 노인들이 앉아 있었다. 아전들이 미리 그렇게 앉힌 것이다. 박원명은 그 자리에 앉은 노인들에게도 술을 한 순배 따랐다.

"배들 쪽 분네들은 유독 심려가 많으셨을 줄 압니다. 이제 이 일을 잘 처리해서 한 사람도 다치는 일이 없도록 해야겠습니다. 이 사람은 이 일을 처리하는 데 파격적인 권한을 위임받아 왔습니다. 여기 오기전에 순상 각하를 뵈옵고 이 일을 제대로 수습하기 위해서는 모든 권한을 이 사람한테 주어야겠다고 했더니, 순상 각하께서는 흔쾌히 허락을 하셨습니다. 이런 일도 전례가 별로 없는 일입니다. 조정이나 감영에서는 이 일이 더 시끄럽게 되지 않기를 그만큼 간절히 바라기 때문에 이 사람한테 그런 권한을 주신 것입니다. 백산에 둔취하고 있는 사람들도 더 버티지는 않을 것으로 압니다마는, 만에 하나 조정이나 감영의 이런 관용을 순순히 받아들이지 않는다면 일은 커집니다. 조정이나 감영의 체통이 있는데 가만있겠습니까? 해산을 하지 않고 버티면서 담판을 하겠다고 방을 내걸었는데, 저 혼자라면 그것도 상관없겠습니다마는, 어사께서 그것을 들어주실 리가 없습니다. 미리 여러분들께서 이런 사정을 잘 일러주시기 바랍니다."

"참말로 감사합니다. 면찬이 되어서 죄송합니다마는, 오랜만에 명관을 맞은 것 같아 조였던 마음이 활짝 펴집니다."

254

한 노인이 성급하게 치사부터 하고 나왔다.

"죄송합니다마는, 가서 이야기를 하자면 확실한 다짐이 있어야겠기에 말씀드립니다. 아까 말씀하시기를 수창자도 죄를 묻지 않는다고 하셨는데, 그것도 조정의 뜻이겠지요?"

별산 영감이 물었다.

"그런 중대한 일을 어떻게 저 혼자 결정을 하겠습니까? 저도 그 점이 미심쩍어 순상 각하께 말씀을 드렸더니 두말할 것도 없다는 것입니다. 감영에서는 너무 머리가 아팠던 일이라 고부라면 고자만 나와도 머리를 절레절레 흔들 지경입니다."

박원명이 웃으며 말하자 모두 따라 웃었다. 그는 별산 영감한테 잔을 권했다.

"그렇다면 우리가 바로 이 길로 가서 이야기를 잘 하겠소이다. 한 가지만 더 여쭤보겠습니다. 장흥 부사가 어사로 발령이 났다고 하는데 그 분도 조정의 방침에는 그대로 따르시겠지요?"

김진두가 물었다.

"물론이지요. 관속이 어찌 조정의 방침을 따르지 않을 수 있겠습니까? 그러나 그분은 직급이 저보다 더 높은 분이고 어사 직함으로 오시기 때문에 그분이 여기서 일을 보시는 동안 저는 모든 일을 그분의 지시에 따라 할 수밖에 없습니다. 이 점을 잘 아시고 책잡힐 일이 없도록 미리 조심을 해야겠습니다. 그런데 백산에 둔취하고 있는 이들 생각은 다른 것 같아 그게 염려가 됩니다. 영감님들께서 잘 좀 타일러 주시기 바랍니다."

"그러면 농민군들이 수세 나눠준 것이나 다른 것도 전혀 문책을 않겠지요?"

"두말할 것도 없습니다. 전죄를 묻지 않는다는 말 속에는 그런 것
도 다 들어가지 않겠습니까? 모두 없었던 일로 칠 것입니다. 백산에
둔취하고 있는 민군만 해산하면 모든 것이 잘될 것입니다."

"그럼, 우리가 이 자리 끝나는 길로 당장 가겠습니다."

별산 영감이 서둘렀다.

9. 농민군 동요

    3월 2일. 아침이었다. 번을 들 농민군들이 사방에서 모여들고 있었고 번을 날 사람들은 벌써 밥을 먹고 장막에서 나오고 있었다.

    "이놈아, 여그서 살라면 날 쥑이고 살아라아!"

    느닷없이 장막 저쪽에서 앙칼진 악다구니가 쏟아졌다. 웬 할머니가 창 든 젊은이 옷을 잡아끌며 악을 쓰고 있었다.

    "이놈아, 니가 꼭 집안을 망해묵어사 속이 씨언하겄냐? 여그 첨 나올 적에 멋이락 하고 나왔냐? 귀갱이나 하다 온다고 혔지야? 귀갱 많이 혔은게 인저 가자. 인저 가. 어사가 오면 다 죽어. 다 죽은당게."

    "이따 갈랑게 여그 놓고 몬자 가란 말이오."

    젊은이는 버럭 악을 쓰며 사정없이 옷을 뿌리쳤다. 젊은이가 뿌리치는 바람에 할머니는 몸이 획 쏠리면서도 악착스럽게 옷을 붙잡고 고래고래 악을 썼다. 그때 장막에서 밥을 먹은 전봉준 등 두령들이 도소로 가다가 걸음을 멈췄다.

"이놈아, 어지게 사또 나리가 멋이라고 헌 중이나 아냐? 인저부터 나오면 다 죽어, 다 죽은당게. 여그 있을라면 나를 쥑애놓고 와서 있어라. 쥑애놓고 와서 있어!"

할머니는 목청껏 악을 썼다. 젊은이는 두령들을 돌아보더니 미치겠다는 표정이었다.

"그라면 가! 따라갈 것인게."

"니가 앞을 서라."

젊은이는 환장하겠다는 표정으로 할머니 앞을 섰다. 두령들은 어두운 얼굴로 도소로 올라갔다. 다른 농민군들도 마찬가지였다. 박원명이 어제 잔치를 벌이면서 한 말은 엄청난 효과를 내고 있었다. 잔치판에 갔다 온 사람들 말을 들은 농민군들은 그러지 않아도 마음이 무거웠는데, 저런 드잡이판까지 벌어지자 모두 씁쓸한 표정으로 말이 없었다.

"우리 동네 사람들만 하더래도 오늘 너댓 사람이 안 나와부렀구만. 이라다가는 먼 꼴이 되겄어."

"사또가 했다는 소리를 들어본게로 사또 방이 나붙기 전하고 방이 나붙은 뒤하고는 여그 나오는 것이 크게 다른 성부른디, 시방 두령들이 생각을 잘못 하고 있는 것이 아닌가 모르겄어."

농민군 한 패가 장막 한쪽 양지바른 데서 햇볕바라기를 하면서 고개들을 갸웃거렸다. 여남은 사람이었다. 거기에는 오기창과 최낙수도 끼여 있었다.

"글씨 말이여. 나도 시방 그 생각인디, 관속들 말을 못 믿는다고 하제마는 나라 임금이 그랬다는디, 아무런들 관속이 되아갖고 임금까지 폴아서 거짓말을 하까? 두령들까지도 다 용서하고 수세니 뭐니 그런 것도 나눠간 대로 모두 없는 일로 친다고 했은게 두령들이 달리 생각해사 쓸 것 같아."

주먹코가 오기창 눈치를 보며 이죽거렸다. 오기창은 가타부타 말이 없이 듣고만 있었다. 오기창과 최낙수는 정참봉 사건 뒤에는 파리 잡아먹은 두꺼비처럼 이런 일에는 무슨 일에든지 말이 없었다.

"글씨 말이여. 그것도 그것인디, 줄포 전운소 조창 부숴분 일도 그것이 일을 하다가 막판에 한 가지 잘못한 것 같아. 새 수령 방이 붙은 뒤로 그런 짓을 해놨으니 어사가 책을 잡고 나오면 으짤 것이여? 우리가 아무것도 책잽힐 일이 없어사 설사 버티고 있더래도 할 말이 있을 것인디 말이여."

하학동 김덩실이었다.

"조창을 부술 때는 씨언하등마는 그런 일이 그것이 그렇게 된다고 한게 껄쩍지근하그만."

그때 정삼득이 지나가다가 곁으로 왔다. 피아골 김칠성도 지나가다가 발을 멈췄다.

"그런게로, 시방 신관 사또가 잔치판을 벌이고 저래싼 것은 인저 웃고 살자고 손 내미는 격인디, 손을 내밀면 잡아줘사제 너무 살시게 뻗어대는 것도 지혜가 아닌 것 같아."

주먹코는 연방 오기창 눈치만 보며 *벙거지 시울 만지는 소리를 하고 있었다.

"안 돼요. 저놈들이 저라고 나온게 항상 저랄 성부르요. 저놈들 말은 못 믿소."

김칠성이 퉁명스럽게 쏘아붙였다.

"그러면, 우리는 농사도 안 짓고 일 년 내내 여그서 이러고 살자는 것이오?"

주먹코가 빠듯 성깔을 부리고 나왔다.

"그렇게 무르게 돌아설라면 첨부터 멀라고 나왔소? 저놈들이 소 잡아서 대접한게 항상 저랄 성부르요? 간 내갈라고 등거리 어르고 있어라우, 등거리 어르고 있어. 저놈들한테 한두 번 속아봤소. 임금 말이 아니라 임금 할애비 말이라도 저놈들 말을 믿어서는 안 돼요."

김칠성은 단호하게 말했다.

"그러면 사또가 웃고 나오는디, 웃는 낯에 대창 들이대잔 말이오?"

"웃는 낯에 대창을 들이대자는 것이 아니라 이라고 버티고 있음시로 담판을 하자는 것이지라. 우리가 대창을 놓고 집이 가불면 앞에 선 두령들은 멋을 믿고 저놈들하고 담판을 할 것이오."

김칠성이 큰소리로 쏘았다.

"맞소. 저놈들이 맘 한번 변하면 우리는 다 죽소. 이대로 버티고 있음시로 저놈들하고 담판을 해사 쓰요. 저놈들 곤장 안 맞아본 사람은 속을 모르요."

정삼득이 끼어들었다. 그는 옛날 진황지 인징 때문에 죽살이친 것이 지금도 골수에 박혀 있었다.

"모두 이럴 때 맘을 단단히 묵어사 쓰요."

"여보시오, 당신한티 한마디 할 말이 있소."

주먹코가 김칠성을 보며 차근하게 나섰다.

"당신이 어디서 온 사람인지 나도 들어서 알고 있는디, 당신 여그서 도망쳐 갖고 지리산에서 살다 온 사람이지라우? 당신 같은 사람은 기분대로 설치다가 여차직하는 날에는 지리산으로 뽀르르 들어가불면 그만이제마는, 우리는 처자식 데꼬 죽으나 사나 여그 구어백혀서 살아사 쓸 사람들이여. 당신하고 우리하고는 이렇게 행팬이 달라도 크게 다른게 당신은 말할 자격이 없소. 없은게 이런 자리에는 나서지 마시오."

작자는 인정머리 없이 쏘아붙였다.

"지리산으로 뽀르르 어째? 내가 지리산에서 여그까지 올 적에는 놀러온 중 알아? 니기미, 그렇게 중간에 엄발이나 놀라면 첨부터 따땃한 방구석에서 낮잠이나 퍼잘 일이제, 첨부터 멀라고 기어나오기는 기어나와?"

김칠성이 쏘아붙이며 주먹코를 험하게 노려봤다.

"기어나오다니? 기어나오기는 누가 기어나와?"

주먹코가 얼굴이 새파래지며 대들었다.

"여보시오. 저 사람 말이 맞기는 맞제 어쩌라우? 첨에 나올 때는 호랭이라도 잡을대끼 나온 사람들이, 관가 놈들이 쪼깨 웃고 나온다고 그리 탁 없으려져?"

여태 듣고만 있던 젊은이가 쏘아댔다.

"이 자석아, 누구한티 반말이냐, 너는 니 애비도 없냐?"

주먹코는 젊은이한테 대들었다.

"당신은 나이를 묵었으면 당신 부모들 나이까지 당신이 묵었소?"

"오매, 저런 싹퉁머리 없는 놈의 새끼, 이놈의 새끼 너 말목 김행

수 아들이지야?"

"그라요. 우리 아부지가 당신보고 이럴 때 엄발이나 나라고 합디여?"

젊은이가 만만찮게 쏘아붙였다.

"워매, 이 새끼 너 멋이라고 했냐?"

주먹코가 젊은이 멱살을 잡았다.

"당신도 잘한 것 없어. 당신이 나이를 묵었으면 얼매나 묵었다고 나이 유세여."

정삼득이 주먹코 팔을 사정없이 내리치며 소리를 질렀다.

"너는 멋이냐?"

"이 작자가 눈에 뵈는 것이 없는 모양이네요. 누구한티 호놈이냐?"

정삼득이 주먹코 멱살을 잡았다. 서로 멱살을 틀어쥐었다.

"이것을, 기냥 한 방 칵!"

정삼득이 머릿짓을 하며 한 방이면 너는 죽는다는 표정이었다. 모두 달려들어 뜯어말렸다. 주먹코는 코를 씩씩 불었다.

"집안이 안 될라면 분란부터 나는 것인디, 일판은 폴새 틀려부렀구마."

곁에서 보고 있던 사람들이 저쪽으로 가며 이죽거렸다.

그때 장막으로 들어서는 여자가 하나 있었다. 얼굴이 얼음장같이 새파랬다. 저쪽에서 연엽하고 이야기를 하고 있는 조망태 곁으로 갔다.

"나 쪼깨 봅시다."

조망태가 뒤를 돌아봤다.

262

"아니, 먼 일이여?"

조망태는 깜짝 놀랐다. 아내 두전댁이었다. 등에는 애를 업고 있었고 찬바람에 얼굴이 까칠하게 얼어 있었다. 얼어붙은 얼굴에는 노기가 얼음장 같았다. 두전댁이 하도 싸늘하게 남편을 노려보는 통에 연엽은 미처 인사도 못했다.

"이렇게 일찍 먼 일이여?"

조망태는 벼락 맞은 표정으로 거듭 물었다.

"내가 왜 온 중 몰라서 묻소?"

두전댁은 눈을 오끔하게 뜨고 칼날같이 쏘았다.

"먼 일인디그려?"

천하 익살꾼인 조망태도 아내 냉갈령이 하도 서릿발이 치자 완전히 얼빠진 얼굴이었다. 무슨 일로 이렇게 잡아먹을 상판인지 도대체 짐작이 안 간다는 표정이었다. 하학동에서 여기까지는 30리가 넘는 길이므로 첫 새벽에 나선 것 같았다.

"놈 부끄런게 바깥으로 나갑시다."

두전댁이 휙 돌아서서 장막 밖으로 팔랑팔랑 앞장을 섰다. 조망태는 멍청한 표정으로 아내 뒤를 따라갔다.

"어디, 먼 일인가 말이나 쪼깨 해봐. 먼 일인디 새벽부터 여그까지 왔냐 말이여?"

조망태는 도대체 답답해서 못 견디겠는지 뒤를 따라가며 다그쳤다.

"시방 모도가 어사가 온다고 저 야단들인디, 어짜면 그렇게 태평하요?"

두전댁은 홱 돌아서며 쏘았다.

"어사가 온게 어쩐단 말이여?"

조망태는 아직도 무슨 말인지 도대체 가늠이 안 간다는 표정이었다.

"오매 오매, 당신은 먼 사람인디 밀물 썰물, 물때 짐작을 못해도 그렇게도 못한다요. 새 사또 방문이 나붙은 뒤에 여그 나오는 사람은 어떻게 되는 중도 모르요, 시방?"

두전댁은 죽일 놈 잡죄듯 다그치며 남편을 노려봤다. 눈에서 서릿발이 쳤다.

"허허, 그래서 시방 이라고 새벽 걸음을 쳐서 여그까장 달려왔어?"

조망태는 어이가 없다는 듯 그제야 소한테 물린 놈처럼 허공을 보며 멀쩡게 헛웃음을 쳤다.

"우리 동네 사람들도 모도가 시방 발을 구르고 있고, 그 소문이 주천까지 나서 친정 어무니가 밤중에 우리 집까지 달려오셨소. 모도 이렇게 발칵 뒤집혔는디, 당신은 시상이 어떻게 돌아가는 줄도 모르고 천하태평이구만이라우. 오매 오매, 내가 먼 팔자를 타고나서 이런 집으로 시집을 왔을까?"

두전댁은 마디마디 힘을 꼭꼭 박으며 내쏘았다.

"걱정도 팔자라등마는, 모녀를 빼다 박아도 어쩌면 두루두루 그렇게 한 치도 안 틀리게 똑같이 빼다 박아부렀으까?"

조망태는 다시 허허 웃었다.

"오매 오매, 내가 미치고 환장허고 폴딱 뛰겄네잉. 오직혔으면 내가 첫새복에 일어나서 이라고 왔으까. 정신머리가 지대로 백힌 사람이면 생각을 한번 혀보시오. 어째서 지난 참에는 이 하고많은 총중에서 당신만 딱 추래갖고 총에 맞는다요? 묵묵쟁이가 공것 안 묵어라우. 당신은 올해 운수가라우, 일 년 내내 방 안에 가만히 앉아 있어도 일을 당할 운수란 말이오. 지난 참에 그런 일을 당하고도 그런 소리가 먼 소린지 모르겠소? 여러 말 할 것 없고 갑시다. 어서 앞서시오. 당신이 내 앞을 안 서면 나는 당신 곁에서 한 발짝도 안 떨어지고 따라댕길 것인게 우세를 한번 하고 잡으면 우세를 한번 해 보씨오."

두전댁은 이를 앙다물며 업은 아이를 훌쩍 치켜 띠를 단단히 맸다.

"알았구만. 알았은게 저그 가서 밥이나 묵어. 나를 따라댕길래도 밥은 묵어사 따라댕길 것 아녀. 자기가 치사해쌌던 충청도 큰애기 저그 있은게 어서 가."

"요새 내 눈에는 그 큰애기도 이삐게 안 뵈요."

"이삐게 뵈든 안 이삐게 뵈든 밥은 묵어사제."

조망태는 능청을 떨었다.

"밥이고 멋이고 얼른 대답부텀 하시오. 집이 가실리요, 안 가실라요? 그 대답부텀 듣고 나서 밥을 묵든지 죽을 묵든지 할 것인게 어서 그 대답부텀 하시오."

"안 가기는 내가 어떻게 안 가고 배기겄어? 씨앗이 귀에다, 놈보다 몇 배나 더 큰 그 불알을 여놓고 견디제 거그 극성을 내가 어떻게 견딜라고 안 가겄어. 갈 것인게 어서 밥부터 묵어."

조망태는 '몇 배'에다 힘을 주어 말했다. 남보다 몇 배나 더 크다는 것은 그 불알이 태산불알이기 때문이었다. 보통 불알보다 실하게 예닐곱 배는 컸다. 조망태라는 별명도 그 불알 때문이었다. 불알을 떼어 담으면 망태기로 하나는 된다는 소리였다.

"아이고, 심들애서 말하면 어째서 말을 그렇게 안 타요. 내가 참말로 먼 팔자를 타고나서 만나도 당신 같은 사람을 만나서 이 고상을 허까? 복장이 터져서 죽겄구만잉."

"그렇게 간단 말이여. 그래도 팔자를 방불하게 타고났은게로 그 무지막지한 총을 맞고도 이렇게 안 죽고 씽씽한 서방을 만난 중이나 알아."

조망태는 아내를 살살 구슬려서 장막으로 데리고 갔다.

"어서 오서유."

두전댁 얼굴이 좀 풀어진 것 같자 연엽이 그때야 알은체를 했다.

"고생하네."

두전댁은 건성으로 인사를 받았다.

집에서 데리러 나온 사람들이 아까 그 할머니나 두전댁뿐만 아니었다. 별동대에 나간 젊은이를 데리러 온 어머니도 있었고, 손주를 데리러 온 할아버지도 있었다. 민심은 이미 한참 기울고 있었다.

전봉준은 도소 장막 밖에서 혼자 멀리 들판을 건너다보고 있었다. 무거운 얼굴로 뒷짐을 끼고 망연히 서서 들판만 건너다보고 있었다. 김제 만경평야가 눈앞에 아득히 펼쳐지고 있었다. 김만수는 저만치 뒤에 서서 전봉준을 건너다보고 있었다. 그때 김도삼이 다가왔다. 전봉준 곁으로 가려다가 발을 멈췄다. 전봉준이 생각에 깊이 잠겨 있는 것 같았기 때문이다.

"진작부터 저기 저러고 계시냐?"

"예, 금방도 어떤 할무니가 하나 와서 놈의 새끼들 다 쥑일 참이냐고 푸악을 하고 갔소."

김도삼이 전봉준 곁으로 갔다.

"대세가 너무 기울고 있습니다."

김도삼이 조용히 말했다.

"우리가 여기서 발밭게 대처를 하지 못하면 두령들만 공중에 떠 버릴 것 같습니다. 아침에 그 할머니가 손주를 끌고 가던 그런 추태가 여러 가지 모양으로 벌어지고 있습니다. 얼른 무슨 결단을 내려야지 자칫하면 어느 순간에 장마에 흙담 무너지듯 무너질지 모르겠습니다."

그때 정익서와 송두호가 다가왔다. 그들도 장막을 한 바퀴 돌고 오는 참이었다.

"안 될 것 같습니다. 여기저기서 큰소리가 나고 있습니다."

정익서가 침통한 표정으로 말했다. 송대화도 소태 먹은 상판이었다.

"알겠소. 동네 임직들을 모으시오."

전봉준은 김제 만경 평야를 멀리 건너다보며 가볍게 한숨을 깔아쉬었다. 전봉준도 대세가 급전직하로 기울고 있다는 것을 벌써부터 느끼고 있었다. 김도삼 말마따나 어느 순간에 농민군 전체가 흙담 무너지듯 무너질지 모른다는 위기감을 느꼈다. 박원명이 처음부터 이런 효과를 계산했는지는 모르지만 밑바닥부터 설득하고 나온 박원명의 방법은 이쪽에서 미처 상상도 못할 만큼 엄청난 효과를 내고 있었다. 사태가 이렇게까지 급변할 줄은 전혀 예상하지 못한 일이었다. 조정의 태도가 너무 크게 뒤바뀐데다가 조정의 그런 태도를 업고 박원명이 날개라도 단 듯 재빠르게 움직인 바람에 이쪽에서는 어떻게 손을 쓸 틈이 없었던 것이다. 그러나 조정에서 방침을 바꿔버린 것이 근본적인 원인이므로 하는 수 없는 일이었다.

전봉준은 전에 남원 임진한이 하던 말이 생각났다. '나는 백성을 위해서 언제든지 목숨을 내놓을 각오가 되어 있습니다마는, 백성을 믿지 않습니다. 그들은 일어날 때는 구름같이 일어나지만, 무너질 때는 쥐구멍을 찾기에 바쁩니다. 그 꼴은 너무도 비참합니다.' 임진한은 세상을 뒤엎으려면 뒤엎을 의지가 투철한 사람들만 뭉쳐 총칼로 단병접전을 해야 한다는 것이 신조였다.

전봉준은 지난번 원평집회 때의 씁쓸한 경험도 머리에 스쳤다. 보은으로 가는 동학도들한테 법소에서 하는 일은 빤하니 거기까지 갈 것 없이 여기서 버티자고 하면 모두가 고개를 끄덕여놓고도 거개가 보은으로 가 버렸다. 머리는 머리대로 끄덕이면서 발은 발대로 보은으로 가고 있었다. 자기 접 접주들이 보은에 가 있는 탓도 있었지만, 법소라는 권위에 대한 맹목적인 신뢰 때문이었다. 그때 전봉준은 권위에 대한 민중의 그런 신뢰에 새삼스럽게 놀랐다. 그것은 자기 확신이 그만큼 약하기 때문에 법소와 접주라는 권위 밑에 자기를 귀속시켜 거기에 안주하려는 심리가 아닌가 싶었다. 지금 고부 사람들의 관에 대한 신뢰도 마찬가지였다. 관에 그렇게 속고 그렇게 험하게 당했으면서도 그들이 조금 따뜻하게 나오자 그리 휘청 기울고 있었다. 물론 거기에는 관에 대한 두려움도 있겠지만, 관이라는

268

권위에 대한 그런 맹목적인 신뢰가 결정적인 작용을 하고 있는 것 같았다.

전봉준은 너무 허망하다는 생각이었다. 순천서 일어나고 영광서 일어나고 또 지금 흥덕이나 금구에서도 일어날 판이며 손화중 등 대접주들은 법소에 가서 이쪽의 불가피한 사정을 설명하고 왔다. 그것은 단순한 설명이 아니라 사실상 봉기하겠다는 통고였다. 이렇게 일은 대마루판으로 무르익어가고 있는데, 관에서 방침을 완전히 거꾸로 뒤바꿔 버리자 그게 엄청난 역풍으로 몰아쳐 사태는 급전직하 뒷걸음질을 치고 있었다. 산마루에 올라서려던 수레가 뒤로 밀려 밑바닥으로 내리꽂히고 있는 형상이었다. 이미 수레는 그 내리막길에 힘이 실려버렸다. 이 수레를 멈춰 다시 되돌릴 수는 없는 일이다. 결단을 내릴 때가 된 것이다. 어차피 떠나려는 사람들은 순순히 보내줘야지 뿌리치고 가게 해서는 안 된다고 생각했다. 동네 임직들이 전부 모인 자리에서 마지막 점검을 한번 해본 다음에 결단을 내리기로 마음을 굳혔다.

김도삼이 와서 동네 임직들이 다 모였다고 했다. 전봉준이 도소로 갔다. 방안이 빽빽했다. 6,70명쯤 되었다. 별동대장들도 침통한 표정으로 한쪽에 앉아 있었다. 동네 임직들은 숨소리도 내지 않고 두령들을 건너다보고 있었다. 전봉준은 무겁게 입을 뗐다.

"지금 조정에서 굽히고 나왔습니다. 어디까지 믿어야 할지는 모르겠습니다마는, 조병갑을 파직하고 감사도 문책을 했습니다. 그리고 우리한테 전죄를 묻지 않는다고 했습니다. 우리 요구는 다 들어준 셈입니다. 문제는 전죄를 묻지 않는다는 말을 어디까지 믿느냐

하는 것만 남은 셈입니다. 이 점에 농민군들 의견이 분분한 것 같은데, 이 자리에서 여러분 의견을 숨김없이 말씀해 보십시오."

"접주님, 해산혀서는 안 되요. 저놈들 속을 뻔히 암시로 해산을 하신단 말씀이오?"

정왈금이 큰소리로 대들듯이 따졌다.

"맞소. 버티고 있어야 허요."

몇 사람이 큰소리로 동조를 하고 나왔다.

"멋을 안다고 잔소리들이여."

다른 사람들이 핀잔을 주고 나왔다.

"말조심해!"

정왈금이 그쪽을 향해 삿대질을 하며 악을 썼다.

"큰소리치지 말아."

여기저기서 악다구니가 쏟아졌다.

"남을라면 당신들이나 남아!"

"그렇게 물러설라면 멀라고 첨부터 나왔어?"

일어서서 삿대질을 하며 악다구니를 썼다. 잠시 난장판이 벌어졌다. 벌써부터 그만큼 날카롭게 맞서 왔던 것이다.

"조용히 하시오."

전봉준이 제지하고 나왔다. 모두 코를 씩씩 불며 말을 그쳤다.

"서로 의견이 엇갈린 것 같습니다. 한 사람씩 말씀을 해보십시오."

여기저기서 또 손을 들었다. 전봉준은 한 사람을 지적했다. 정삼득이었다.

"접주님, 적어도 전라도 일대에서는 전접주님을 모르는 사람이 없고, 산골 길목을 지키며 장꾼들 봇짐을 터는 좀도적들까지도 전봉준 접주님이라면 옷깃을 여밀 지경입니다. 그 사람들이 왜 그러겠습니까? 접주님께서 이번에 보여주신 창의의 깃발 때문입니다. 가는 데마다 전봉준 전봉준, 접주님 이름뿐입니다. 이미 조정에서도 접주님의 그런 성망에 겁을 먹은 게 틀림없습니다. 이런 판에 물러선단 말씀입니까?"

정삼득이 입침을 튀겼다. 또 한 사람을 지적했다. 그 사람도 마찬가지 소리였다.

"해산하자는 의견이 있으신 분만 손을 드시오."

대여섯 사람이 손을 들었다. 한 사람을 지적했다. 아까 장막에서 여러 사람과 싸우던 주먹코였다.

"그제 저녁에도 두령님들 말씀 듣고 엊저녁에도 들었습니다. 그런디 조정에서 하는 말을 못 믿는다고 허제마는, 그래도 나라 임금이 하신 말씀이고, 또 우리가 버티고 있을라면 그 동안에 잘못한 것이 없어사 쓴디, 줄포 전운영 창고 부서분 것은 잘못한 일 같습니다. 그런 것을 갖고 어사가 멋이라고 하면 우리는 할 말이 맥힐 것인디, 우리가 일 년 내내 농사도 안 짓고 이라고 있을 수도 없고 헌게, 해산을 했다가 저놈들이 속였으면 다시 일어서더라도 지금은 물러서는 것이 좋겠소."

주먹코가 말을 끝냈다.

"대창을 놔불면 저놈이 *시삐 본단 말이여."

한쪽에서 고함을 질렀다. 전봉준이 제지를 하고 또 한 사람을 지적했다.

"저도 같은 소린디라우, 웃는 낯에 침 못 뱉더라고 웃고 나오는디 대창을 들고 있으면 그것도 도리가 아닐 것 같고라우, 또 전죄를 묻지 않는다는 말이 참말인가 거짓말인가 보자고 하시는디, 그놈들 뱃속을 따볼 수도 없고 언제꺼정 그것을 보고 있을 것이오? 집이 가면 할 일이 쌔부렀는디, 이러고 나온게 그것도 늘 걸리고, 더 버티고 있자고 해봤자 지가 보기는 백 명도 더 안 나올 성부른디, 그렇게 수가 적으면 쓰겠소. 까놓고 말하면 저 같은 놈도 예팬네야 부모들 등쌀에 더 나오제도 못 나올 것 같소."

"저런 사람은 나오지 마락 하고 나올 사람만 나옵시다."

"맞소." "당신들만 잘났어?"

여기저기서 또 악다구니가 쏟아졌다. 그러나 이미 대세는 틀린 것 같았다. 해산을 반대하는 사람은 몇 사람 안 되는 것 같고 말없는 사람들은 거의 해산을 하자는 사람들 같았다.

"말씀 잘 들었습니다. 어제 그제 저녁에 두령들께서 말씀하신 것을 충분히 들으셨고, 여러분끼리도 의논을 많이 하셨을 텐데, 의견이 모아지지 않고 있습니다. 이렇게 되면 더 버티고 있자고 해도 나올 사람이 얼마 안 될 것 같으니, 우리의 약한 모습만 보일 것 같습니다. 해산을 하도록 하겠습니다. 해산을 하되 방금 말씀하신 것처럼 저자들이 우리를 속였을 때는 즉시 다시 모이기로 합시다."

"안 돼요. 해산하면 다 죽소."

또 악다구니가 쏟아졌다. 전봉준이 잠시 기다렸다가 다시 입을 열었다.

"농민군 전부를 모아놓고 말씀을 드리겠습니다. 장막으로 모두

272

모아주시오."

전봉준은 말을 맺으며 일어서 버렸다. 해산해서는 안 된다고 악다구니가 쏟아졌다.

"야, 이 자식아, 너 아까 나보고 멋이라고 했냐?"

나이 먹은 사람 하나가 젊은이 멱살을 잡았다.

"여그 안 놔? 칵 찍어불란게."

젊은이가 주먹을 쥐며 얼렀다.

"왜들 이래?"

장특실이 우악스럽게 멱살 잡은 손을 위에서 내리쳤다.

"이럴 때는 모두 성질을 쪼깨 쥐이시오."

뒤따라가는 사람들이 핀잔을 주었다. 두 사람은 서로 노려보면서도 숨을 씨근거리며 군중 속에 휩싸여 나갔다.

그때 밖으로 나갔던 송늘남이 전봉준한테로 달려왔다.

"손화중 접주님이랑 두령님들이 오십니다."

손화중과 김덕명, 김개남 등 거두들이 오고 있었다. 송희옥, 손여옥, 강경중 등도 따르고 있었다. 영광 오시영도 같이 왔다. 얼마간 여기를 떠나 집에 있던 정백헌도 끼여 있었다. 전봉준은 그들을 자기 방으로 안내했다.

"박원명이 방을 내붙이고, 특히 어제 잔치를 벌인 뒤로 민심이 급전직하로 기울고 있습니다. 일반 백성은 거의 그쪽으로 돌아서 버렸고 농민군도 동요가 심합니다. 이런 사람들을 붙잡고 있기도 어렵겠지만, 억지로 붙잡고 있다가는 자중지란이 일어날 염려도 있습니다. 지금은 이미 되돌릴 수 없는 지경에 이른 것 같습니다. 백성이 저자들한테 속았다는 것을 스스로 알기 전에는 어찌 할 길이 없을 것 같습니다."

전봉준 목소리는 무거웠다.

"우리도 오면서 고부 사람들을 만났습니다. 모두가 이제부터 천년만년 태평성대가 올 것 같이 들떠 있었습니다. 백성은 역시 구름 같은 것입니다. 근본을 못 보니 겉만 보고 들떠버릴밖에요."

손화중이 조용하게 말했다.

"이용태만 와도 저자들 본색이 드러날 것입니다. 이용태 그자는 위인이 비겁하고 교활하기 짝이 없는 작자라고 들었습니다. 어사 임명을 받고도 칭병을 하고 누워 있다가 군수가 무사하게 도임했다는 소식을 듣고서야 거동을 하는 것만 보아도 알 수 있습니다. 그렇게 비열한 놈이라 박원명과는 달리 어사라고 거드름을 피우고 비겁한 본색을 드러낼 것입니다. 수습의 공을 제 놈이 따기 위해서 박원명이 지금 하고 있는 조치를 전부 뒤집어버릴지도 모릅니다."

김개남이었다. 요사이 두령들은 누구나 박원명보다 이용태의 거동에 신경을 곤두세우고 있었고, 그자가 어떤 자인가에 관심이 쏠려 있었다.

"박원명이 농민군들과 사정을 의논하겠다고 했다는데, 그것은 어떻게 됐습니까?"

김덕명이 물었다.

"말만 그렇게 했지 아직 아무 말이 없습니다."

"알 수 없는 사람이구만."

김덕명이 고개를 갸웃거렸다.

"이용태가 여기 와서 어떻게 나올지 모르기 때문일 것입니다. 이용태 의중도 모르고 우리하고 섣불리 무엇을 의논해서 약속을 했다가는 낭패를 볼지 모르기 때문에 이용태가 올 때까지 미루고 있는 것 같습니다. 그 사람으로서는 어사의 눈치를 볼 수밖에 없는 일이겠지요."

최경선이었다.

"그럼 여기서는 어떻게 하겠습니까?"

김덕명이 물었다.

"지금 농민군들 사이에서도 의견이 분분해서 큰소리가 나오고, 겁을 먹은 부모들이 농민군에 나온 자식들을 억지로 끌고 가는 등 추태가 벌어지고 있습니다. 이미 농민군 내부에 크게 금이 간 것입니다. 이런 추태가 더 벌어지기 전에 해산을 하고 나서 귀추를 지켜보는 길밖에 없을 것 같습니다."

전봉준이 명확하게 자기 태도를 밝혔다.

"그러면 잠정적으로 해산을 하는 것입니까?"

"그렇게 말할 수 있겠습니다."

모두 침통한 표정들이었다.

"방금 동네 임직들을 모아 해산을 하겠다고 말했습니다. 시를 다툴 만큼 사태가 돌변하고 있어서 여러 두령님들과 미처 의논을 하지 못하고 결정을 내려버렸습니다. 내일은 이용태가 고부에 당도할 것 같습니다. 지금 농민군들을 모으라 했습니다. 해산을 선포하겠습니다."

전봉준이 무겁게 말했다. 선포라는 말을 썼다. 다시 침묵이 흘렀으나 말이 없었다. 모두가 뾰족한 대안이 없는 것 같았다.

"잠정적이라는 말을 강조해야겠지요?"

손화중이 말했다.

"그 점이 중요합니다."

여태 말이 없던 영광 오시영이 말했다. 그는 오하영의 그늘에 있었으나 성격이 차분하고 사리가 밝았다.

"그럼, 우리도 그 자리에 같이 가지요."

김개남이 말했다. 그때 정길남이 들어왔다.

"다 모았습니다."

정길남이 조심스럽게 말했다.

"그럼 같이 가십시다. 마침 잘 오셨습니다."

전봉준이 일어섰다. 두령들도 모두 따라 일어섰다. 전봉준이 두령들과 함께 도소를 나와 산을 내려갔다. 장막으로 들어섰다. 농민군들이 장막 안에 빽빽하게 들어차 있었다. 모두 튀어나올 것 같은 눈으로 동학 거두들을 보고 있었다. 이 근방 동학 거두들이 이런 자리에 이렇게 많이 나오기는 처음이었다. 밥하던 여자들도 한쪽에 서서 보고 있었다. 그 중에는 물론 연엽도 끼여 침통한 표정으로 서 있었다. 김도삼이 단으로 올라갔다.

"오늘 이웃 고을 여러 접주님들을 모시고 전봉준 접주님께서 여러분께 중대한 말씀을 하시겠습니다. 모두 잘 알고 계시겠지만, 말씀드리기 전에 여기 오신 여러 접주님들을 소개해 올리겠습니다. 우리의 거사에 우리보다 더 고심을 하시고 힘이 되어주신 분들입니다. 소개를 드리면 박수로 감사의 뜻을 표해 주시기 바랍니다. 대접주님이신 금구 김덕명 접주님을 소개해 올립니다."

김덕명이 한발 앞으로 나서서 고개를 숙였다. 박수가 터졌다. 김개남, 손화중 등 대접주들을 나이순으로 소개한 다음 송희옥, 고영숙, 손여옥, 강경중, 오시영, 정백헌까지 소개했다. 소개가 끝나자 전봉준이 앞으로 나섰다.

"바닷가에 가보면 바닷물이 들어갔다 나갔다 합니다. 그런데 바닷물이 들 때나 날 때나 똑같이 파도가 밀려왔다 밀려나갔다 합니다. 얼핏 파도가 움직이는 것만 보면 물이 들고 있는지 나고 있는지 알 수가 없지만, 크게 보면 분명히 물이 들고 있거나 나고 있습니다. 아무리 파도가 크게 밀려와도 물이 나고 있을 때는 물은 점점 빠져나갑니다. 물이 들고 나는 것을 대세라 한다면 파도는 대세하고 아무 상관이 없는 겉모양입니다. 대세는 파도가 아니고 물이 들고 나는 것이 대세입니다. 요사이 조정에서는 잠시 우리를 *효유하고 있습니다. 그러나 이런 효유는 파도에 불과할 뿐이지 대세는 아닙니다. 조정에서 이 나라 백성을 도탄에서 건질 근본적인 조처를 취하는 것이 대세입니다. 그런데 조정에서는 그런 근본적인 조처는 취하지 않고 있습니다. 신관 사또는 소를 잡아서 백성을 대접했습니다. 얼마나 좋은 일입니까? 그러나 나라의 시책을 바꾸지 않는 한 이것은 파도일 뿐입니다. 파도치고는 큰 파도입니다. 여기서 다시 분명하게 말씀드리지만 파도가 아무리 커도 물이 들고 나는 대세하고는 상관이 없습니다. 그러나 파도가 너무 크면 그 파도에 휩쓸리지 않을 수 없습니다. 그때는 피해야 합니다."

전봉준은 침통한 표정으로 말을 끊고 잠시 좌중을 보고 있었다.

모두 숨소리마저 죽이고 있었다.

"여기서 우리는 잠시 그 파도를 피해야겠습니다. 해산을 해서 그 파도를 피합시다. 우리가 해산을 하는 것은 바로 그 큰 파도에 휩쓸려 우리 농민군이 부서지지 않기 위해서입니다. 따라서 우리가 해산을 한다고 해서 완전히 해산을 하는 것이 아니라 잠시 흩어져서 집에 있는 것뿐입니다."

"해산해서는 안 돼요. 저놈들 안 겪어봤소. 해산하면 다 죽소."

"박원명이 저러제마는 이용태 같은 놈이 와보시오. 먼 트집을 잡든지 잡아서 다 쥑이오."

여기저기서 악다구니가 쏟아졌다.

"제 말씀 더 들어보시오. 저자들한테 되도록 핑계를 주지 않기 위해서 잠시 해산을 했다가 다시 모일 필요가 있을 때는 바로 지금 이대로 모입시다. 우리가 들고일어나서 한 달 반 이상을 버티고 있는 사이, 팔도의 백성은 모두 우리한테 엄청난 지지를 보냈고, 자기들도 누가 앞장만 서면 우리처럼 일어나려고 주먹을 쥐고 있습니다. 대창을 깎아놓고 기다리고 있고, 미싯가루를 장만해 놓고 기다리고 있습니다. 우리가 한 달 반 사이 우리는 장막에서 그냥 버티고 있었지마는, 사실은 엄청난 일을 한 것입니다. 바로 그 엄청난 일이란 팔도 백성 모두가 우리처럼 일어나려고 결심을 하게 만들었다는 것입니다. 이런 일은 우리가 조병갑이 하나 쫓아내고 수세 얼마 나눠 가진 것하고는 비교도 할 수 없을 만큼 중요한 일입니다. 천 배 만 배 중요한 일입니다. 바로 조정에서는 그것을 알고 있기 때문에 지금 소를 잡아 굽실거리며 유화책을 쓰고 있는 것입니다."

전봉준의 말은 쩌렁쩌렁 장막을 울렸다.

"백성이 자각을 하고 들고일어나려고 하는 바로 이것이 대세입니다. 지금 겨울이 가고 대지에 봄이 와서 풀과 나무가 자라듯이 천하의 대세는 백성 쪽으로 기울어 백성의 힘이 무럭무럭 자라고 있습니다. 이 사실을 깊이 명심해야겠습니다. 우리가 오늘 물러서는 것은 영원히 물러서는 것이 아니라 보다 큰 내일을 기약하는 새로운 출발이라는 사실을 마음에 새기고 조정이나 사또가 하는 일을 잠시 지켜봅시다."

전봉준은 조금 목소리를 낮추었다.

"다시 말하면, 우리가 지금 해산하는 것은 여기에 잠시 나오지만 않는다는 것이지 완전히 해산하는 것은 아닙니다. 저자들 약속이 틀리면 금방 다시 나와서 뭉쳐야 합니다. 아까 말씀드렸듯이 우리는 그 동안 엄청나게 큰일을 해냈다는 것을 크나큰 자랑으로 여기고 돌아갑시다. 우리는 이번 일로 자손들한테 떳떳한 조상이 됐고 다른 고을 사람들한테도 고개를 쳐들고 살게 되었습니다. 남은 군량은 여러분들께 나눠 드리겠습니다. 한 사람 앞에 반 섬씩 나눠 드리겠으니, 그 쌀로 가족들하고 따뜻하게 밥 한 끼라도 해서 드시기 바랍니다. 그럼 모두 돌아가 자식들과 함께 부모님을 모시고 편히들 지내시기 바랍니다."

전봉준이 말을 끝냈다.

"해산해서는 안 돼요. 해산하면 다 죽소."

"저놈들 말 듣지 말고 한양로 쳐들어올라갑시다. 썩은 조정부텀 뒤엎어사 쓰요."

악다구니가 쏟아졌다. 전봉준은 잠시 기다렸다가 다시 입을 열었다.

"여러분 심정 모르는 바가 아닙니다. 열 번 백 번 알고 남습니다. 여러분께 단언하거니와, 멀지 않아 때는 다시 옵니다. 그때 그 의기로 다시 모여주시오."

전봉준은 단을 내려와 장막을 빠져나갔다. 두령들도 뒤따라갔다.

"웨매, 이때 다 때려엎어사 쓴디."

징징 우는 사람도 있었다. 장막을 빠져나가는 두령들의 뒷모습만 멍청하게 보고 있는 사람도 있었고, 이를 악물며 신음소리를 내뱉은 사람도 있었으며, 말없이 눈물만 흘리고 있는 사람도 있었다. 저쪽에서 연엽은 옷고름으로 눈자위를 찍어내고 있었다. 천원댁도 울고 있었고, 다른 여자들도 울고 있었다.

그때 달주는 별동대원들을 한쪽으로 모으라고 지시를 한 다음, 용규를 데리고 한쪽으로 갔다.

"아부지 이얘기 잘 들었지?"

"웅."

"지금 이렇게 일어난 사람들 죄를 묻지 않는다고 했다마는, 두령들까지 무사할지 어쩔지는 알 수 없다. 아부지는 아부지대로 우리가 모시고 다른 데로 갈 것이다. 너는 지금 바로 집으로 가서 느그 누님들하고 용현하고 데리고 동골로 가 있거라. 입을 옷만 싸가지고 가. 그러면 삼춘이 언제 한번 갈게."

달주는 은밀하게 속삭였다.

"거그 가면 누 집으로 가? 친척도 없는디."

"그래도 느그 아부지가 거그서 인심 얻고 살아놔서 친구들 집이 여러 집 있다. 그런 집이 웬만한 친척집보다 낫다. 아직 혼례는 안 올렸제마는 느그 큰누님 시집 갈라고 정해논 집도 안 있냐?"

"시집도 안 갔는디 어떻게 그런 집으로 가?"

"그 집으로 가란 소리가 아니라 그런 집도 있다 이 말이여."

"아부지가 가락 했어?"

"느그 아부지가 가란 것은 아닌디, 내 말만 듣고 그리 가. 느그 아부지한테는 내가 말할 것인게."

"아부지 말도 안 듣고 어떻게 가?"

"지금 느그 아부지는 느그들보고 그런 데로 가라는 말씀을 하실 처지가 아녀. 느그 아부지가 느그 식구들을 그런 데로 보낼라면 다른 두령들도 식구들을 피신시키라고 해사 쓸 것인디, 그래 노면 일판이 멋이 되겄냐?"

"그라면 여그 집은 비어놓고 가란 말이여? 이번 지사에 부조 들어온 것도 많은디."

"임마, 이판에 그런 것이 문제냐? 쌀이랑 부조 들어온 것은 이웃집에 맡겨놓고 가면 되잖아. 그라고 느그 집은 이웃 사람들이 다 잘 봐줄 것인게 그런 것은 한나도 걱정 말고 가."

"아부지랑 두령님들은 어디로 가?"

"그것은 아직 안 정했는디, 하여간 고부에 있든 않고 다른 고을로 갈 것인게 그리 알고 느그들부터 그리 가 있어. 늦어도 내일 새벽까지는 집을 떠사 쓴당게. 너는 별동대원이여. 그리고 느그 집 장남이여. 느그 아부지는 느그 집에 없는 사람으로 치고 이럴 때는 니가 느그 집 중심이 되어사 써. 알겠냐?"

"알아."

용구는 덤덤하게 말했다.

"잠깐 기다려라."

달주는 무엇이 생각났는지 갑자기 용규를 거기 세워놓고 장막으로 들어갔다. 연엽을 찾았다. 연엽이 천원댁 등 밥하는 여자들과 굳은 표정으로 이야기를 하고 있었다. 연엽을 밖으로 데리고 나와 한쪽으로 갔다.

"관에서는 지금 저렇게 나오지마는 관에서 하는 짓은 못 믿습니다. 조정의 영이라니까 혹시 모르겠소마는, 나는 관에서 하는 말은 콩으로 메주를 쑨다고 해도 안 믿소. 접주님하고 두령들은 잠시 피해 있을 것 같소. 그래서 접주님 가족들은 옛날에 살던 동골이란 데로 보내기로 했소. 거기는 가까운 친척은 없지만, 전에 살던 데라 친한 친구들이 많소. 여기서 7,80리 되는 데요. 거기는 어떻게 하겠소?"

달주가 다급하게 물었다.

"다른 사람들은 모두 자기 집으로 갈 것인디, 저만 워떻게 다른 데로 가겠이유? 갈 데도 없고유, 기왕 신세를 졌은게 하학동으로 가서 어무님이랑 같이 있겠이유."

"우리 집에 있는 것이야 신세랄 것도 없지마는, 거기도 너무 표나게 이름이 나버려서 안심이 안 됩니다. 그렇다고 두령들하고 같이 갈 수도 없고."

"이런 일 했다고 관에서 잡아간다면 잡혀갈래유."

연엽은 태연하게 말했다. 달주는 잠시 어리둥절했다. 너무 태연했기 때문이다.

"그럼 거기 일은 달리 생각해 봅시다."

달주는 다시 돌아서서 용규한테로 갔다.

"그럼, 창 이리 주고 어서 가거라."

용규는 창을 주기가 아쉬운 듯 머뭇거리다가 하는 수 없이 달주한테 창을 넘겼다. 어렵사리 쥐게 된 창이라 넘기기가 몹시 섭섭한 모양이었다.

농민군이 장막을 뜯어 섬을 엮고 있었다. 쌀을 담아갈 섬이었다.

10. 어사 이용태

농민군이 해산했다는 소식을 들은 박원명은 탄성을 올렸다.

"정말 다행이오. 역시 전봉준은 듣던 대로 큰 인물이오. 당장 내일 농민군들을 불러 잔치를 베풀겠소. 그 자리에서 여러 가지 고쳐 나갈 일도 의논합시다. 지금 당장 동네마다 파발을 띄우고 잔치 준비를 하시오. 내일 점심때요. 또 소를 한 마리 잡으시오."

박원명은 완전히 들떠버렸다. 빨리 파발을 띄우고 잔치 준비를 하라고 아전들을 불같이 채근했다. 아전들은 나졸들을 당장 모아 동네로 쫓았다.

이용태는 8백 명의 역졸을 거느리고 장성 갈재를 넘어 해거름에 천원역에 당도했다. 고부에서는 아무도 나와 있지 않았다. 장성서 하룻밤 더 자고 온다고 했다가 갑자기 변덕을 부려 떠났으므로 고부 군아에서는 내일 천원에 당도할 줄만 알고 있었다. 이용태가 장성서 하룻밤 더 잔다고 했던 것은 농민군들의 동향을 확실히 파악한 다음에 가기 위해서였다. 그러나 박원명이 잔치를 벌이는 등 사태가 호전되고 있다는 소리를 듣고 갑자기 일정을 변경했던 것이다.

역졸들 행렬 한가운데 기마를 타고 오던 이용태는 천원역에 내리자 속으로 한숨을 푹 내쉬었다. 갈재 화적들 이야기를 여러 번 들은 적이 있었고, 이번 농민군 속에도 화적이 끼여 있다는 말을 들은 터여서 그 화적들이 언제 나타나 가마를 뒤엎을지 몰라 간이 올라붙었던 것이다.

"역졸들 고생이 많구만. 오늘은 모두 푹 쉬도록 하여라."

"예. 거행하겠사옵니다."

수교가 허리를 주억거렸다. 이용태는 다가오는 역졸 행렬의 꼬리를 보며 만족스런 표정이었다. 재를 넘어오며 간이 올라붙었던 다음이라 새삼스럽게 역졸들이 든든하게 느껴지는 모양이었다. 허리에 육모방망이를 찬 역졸들은 고부 땅에 들어서자 한껏 어깨판을 벌리고 거드름을 피우며 오고 있었다. 역졸들은 점령지에 들어서는 군사들같이 기세가 팔팔했고, 그들을 끌고 온 이용태는 마치 개선장군 같았다.

"가만있자, 그런데, 저 뒤에 따라오는 가마는 무슨 가만고? 광주서부터 계속 따라온 것 같구만."

"모르시옵니까?"

수교가 눈을 둥그렇게 떴다.

"무슨 가만데?"

"고부 호방 첩실이옵니다."

"뭣이, 고부 호방 첩실?"

이용태는 눈을 크게 떴다.

"지난번에 사또 나리께서 영을 내려 남상면에서 잡아온 여자이옵니다."

"그것은 비녀 아니던가?"

이용태는 아직도 모르겠다는 표정이었다.

"비첩이온 듯하옵니다."

"허허, 그 사람 맹랑한 사람이구만. 이쁘던가?"

이용태는 한바탕 웃고 나서 음충맞은 표정으로 물었다.

"이만저만 미녀가 아니옵니다."

"음, 그래애?"

그때 고부 호방 은세방이 저쪽에서 이리 오고 있었다. 이용태가 변덕을 부리는 바람에 고부 군아에서는 아무도 마중을 나오지 않았으니, 그는 지금 미칠 지경이었다. 여기는 고부 땅이므로 당연히 군수가 미리 나와 있다가 맞아야 했던 것이다. 은세방은 그래서 아침에 부리나케 고부 군아로 사람을 보냈으나, 벌써 올 리가 없었다. 여기서 고부 읍내까지는 40리가 넘는 길이었다. 왕복 80리이므로 웬만한 걸음으로는 하룻길이었다.

"이제 보니, 우리 역졸들이 호방 연인을 호위하고 온 셈이더구만."

이용태가 껄껄 웃으며 다가오는 은세방에게 한마디 했다.

"아이고, 죄송하옵니다."

은세방은 얼굴이 벌개지며 허리를 코가 땅에 닿게 굽혔다. 그러지 않아도 고부에서 사람이 나오지 않아 미칠 지경인데, 그것까지 들켜버렸으니 쥐구멍을 찾고 싶었다.

"절세가인이라는데, 호방 혼자만 재미를 보기요? 오늘 저녁 당장 자리에 와서 술이라도 한잔 치게 하시오. 호위하고 온 턱을 내야 할 게 아니오?"

이용태는 웃으며 말꼬리에 힘을 박았다.

"예, 예, 어련하겠습니까요?"

은세방은 고개를 두 번 세 번 주억거렸다. 그러나 상판은 벌레 씹은 상판이었다. 잘 숨겨오다가 막바지에 산통이 깨지고 만 것이다. 이용태는 여기까지 오는 사이 거푸 나흘 동안이나 주색에 밤새는 줄을 몰랐다.

"오늘 저녁에는 검불들은 전부 내쫓고 호방하고 둘이만 오붓하게 마십시다."

"아이고, 황송하옵니다."

은세방이 황급히 유월례 가마 곁으로 가자 가마꾼 역졸들이 저쪽에다 여각을 잡았다고 했다. 유월례가 든 여각으로 간 은세방은 제정신이 아니었다. 새 옷을 갈아입고 단장을 하라고 숨이 넘어갔다. 그러지 않아도 며칠 사이에 눈이 쑥 들어간 유월례는 잠시 멍청한 표정이었다. 멀뚱멀뚱 호방을 건너다보던 유월례는 한참만에야 가볍게 한숨을 쉬며 고개를 돌렸다.

"어사 나리 비위를 잘 맞춰 드려야 한다. 그런 자리에는 첨 앉아볼 것이다마는, 까다로운 분이니 잘 모셔야 한다. 깍듯이 모셔야 해. 잘못 했다가는 저 작자 성깔에 경을 쳐도 단단히 친다. 뭣을 원하든지 원하는 대로 해 드려야 한다."

은세방은 정신없이 제 말만 내질러놓고 밖으로 나갔다. 유월례는
멍청하게 앉아 있었다.

유월례는 집에서 잡혀온 지도 벌써 보름이 가까워지고 있었다.
만득이는 어떻게 되었는지 알 수가 없었다. 그 동안 유월례는 만득
이 목숨 하나밖에는 눈에 보이는 것이 없었다. 주인을 치고 도망친
종이면 그 목숨은 오로지 주인 손에 달려 있었다. 처음 잡혀 왔을 때
유월례는 만득이 목숨만 살려주면 무슨 일이든지 다 하겠다고 호방
앞에 맹세를 했다. 그냥 허투루 맹세를 한 것이 아니라, 모든 것을
포기하고 호방 첩으로 살기로 작정을 한 것이다. 그것만이 만득이를
살리는 길이었다.

"진정이냐?"

은세방은 믿기치 않는지 굳은 표정으로 다그쳤다.

"나리께서 그이 목숨을 살려주신다 하더라도, 제가 딴 맘을 묵고
있을 것으로 짐작이 되오면 그이를 살려주어도 제대로 살려주실 것
같지가 않사옵니다. 그이하고 저는 둘이 같이 살 팔자가 못 되온데,
너무 과람한 생각을 했던 것 같사옵니다. 이제부터는 팔자대로 살기
로 작정을 했사오니 제발 그이를 제대로 살아가게 놔주십시오."

유월례는 터지려는 통곡을 씹으며 담담하게 말했다.

"음, 두고 볼 일이다."

"그이 목숨이 왔다갔다하는 일에 어떻게 허언을 하겠습니까요.
진정이오니 그이 몸에 매를 대지 마시고 풀어주십시오. 소녀의 마지
막 소원이옵니다."

"알았다. 당장 풀어줄 수는 없지마는 매는 대지 않을 것이니, 그것은 안심해라."

"감사하옵니다."

유월례는 그제야 참았던 울음이 터져 나왔다. 얼른 눈물을 수습했다. 정말 팔자라 싶었다. 지난 일 년간의 꿈같은 세월이 눈앞을 스치고 지나갔다. 만득이에 대한 도리라면 그 일 년간으로 자기 도리는 할 만큼 한 것 같았다. 전에 호방이 그렇게 유혹을 할 때 정말 호방을 따라 첩으로 살아버릴까 하고 마음이 흔들렸던 기억이 머리를 스쳤다. 얼마 전까지도 그 생각을 하면 스스로 부끄러웠으나, 이제는 더 어쩔 수 없다고 생각했다.

다시 은세방이 달려왔다. 옷을 갈아입은 유월례는 말없이 호방을 따라가고 있었다. 지난 설에 만득이가 떠다 준 옷감으로 해 입은 옷이었다. 그때 만득이는 그 옷감을 내노면서 마치 어린애처럼 입이 바지게가 되었었다.

"잘 모시겠지?"

은세방은 뒤를 돌아보며 다짐을 했다. 몇 번이나 하던 다짐을 또 했다.

"왜 말이 없어?"

은세방은 버럭 역정을 냈다.

"잘 모시겠소."

유월례는 은세방의 호령에 모기 소리만한 소리로 대답했다. 은세방은 이용태가 유월례한테 어떻게 나올지 좀이 쑤셔 미칠 지경이었다. 아까는 자기한테 웃으며 말을 했지만, 하도 변덕이 죽 끓듯 하는 작자라 어느 대목에서 심통을 부리고 나올지 몰랐다. 술이 들어가면 틀림없이 유월례를 하루 저녁 자기한테 빌리라고 할 것 같은데, 그런 거야 하루 저녁 눈감아 버리면 그만이지만, 더 욕심을 내거나 다른 심통을 부리고 나올까 싶어 조마조마했다. 감히 어사 행차에 비첩을 달고 오느냐고 트집을 잡고 나오면 그도 난감한 일이었다. 어제는 장성서 하룻밤 더 자겠다고 하던 작자가 오늘 아침에 갑자기 여정을 바꾼 것만 하더라도 그랬다. 그것은 부러 박원명은 물론 자기까지도 골탕 먹이려는 속셈이 아닌가 싶었다. 얼마간 겪어보니 충분히 그럴 만한 위인이었다.

"허허, 볼수록 이쁘구만. 호방은 이제 보니 음흉주머니구만."

이용태는 음충맞은 표정으로 유월례를 보며 거듭 감탄을 하고 나서 은세방을 봤다.

"죄송하옵니다."

호방은 잔뜩 오갈이 들어 무작정 허리만 주억거렸다. 이미 양쪽에 하나씩 계집을 끼고 앉은 이용태는 유월례를 건너다보며 연방 감탄을 했다. 이용태는 장흥서 나설 때부터 나이 어린 관기 하나를 가마에 태워 뒤에 달고 왔으며, 능주와 광주서는 장흥서 달고 온 관기를 놔주고 거기 술자리에 앉은 관기를 끼고 잤고, 어제 장성서 끼고 잔 관기는 며칠만 빌려달라고 그도 역시 가마에 태우고 뒤에 달고 왔다. 이용태 곁에 앉은 계집들은 장흥 관기와 장성 관기였다.

"편히 앉아서 여기 한 잔 따라보렷다."

이용태가 유월례한테 잔을 내밀었다. 유월례가 조심스럽게 무릎걸음으로 다가가 주전자를 이용태 잔에다 기울였다.

"행동거조도 요조숙녀가 따로 없구만. 여태까지 나무토막에 치마두른 것들만 보다가 진짜 가인을 보니 며칠간 쌓인 노독이 확 풀리는 것 같소. 호방이 이야기했던 저 재 너머 목란이라던가, 그 동네 가랜가 갈휜가 그 기생 년이 환생한 것 같구려. 자, 호방도 한잔 드시오."

이용태는 술을 쭉 들이켜 잔을 은세방에게 넘겼다. 은세방이 술잔을 받아 얼른 마시고 다시 이용태한테 잔을 넘겼다. 이번에도 유월례가 술을 따랐다.

"이름이 무엇인고?"

"유월례라 하옵니다."

유월례는 모기 소리로 대답했다.

"유월례, 음. 유월례."

명색 첩인데 이름을 뇌고 앉았으니 이건 영락없이 기생 취급이었다. 이용태는 이런 자리에서 항용 그러듯 이름을 두고 뭐라 그럴듯한 덕담을 한마디 하고 싶은 모양이었으나 얼른 생각이 나지 않는 듯 유월례 소리만 되뇌고 있었다. 매향이라거나 춘란 같은 이름이라면 뭐라 그럴듯한 소리가 쉽게 나올 법했지만, 종 이름 그대로 유월레니 그런 멋대가리 없는 이름에서 그럴듯한 말이 쉽게 생각나지 않을 법도 했다. 은세방은 이용태를 향해 낯짝을 반쯤 열어놓고 헤실거리고 있었다. 속으로는 살얼음을 밟는 것같이 조마조마했으나 겉으로는 허리를 정신없이 주억거리며 헤실거리고 있었다.

"너는 저리 앉고 유월례가 이리 오렷다."

장성 관기가 일어섰다. 유월례는 그대로 앉아 있었다.

"허허, 나리께서 분부를 하시는데 뭘 꾸물거리고 있어?"

은세방은 제법 호기 있는 소리로 유월례한테 호령을 했다. 유월
례는 그제야 마지못해 살포시 일어났다. 이용태 곁으로 가서 조심스
럽게 앉았다.

"나이는 몇인고?"

"스물여섯이옵니다."

"뭣이라고, 스물여섯? 허허, 나는 많아야 스물한둘로 봤구만. 허
어, 얼굴이 이쁘면 나이도 안 타는 모양이지."

이용태는 거듭 감탄이 흐드러졌다. 유월례는 나이를 속이고 있었
다. 기생 환갑은 스물다섯이란 말이 있는 터라 나이라도 속여 그의
관심에서 벗어나 보려는 속셈이었다.

"손도 곱고 어디 한 군데 나무랄 데가 없구만. 괜찮아, 괜찮아. 호
방이야 날마다 주무를 텐데 내가 손 좀 만진다고 닳아지겠나, 그렇
잖은가?"

이용태는 유월례 손을 만지며 은세방을 향해 다그쳤다. 은세방은
그저 예예였다. 막일을 하던 유월례 손이 고울 리가 없었으나 이용
태는 건성으로 감탄을 했다. 유월례는 손을 내맡긴 채 벌겋게 달아
오른 얼굴을 옆으로 돌리고 있었다. 은세방은 명색 제 첩을 내맡겨
놓고도 그냥 벌쭉거리고만 있었다.

"어디, 얼굴을 한번 자세히 보자."

이용태는 유월례 턱을 한 손으로 받쳐 자기 앞으로 돌렸다. 눈을
아래로 내려간 유월례 얼굴이 이용태 앞에 멈췄다. 유월례 얼굴은
석상처럼 감정이 나타나지 않았다.

292

"과연 절색이야, 절색이여. 뽀."

이용태는 유월례 입에다 닭 똥구멍같이 오므린 자기 입을 갖다 대고 쪽 입을 맞췄다. 두 계집이 키들키들 웃었다. 그들은 둘이 다 나이가 어렸다.

"이게 뭐가 우스워?"

이용태는 다시 한 번 쪽 소리가 나게 입을 맞췄다.

"사또 나리 저희들 앞에서 너무 하옵니다."

장성 계집이 입을 비죽이며 쫑알거렸다.

"호, 요년이 투기를 하는구만. 이년아, 너는 엊저녁에 호사를 했지 않느냐?"

장성 계집이 요염하게 키들거렸다. 이용태도 너털웃음을 웃으며 유월례 턱에 받쳤던 손을 놓자 유월례는 조용히 얼굴을 제자리로 가져갔다. 가벼운 한숨이 새어나왔다. 은세방은 그 장면은 좀 거북했던지 혼자 헤죽거리며 젓가락을 집어 허투루 안주를 더듬었다.

"엊저녁에는 저만 예뻐해 주신다고 하시지 않았습니까요?"

"허허, 저년 눈웃음치는 것 봐. 저년이 저래봬도 사내놈 여럿 결딴낼 년이더만. 요년아, 너같이 색을 바친 년은 내가 보다가 첨 봤다."

모두 웃었다. 유월례만 웃지 않았다.

"저년이 기명도 희한하다구. 진옥眞玉인데, 어제 저녁에 보니 진옥은 진옥이야."

이용태와 진옥은 한참 웃었다.

"선조 때 송강 정철이란 자 있잖았소?"

이용태가 제법 유식한 가락으로 나왔다. 은세방은 예 예 하고 굽실거렸다.

"그자 애첩이 진옥이라는 기생이었구만요. 한데, 저년이 진옥이라니 내가 후끈 달밖에요."

이용태와 진옥이 한참 깔깔거렸다.

"송강은 천하 난봉꾼이었는데, 그 진옥이란 기생을 처음 만났을 때 시조를 한 수 읊었지요. 호방 한번 들어보겠소?"

"아이고, 예예. 그런 영광이 어딨겠습니까?"

"정철은 문장이 웬만한 자인데, 뭐니뭐니 해도 제일 절창은 이 시조일 게요. '옥이 옥이라니 옥마다 옥이던가, 진옥인가 번옥인가 불송곳으로 쑤셔보자' 이랬구만요. 번옥이란 것은 사람이 만든 가짜 옥이지, 가짜 옥. 하하."

모두 웃었다.

"그 진옥이란 년 대꾸는 진옥이가 해야겠구만."

이용태가 진옥한테 말했다

"저도 한 잔 주셔야 제대로 나오잖겠습니까요?"

진옥이 은세방을 향해 요염하게 웃었다. 은세방은 얼른 잔을 비우고 진옥한테 잔을 넘기고 술을 따랐다. 진옥은 제가 마치 이용태 마누라라도 된 듯 은세방쯤은 만만하게 다루고 있었다.

"커엄."

진옥이 술을 홀짝 마신 다음 커엄 하고 익살을 한번 부리고 나서 요염하게 입술을 오므렸다.

"'철이 철이라니 철마다 철이던가, 정철인가 가철인가 불화덕에

294

넣어 보자.' 낄낄낄."

모두 웃었다. 유월례만 웃지 않았다.

"그래 엊저녁에 네 불화덕에다 넣어보니 어쩌더냐, 내가 정철이
더냐, 가철이더냐?"

"아이고, 굳이 이르겠사옵니까요? 정철도 정철도 그런 정철은 생
전 처음이었습니다요. 낄낄낄."

진옥이 대거리에 또 모두 웃었다.

"불송곳을 쑤셔보니 네년도 불송곳이 부러질 지경이더라. 진옥도
진옥도 너 같은 진옥은 나도 생전 처음이었다."

모두 와 웃었다. 그러나 역시 유월례는 웃지 않았다.

"자, 한 잔 하라구. 유월례도 진옥인가 번옥인가 오늘 저녁에 내
가 한번 검사를 해봐야겠구만."

이용태가 유월례 앞에 잔을 디밀었다.

"저는 술을 못하옵니다."

유월례가 모기 소리로 말했다.

"누구는 뱃속에서부터 술을 배워가지고 나오나?"

이용태는 술잔을 그대로 디밀며 껄껄 웃었으나 유월례는 받지 않
았다.

"아니, 무엄하게 무슨 짓이야, 어서 잔을 받지 않고?"

은세방이 기겁을 했다. 그러나 유월례는 그대로 앉아 있었다.

"허허, 잔을 받으라지 않는가?"

은세방은 말꼬리를 빠듯 추켜올렸다. 두 계집이 위태로운 듯 이
용태 얼굴을 힐끔거렸다.

"저는 술을 못하옵니다."

"못해도 잔은 받아야지."

그러나 유월례는 그린 듯이 앉아 있을 뿐이었다. 이용태 상판이
좀 일그러졌다. 두 계집의 눈이 둥그레졌다.

"잔을 받으렷다."

이용태 목소리에 성깔이 묻어났다.

"저는 술을 못하옵니다."

유월례는 끝내 받지 않고 버텼다. 장성 계집은 튀어나올 것 같은
눈으로 유월례와 이용태를 번갈아 보았다.

"아니, 저런 불손한 계집이 있단 말인가?"

은세방이 뛰어 일어설 듯 엉덩이를 들며 소리를 질렀다. 그러나
유월례는 꿈쩍도 않고 그대로 앉아 있었다.

"그래 그래. 그냥 둬, 그냥. 말송곳이 안 들어가는 것을 보니 진옥
이가 분명쿠만. 그럼 잔이나 채우렷다. 허허허."

이용태가 껄껄 웃었다. 이용태가 누그러지자 모두 살았다는 듯이
따라 웃었다. 유월례는 주전자를 들어 이용태 잔을 채웠다. 이용태
는 제 농이 그럴듯하게 들어맞자 기분이 좋은 모양이었고, 오늘 저
녁 품고 잘 욕심에 성깔을 죽이는 것 같았다.

"자, 호방이 받으라구, 말송곳은 안 들어갔지마는, 불송곳이야 안
들어갈까? 내가 오늘 불송곳을 한번 들이대 봐야겠어, 하하하."

이용태는 잔을 호방한테로 넘기며 호탕하게 웃었다.

"어허허."

은세방도 따라 웃으며 잔을 받았다.

"나는 당최 다른 뜻은 없어. 진옥인가 번옥인가, 그것만 알아보자는 것뿐이야. 알겠지?"

이용태는 게슴츠레한 눈을 들어 유월례를 돌아보며 음충맞게 웃었다. 은세방 따위의 의견 같은 것은 물을 것도 없다는 식이었다. 유월례는 그린 듯이 앉아 있었다.

"어떤가, 내가 정철인가 가철인가 한번 알아보고 싶잖은가? 한번 알아봐 주라구. 가만 있자, 그것은 호방이 물어봐야겠구만. 그렇잖은가?"

이용태는 유월례를 향해 너털웃음을 터뜨리며 묻다가 갑자기 은세방을 향해 다그쳤다.

"물어보나 마나잖겠습니까요?"

은세방은 사뭇 고개를 주억거렸다. 그러나 유월례를 힐끔 보며 불안을 감추지 못했다.

"내 앞에서 똑떨어지게 물어보렷다."

이용태는 짓궂게 다그쳤다.

"염려 노십시오. 아까 오면서 이미 잘 모시겠다고 했사옵니다."

은세방은 사정없이 고개를 굽실거렸다.

"어허, 내 앞에서 똑떨어지게 물으라지 않는가? 똑떨어지게 물어서 똑떨어진 대답을 받으렷다."

이용태의 말꼬리가 두 번 다 치켜올라갔다. 은세방은 이용태와 유월례를 번갈아 보며 가쁜 숨을 내쉬었다. 유월례의 굳은 얼굴이 불안하기 짝이 없는 모양이었다. 은세방의 이마에서는 땀이 솟고 있었다.

"무얼 꾸물거리고 있는 게야?"

이용태가 은세방을 똑바로 보며 다그쳤다.

"아까, 어사또 나리를 잘 모신다고 했지?"

호방은 유월례를 향해 조심스럽게 물으며 간사스럽게 웃었다. 유월례는 그냥 석상처럼 앉아 있을 뿐이었다.

"왜 대답이 없어?"

은세방은 금방 이용태 입에서 벼락이 떨어질 것 같은지 미칠 것 같은 표정이었다. 유월례 앞에 큰절이라도 하라면 할 것 같았다.

"저는 유녀가 아니옵니다."

유월례가 또렷하게 말했다.

"이런 일이 한번도 없었사옵기에 파겹을 모, 못했사옵니다요. 제, 제가 이따 잘 타이르겠사옵니다요. 어서 술이나 드십시오."

은세방은 이용태 입에서 터져 나올 벼락을 막듯이 다급하게 발명을 하며 잔을 디밀었다.

"허허, 오늘 저녁에는 열녀가 하나 나타났으니 판이 걸쭉하구만!"

이용태는 웃으며 잔을 받았으나 은세방의 이마에는 땀이 송글송글 송고 있었다. 이용태가 잔을 받는 사이 은세방은 숨을 헐떡거리며 유월례를 힐끔 노려봤다. 찢어죽이고 싶은 모양이었다.

"판이 재미있게 되었구만. 어사에다 열녀면 구색이 《춘향전》 비슷하게 되었으니, 그러면 내가 상것들 판소리 가락을 한번 내보는구만. 그 춘향이가 곤장을 하나씩 맞을 때마다 일자로 아뢰고 이자로 아뢰어 나가잖은가? '일자로 아뢰리다.'"

이용태는 젓가락장단을 치며 서툴게 판소리 가락으로 청승을 떨었다. 이용태는 제법 기분을 내서 읊조렸으나 은세방은 안절부절 제대로 따라 웃지도 못했다.

"'일편단심 먹은 마음 일부종사 뜻을 두고, 일부일 닦은 절개 일시인들 변하리까. 가망 없고 무가내요' 이렇게 나가거든. 이자, 삼자, 그렇게 주욱 나가다가 마지막 십자로 아뢰는데, 호방은 그 대목을 아는가?"

이용태는 음침하게 웃으며 장난스럽게 물었다.

"예? 잘 모르겠사옵니다요."

은세방은 잔뜩 주눅이 들어 유월례 닦달할 생각만 하고 있다가 깜짝 놀라 대답했다.

"'십벌지목十伐之木 믿지 마오, 멋은 아니 줄 터이오' 라구. 그 멋이 무엇이겠어? 어디 호방 한번 알아맞춰 보라구. 알아맞춰 봐. '십벌지목 믿지 마오. 멋은 아니 줄 터이오' 야. 멋을 아니 준다고 했을까? 알아 맞춰봐."

이용태는 그 대목을 판소리 가락으로 읊조려 놓고 수수께끼 낸 어린애처럼 키들거렸다. 《춘향전》에 이런 대목이 있을 리 없었다. 계집애들이 조심스럽게 웃었다.

"아이고."

은세방은 비굴하게 웃으며 제 두 손만 번갈아가며 사정없이 쥐어짜고 있었다.

"요것들도 아는 모양인데, 그걸 모른단 말인가? 그럼, 유월례가 한번 알아맞춰 보라구. 자, 한잔 딸면서 알아 맞춰봐."

이용태는 유월례 앞에 잔을 내밀며 웃었다. 유월례는 그냥 눈을 내리깐 채 주전자를 들어 잔에다 술을 따랐다. 그러다가 그만 잔에서 술이 넘쳤다. 이용태 바지가 흥건하게 젖고 말았다. 이용태 상판이 대번에 험하게 일그러졌다.

"이런 무엄 방자한 년!"

이용태는 유월례를 잡아먹을 것같이 노려봤다.

"죄송하옵니다."

유월례가 새파랗게 질려 고개를 주억거렸다.

"썩 물러가지 못할까?"

이용태는 들고 있던 술잔을 유월례 얼굴을 향해 홱 끼얹었다. 유월례와 은세방은 밤송이처럼 움츠러들었다.

"이 때려죽일 년, 썩 물러가지 못하느냐?"

이용태가 거듭 악을 썼다. 은세방이 유월례한테로 달려갔다.

"이년, 이년."

호방이 악을 쓰며 유월례 머리끄덩이를 끌고 나왔다. 문 쪽으로 홱 밀쳐버렸다. 유월례는 문 밖으로 내동댕이쳐지고 말았다.

"아이고, 죄송하옵니다."

"썩 꺼지지 못해!"

이용태가 재떨이를 들며 악을 썼다. 호방은 불에 덴 놈처럼 펄쩍 뛰며 튕기듯 밖으로 뛰쳐나갔다.

이때 고부 군아에서는 야단이 났다. 장성서 떠날 때 은세방이 보낸 파발이 달려와 이용태가 천원에 당도했다고 알려왔기 때문이다. 장성서 하룻밤 더 잔다던 이용태가 천원역에 왔다니 큰 낭패가 아닐

수 없었다. 오늘 거기까지 배웅을 나가지 못한 것은 이쪽 책임이 아니니 그것은 그렇다 치고, 내일 일이 큰일이었다. 점심 때 농민군들 잔치를 벌이려고 준비하고 있었기 때문이었다. 아침에 일찍 나가 중간에서 맞을 수도 없었다. 길이 멀어 농민군 점심시간하고 중복이 될 수밖에 없었기 때문이다. 어사 영접도 중요하지만 농민군을 홀대할 수는 없는 일이었다.

"난처하게 되었는데 어떻게 했으면 좋겠소?"

박원명은 아전들한테 물었다.

"글쎄올시다. 다른 사람들도 아니고 농민군을 불러놓고 어사를 맞으러 갔다면, 그러지 않아도 고약한 사람들이 가만있겠습니까. 일정을 제대로 알려주서야 준비에 위각이 없을 텐데 속셈을 모르겠구만."

이방도 난처한 표정으로 혼잣소리를 했다. 이방의 마지막 말이 박원명의 귀에 심상찮은 여운으로 엉겨왔다. 일정을 그렇게 제대로 알려주지 않는 것은 일부러 이쪽에다 골탕을 먹이려는 의도가 아닌가 의심하는 소리였기 때문이다.

"이거 이만저만 난처하지 않은걸요."

박원명은 거듭 고추 먹은 소리를 하고 있었다.

"다른 일도 아니고 민군을 위무하는 일이라면 어사 나리께서 양해하실 법도 합니다. 내일 아침 제가 수교하고 새벽같이 가서 사정을 저저이 말씀드리겠습니다. 천원서 출발하는 즉시 사람을 급히 보낼 테니, 여기 형편 봐서 중도에서 맞이하도록 하시는 것이 어떻겠습니까?"

이방이 방안을 내놨다.

"까다로운 분이라니까 조심스럽기는 한데 하는 수 없습니다. 좀 섭섭한 대로 그렇게 합시다. 이방은 어사 영접과 농민군 잔치 준비에 차질이 없도록 오늘 저녁에 낱낱이 지시를 해놓고 내일 새벽에 내 대신 좀 다녀오시오."

"그렇게 하겠습니다."

다음날 새벽, 고부 이방과 수교는 첫닭이 울자마자 길을 떠나 천원으로 밤길을 달렸다. 천원에 이르자 역졸들은 밥을 먹고 있었다. 두 사람은 호방을 만날 겨를도 없이 객사로 들어섰다. 이용태는 아침밥상을 금방 물린 다음이었다. 이용태 곁에는 장성 관기 진옥이 앉아 시중을 들고 있었다. 두 사람은 마루 밑에 허리를 굽히고 섰다. 방문이 열렸다.

"원로에 얼마나 고생이 많으셨습니까? 고부 사또 나리께서는……."

이방이 코가 방바닥에 닿게 절을 하고 나서 고부 군수는 이만저만해서 못 오고 대신 자기들이 왔다고 사죄를 했다. 두 사람 말을 들은 이용태는 가타부타 말이 없이 담배만 빨고 있었다. 이방과 수교는 무슨 말이 있으려니 하고 고개를 숙인 채 기다리고 있었다. 그러나 이용태는 끝내 입을 다물고 담배만 빨고 있었다. 두 사람은 부쩌지를 못하고 뜨거운 것 견디듯 밑을 쫄밋거리고 있었다. 이용태는 여전히 입을 처깔한 채 담배만 뻑뻑 빨고 있었다. 호통을 치든 벼락을 치든 뭐라 아가리만 열면 사람이 살겠는데 미칠 지경이었다. 이용태는 생사람을 세워놓고 미운 놈 놔두고 대문 닫듯 아가리를 닫고 있었다.

"그, 그러하오면 저희들은 무, 물러가겠습니다."

견디다 못한 이방이 씨아귀에 불알 물린 표정으로 조심스럽게 이죽거렸다. 이용태는 역시 말이 없었다. 오도 가도 못할 지경이었다. 말을 않는다는 것이 사람을 이렇게 미치게 만드는 것인지 두 사람은 미처 상상도 못한 일이었다. 정말 미치고 환장할 지경이었다. 목구멍에 바짝 침이 밭고 간에서 쩍쩍 금이 가는 것 같았다. 견디다 못한 이방은 퉁방울눈을 뒤룩거리며 엉거주춤 고개를 들고 뒤로 물러섰다. 죽일 테면 죽여라, 독하게 마음을 도사린 것이다. 수교도 이방의 발걸음에 따라 물러서고 있었다. 그러나 이용태 입에서 언제 불호령이 터질지 몰라 두 사람의 눈알은 금방 소리라도 지르며 퉁겨나갈 것 같았다. 두 사람은 마치 으르렁거리고 있는 호랑이 앞에서 빠져나오듯 눈은 이용태 얼굴에다 박은 채 한 걸음 한 걸음 물러서고 있었다. 어홍·하면 그 자리에 풀썩 주저앉을 것 같았다. 이마에는 땀방울이 맺히고 있었다. 두 사람은 웬만큼 물러서자 또 한 번 용을 쓰고 돌아섰다.

"후유우."

두 사람은 대문 밖에 나오자 똑같이 한숨을 내쉬었다. 얼굴들이 백지장이었다. 둘이 다 소매로 이마의 땀을 닦았다. 10년 감수는 한 것 같았다. 등에 난 식은땀에 한기가 *짓쳐왔다. 어제저녁 호방부터 오늘 아침 두 사람까지 고부 아전들은 이용태한테 완전히 작살이 난 꼴이었다. 떵떵 유세깨나 떨던 고부 삼적은 농민군 봉기 등쌀에 이래저래 죽을 맛이었다. 그들을 따라온 나졸들도 튀어나올 것 같은 눈으로 두 사람을 건너다보고 있었다.

"얼른 파발을 띄웁시다. 큰일 났소."

수교가 가쁜 숨을 내쉬며 나졸들을 불렀다. 나졸들이 다가왔다.

"어서 가서 사또 나리께 아뢰라. 어사또 나리께서 대노하고 계신다고 잔치판이고 뭣이고 다 놔두고 벼락같이 오셔야겠다고 전해."

이방은 벼락같이에다 힘을 주며 숨을 씨근거렸다.

"알겠사옵니다."

나졸들이 돌아섰다.

"아, 아니다."

이방이 소리를 질렀다. 달려가던 나졸들이 우뚝 걸음을 멈췄다.

"우리도 호방 나리를 찾아서 함께 곧 고부로 떠나겠다더라고, 그 말도 전해라."

"알겠습니다."

나졸들은 부리나케 달려갔다.

박원명이 한 발이라도 빨리 달려와서 어사를 맞아야 할 것 같았다. 두 사람은 파발을 띄어놓은 다음 눈을 희번덕이며 호방을 찾았다. 불난 집 며느리 꼴이었다. 호방이 들었다는 여각으로 들어갔다. 호방은 제 코도 석자나 빠져 상판이 말이 아니었다. 어제저녁에 한숨도 못 잤는지 눈에 핏발이 서 있었다. 이방과 수교의 말을 듣자 호방은 새로 정신이 난 것 같았다. 호방은 어제 저녁 유월례를 데리고 와서 저녁 내내 달달 볶았다. 만득이 이 녀석부터 죽여버리고 말겠다고 이를 부드득부드득 갈았다. 유월례는 손이 발이 되도록 빌었으나 소용이 없었다.

이방의 파발이 군아에 당도한 것은 박원명이 농민군 잔치판으로

막 가려던 참이었다. 농민군 잔치판은 향교 마당이었다. 동헌에서는 어사를 맞으려고 농민군 잔치는 거기서 벌이기로 한 것이다. 박원명은 나졸의 숨넘어가는 소리를 듣고 잠시 멍청하게 앉아 있었다. 그러나 농민군 잔치를 바로 시작하려는 판에 어사한테로 달려갈 수는 없었다. 관속이라고는 호방이나 이방도 없고 기껏 형방밖에 없는데 자기가 떠버리면 완전히 주인 없는 잔치가 될 판이었다. 기왕 일이 이렇게 된 것, 농민군을 웬만큼 접대를 한 다음에 가기로 배짱을 정했다.

향교 마당에는 농민군들이 2,3백 명 모여 있었다. 두령급들은 거의 나오지 않았으나 동임이나 두레 영좌 등 동네 임직들은 반 이상 나왔다. 도소에서 일을 보던 사람들은 김이곤과 조만옥 같은 사람도 나오지 않았다. 잔치판은 *거방졌다. 지난번보다 더 걸었다.

"이렇게 나와주셔서 정말 감사합니다."

박원명은 그제 잔치판에서 했던 것처럼 정중하게 인사를 한 다음 앞으로 중요한 일은 여러분 의견을 들어서 하겠다고 약속을 했다.

"이 자리에서 대표를 열 분만 뽑아주십시오. 앞으로 이 고을에서 고쳐 나갈 일을 우선 그 열 분하고 의논하겠습니다. 그 열 분하고는 이번 한 번만 의논을 하고 마는 것이 아니라, 이 사람이 여기 재임하는 동안은 그분들과 중요한 일은 모두 의논을 하겠습니다."

농민군들은 어리둥절했다. 이렇게까지 적극적으로 나올 줄은 몰랐던 것이다. 더구나 그는 여기서는 본관이란 말을 쓰지 않고 이 사람이라고 했다.

"이 자리에서 한 가지 양해를 구할 일이 있습니다. 실은 어사 나리께서 어제저녁 천원역에서 주무시고, 행차가 지금 이리 오시고 계십니다. 이 자리가 아니었다면 응당 천원까지 가서 영접을 해야 할 것인데, 사실은 어사 나리께 크게 결례를 하고 있습니다. 방금 뽑아 달라는 열 분하고는 바로 내일 의논을 하고자 합니다. 모두 즐겁게 드신 다음에 돌아가시고 그 열 분은 내일 다시 나와 주시기 바랍니다. 그러면 이만 실례하겠습니다."

박원명은 정중하게 사과를 하고 자리를 떴다. 향방에게 어사 행차가 당도하면 점심을 금방 먹을 수 있도록 조금도 빈틈이 없이 준비하라고 이른 다음 말을 타고 천원역을 향해 내달았다. 군아에서는 한꺼번에 많은 손님을 겹으로 치르게 되어놓으니 이만저만 번거롭지가 않았다. 더구나 수가 양쪽 합쳐 천 명이 넘었다. 읍내 모든 여각과 주막에는 몽땅 밥을 맡겼으나, 그래도 어림이 없어서 민가에까지 맡겼다.

박원명은 고부서 시오리 거리의 성고리에서 아전 일행을 만났다. 호방이 박원명 앞에 나서며 정중하게 인사를 했다. 그는 박원명하고는 이 자리가 초면이었다. 박원명은 말을 내린 채 호방 이야기를 들으며 길을 재촉했다. 그러나 삼거리까지 가도 어사 행차는 나타나지 않았다. 고부에서 20리가 넘는 곳이었다. 박원명은 호방 이야기를 건성으로 들으며 걸음을 재촉했다. 천원역을 10리 남겨 논 데까지 가도 어사 행차는 나타나지 않았다. 일행은 모두 고개가 지리산가리 산이었다. 천원역에 이르도록 어사 행차는 나타나지 않았다.

"이거 오늘까지 여기서 쉬자는 것 아니오?"

박원명이 호방을 돌아보며 물었다.

"아니올시다. 아까 행차가 금방 출발하려는 것을 보고 떠났습니다."

"그러면 이게 어찌 된 일이오?"

"글쎄올시다."

일행은 정신없이 역으로 내달았다. 그런데 득실거려야 할 역졸들이 하나도 보이지 않았다. 역은 나간 집처럼 썰렁했다.

"어사 행차는 어디로 갔는가?"

역졸 하나를 붙잡고 물었다.

"아침 일찍 고부로 떠났습니다."

"뭣이라고, 우리가 지금 고부서 오는 길인데."

"그람 먼 일이여?"

역졸도 어리둥절한 표정이었다. 8백 명이나 되는 어사 행차가 온데간데없다니 귀신이 곡할 노릇이었다. 모두 도깨비에 홀린 표정으로 잠시 눈만 멀뚱거리고 있었다.

"그럼, 혹시 주천삼거리로 해서 갈라고 그쪽으로 갔으까라우?"

"곧은길을 놔두고 그럴 리가 있소?"

주천삼거리로 도는 길이 좀 넓기는 했으나 20리 가까이 도는 길이었다. 역졸이 밖으로 나갔다가 좀 만에 돌아왔다.

"주천삼거리 쪽으로 가더랍니다. 큰길로 간 모양입니다. 나설 때부터 바삐 서둘렀는디, 그렇게 가셨으면 벌써 고부읍내 당도했겠소."

일행은 벼락 맞은 꼴이었다.

"허, 이거. 이런 낭패가 없구만."

박원명은 씁쓸하게 웃었다.

"말들 탈 줄 아시오?"

박원명이 아전들한테 물었다. 수교만 탈 줄 안다고 했다. 수교가 역에서 말을 한 필 빌려왔다.

"우리는 곧바로 읍내로 가겠소. 둘은 뒤따라오시오."

박원명은 호방과 아방은 뒤로 오라고 한 다음, 수교만 달고 읍내를 향해 오던 길을 되짚었다.

이용태는 아침에 천원역에서 출발할 때까지도 아무 말이 없었다. 천원서 5리쯤 나와 주천삼거리와 고부로 길이 갈리는 꼭다우란 데 이르렀을 때였다. 이용태는 갑자기 행방을 주천삼거리로 돌리라고 영을 내렸다. 당연히 고부 읍내로 가는 줄 알고 그리 가고 있던 선두가 길을 바로잡아 서느라 소동이 벌어졌다. 논길을 무지르고 야단법석이었다. 영을 내린 이용태는 주천삼거리에 당도하면 깨우라 일러놓고 가마 속에서 드르렁드르렁 코를 곯았다. 작자 코고는 소리에 가마뚜껑이 들썩일 지경이었다. 나흘 동안 매양 이랬다. 저녁 늦게까지 마시고 계집을 끼고 잔 다음, 아침은 드는 둥 마는 둥 하고 아침나절은 가마 속에서 잠을 잤다.

주천삼거리에 이르자 가마 곁을 따라가던 장교가 이용태를 깨웠다. 작자는 눈을 씀벅이며 밖을 내다보더니 이번에는 또 곧장 말목으로 가자고 영을 내렸다. 여기서도 또 한바탕 북새통이 벌어졌다. 당연히 읍내로 갈 줄 알고 그리 길을 잡아 섰던 선두가 또 한바탕 *졸경이를 친 것이다.

"빨리 말목으로 말을 달려 점심을 시키도록 해라. 거기 닿자마자 곧바로 점심을 먹어야 한다. 한참도 충그릴 시간이 없다. 거기 가거

든 풍헌이나, 풍헌이 없으면 향청 임직이라도 한 놈 찾아 이리 데려
오고, 난군에 나갔던 놈도 한 놈 데려오너라.”

이용태는 영을 내려놓고 또 드르렁드르렁 코를 곯았다. 어제 저
녁에도 술을 잔뜩 마신 다음 진옥을 품고 잤다. 제 말로 사내 여러
놈 결딴내겠다던 진옥을 또 품고 잤으니 코고는 소리가 더 요란스럴
밖에 없었다.

으레 점심은 읍내서 먹을 줄 알고 느긋했던 장교들은 느닷없는
영이 떨어지자 제정신이 아니었다. 애꿎은 말들만 엉덩이에서 불이
날 지경이었다. 말목에 다다른 장교들은 그 동안 여러 군데서 그랬
듯이 여각과 주막은 말할 것도 없고 여염집에까지 밥을 시켰다.

유월례의 가마도 여태 그랬듯이 역졸 행렬 맨 꽁무니를 따르고
있었다. 행차가 엉뚱한 데로 가고 있었으나, 가마꾼들도 가마에 탄
유월례도 영문을 모르고 그대로 가고 있었다. 북 단 거동에 멋모르
고 따라가는 망아지 꼴이었다. 유월례는 어젯밤 한숨도 자지 못했
다. 어제 저녁 웬만하면 이용태 비위를 맞춰보려 했으나, 이용태의
상소리와 상스런 짓에는 어떻게 처신을 할지 도무지 아뜩하기만 했
다. 종으로 살아오는 사이 주인이란 놈들한테 몸은 수없이 짓밟혔으
나, 내놓고 그렇게 상소리를 하는 자리는 생전 처음이었다. 더구나
나이 어린 계집아이들까지 있는 데서 그런 짓을 하니 사람을 완전히
개돼지 취급을 하는 것 같아 도무지 견딜 수가 없었다. 그런 이용태
앞에서 굽실거리고만 있는 호방이 더 가증스러웠다. 술잔을 끝내 거
절하고 나자 만득이 얼굴이 수없이 지나가, 이제 파탈을 하고 어지
간히 비위를 맞춰보려고 마음을 누그리고 있는 참인데, 그만 이용태

잔에 술이 넘치고 말았었다. 유월례는 앞으로 호방이 만득이한테 어떻게 나올 것인가 생각하면 앞이 캄캄했다. 호방은 어제저녁 만득이부터 없애버리고 말겠다고 이를 갈았다.

주천삼거리에서 말목까지는 25리쯤 되었다. 10리쯤 가자 이용태가 저절로 잠을 깼다. 가마를 멈추게 했다. 뒤따르고 있던 역졸들도 전부 멈췄다. 이용태가 가마 밖으로 나왔다. 언덕 밑으로 갔다. 앞을 까고 철철 오줌을 갈겼다. 역졸들은 킬킬거리며 이용태가 오줌 싸는 것을 보고 있었다. 오줌을 많이도 갈겼다. 앞을 여미고 윽 한 번 어깨를 움츠리며 늘컸다. 그때 가마 뒤를 따르고 있던 장교는 호박만큼 큼직한 비단 주머니와 찬합을 하나 챙겨 가마 속에 집어넣었다. 이용태가 다시 가마 곁으로 갔다.

"여기서 말목이 얼마나 남았느냐?"

"시오리쯤 남았다 하옵니다."

장교가 고개를 주억거리며 아뢰었다.

"장성 아이 이리 들여보내라."

장교는 이용태 가마 뒤에 따라오던 가마 문을 열었다. 진옥이 나와 이용태 가마로 들어갔다.

"아이고, 똥짐을 또 싣네."

"또 죽었다, 씨팔."

이용태 가마꾼들은 상판을 으등그리며 낮은 소리로 욕설을 퍼부었고, 진옥이 가마꾼들은 좋아서 킬킬거렸다. 행차가 다시 출발했다.

"잘 주무셨습니까요?"

앞으로 비좁게 비껴 앉은 진옥이 쌩긋 웃었다.

"너도 좀 잤느냐?"

이용태는 진옥의 등을 도닥거리며 해죽거렸다.

"예, 눈을 좀 붙였습니다요."

"요것이 물건 한나는 제대로 달고 나왔어."

이용태는 진옥의 볼을 꼬집었다.

"가마꾼들이 듣습니다요. 해장 드시겠습니까요?"

"응, 한 잔 따라라."

진옥은 아까 장교가 들여놓은 비단 주머니를 끌렀다. 주머니 안에서 보자기를 헤집고 하얀 백자 두루미병을 뽑아냈다. 술을 데워식지 않게 보자기로 꽁꽁 싸서 비단 주머니 안에 담아놨던 것이다. 식지 않게 하려니까 병을 여러 겹으로 쌌고, 그래서 주머니 크기가호박만 했던 것이다. 그 속에서 잔도 나왔다. 가마가 출렁거리는 바람에 진옥이는 술을 따르느라 여간 조심하지 않았다. 조심조심 이용태한테 잔을 건넸다. 이용태는 단숨에 술을 들이켰다. 한잔을 더 따랐다. 거푸 들이켰다. 찬합을 열었다. 갖가지 안주가 들어 있었다. 이용태는 안주를 우물거리며 거듭 술을 들이켰다. 이용태는 가마 옆문을 열었다. 가마 뒤에 바짝 붙어 오던 장교가 달려와 문에다 얼굴을 댔다.

"담배!"

"예, 대령하겠습니다요."

이미 장교는 손에 담뱃대를 들고 있었다. 길 한쪽으로 가서 담뱃대통에다 당성냥을 그어대고 물부리를 뻑뻑 빨았다. 연기가 제대로 피어올랐다.

"연초 대령이옵니다."

담뱃대 물부리 쪽을 옆문으로 디밀었다. 이용태가 나꿔갔다. 장교는 뒤로 가서 짐꾼 봇짐에서 담뱃대를 또 하나 뽑아들고 얼른 가마 곁에 붙어서 걸었다. 그 담뱃대에도 이미 담배가 재어 있었다. 진옥은 또 술을 따라 넘겼다.

동네마다 사람들이 몰려나와 어사 행차를 구경하고 있었다. 오늘은 말목 장날이라 길도 붐볐다. 앞서 가는 나졸들의 '물렀거라' 호령소리도 한층 요란스러웠고, 행인들에게 어사 행차를 향해 고개를 숙이라는 닦달도 서릿발이 쳤다. 그때 가마 문에다 대고 장교가 아뢰었다.

"아뢰옵니다. 영을 내리셨던 궁동면 풍헌 대령이옵니다."

이용태는 술잔을 비우고 옆문을 열었다. 장교가 가마 옆으로 이진삼의 등을 밀었다. 이진삼은 어사가 찾는다는 바람에 정신없이 의관을 정제하고 달려왔다. 낭창한 도포에다 갓양이 멍석만한 통영갓을 쓰고 있었다.

"궁동면 풍헌 이진삼 대령이옵니다."

이진삼이 가마 곁으로 붙어 가마 문에다 고개를 주억거렸다. 어사 배알이라 사뭇 정중하게 절을 했으나, 가마가 가고 있어 절이 제대로 되지 않았다. 이진삼이 종종걸음으로 가마 문으로 따라붙었다. 이진삼은 가마 안에 웬 계집이 있는 것을 보고 눈이 둥그레졌다.

"난군이 해산한 것이 언제인고?"

이용태가 담배를 빨며 물었다.

"조정의 따뜻한 조처에 감동하여 어제 저녁 나절 해산을 했사옵니다. 위로는 상감마마의 성은에 감복한 탓이요, 아래로는 순상 각하와 어사 나리의 위엄이 크게 떨친 덕분인가 하옵니다."

이진삼은 가마 문에다 얼굴을 대고 따라가며 그의 의관만큼 의젓하게 주워섬겼다. 그는 가마 문에서 어사 얼굴을 안 놓치랴, 고개를 굽실거리랴 정신이 없었다.

"그럼 지금은 전부 해산을 했단 말인가?"

"어제 거의 해산을 했다 하옵고, 몇 명 남아 장막을 뜯은 다음 오늘 아침에 마지막 해산을 했다 하옵니다."

장막을 뜯은 것은 그 이웃 동네 사람들이고 오늘까지 남은 것은 별동대였으나 이진삼은 그렇게 둘러대고 있었다.

"해산할 때까지 버티고 있던 수는 얼마나 됐는고?"

"이합집산이 무상하여 수가 일정치 않았던 듯하온데, 처음에는 만여 명이 모였사오나, 해, 해산할 무렵에는 처, 천 명 안팎이었사옵니다."

길이 좁아지자 가마가 이진삼 몸뚱이를 길 밖으로 밀어냈다. 이진삼은 길 밑으로 떨어지지 않으려고 가마를 잡고 안간힘을 쓰며 말을 더듬거렸다.

"무기는 무엇이었던고?"

"거, 거개가 대창이었사오며 구, 군아 무기고에서 가져간 창과 조총으로 무장한 사람도 1백여 명 되었던 듯하옵니다."

길이 또 좁아지는 바람에 이진삼이 뒤를 돌아보며 말을 더듬거렸다.

"무기고에서 탈취해 간 무기는 전부 군아에 되돌려놨는가?"

"그것은 자세히는 모르겠사오나, 워매."

이진삼의 몸뚱이가 가마에 밀려 길 아래로 굴러 떨어지고 말았다. 진 논바닥에 이진삼 엉덩이가 푹 박혀버렸다. 이진삼이 버르적거리며 일어났다. 논이 질어 도포가 그대로 흙감태기였다. 미투리가 흙 속에서 나오지 않았다. 이진삼은 다급하게 미투리를 진흙 속에서 뽑아들고 버선발로 성큼성큼 밖으로 나왔다.

"어서 나오시오."

장교가 소리를 질렀다. 이진삼은 제정신이 아니었다. 이진삼은 진흙 속에서 뽑아낸 짚신을 발에 꿰고 다시 정신없이 달려갔다. 다시 가마 옆구리에 달라붙었다. 이진삼의 꼴은 말이 아니었다. 그러지 않아도 잔뜩 겁먹은 눈으로 어사 행차를 구경하고 있던 동네 사람들은 이진삼의 꼴을 보고 겁먹은 눈을 더욱 뒤룩거렸다.

"죄송하옵니다. 아까 무, 무기 말씀을 물었사온데, 농민군이 무기를 군아에 반납했는지 어쨌는지 그런 소리는 듣지 못했사옵니다."

"풍헌은 학식이 웬만할 듯한데 난군이 관아에서 무기를 탈취하여 아직 반납하지도 않았다면 그들이 흩어졌다 해서 그것을 해산이라고 생각하는가?"

이용태는 진옥이 따라주는 술을 홀짝 마시며 물었다.

"황송하오나 거기까지는 잘 모르겠사옵니다."

이진삼은 무슨 죄라도 진 것같이 사뭇 굽실거렸다. 가마 옆문으로 어사의 얼굴을 들여다보고 고개를 굽실거리며 따라가는 이진삼 모습은 옹색스럽기 짝이 없었다. 또 논바닥으로 굴러 떨어질 것만 같아

보는 쪽에서 조마조마할 지경이었다. 그러면서도 악착스럽게 붙어서 따라가고 있는 이진삼 꼴은 꼭 걸어가는 어미 곁을 따라가며 젖을 먹으려고 뱃구레에다 계속 고개를 처박아대는 주린 송아지 꼴이었다. 길이 다시 좁아졌다. 또 가마가 이진삼 몸뚱이를 밀었다. 이진삼은 가마를 잡고 뒤를 돌아보며 따라갔다. 눈이 튀어나올 것 같던 이진삼이 이번에는 아예 가마 밑으로 쑥 들어가 버렸다. 이진삼의 갓이 벗겨졌다. 가마꾼들 발에 갓이 짓밟혀 버렸다. 이진삼은 가마꾼들의 발에 엉덩이를 채이며 가마 꽁무니로 빠져나왔다. 이진삼이 밟힌 갓을 황급히 주워들고 다시 가마 문으로 정신없이 달려갔다. 이진삼 이마에는 식은땀이 흐르고 있었다. 이진삼이 갓모자가 폭삭 으깨진 갓을 들고 숨을 씨근거리며 가마 문에다 얼굴을 들이댔다.

"무기를 반납하지 않는 것으로 보아 해산을 위장했을 뿐 언제든지 새로 모일 약속을 하고 흩어진 것으로 보이는데 풍헌 생각은 어떤고?"

"따로 모이자는 약속을 했다는 말은 듣지 못했사옵니다. 신관 사또 나리께서 여기 도임하시기 전에 정읍에 머무르시면서, 농민들에게 돌아가 안업에 종사하라고 방을 붙였사온데, 읍내에 머물던 농민군이 곧바로 백산으로 물러나 며칠 만에 해산을 했사옵니다."

이진삼은 할 소리를 어지간히 하고 있었다.

"줄포 전운소 조창에서 탈취한 미곡이 3백 석이라는데 들었소?"

"예, 그렇다고 들었사옵니다."

이용태는 반대쪽 문을 열었다. 그쪽으로 따라오던 장교가 부리나케 가마 문에다 얼굴을 갖다 댔다.

"술 더 가져오너라."

"예, 대령하겠나이다."

장교는 부리나케 뒤로 갔다. 뒤따르는 짐꾼 짐에서 비단 주머니를 또 꺼내다 가마 문으로 디밀었다. 진옥이 주머니를 받고 빈병 주머니를 내주었다.

"난군에 나갔던 놈을 불러오너라."

이용태가 주머니를 받아가는 장교에게 말했다.

"예, 대령하겠나이다."

장교는 뒤따라오는 젊은이를 가마 문 쪽으로 밀었다. 창동 김달식이었다. 그는 농민군이 해산했다는 소리에 얼씨구나 하고 왔다가 장판에서 멋모르고 따라온 것이다. 어제 농민군이 해산했다는 말을 듣고 곧바로 고부로 오던 김달식은 농민군이 해산할 때 쌀을 반 섬씩이나 주고 또 오늘은 군수가 농민군을 불러다 소를 잡아 잔치를 베푼다는 바람에 자기만 혼자 손해를 보는 것 같아 혀를 차며 장판을 서성거리는 참인데, 장교가 사람들을 모아놓고 어사가 농민군에 나갔던 사람을 만나고자 하니 농민군에 나갔던 사람은 누구든지 좋다며 나서라고 했다. 김달식은 어사라면 군수보다 더 융숭하게 대접을 할 것 같아 겁 없이 자기도 농민군에 나갔다고 나섰던 것이다.

김달식은 잔뜩 겁먹은 얼굴로 가마 문을 들여다보며 고개를 굽실했다. 여기 와서 보니 생각했던 것과는 전혀 딴판이어서 김달식은 벌써 이마에 땀방울이 솟고 있었다.

"너는 누가 나오라고 해서 난군에 나갔느냐?"

"모도 나가글래 지도 기냥 나갔그만이라."

"너도 총을 들었느냐?"

"아니라우, 저는 대, 대창만 들었구만이라우."

김달식은 농민군에 나갔다고 자청해서 온 놈이 대창도 안 들었다고 할 수가 없어 대창을 들었다고 얼버무렸다. 그러나 등줄기에서는 땀이 솟고 있었다.

"총 든 놈들은 그 총을 지금 어디다 두었느냐?"

"그 사람들은 오늘 아침에 해산혔다는디, 그 총을 어쨌는지는 모르겄그만이라."

"어제 해산을 하면서 전봉준이 무엇이라고 하더냐?"

"인저 모두 집에 가서 부모님하고 편안하게 살라고 하등만이라."

"다른 말은 없었단 말이냐?"

이용태가 빠듯 말꼬리를 치켜올렸다. 김달식은 깜짝 놀랐다. 잘못하다가는 불벼락이 떨어질 것 같았다.

"다시 나오락 하면 모도 다시 대창을 들고 얼른 나오라고 하셨그만이라."

김달식은 얻어들은 대로 대창 어쩌고 하는 소리를 덧붙였다. 그래야 불벼락이 안 떨어질 것 같아서였다.

"다시 나오라 하면 다시 나오라고?"

"예, 그랬구만이우."

김달식은 겁먹은 얼굴로 실없이 주변을 한번 두리번거리며 대답했다.

"너도 며칠 전에 줄포 가서 쌀을 지고 왔느냐?"

"아니라우. 지는 안 갔그만이라우."

"전부 몇 명이 갔느냐?"

"3백 명 갔그만이라."

그것도 얻어들은 소리였다.

"전운소 창고문은 어떻게 열었다더냐?"

이용태는 이미 이쪽 사정을 소상히 알고 있었다.

"도치로 찍어서 뿌쇠부렀닥 하등만이라우."

"해산할 적에는 먹다 남은 쌀이 전부 얼마나 남았느냐?"

"6백 섬인가 7백 섬인가 남았는디, 그 쌀은 전부 농민군한티 반
섬씩 나눠 줘서 전부 지고 갔그만이라우. 그런디, 저는 그때 어디 가
불고 없어서 못 받았그만이라우."

"정참봉인가 하는 이를 죽인 놈들은 어떤 놈들이냐?"

"농민군 속에는 화적들이 디글디글했는디라우, 정참봉이랑 정참
봉 마름들을 죽인 놈들은 그놈들이구만이라우. 그리고 별동대 대장
가운데서는 장진호란 놈이 젤로 설쳤구만이라우."

가마가 말목에 당도했다. 장교가 다시 조심스럽게 가마 문으로
가서 여기가 말목이라고 아뢰었다.

"여기가 말목인가?"

이용태가 저쪽 가마 문으로 밖을 내다보며 중얼거리자 그쪽 장교
가 가마 문으로 다급하게 이진삼의 등을 밀었다. 김달식은 살았다는
듯이 후유 숨을 내쉬었다.

"난군이 둔취하던 데는 어딘고?"

"여러 군데서 둔취했사온데……."

이진삼은 여기서 백산은 20리가 가깝고 그 전에 장막 쳤던 데는

318

서너 마장 된다고 했다. 가마에서 슬금슬금 떨어져나온 김달식은 앗 뜨거라 제 집으로 정신없이 도망쳤다.

이용태는 역졸들한테 빨리 점심을 먹이라고 한 다음 가마는 장막 쳤던 데로 가자고 했다. 가마는 이진삼을 옆에 달고 예동 쪽으로 갔 다. 이용태는 예동 앞 장막 쳤던 자리와 만석보 헐어낸 자리를 돌아 보고 저 멀리 백산을 건너다본 다음 다시 말목으로 돌아왔다. 여각 으로 안내되었다. 이진삼도 방으로 들어오라 했다. 이진삼이는 꼴이 말이 아니었으나 하는 수 없이 그대로 들어갔다.

"이것이 난군에 많이 나간 동네 이름하고 나간 사람 수요. 맞는가 훑어보시오."

이용태는 이진삼에게 종이를 하나 넘겼다. 은세방이가 써준 것인 듯했다.

"동네는 맞는 듯하오나 나간 사람 수는 잘 모르겠사옵니다."

이용태는 종이를 다시 받아 챙긴 다음 다시 이것저것 물었다. 밥 상이 들어왔다. 밥상을 같이 받았다. 이진삼은 이제야 사람대접을 받는 것 같았다. 이용태 곁에는 두 관기가 와서 술시중을 들었다. 이 용태는 거푸 술을 들었다. 이진삼한테 잔을 넘겼다. 이진삼은 무릎 을 꿇고 잔을 받았다. 그는 이용태가 술을 너무 많이 든 것 같아 조 마조마했다.

이용태는 밥을 먹고 나자 역졸들을 장판으로 전부 모으고, 장교들 은 먼저 이리 모이라고 했다. 장교들이 방문 앞으로 모였다. 이용태 는 다리를 휘청거리며 마루로 나갔다. 아까 그 종이쪽지를 꺼냈다.

"영은 이따 내릴 것인즉 각자 동네 이름만 하나씩 명념해 두도록

10. 어사 이용태 319

하여라."

이용태는 장교들에게 동네 이름을 하나씩 불러준 다음 토방으로 내려섰다. 그는 불쾌한 얼굴을 치켜들고 역졸들이 모여 있는 장판으로 갔다. 거기 나지막한 장작벼늘 위로 올라섰다. 발을 휘청거리자 곁에서 부축을 했다. 이용태는 역졸들을 이윽히 한번 둘러봤다. 역졸들은 숨을 죽이고 이용태를 보고 있었다. 역졸들 주변에는 동네 사람들이 저만치 서서 겁먹은 눈으로 이용태를 보고 있었다. 이용태가 이내 입을 열었다.

"여기서 일어났던 난군들은 천하에 무도한 역적들이다. 이놈들이 두 달 가까이나 나라의 기강을 어지럽히고 난동을 부렸음에도 불구하고, 조정에서는 특별히 관용을 베풀어 용서를 했다. 그런데 그런 온유관대한 조처에도 불구하고 이놈들은 나라의 창고인 전운소 조창을 파괴하여 수백 석의 미곡을 탈취했을 뿐만 아니라, 겉으로는 해산을 위장하고 지금도 무기를 감추고 관에 대적을 하려 하고 있다. 이놈들은 나라의 창고를 파괴하여 미곡을 탈취한 강도들이요, 상감의 관대한 조처에도 불구하고 무기를 감추고 역모를 획책하고 있는 역적들이다. 이 고을 안핵의 영을 받은 본관은 지엄망극한 어명을 받들어 위로는 황공무지한 상감마마의 위엄을 세우고 아래로는 나라의 기강을 바로잡고자 한다. 너희들은 지엄한 국법을 시행할 만큼 막중한 소임을 맡고 3백여 리 길을 멀다 하지 않고 달려온 어사의 사자들이다. 지금부터 어사 이용태는 너희들에게 영을 내린다. 명념하여 시행에 추호도 어긋남이 없도록 하라. 소속 장교 영에 따라 난군들은 하나도 남김없이 잡아들이도록 하라. 동학도는 난군에 나갔는가 여부를 묻지 말고 전부 잡아들여라. 놈들을 붙잡는 데는 추호도 사정을 두어서는 안 된다. 한 놈도 놓쳐서는 안 된다. 붙잡다가 죽어도 상관없다. 그런 것은 조금도 개의치 말라. 본관의 영을 성실하게 거행하는 자에게는 상이 있을 것이요, 나태한 자에게는 그 벌이 준엄할 것이다. 이미 각 장교들에게 영을 시행할 동네를 알렸은즉, 장교의 영에 따라 시각을 다투어 영을 거행하라. 지금 바로 떠나도록 하라."

이용태는 추상같은 영을 내렸다. 잠시 어리둥절했던 장교들은 불에 덴 놈들처럼 서둘렀다.

"나를 따라오라."

장교들이 소리를 질렀다. 역졸들은 방망이를 꼬나쥐고 내달았다. 눈에는 살기가 번득였다. 이용태는 역졸들이 장판에서 다 몰려나가는 것을 지켜본 다음 가마에 탔다. 고부 읍내를 향했다.

11. 한 놈도 놓치지 마라

"남분아, 니가 내 가락 쪼깨 갖고 가락 의원님한티 한본 갔다 와
사 쓸랑개비다."

김이곤 아내 백산댁이 웃으며 *괴머리에서 가락을 뽑았다. 반쯤
잣던 *토리를 뽑아내고 남분한테 가락을 내밀었다. 아까부터 가락이
굽어 털털 소리가 나고 있었다.

"해봉 양반이 가락 잡을라면 이담부터는 돈 갖고 오락 혔는디라."

남분이 가락을 받으며 웃었다.

"외상으로 하잔다더라고 혀라."

백산댁 말에 모두 따라 웃었다. 굽은 가락은 해봉 영감이 잘 잡아
여인들이 명을 잣다가 가락이 굽었다 하면 누구든지 가락을 들고 해
봉 영감한테로 달렸다.

달주 집에는 그 동안 물레 품앗이꾼이 바뀌었다. 조망태 아내 두

322

전댁은 진즉부터 나오지 않았고 장일만 아내 산매댁은 날마다 장막에 나가느라 나오지 않아, 그 자리를 박문장 아내 창동댁과 김한준 아내 정읍댁이 차지했다. 그러니까 요사이 여기 물레꾼들은 달주 어머니 부안댁과, 김이곤 아내 백산댁, 장춘동 아내 예동댁, 그리고 새로 나온 두 여인에다 남분 등 여섯 명이었다. 거기다 오늘부터는 연엽이 끼었다. 조망태 아내는, 여기서 한다는 소리가 매양 농민군 찬양뿐이어서 그게 비위가 상해 가버렸고, 장일만 아내 산매댁은 날마다 아이들을 있는 대로 데리고 나가 밥을 얻어먹기에 정신이 없었다. 연엽은 어제 오자마자 그 동안 치워놨던 물레를 다시 꺼내 같이 명을 잣고 있었다.

"오매 왬, 시방 저것이 먼 사람들이라우?"

느닷없이 강쇠네가 숨넘어가는 소리를 하며 달주 집으로 뛰어들었다.

"또 먼 일인디, 저 설레발이까?"

백산댁이 문을 열며 지레 핀잔이었다.

"시방 벙거지들이 황토재 쪽에서 까마구 떼 몰려오대끼 이리 몰려오고 있소."

강쇠네는 숨이 넘어갔다.

"멋이, 나졸들이?"

"예, 시방 수수백 명이 몰려오고 있소."

물레꾼들이 모두 마루로 몰려나갔다.

"먼 나졸들이 저러고 몰려올까?"

여인들은 입이 딱 벌어지고 말았다. 거진 백여 명이 몰려오고 있었다.

"어사가 온다고 하등마는 어사가 끗고 온 역졸들이까라우?"

"그리 어찌 헌 모냥이오."

그때 가락을 들고 나갔던 남분도 잔뜩 겁에 질린 얼굴로 되돌아오고 있었다.

"먼 사람들이라더냐?"

"어사가 끗고 온 역졸들 같다고 하요."

"별일이사 있겠소? 군수는 농민군들한티 잔치까지 벌이고 있는 판인디……."

달주 어머니는 애써 태연하게 말했다. 그러나 여인들 얼굴은 그대로 굳어 있었다. 몰려오는 역졸들 기세가 멀리서 보기에도 예사롭지 않았기 때문이다.

"오매, 동네로 들어오네."

역졸들은 두 패로 나뉘어 한 패는 상학동 쪽으로 곧장 올라가고 한 패는 하학동으로 들어오고 있었다. 동네로 들어오는 수는 30명 남짓 되었다. 동임 양찬오가 골목으로 나갔다. 역졸들은 동네로 들어오자마자 반은 동네 뒤로 돌아갔다. 동네를 빙 둘러쌌다.

"이 동네 동임이 누구요?"

양찬오는 자기가 동임이라고 조심스럽게 대답했다. 동네 골목에서 놀던 조무래기들도 겁먹은 얼굴로 역졸들을 건너다보고 있었고, 들판에 몰려다니던 동네 개들도 여남은 마리나 몰려 짖어대고 있었다. 동네 사람들은 울타리 사이로 내다보고 있었다. 장교 표정은 상기되어 있었고 역졸들도 얼굴이 굳어 있었다. 그러나 겉으로는 애써 태연한 척했다.

"우리는 어사 나리 영을 받들고 온 사람들이오. 이 동네 남자들을 전부 모아주시오."

"먼 일인디 그러시오?"

양찬오도 장교나 역졸들 모습이 심상치 않은지 조심스럽게 물었다.

"모두 나오면 말할 것인게 얼른 모아주시오."

양찬오는 저쪽에서 내다보고 있는 강쇠를 불렀다. 강쇠가 달려왔다.

"동네 남자들은 전부 나오라고 외아라. 어사또 나리 뫼시고 오신 분들이다. 얼른 외아."

양찬오가 장교 눈치를 보며 강쇠를 채근했다. 강쇠가 동각 옆 절구통 위로 올라섰다.

"동각으로 전부들 나오시오. 어사또 나리 뫼시고 오신 사람들이 나오락 허요. 얼른들 나오시오."

강쇠가 소리를 질렀다.

"얼른 나오시오."

강쇠가 거듭 소리를 질렀다.

"한 사람도 집에 남지 말고 싸게싸게 나오라고 더 외아!"

장교가 강쇠한테 소리를 질렀다. 강쇠가 또 소리를 질렀다. 동네 사람들은 어리둥절한 표정으로 동각 쪽만 살피고 있었다. 나가야 할지 어쩔지 몰라 모두 어정쩡 눈알만 뒤룩거리며 나졸들 동정을 살피고 있었다.

"느그들이 골목골목 들어댕김시로 싸게싸게 나오라고 해. 바쁜게

싸게 댕겨!"

장교가 역졸들을 돌아보며 소리를 질렀다. 역졸들이 골목으로 흩어졌다.

"이 동네서 읍내 잔치에는 몇이나 나갔소?"

장교가 양찬오한테 물었다.

"여남은 명 나간 성부르요."

양찬오는 수를 불려서 말하고 있었다. 실은 오늘 군아 잔치에는 이 동네서 장춘동 등 서너 사람만 나갔다.

"당신은 왜 안 갔소?"

"나는 첨부터 농민군에 안 나갔소."

역졸들은 집집마다 외고 다니며 어서 나오라고 악을 썼다.

"이 집에는 외는 소리 안 디키요?"

역졸들이 달주 집 사립을 들어서며 소리를 질렀다. 서슬이 시퍼랬다. 처음하고는 달리 역졸들 태도가 거칠어지고 있었다.

"우리 집이는 남자가 없고, 나는 과부로 사요."

부인댁이 침착하게 말했다.

"거짓말을 하기만 해봐라. 가만두지 않을 것인께."

작자는 눈을 부라리며 을러놓고 나갔다.

"먼 일이께라우? 한쪽에서는 잔치를 벌이고 또 한쪽에서는 저렇고 서릿발이 치고."

창동댁이 겁먹은 소리로 뇌었다.

"우리 집에 가봐사 쓰겠소."

여인들은 겁먹은 얼굴로 마루를 내려섰다. 역졸들은 집집마다 쓸고 다니며 어서 안 나오느냐고 악다구니를 썼다.

"이 집이는 멋하고 있소, 얼른 안 나오고!"

키가 껑충한 역졸 하나가 조망태 집으로 들어서며 버럭 악을 썼다.

"아이고, 우리 집 양반은 시방 며칠 전부터 몸이 아파서 꼼짝달싹도 못하고 누워 기시오."

두전댁은 숨넘어가는 소리로 주워섬겼다. 사실이었다. 조망태는 어제 집에 오자마자 몸이 불덩이가 되어 끙끙 앓아눕고 말았다. 두전댁은 약을 지어다 다린다, 수건으로 찜질을 한다, 부산을 떨고 있던 참이었다.

"아파도 나오시오!"

역졸은 방망이로 마룻장을 깡깡 치며 소리를 질렀다.

"저이는 자리 지고 누운 지가 닷새도 넘었소. 보면 모르겠소?"

"잔소리 말아, 이 예팬네야."

역졸은 두전댁한테 방망이를 어르며 악을 썼다. 조망태는 끙끙 앓는 소리를 하며 자리에서 윗몸을 일으켰다.

"싸게 나와, 안 나오면 쫓아가서 모가지를 비틀어서 끗고 나올텐께."

역졸은 험한 상판으로 을러뗐다.

"아니, 이런 몸으로 어디를 나가신다고 이러시오?"

두전댁은 일어서는 남편 곁에서 발을 동동 굴렀다. 조망태는 끙끙 앓는 소리를 하며 마루로 나섰다.

"아니, 시상에 저런 몸을 혀갖고 어디를 나간단 말이오? 보면 모르겠소?"

두전댁은 역졸한테 앙칼지게 대들었다.

"잔소리 말아, 썅!"

역졸은 이를 앙다물며 방망이로 두전댁 배를 꾹 질러버렸다.

"아이고매!"

두전댁은 비명을 지르며 배를 싸안고 땅바닥에 풀썩 주저앉았다.

"여보시오, 그 여자가 먼 죄가 있다고 그러시오?"

조망태가 버럭 고함을 질렀다.

"이 새끼가 누구한테 큰소리여?"

역졸은 방망이로 조망태 등짝을 냅다 갈겨버렸다.

"아이고."

조망태가 한쪽 어깨를 싸안으며 옆으로 몸을 틀었다. 오만상을 찌푸리며 무릎을 꿇었다. 그때 배를 싸안고 주저앉았던 두전댁이 벌떡 일어났다.

"오매, 사람 죽이네. 이놈아, 날 죽애라. 니가 누구를 때리냐? 이놈아, 저 사람이 먼 죄가 있다고 때리냐? 쥑일라면 날 쥑애라, 죽애라, 쥑애. 어서 쥑애."

두전댁은 고래고래 악을 쓰며 역졸 저고리 앞섶을 두 손으로 틀어쥐고 늘어졌다.

"멋이냐?"

지나가던 장교가 들어오며 소리를 질렀다.

"이 미친년이 한 대 때린게 이 지랄 아니오."

두전댁이 하도 드세게 나오는 바람에 어이가 없다는 표정이었다. 장교가 들어오자 두전댁은 역졸 옷을 더 되게 틀어잡고 매달리며 악을 썼다. 조망태가 버르적거리며 일어났다.

"야, 새꺄, 방맹이는 뽄으로 들고 댕기냐!"

장교는 곁에 따라온 역졸 손에서 방망이를 빼앗아 그 역졸 등짝을 사정없이 후려갈겼다. 두전댁이 소리를 뚝 그치며 손을 놨다. 장교가 하도 우악스럽게 나오는 바람에 눈만 뒤룩거렸다. 조망태가 역졸 앞을 섰다.

"오매 오매, 저 양반은 시방 몸이 불덩어리요. 불덩어리란 말이오."

두전댁은 발을 동동 구르며 조망태한테로 달려가 부축했다.

"저년 더 지랄하면 골통을 칵 깨부러."

"사람 죽으요, 사람 죽어. 시상에 몸이 아파서 칙간질에도 못가요. 그 양반 찬바람 쐬면 죽소, 죽어. 죽는단 말이오! 사람이 살고 봅시다."

두전댁이 연방 소리를 지르며 따라갔다.

"저런 재수대가리 없는 년!"

아까 그 역졸이 이번에는 두전댁 배를 두 번이나 질러버렸다.

"윽."

두전댁은 배를 싸안고 그 자리에 자지러지고 말았다.

"저놈 잡아라."

그때 장교가 동네 뒤쪽 골목을 향해 악을 썼다. 저쪽 등성이로 내빼는 사람이 있었다. 김천석이었다. 역졸들이 우르르 쫓아갔다. 김천석은 조망태 집에서 소동이 벌어지자 일판을 짐작하고 울타리를 넘어 도망쳤다. 그쪽을 지키고 있던 역졸이 막아섰다. 김천석이 옆으로 뛰었다. 역졸 서너 명이 김천석을 쫓아 잔등을 넘어갔다. 동각에는 동네 사람들이 벌써 20여 명 나와 오들오들 떨며 그쪽을 보고 있었다. 장교의 엄포에 질려 강쇠는 어서 나오라고 계속 외쳐댔으나 더 나오는 사람은 없었다. 김덩실 등 예닐곱 사람이나 안 보였다. 모두 집에 깊이 숨어 버리거나 김천석처럼 도망을 쳐버린 모양이었다. 그때 두전댁은 동네 여자들이 부축해 들어갔다. 두전댁은 자기 남편은 지키지 못했지만, 도망칠 사람들한테는 크게 한 몫 한 셈이었다.

"안 나온 사람이 누구누구요?"

장교가 양찬오한테 물었다.

"누가 집에 있었던가 잘 모르겠소. 잔치판에도 가고 오늘이 저그 말목 장날이라 장에 간 사람들도 많을 것이오."

양찬오가 천연스럽게 말했다. 그때 김천석을 쫓아갔던 역졸들이 맨손으로 돌아왔다. 동네를 둘러쌌던 역졸들은 지금도 그대로 동네를 둘러싸고 있었다.

"전부 뭉꺼라! 한나도 냉기지 말고 전부 뭉꺼."

장교가 역졸들한테 명령을 했다. 역졸들이 허리에서 오라를 풀었다.

"왜들 이라시오?"

조망태가 초췌한 얼굴로 장교를 향해 의젓하게 나섰다. 그는 하룻밤 사이에 눈이 쑥 들어가 버렸다.

"몰라서 물어?"

장교가 눈을 칩떴다.

"조정에서는 전죄를 묻지 않는다고 했고, 사또 나리께서도 지금 잔치까지 베풀고 있소. 조정의 뜻이 그러하고 사또의 뜻이 그러한데, 조정의 영을 받들어 일을 하시는 분들이 이럴 수가 있단 말이오?"

조망태가 언성을 높였다.

"잘났구만. 가서 어사 나리한테 한본 따져. 우리는 어사 영을 받고 영대로 거행하는 사람들이여. 저자부터 묶어!"

장교가 역졸들에게 조망태를 가리켰다. 역졸들은 조망태한테 달려들었다. 역졸들은 사람을 별로 묶어보지 않았을 텐데 묶는 솜씨들이 여간 능란하지 않았다. 오면서 연습을 많이 한 모양이었다. 골목에서 지켜보고 서 있던 여인들이 웅성거리기 시작했다.

"나는 농민군에 안 나간 사람이오. 우리 동네서도 안 나간 사람이 많소."

양찬오가 나섰다.

"안 나갔는지 나갔는지는 읍내 가서 개릴 것인게 잔소리 말아!"

"허, 참."

양찬오는 헛웃음을 치며 손을 내밀었다. 김한준도 묶이고 모두 묶였다.

"나 좀 보세. 우두머리가 누군가?"

그때 해봉 영감이 골목에서 나오며 소리를 질렀다. 장교는 멀거니 해봉 영감을 보고 있었다.

"조정에서는 죄를 묻지 않는다고 했는데, 이 무슨 짓인가? 조정 뜻은 상감 뜻인데 누가 감히 상감의 뜻을 어긴단 말인가, 엉?"

해봉 영감이 장교한테 삿대질을 하며 고함을 질렀다.

"야, 느그들 둘이 이리 와."

장교는 영감 말에는 대꾸도 않고 사람들을 묶고 있는 역졸 둘을 불렀다.

"저 영감태기가 시시콜콜한 글줄깨나 읽은 모냥인디, 솔찮이 시끄럽겄다. 큰소리 칠라면 즈그 집 안방에나 가서 치라고 데꼬 가서 방 안에다 처박아부러라."

역졸들이 달려가서 영감 팔을 끌었다.

"이놈들! 뉘 몸에 손을 대냐?"

영감은 팔을 홱 뿌리치며 악을 썼다. 역졸들은 양쪽에서 날쎄게 영감 팔을 끼워버렸다. 골목으로 끌고 갔다. 영감은 끌려가면서도 뒤를 돌아보며 계속 악다구니를 썼다. 영감을 끼고 가는 역졸들 모습은 마치 사이좋은 사람들끼리 어깨동무를 하고 가는 것 같았다. 그 뒤를 박문장 아내 창동댁이 새파랗게 질린 얼굴로 발발 떨며 따라가고 있었다.

"이런 새끼는 어쩔 것이오, 빙신인디?"

역졸이 오라를 들고 강쇠를 가리켰다.

"그런 새끼는 냅둬!"

장교가 퉁명스럽게 내뱉었다. 무슨 팔아넘길 물건을 세다가 잔챙이 내던지는 꼴이었다.

"씨발놈."

강쇠는 한쪽으로 비켜서며 입안엣소리로 이죽거렸다. 묶이지 않은 것은 다행이다 싶으면서도 무시당한 것이 화가 난 모양이었다.

"오매 오매, 저것이 먼 일이란가? 저것이 먼 일이여? 왜 생사람을 잡아가요?"

두전댁이 어느새 또 나오며 악을 썼다. 장교가 두전댁을 할기시
돌아봤다.

"느그들 둘이 저 재수없는 년, 즈그 집으로 끗고 가서 아조 작살
을 내부러라."

장교 말에 역졸 둘이 달려갔다. 두전댁을 사정없이 떼밀고 골목
으로 들어갔다. 두전댁은 악을 쓰며 밀려들어갔다.

장교는 역졸들을 향했다.

"지금부터 집집마다 발딱 뒤진다. 방안에 농짝까지 이 잡대끼 뒤
진다. 뒤져갖고 숨어 있는 놈은 그 자리에서 반쯤 쥑애갖고 끗고 나
와. 어서 가."

장교는 이를 앙다물고 영을 내렸다. 꼭 무슨 철천지원수라도 잡
는 것 같았다. 역졸들은 이를 앙다물며 육모방망이를 꼬나들고 골목
으로 내달았다.

"개미 새끼 한 마리라도 놓쳤다가는 느그들이 죽을 중 알아라."

장교가 역졸들 뒤에다 대고 악을 썼다. 역졸들은 방이고 마루고
멋대로 들쑤시고 다녔다. 오라에 묶인 사람들은 얼빠진 꼴로 멍청하
게 서 있었다.

"너 이년, 느그 서방 어디다 숨겼냐?"

해봉 영감 집으로 역졸 세 놈이 들어가며 창동댁을 윽대겼다.

"읍내 잔치에 갔소."

"거짓말 말아."

놈들은 다짜고짜 창동댁을 부엌 골방으로 끌고 들어갔다.

"왜 이라요?"

창동댁이 소리를 지르며 버텼다. 놈들은 막무가내로 부엌으로 끌고 가 골방으로 밀어넣었다. 두 놈이 방안으로 들어가고 한 놈만 밖에 남았다. 창동댁은 죽는다고 악을 썼다.

"이놈들!"

해봉 영감이 악을 쓰며 부엌문을 사정없이 밀쳤다. 부엌문은 이미 밖에서 잠겨 있었다.

"이놈의 늙은이는 땅나구를 쌂아묵었다냐, 으쨌다냐?"

역졸 한 놈이 등으로 문을 막아서며 히죽거렸다. 골방으로 끌려들어간 창동댁은 비명소리가 숨이 넘어갔다. 해봉 영감은 앞문을 박차고 나오며 악을 썼다. 역졸은 부엌문 빗장을 안에서 걸어버렸다. 창동댁은 입에 재갈이라도 물렸는지 비명소리는 나지 않고 발뒤꿈치로 방바닥을 찍는 소리만 쿵쿵 울렸다. 해봉 영감은 미친 듯이 앞뒷문을 쓸고 다니며 악을 썼다.

"새끼들아, 싸게 끝내."

밖에서 기다리고 있는 놈이 문을 찌걱이며 보챘다. 좀 만에 두 놈이 바지말기를 잡고 히죽거리며 나왔다.

"너는 혼차 해도 될 것이다."

놈들이 허리춤을 여미며 히죽거렸다. 밖에 기다리고 있던 놈이 부리나케 들어갔다. 창동댁은 입에 재갈이 물린 채 축 늘어져 있었다.

이 집 저 집에서 여자들의 비명이 쏟아졌다. 김덩실 집에서도 마찬가지였다. 김덩실 아내도 골방에서 숨넘어가는 소리로 악을 썼다.

"야, 이 개 같은 놈들아!"

외양간 *더그매 속에 숨었던 김덩실이 고함을 지르며 뛰어나왔다.

"이 새끼가 거기 숨어 있었구나."

밖에서 지키고 있던 역졸들이 김덩실을 향해 방망이를 꼬나들었다. 김덩실은 방망이를 피해 도망쳤다. 헛간으로 들어갔다. 대창을 들고 나왔다. 어제 해산하며 가지고 왔던 대창이었다. 김덩실 눈에는 퍼렇게 불이 켜져 있었다. 골방에서는 아내의 자지러지는 비명소리가 연방 쏟아져 나왔다. 김덩실이 대창을 겨누고 역졸들을 향해 돌진했다. 역졸들이 날쌔게 대창을 피했다. 대창을 겨누고 역졸들을 쫓아갔다. 놈들은 사립문으로 도망쳤다. 김덩실이 부엌으로 쏠려 들어갔다. 아내의 비명소리가 토막쳐 나오고 있었다.

"이 놈의 새끼."

김덩실은 악을 쓰며 문고리를 사정없이 잡아챘다. 문고리가 퐁 빠지며 엉덩방아를 찧고 말았다.

"이놈아!"

그때 도망쳤던 역졸들이 몽둥이를 들고 들어왔다. 김덩실을 사정없이 후려갈겼다. 김덩실은 그대로 맥을 놓고 말았다.

포승에 묶인 사람들은 멀리서 들려오는 비명소리로 사태를 짐작하고 있었다. 그러나 이만 부드득부드득 갈 뿐이었다. 글자 그대로 결박된 맹꽁이 신세였다.

달주 집은 모두 무사했다. 골목에 나와 있었기 때문이다. 예동댁도 애를 업고 골목에 있었다. 감역 집은 처음부터 침범을 못했으므로 감역 집과 골목에 나와 있던 여인들만 무사했다.

동네를 휩쓸고 다니던 역졸들이 하나씩 나오기 시작했다. 모두

빈손이었다. 좀 만에 김덩실이 입에서 피를 뱉어내며 역졸들한테 등을 밀려 나오고 있었다. 김덩실은 핏발이 벌겋게 선 눈으로 이를 부드득부드득 갈며 떠밀려오고 있었다.

"저놈 잡아라!"

들판 쪽에서 난데없는 고함소리가 났다. 도매다리 쪽에서 젊은이 하나가 들판을 가로질러 내빼고 있었다. 그 뒤를 역졸들이 쫓으며 소리를 지르고 있었다.

"느그들 둘이 쫓아가!"

장교가 역졸들한테 소리를 질렀다. 역졸 둘이 내달았다. 쫓기는 젊은이는 너무 지쳐 제대로 도망을 치지 못했다. 도매다리 총각대방 김장식이었다. 이쪽에서 쫓아간 역졸들이 앞을 가로질렀다. 뒤에 쫓아오던 역졸들은 이제 잡았다는 듯 걸음을 늦췄다. 김장식은 더 달리지 못하고 길에 풀썩 주저앉고 말았다. 김장식은 가쁜 숨만 내쉬고 앉아 있었다.

역졸들이 김장식 곁으로 갔다. 역졸들이 김장식을 일으켜 세우려 했다. 그 순간이었다. 김장식이 훌쩍 일어나는가 했다. 김장식 손에서 웬 흙먼지가 풀썩 일었다. 역졸들은 두 손으로 눈을 싸안았다. 두 놈 다 눈을 싸안고 그 자리에 서 있었다. 그 틈에 김장식은 죽어라고 도망쳤다. 아까 길에 주저앉으며 흙을 한 줌 쥐고 있다가 그들 눈에 뿌려버린 모양이었다. 처음부터 그럴 속셈으로 그렇게 쉽게 주저앉 았던 것 같았다. 뒤에서 쫓던 놈들이 다시 쫓았으나 잡기는 틀린 것 같았다.

"저런 병신들!"

장교가 욕설을 퍼부었다.

"가자!"

장교가 소리를 질렀다. 역졸들이 묶인 사람들을 앞뒤로 둘러싸고 등을 밀었다. 여인들이 엉엉 통곡을 터뜨렸다. 아이들도 울었다. 여인들과 아이들은 뒤를 따라가며 울었다.

황토재 쪽에서도 30명이 묶여 역졸들한테 끌려오고 있었다. 그 사람들을 본 하학동 여인들은 더 크게 통곡을 터뜨렸다. 그 뒤에도 한 패가 묶여오고 있었다. 또 한 패가 묶여오고 있었다. 묶인 사람들이 길을 메우고 있었다. 모두가 고기 두름 꼴이었다. 아침나절까지 팔팔했던 사람들이 한나절 사이에 이 꼴이 되다니 너무도 기막힌 일이었다. 바다 속에서 팔팔 헤엄쳐 다니던 고기떼가 한순간에 그물로 싸인 꼴이었다.

"너무 서러워 마시오. 저놈 새끼들, 다시 음지가 양지 될 때가 잇을 것이오. 전봉준 장군이 이 꼴을 보고 가만히 기실 중 아시오?"

강쇠가 제법 다부지게 이를 앙다물며 큰소리를 쳤다.

"이 사람아, 저렇게 다 잡혀가 분디 전봉준 장군인들 어떻게 심을 쓸 것인가?"

여인들이 경황 중에도 강쇠를 보며 넋두리를 했다. 말은 그렇게 하면서도, 여인들의 눈에는 행여나 하는 기대가 번뜩이고 있었다.

"아니라우. 어지께 집으로 돌아가라고 하실 적에 만약에 농민군들을 잡아가는 날에는 다시 일어나자고 하셨소. 즈그들이 잡아가 봤자, 농민군 수가 몇천 명이라고 그 수를 어떻게 다 잡아갈 것이오? 이 소문 들으면 다른 고을 사람들도 가만 안 있을 것이오."

강쇠는 제법 아는 체했다. 호랑이 없는 고을에 토끼가 선생이더라고 동네서 의젓한 남자라고는 한 사람도 남아 있지 않으니 그래도 강쇠가 사내라고 그만큼 돋보였다.

"그런게로, 시방 자네 말은 전봉준 장군님이 이런 일이 일어날 중 알고 어디서 보고 기시다가 군사를 모아올 것이라 이 말인가?"

산매댁이었다. 전봉준에 대한 호칭도 어느새 장군이었다.

"틀림없이 그럴 것이오. 당장 전봉준 장군 가까이 기시던 두령님들이나 별동대장들도 시방 전봉준 장군하고 한 꾼에 어디로 갔소."

강쇠는 제가 그들 속을 환히 알고 있다는 듯 의기양양하게 말했다. 여인들은 고개를 끄덕였다. 당장 이 동네 김이곤이나 달주만 하더라도 집에 돌아오지 않았기 때문이다.

"오매, 저것이 누구란가?"

장춘동과 김칠성이 바쁜 걸음으로 동네로 들어서고 있었다. 여인들은 깜짝 놀라 그쪽으로 몰려갔다. 김칠성은 며칠 더 있다 간다고 가지 않고 있었다.

"아니, 어디서 이라고 오시오? 읍내 가신 분들은 암시랑토 안 했소?"

"우리도 잔치 끝나고 오다가 잽힌 사람들은 잽히고 내뺀 사람들은 내뺐소."

그들은 숨을 헐떡이며 대답했다.

"우리 집 양반은 어떻게 됐소?"

잔치에 간 사람들 아내들이 다급하게 물었다.

"모두 정신없이 내빼다 본게 사방으로 필래부러서 누가 어떻게 됐는지 알 수가 없소."

장춘동이었다. 박문장도 갔는데 오지 않고 있었다.

"언제는 용서해 준다고 했다가 으째서 이렇게 뜽금없이 잡아간다요?"

"우리도 깊은 속은 모르겠는디, 군수하고 어사 놈이 따로따로 노는 것 같소. 우리도 산에 숨어서 잡혀가는 사람들을 봤소. 너무 염려들 마시오. 수가 한둘이 아닌디 즈그들이 죽이기사 하겠소."

장춘동은 자기들만 이렇게 도망쳐 온 것이 좀 미안한 듯 여인들을 안심시켰다.

"그럼 시방 전봉준 장군님은 어디 기신다요?"

아까 강쇠가 한 말이 어느 만큼 믿을 수 있는 소린가 알고 싶은 모양이었다.

"지금 할 소리는 아니오마는, 시방 두령들은 모두 다른 고을에 은신하고 기시오. 우리가 어제 해산을 할 적에 만약 저자들이 농민군을 붙잡아가면 다시 일어나기로 단단히 다짐을 했소. 그런 다짐이 아니더라도 저놈들을 가만둘 수 없소."

장춘동은 자신 있게 말했다. 전봉준 등 두령들은 지금 무장으로 가 있었다.

"가만히 안 기시면 저렇게 무지한 놈들을 어떻게 할 것이오? 더구나 이쪽 사람들은 다 잽혀간 것 같은디……."

아까 강쇠한테 그랬던 것처럼 장춘동을 바라보는 여인들은 금방 눈이 튀어나올 것 같았다.

"모두들 안심하시오. 당장 여그 있는 우리만 하더래도 한 동네 사람들이 저 꼴로 끌려갔는디 가만히 있겠소? 첨부터 같이 죽고 같이 살자고 일어났는디, 가만있을 수 없소."

장춘동이 주먹을 쥐며 얼렀다.

"하먼이라우. 그래사지라우."

"염려들 마시오. 저놈들을 전부 작살을 내고 말 것이오. 나도 갈라다가 며칠 더 있다가 갈라고 남았는디 잘 남았소. 모두 염려 마시오."

김칠성도 주먹을 얼렀다.

"오매, 고마운거."

여인들은 김칠성이가 그렇게 나오자 끌어안고라도 싶은 모양이었다. 김칠성은 이미 동네를 나갔던 사람이라 더 고마웠다. 나 몰라라 슬쩍 꽁무니를 사리고 내빼버리면 그만인데, 같이 주먹을 쥐고 나서니 고마울밖에 없었다.

"하여간, 안심들 하시고라, 시방 우리가 이 말을 이를라고 왔는디, 오늘 읍내 잔치판에 갔던 사람들이 도망을 많이 쳐놔서 그 사람들을 잡을라고 역졸 놈들이 또 동네에 올 것 같소. 그런 집 식구들은 오늘 저녁 집에서 자지 말고 피해서 자시오. 우리도 잠시 피했다가 형편 보아 다시 올라요."

장춘동이었다.

"그라먼 역졸들이 또 온단 말이오?"

양찬오 아내가 눈이 둥그레지며 물었다.

"혹시 몰라서 하는 소리요."

그때였다.

"저놈이 어짠 일인고?"

창동 젊은이 하나가 바삐 동네로 들어오고 있었다.

"웬 일이냐?"

"우리 동네 조만옥 씨 심부름이오. 무사한 사람들은 만석보 바로 건너 우령동으로 모이라고 하요."

"조만옥 씨는 무사했냐?"

"예, 용케 피했소."

조만옥은 제사가 있어 두령들하고 같이 가지 않고 집에 있다가 역졸들이 동네로 몰려오는 것을 보고 미리 피했던 것이다.

"느그 동네 사람들도 많이 잽해 갔냐?"

"우리 동네 사람들도 거진 다 잽해 갔소. 예동이나 말목 사람들은 미리 눈치를 채고 많이 피한 것 같소. 모두 정읍 쪽으로 내뺐은게 무사할 것이락 하요."

젊은이는 상학동으로 간다며 돌아섰다. 장춘동은 자기 아내한테로 갔다.

"나는 염려 말고 큰집에 가서 자."

장춘동이 웃으며 아내한테 말했다.

"조심하시오."

"염려 말아. 이놈아, 아부지 또 나갔다 오께."

장춘동은 아내 등에 업힌 아들놈 볼을 만져주고 돌아섰다.

"우리는 우령동으로 가요. 모두들 너무 걱정 마시오."

장춘동은 김칠성과 함께 길을 떠났다. 그는 이주호 집 쪽을 힐끔 한번 돌아봤다. 예동댁 눈에 눈물이 괴었다. 이주호 집에서는 이상만을 찾느라 법석을 떨었으나 아직도 찾지 못하고 있었다. 동네 사람들은 이상만 이야기라면 약속이라도 한 듯이 입을 다물고 있었다.

　박원명은 수교 은덕초와 함께 하루 종일 말을 타고 천방지축 휘젓고 다녔다. 천원역에서 읍내까지 40리 길을 말 엉덩이에서 불이 나게 채찍을 휘둘렀던 박원명은 또 도깨비한테 홀린 꼴이 되고 말았다. 주천삼거리를 돌아 벌써 당도했어야 할 이용태가 아직 당도하지 않았던 것이다. 말머리를 바로 돌려 주천삼거리로 달렸다. 그런데 주천삼거리에 이르도록 이용태 행차는 보이지 않았다. 또 도깨비에 홀린 꼴이 되고 말았다. 말목 쪽으로 갔다는 것이다. 농민군이 이미 해산해 버렸기 때문에 말목 쪽으로 갔으리라고는 상상도 못했던 박원명은 미칠 지경이었다. 다시 말 엉덩이에서 불이 났다. 말목에 당도하자 이용태는 벌써 읍내로 떠나고 없었다. 농민군들 잔치판에서 나와 꼭 130리를 뛰어다닌 것이다. 이미 해가 넘어가고 있었다.
　"허허."
　박원명은 땀을 닦으며 멀겋게 웃었다. 목이 말랐다. 체신이고 뭐고 내던지고 주막으로 들어갔다. 벌컥벌컥 막걸리를 들이켰다.
　"한 잔 더 따시오."
　술을 따는 주모의 손이 발발 떨렸다. 얼굴이 새파랗게 질려 있었다.
　"관복이 그렇게 무섭소?"
　"아이고, 사또 나리 우리 손자는 아무 죄가 없소. 농민군에도 안 나갔소. 지발 살려주시오. 모두 그렇게 잡아가면 으짤 것이라요?"
　"농민군을 잡아갔단 말이오?"
　"먼 말씀이오? 어사가 다 잡아가 부렀소. 다 잡아가 부러."

박원명은 막걸리 잔을 든 채 튀어나올 것 같은 눈으로 주모를 건너다보고 있었다.

　주모가 징징 울며 고개를 굽실거렸다. 박원명은 주모를 멀겋게 건너다보고 있었다. 그때 풍헌 이진삼이 새파랗게 질린 얼굴로 달려왔다. 이진삼은 그제 잔치에 나왔기 때문에 박원명은 그 얼굴을 알아보았다.

　"동네 사람들을 얼마나 잡아갔소?"

　박원명이 힘없이 물었다.

　"말씀도 마십시오. 닥치는 대로 다 잡아갔습니다. 사람만 곱게 잡아가는 것이 아니라 닥치는 대로 패고 부수고 부녀자를 강간하고, 세상에 이런 일도 있단 말씀입니까?"

　이진삼은 넋이 나간 표정이었다. 박원명은 처참한 표정이었다.

　"이 사람이 큰일을 내고 있구만."

　한참만에야 박원명은 혼잣소리로 중얼거렸다. 어깨가 축 처졌다. 그는 앞에 놨던 잔을 들어 벌컥벌컥 들이켰다. 이진삼은 어쩔 줄을 모르고 서 있었다.

　"들어와서 한잔 하시오."

　이진삼도 저쪽 수교 곁에 앉아 술잔을 받았다. 박원명은 또 잔을 받아놓은 채 혼자 골똘히 생각에 잠겨 있었다.

　"이 난세에 벼슬길에 나선 내가 미친놈이었지. 조부님 말씀이 백번 옳았던 것을."

　박원명은 혼잣소리로 중얼거리며 허옇게 웃고 있었다. 그는 한참 생각에 잠겨 있다가 무슨 결심이라도 한 듯 잔을 들어 꿀꺽꿀꺽 들이켰다. 술 넘어가는 소리가 요란스러웠다.

"면목이 없소. 여기 군민들에게 내가 면목이 없다더라고 전해 주시오. 관복을 입은 내 꼴이 한없이 부끄러울 뿐이오."

박원명이 이진삼 손을 꼭 쥐며 다시 멀겋게 웃었다. 그는 말을 타고 채찍을 휘둘렀다.

박원명이 읍내에 당도했을 때 이용태는 이미 동헌에 좌정을 하고 아전들에게 큰소리로 악을 쓰고 있었다. 박원명은 배알의 예를 갖추었으나 이용태는 고개를 반쯤 틀고 앉아서 인사도 받는 둥 마는 둥 대번에 호령부터 내질렀다.

"당신 정신이 있는 사람이요, 없는 사람이요? 그런 때려죽여도 시원찮을 놈들한테 잔치판을 벌이다니 도대체 당신은 어떻게 생겨먹은 사람이오?"

이용태는 시퍼렇게 쏘아댔다.

"조정의 뜻이 그러하기로 조정의 뜻을 받들었을 뿐입니다."

박원명은 이용태를 똑바로 쳐다보았다. 이미 어떤 각오를 한 것 같았다.

"조정의 뜻? 도대체 조정의 뜻이 뭣이오? 저자들이 관의 효유에 순순하게 응해 올 때 용서하라는 것이 조정의 뜻이지, 대적을 할 때에도 용서하고 그놈들한테 굽실거리라고 했단 말이오?"

이용태는 동헌 들보가 욱신거리게 악을 썼다.

"소직의 방이 나붙은 뒤로는 대적한 적이 없습니다."

"뭣이, 대적한 적이 없었다고? 줄포 전운소 조창을 때려 부순 것은 대적이 아니고 뭐요? 그것이 대적이 아니면 무엇이 대적이냐 말이오?”

이용태는 삿대질을 하며 고래고래 악을 썼다. 삿대질을 하는 손이 금방 박원명 눈이라도 쑤실 것 같았다.

“그것은 방이 붙은 날 저지른 일이온데, 그때는 아직 방의 진의를 제대로 알지 못하고 한 일이옵니다. 그런 일을 다 따지기로 하면 효유를 할 수가 없습니다.”

박원명은 끝내 침착을 잃지 않고 대답했다.

“방의 진의를 알지 못하다니, 방에다 조정의 뜻이란 소리를 제대로 안 썼단 말이오?”

이용태는 말꼬리를 독사 대가리처럼 추켜올렸다.

“썼습니다. 썼지마는 그들은 그것이 어디까지가 진실인지 의심을 했을 것입니다.”

“아니, 어명을 의심하다니, 그런 불측막급한 짓까지 받자를 한단 말이오?”

“많이 속아온 백성이라 그런 말도 곧이곧대로 믿지를 않는 것이 사실이옵니다.”

“아니, 뭐요? 상감을 믿지 않는 것이 사실이라니, 그것이 지금 속대束帶를 하고 있는 자의 입으로 할 수 있는 말이오, 엉?”

이용태는 주먹으로 책상을 꽝 쳤다. 속대란 띠를 둘렀다는 말인데 여기서는 관복을 입었다는 뜻이다.

“사실을 말씀드렸을 뿐이옵니다.”

“뭣이, 사실? 사실이니까, 그런 놈들 행위를 그대로 받아들여야 한다 이 말이오?”

이용태는 잡아먹을 듯이 박원명을 노려보고 있었다. 그의 입에서는 풀무질 소리가 났다. 박원명은 대답을 하지 않았다.

"그것은 또 그렇다 치고 무기는 또 뭐요?"

이용태는 성깔을 잠시 누르는 것 같았다. 허물을 더 들춰내서 박원명을 작살을 내고야 말겠다는 속셈 같았다.

"무기고를 부수고 무기를 탈취했으면 그것을 반납을 해야 대적할 뜻이 없다는 소리가 될 것이오. 어떻소? 군아 창고를 부수고 탈취해 갔던 무기를 전부 반납했소?"

"고정하시고 제 말씀을 더 들어보십시오."

박원명은 말소리가 한결같았다. 그러나 결코 이용태한테 굽실거리고 드는 자세는 아니었다.

"고정? 지금 내가 고정하게 됐어?"

이용태는 반말지거리까지 하며 악을 썼다.

"기왕 조정의 뜻도 있고 하니 더 효유를 한 연후에……."

"뭣이, 효유? 두 달 가까이나 날뛴 놈들한테 용서를 한다고 했으면 그만이지 그런 흉악무도한 놈들한테 술 퍼 먹이고 떡 퍼 먹이는 것이 효유란 말이오? 수령 명색이 백성한테 그렇게 기고 나서 백성을 어떻게 다스린단 말이오, 엉?"

이용태는 책상을 또 꽝 내리치며 삿대질을 했다. 이용태 서슬에 박원명은 잠시 멈칫한 표정으로 그를 건너다보고 있었다.

"내 말 똑똑히 들으시오. 나는 난당들을 안핵하라는 어명을 받은 안핵사요. 안핵사로서, 이 자리에서 당신한테 영을 내리오. 당장 수괴들을 잡아들이고 무기를 회수하시오. 만약 수괴들을 잡지 못하고 무기를 제대로 회수하지 못하면 무사하지 못해!"

이용태는 한 마디 한 마디에 힘을 박아 내뱉어놓고 훌쩍 일어서 버렸다. 박원명은 몽둥이 맞은 놈처럼 멍청한 표정이었다. 박원명은 속으로 웃고 있었다. 농민군 소문만 듣고도 겁이 나서 보름 가까이 나 이불을 뒤집어쓰고 발발 떨고 있던 자가 어디서 저런 서슬이 나오는가 싶었다. 저렇게 시퍼런 서슬이면 그때 당장 달려와서 저 시퍼런 서슬로 왜 농민군들을 작살내지 못했단 말인가? 보름 가까이 움츠리고 있던 자기의 비겁했던 꼬락서니를 이런 식으로 호도하려는 속셈이 너무도 환히 들여다보였다.

12. 불타는 고부

"진지 잡수셨소?"

김이곤 아내 백산댁이 아이들을 달고 달주 집으로 들어서고 있었다.

"어서 오시오. 좁은 대로 같이 잡시다."

여남은 살짜리 계집아이를 맏이로 올망졸망 삼남매였다. 아이들도 모두 잔뜩 겁먹은 얼굴들이었다.

"남분이랑은 어디로 갔다요?"

"모두 감역 댁으로 갔소. 감역댁이 동네 처녀들하고 젊은 각시들을 전부 자기 집으로 데려갔다요. 그 집으로 보내놓고 난게 한시름 놓이오."

"오매, 그 집서 크게 맘 썼네. 고마운거. 천둥번개 칠 적에는 천하가 한맘 한뜻이라등마는 참말로 그라요. 하기사 감역댁은 심지 한나

348

는 나무랄 데가 없는 사람이지라우."

"이리 내려온나. 아랫목으로 와. 웬수 놈의 시상, 시상을 하도 험한 시상을 만나는게 어린 느그들까지 이 고생이구나."

부안댁은 백산댁 아이들 손을 끌어 아랫목으로 앉혔다.

"그래도 백산 양반은 첨부터 집이 안 오시기를 참말로 잘 하셨소."

"우선은 안심이오마는 저놈들이 나와도 너무 험하게 나온게 안심이 안 돼요. 안핵사라디야 어사라디야, 그 사람은 어떻게 생긴 사람이 그렇게도 무지막지허까라우? 한 임금 아래서 일하는 사람들이 손발이 안 맞아도 그렇게 안 맞께라우?"

그때 밖에서 인기척이 났다. 김한준 아내 정읍댁이었다. 그도 아이들을 데리고 왔다. 여덟 살짜리 계집을 위로 남매였다.

"어서 오게."

"한데서 잘라면 속들이 실해사 쓸 것인디, 밥을 해갖고 가보는 것을 그랬는가 모르겠소?"

"그 북새통에 뉘 밥이 뉘 밥인 줄 알아서 지대로 전해 주겠는가?"

그때 강쇠네가 왔다.

"아까 우리 집서 상학동 갔다 와서 그런디라우, 거그서는 그놈들이 사람만 잡아가는 것이 아니라, 방에 들어가서 돈이야, 패물이야 그런 것을 몽땅 털어갔다고 안 그라요."

"오매, 명색이 관에서 나왔다는 놈들이 이참에는 도둑질까지 한단 말이여. 시상 다 되아부렀네."

"그리고 읍내에서는 난리가 나도 크게 났다요. 어사가 군수꺼정 가둬 부렀다요."

"군수를?"

"군수만 가둔 것이 아니라 아전들이야 벙거지들이야 이쪽 사람들은 싹 잡아서 가둬불고 어산가 지랄인가 그 작자가 자기가 끗고 온 역졸들만 데꼬 몽땅 지 시상을 맨들어 부렀다요."

"허허, 일을 지대로 하는 군수를 가둬부러?"

"어사 앞에서 군수는 첨부터 꽹이 앞에 쥐라고 허그만이라."

"어산게 그리기는 그러겄제. 이도령이 어사 되아갖고 와서 변학도 파직을 시키고 가두는 것 봐."

박원명을 가뒀다는 것은 헛소문이었다.

"가만 기십시오."

말을 하던 강쇠네가 갑자기 귀를 쫑그리며 조용히 하라는 손짓을 했다. 동구에서 개들이 요란스럽게 짖고 있었다. 강쇠네가 밖으로 나갔다. 개들이 더 요란스럽게 짖어댔다. 여러 마리들이 사납게 짖어대는 것이 예사롭지 않았다. 낮에 한번 놀랐던 개들이라 짖는 소리들이 한층 사나웠다.

"오매, 그 사람들이 또 오는 것 같소."

강쇠네가 쫓기듯 뛰어들었다. 모두 마루로 나와 동구짬을 내다봤다. 어두워서 아무것도 보이지 않았다.

"오매, 그런디 또 저것은 먼 불이까?"

"집에 불이 난 것 같소."

"아이고매, 저놈들이 불까지 질렀으까?"

저쪽 들판 신봉리에서 집이 불타고 있었다.

"자리로 듭시다."

모두 방으로 들어와 이불 속으로 들어갔다. 부안댁이 등불을 훅 꺼버리고 그도 이불 속으로 파고들었다. 여인들은 아이들을 껴안고 이불 속으로 깊숙이 기어들었다. 숨소리만 쌕쌕했다. 옆집에서 뭐라 호령소리가 났다. 모두 이불 속으로 더 파고들었다. 여인들은 아이들을 잔뜩 껴안고 숨을 죽였다. 누가 마당으로 들어오는 것 같았다. 창에 불빛이 비쳤다.

"오매, 으짜꼬?"

모두 이불 속으로만 파고들었다.

"쥔 없어? 문 열어."

마당에서 고함을 질렀다.

"쥔 없냐 말이여? 어서 나와. 집구석에다 칵 불을 질러불랑게."

방망이로 마루를 깡 치며 소리를 질렀다.

"예, 나가요."

부안댁이 어둠 속에서 등잔에 불부터 켰다. 문을 열었다.

"모두 바깥으로 나와!"

역졸들은 방망이로 마루를 깡깡 치며 소리를 질렀다. 옆집에서도 똑같이 악다구니 소리가 났다.

"싸게싸게 기어나오란 말이여!"

역졸들은 또 방망이로 깡깡 마루를 쳤다. 여자들이 모두 이불 속에서 나왔다. 아이들이 칭얼거렸다. 아이들한테는 가만히 누워있으라고 속삭여놓고 네 여자가 모두 밖으로 나갔다.

"남정네는 없어?"

역졸은 세 놈이었다.

"예, 없소. 나는 과부로 혼자 사요."

"당신들은?"

"이웃집에서 놀러온 여자들이오. 남편들은 낮에 잽혀갔소."

"참말로 방 안에 사람 안 숨었단 말이여?"

"안 숨었소. 애기들만 자요."

"거짓말을 했다가는 쥐둥아리를 칵 찢아불 것이여. 여그 꼼짝 말고 서 있어."

역졸들은 신을 신은 채 세 놈 다 마루로 성큼 올라서서 방으로 들어갔다. 이불을 홀쩍 들췄다. 아이들이 강아지 새끼들처럼 엉겨 있었다. 아이들은 모두 잠자는 시늉을 하고 있었다. 놈들은 문을 닫고 방이며 마루방을 구석구석 뒤지고 다녔다. 작자들이 방 안을 한참 뒤지더니 이내 모두 밖으로 나왔다.

"이리 따라와!"

세 놈들은 여자들을 한 사람씩 끌었다. 부안댁만 남았다. 그들은 여자들을 외양간 쪽으로 끌고 갔다.

"아가리만 벌리면 단매에 패쥑애부러."

그들은 여자들한테 을러메며 세 놈 다 여자들을 끌고 골방으로 들어갔다.

"왜 이라요?"

"아가리 벌리면 쥑인다고 했제. 뎨지고 잡어?"

한 놈이 방망이로 백산댁 등짝을 사정없이 후려갈겼다. 놈들은 죽인다고 거듭 을러메며 골방으로 끌고 들어갔다. 부안댁은 발발 떨고 마당에 서 있었다. 그때 골목에서 또 발짝 소리가 났다. 부안댁은 울타리 곁의 섶나무 벼늘 뒤로 얼른 몸을 숨겼다. 이번에는 두 놈이었다.

"으으!"

그때 골방에서 비명소리가 토막쳐 나왔다. 두 놈은 그쪽으로 가서 잠시 귀를 기울였다. 여자들의 비명소리와 을러메는 위협소리가 뒤섞여 나왔다.

"어뜬 놈들인고? 일찍 붙었네."

작자들은 키들거리며 큰방 마루로 올라가 방문을 발칵 열었다. 안으로 들어갔다. 부안댁은 섶나무 벼늘 뒤에 숨을 죽이고 있었다. 방에서 계집아이들이 칭얼거리는 소리가 났다. 방에 불이 꺼졌다. 계집아이들이 우는 소리를 했다. 사내아이들 소리는 나지 않고 계집아이들 우는 소리만 났다. 그놈들이 뭐라 을러메는 것 같았다. 계집아이 하나가 찢어지는 비명을 질렀다. 비명소리가 나다 말았다. 입을 틀어막힌 것 같았다.

"오매, 저 짐승 같은 놈들."

부안댁은 그제야 발을 동동 굴렀다. 방에서는 계집아이들의 간드러진 신음소리가 비져나왔다. 김이곤 딸은 열한 살이고, 김한준 딸은 여덟 살이었다.

"오매 오매, 저 짐승들."

부안댁은 어둠 속을 두리번거렸다. 손으로 땅바닥을 더듬었다. 장작개비 하나가 손에 걸렸다. 장작개비를 들고 큰방 쪽으로 부리나케 달려갔다.

"이 짐승들아!"

부안댁이 장작개비로 마룻장을 깡 치며 목이 찢어져라 악을 썼다.

"너 이년, 이따 죽어."

안에서 을러메는 소리를 하며 문고리를 찰칵 잠가버렸다. 그때 계집아이가 제대로 악을 쓰며 울었다. 또 입이 틀어막히는 것 같았다.

"오냐, 죽여라. 이 천벌을 받을 놈들아!"

부안댁은 악을 쓰며 마루로 올라가 장작개비로 문을 탕탕 쳤다. 계집아이들 비명소리만 계속 흘러나올 뿐이었다. 부안댁은 마루에서 뛰어내려 외양간 쪽으로 달려갔다.

"저놈들이 애기들까지 겁탈한다."

부안댁이 골방에다 대고 악을 썼다.

"앵이."

여태 겁에 질려 꼼짝 못하고 사내들 밑에 깔려 있던 백산댁과 정읍댁이 훌쩍 몸을 뒤챘다. 다시 덮쳐오는 사내들을 발로 사정없이 걷어찼다. 사내들이 저만치 나가떨어지며 벽에다 컹 뒤통수를 찍었다. 두 여인이 후닥닥 문을 박차고 뛰쳐나왔다. 사내놈들이 치맛자락을 잡았다. 치마가 북 찢어졌다. 강쇠네는 몸부림을 쳤으나 그대로 눌려 있었다.

"이놈들아!"

두 여인이 악을 쓰며 마루로 뛰어 올라갔다. 여태 이불 속에 죽은 듯이 누워 있던 사내아이들이 그제야 찢어지는 소리로 울음을 터뜨렸다. 여인들이 문고리를 잡아챘다. 새집 문이라 끄덕도 안했다. 정읍댁이 부엌으로 내달았다. 부엌문을 지그덕거렸다.

"에이, 쌍년들!"

그제야 앞문이 벌떡 열리며 놈들이 바지말기를 붙잡고 방을 뛰쳐
나왔다. 놈들은 마당으로 뛰어내려 사립으로 도망쳤다. 두 여인들이
딸 이름을 부르며 방으로 뛰어들었다.

"엄마, 엄마."

계집아이들이 엉엉 소리 내어 울고, 사내아이들도 큰 소리로 울
었다. 정읍댁이 화롯불을 뒤져 관솔에 불을 댕겼다. 방 안의 광경이
눈앞에 그대로 드러났다. 딸의 모습을 본 정읍댁은 그대로 방바닥에
풀썩 무너져내렸다. 다시 몸이 옆으로 피글 쓰러지고 말았다. 백산
댁은 흐트러진 딸을 껴안고 흑흑 느끼고 있었다. 딸도 백산댁한테로
엉겨붙었다. 딸을 껴안은 백산댁은 짐승의 비명 같은 소리로 흐느꼈
다. 으스러져라 껴안으며 계속 흐느꼈다. 정읍댁 계집아이는 부안댁
이 껴안았다. 백산댁의 흐느낌 소리는 뱃속에서 창자가 토막쳐 나오
는 소리 같았다. 그들 모녀는 영원히 그대로 굳어버릴 듯 다시 끌어
안고 끌어안으며 한없이 흐느꼈다.

광란의 폭풍이 지나간 뒤로 동네는 악마의 숨결 같은 시커먼 어
둠에 싸여 죽음 같은 정적에 눌려 있었다. 이 어둠이 영영 벗어지지
말고 세상이 이대로 끝나 버렸으면 싶은 밤이었다. 이따금 허투루
짖어대는 개소리만 통곡 끝의 *늘킴처럼 적막을 공허하게 울리고 있
었다.

그때 동네 개들이 다시 요란스럽게 짖어댔다. 감역 집에 몰려 있
던 처녀와 새댁들은 모두 귀를 쫑그리며 바들바들 떨었다. 그들은
아까 동네서 들려오는 심상찮은 비명소리를 들으면서도 그저 이불

속에서 발발 떨고만 있었다. 그런데 또 개가 짖자 다시 이불 속으로 파고들었다. 그들은 경옥 방이 좁아 이상만 아내 방에 몰려 있었다. 지게문 하나를 사이에 둔 상하방이었다. 열서너 명의 처녀와 새댁들이 위 아랫방에 나누어 이불을 뒤집어쓰고 있었다.

이상만 아내는 이상만이 행방불명되기 전부터 친정으로 애를 나러 갔고, 이주호는 이상만이 없어진 뒤로 여기저기 찾아다니느라 늘 집을 비웠다. 행랑채 머슴방에는 오늘 저녁에도 청룡바우가 혼자 자고 있었다.

"문 열어!"

소리를 지르며 대문을 쿵쿵 두들겼다. 몽둥이로 두들기는지 대문이 부서지는 소리가 났다. 놈들은 대문을 사정없이 두들기며 거듭 소리를 질렀다.

"오매 오매, 으째사 쓰꼬?"

처녀와 새댁들은 이불 속으로만 파고들었다. 이 집 대문은 유독 우람했으므로 몽둥이로 치는 소리도 그만큼 크게 났다.

"문 안 열어? 뿌서분다."

악을 쓰며 쿵쾅쿵쾅 두들겼다. 여러 놈이 악을 쓰며 문짝을 쳤다.

"누구요?"

행랑아범 목소리였다.

"어사또 영이다. 문 열어!"

"이 댁은 감역 나리 댁이오."

청룡바우 소리였다.

"감역이고 나발이고 문부텀 열어!"

그때 위채에서 누가 내려오는 것 같았다. 위채에는 김제댁과 감역댁 밖에는 없었다. 대문 밖이 훤해졌다. 횃불을 밝힌 것 같았다.

"어떤 놈들이냐?"

김제댁이 쏘아붙였다. 칠십객 늙은이 같지 않게 목소리가 앙칼졌다.

"문 열어라. 어사또 영이다. 동학도 잡으러 왔다."

밖에서 되바라지게 악을 썼다.

"동학도고 멋이고 이 댁이 뉘 댁인지 알고 언감생심 침범을 하려하느냐? 이 집은 상감의 첩지를 받은 감역 나리 댁이다. 썩 물러가지 못할까?"

김제댁은 카랑카랑한 목소리로 내질렀다.

"감역이고 좆이고 문 열어!"

밖에서 악을 썼다.

"이놈들, 어사또가 그런 영을 내렸을 리가 없다. 우리 집에는 동학도가 없다."

그때 잠시 밖이 조용해지며 자기들끼리 뭐라 소곤거리는 것 같았다. 그 다음 순간이었다.

─쿵.

대문이 요란스런 소리를 냈다. 그러나 열리지 않았다.

"이 빙신들아, 다시! 한나, 둘, 싯!"

대문 빗장이 우광쾅 부러지며 대문이 발딱 열렸다. 역졸들이 우몰려들었다.

"이놈들, 이 댁이 뉘 댁이라고 감히 침범하느냐?"

김제댁이 고래고래 악을 썼다.

"이 집에 동학도들이 숨어 있다. 발딱 뒤져라."

한 놈이 소리를 질렀다. 그들은 횃불을 들고 집 안으로 흩어졌다. 소리를 지른 놈은 장교가 아닌 것 같았다. 놈들은 우르르 위채로 몰려갔다. 그들은 모두 괴상스런 자루를 하나씩 메고 있었다. 어떤 자는 어디서 바지를 구해서 바짓가랑이 끝을 묶고 그 양쪽 가랑이 통에다 무얼 불룩하게 넣어 그 가운데를 어깨에 멨으며, 어떤 자는 홑이불에다 무얼 잔뜩 싸서 들쳐메고 있었다. 30여 명쯤 되는 것 같았다. 아까 지시를 한 우두머리는 곁에 서너 명을 달고 마당 가운데 서 있었다.

"이놈들아, 이 집이 뉘 집인디 감히 이 집을 뒤진단 말이냐?"

김제댁이 우두머리를 향해 삿대질을 하며 목이 찢어져라 악다구니를 썼다.

"이 늙은 것이 솔찮이 시끄럽겠다. 이것들 전부 끄집어다가 저그 저 곳간에다 쳐 넣고 칵 장가부러!"

우두머리는 곁에 서 있는 놈들에게 고갯짓을 했다. 놈들이 우르르 달려들었다. 하나씩 끌고 행랑채로 갔다. 곳간 문을 열었다. 가마며 나귀 안장 따위를 넣어두는 곳이었다. 김제댁은 악을악을 쓰며 끌려갔다. 청룡바우가 뻗대자 방망이로 사정없이 후려갈겼다. 그도 맥살없이 끌려갔다. 행랑어멈이며 감역댁, 모종순까지 전부 끌려갔다. 역졸들은 곳간에다 식구들을 밀어 넣어 놓고 밖에서 문고리를 걸어버렸다. 그러고도 안심이 안 되는지 큼직한 몽둥이를 주워다가 문을 단단히 괴어버렸다. 안에서는 악다구니가 쏟아졌다.

놈들은 마치 이 집에서 살아보기라도 했던 놈들처럼 큰방과 김제댁 방, 그리고 경옥 방을 뒤지고 나서 아래채로 내려왔다. 처녀와 새댁들이 든 방문을 잡아당겼다.

"부서분다. 얼른 안 열어."

방문을 사정없이 걷어찼다. 횃불이 대낮같이 창으로 새어들어와 방 안이 훤했다. 경옥이 문고리를 끌러주었다. 댓 놈이 횃불을 앞세우고 들어왔다.

"우와, 워매. 이 동네 가시내들은 여기 다 있다. 가만있어, 쪼깐 지달러. 웃방으로 가!"

놈들은 처녀와 새댁들을 보자 입이 잔뜩 벌어지며 모두 윗방으로 몰아붙였다. 지게문을 닫는 순간 우장창 소리가 났다. 쇠통을 채워놓은 농문을 발로 차버린 것이다. 농 안을 뒤졌다.

"존 것 많다."

"그것은 다 이리 줘."

패물 같은 것은 한 놈이 챙기는 것 같았다. 한참 뒤지고 나서 지게문을 확 열었다. 모두 비명을 지르며 한쪽 구석으로 몰렸다.

"오매, 이삔 거. 이것은 내 것이다잉."

한 놈이 경옥을 손가락질하며 키들거렸다.

"느그들은 아랫방으로 가!"

그들은 처녀와 새댁들을 아랫방으로 몰았다. 윗방을 뒤질 모양이었다. 아랫방은 난장판이었다. 농문과 앞닫이 문이 험하게 부서져 있고, 문갑도 입을 벌리고 있었다.

"도망칩시다."

연엽이 경옥한테 속삭였다. 남분은 연엽 손만 잡고 발발 떨고 있었다.

"모두 도망칩시다. 대문이 열려 있는 것 같소. 대문으로 가지 말고 대밭 속으로 숨어도 좋을 것이오."

연엽이 다급하게 속삭였다. 모두 우르르 방문을 쏟아져나갔다.

"워매, 가시내들이 내뺀다."

윗방을 뒤지던 놈들이 소리를 지르며 방에서 뛰어나왔다.

"와, 가시내들이다. 한나쓱 잡아라."

밖에서 횃불을 들고 있던 놈이 대문 쪽을 가로막으며 소리를 질렀다. 놈들은 달려가서 대문부터 닫았다. 처녀와 새댁들은 대문에 엉겨 붙었다. 뒤쫓아 온 역졸들이 하나씩 머리채를 잡아끌었다. 대문에서 드잡이판이 벌어졌다. 대문을 열려고 안간힘을 썼으나 몇 놈이 버티고 있어 열 수가 없었다. 모두 머리채를 붙잡혀 끌려갔다. 악다구니를 질러댔으나 소용없었다.

경옥도 머리채를 잡혀 하염없이 끌려가고 있었다. 연엽은 남분과 뒤란으로 도망쳤다. 놈들은 자루와 횃불을 내던져놓고 여자들을 하나씩 끌고 아무 방으로나 들어갔다. 이 방 저 방에서 악다구니와 비명이 쏟아졌다. 대문 쪽으로 도망쳤던 처녀와 새댁들은 거의 다 붙잡혔다. 이상만 방으로 서너 놈이 여자들을 하나씩 끌고 들어갔다. 경옥도 그 방으로 끌려들어갔다. 한참 악다구니가 쏟아지고 있을 때였다.

"워매."

역졸 한 놈이 한손으로 한쪽 팔을 싸쥐고 이상만 방에서 뛰어나왔다. 토방에 뒹굴고 있는 횃불에 팔뚝을 비춰봤다. 팔뚝에서 피가 흘러내리고 있었다. 옷이 벌겋게 피에 젖어 있었다.

"워매!"

놈은 방 쪽을 흘기며 이를 앙다물었다. 허리에서 수건을 뽑아 입으로 물고 북 찢었다. 한쪽 손과 입으로 바삐 상처를 처맸다. 상처를 처매고 난 역졸은 방망이와 횃불을 챙겨들었다. 방망이를 꼬나들고 이를 앙다물며 방으로 들어갔다. 횃불을 비췄다. 경옥이 시퍼런 장도를 겨누고 있었다.

"저년이구나."

저쪽 방구석에 경옥이 은장도를 들고 파랗게 질려 발발 떨고 서 있었다. 방바닥에는 두 놈이 엉덩이를 허옇게 내논 채 계집을 깔고 헐떡거리고 있었다.

"너는 죽었다."

작자는 천년 원수라도 보듯 경옥을 노려보며 육모방망이를 꼬나쥐고 경옥한테로 다가갔다. 경옥은 눈에 불을 켜고 장도를 겨누고 있었다. 젓가락보다 짧은 경옥의 은장도가 육모방망이 앞에 너무 가냘프게 보였다. 역졸이 방망이로 경옥 어깨를 후려갈겼다.

"윽."

경옥은 비명을 지르며 속절없이 무너지고 말았다.

그때 대밭으로 도망친 처녀들은 대밭 울타리를 뜯고 있었다. 너덧 명이었다. 연엽과 남분도 정신없이 울타리를 뜯어내고 있었다. 저쪽에서도 정신없이 울타리를 뜯고 있었다. 연엽은 장도로 묶어놓은 새끼를 잘라냈다. 장도는 아까 경옥이 준 것이었다. 그러나 댓가지로 막아놓은 울타리는 좀처럼 뜯어지지 않았다. 장도가 크게 한몫했다. 연엽하고 남분은 댓가지에 손등을 긁히며 댓가지를 하나씩 잡아 뽑아냈다.

"오매, 온다. 얼른 뜯어."

횃불이 몰려오고 있었다. 횃불이 세 개나 되었다.

"조금만 더 뜯어!"

두 처녀는 정신없이 댓가지를 뜯어냈다. 저쪽에서 울타리를 뜯던 처녀들이 비명을 지르며 끌려갔다.

"저그도 있다."

놈들이 소리를 지르며 이쪽으로 달려왔다.

"니가 몬자 나가!"

연엽은 남분의 머리를 울타리 구멍으로 집어넣었다. 목이 나갔다. 연엽은 남분 엉덩이를 밀어냈다. 놈들이 다가왔다. 두 놈이었다.

"요년 잡았다. 느그들이 어디로 내뺄라고. 아따 요년 이쁘네."

놈이 연엽의 머리채를 휘어잡아 얼굴을 횃불에 비춰보며 히히덕거렸다. 연엽은 순순히 끌려갔다. 장도로 찔러버릴까 생각했으나, 두 놈을 당할 수는 없을 것 같았다. 놈들은 마당으로 나가 감역댁이 쓰는 큰방으로 끌고 들어갔다. 여기서도 몇 놈이 계집들을 깔고 헐떡거리고 있었다. 밖에는 네댓 놈이 서서 어서 나오잖느냐고 소리를 질렀다. 연엽은 시키는 대로 순순히 누웠다. 놈이 바지말기를 내리고 지레 숨을 헐떡거리며 달려들었다.

"워매 워매, 아이고, 아이고."

연엽을 덮치려던 놈이 죽는다고 악을 썼다. 연엽은 뒷문을 열고

362

쏜살같이 대밭으로 달렸다. 비명 소리에 놀라 밖에 있던 놈들이 횃불 들고 방으로 뛰어들었다. 계집을 깔고 헐떡거리고 있던 놈들은 그대로 헐떡거리고 있었고, 그 곁에서 연엽을 덮치려던 놈이 사타구니를 끌어안은 채 맥을 놓고 버르적거리며 비명을 지르고 있었다.

"아이고매, 나 죽네. 아이고매, 나 죽어."

작자는 두 손으로 사타구니를 싸안고 뒹굴고 있었다.

"왜 그래, 왜?"

작자는 가쁜 숨만 내쉴 뿐 대답도 못했다. 작자는 이마에 땀이 흥건했다.

"그 잡년이 붕알을 훑어불고 내뺐는갑다."

놈들이 횃불을 들고 뒷문으로 뛰어나갔다.

그때 동네 골목에서 악다구니가 쏟아졌다.

"동네 사람들, 저놈들이 우리 새끼들 다 죽이오!"

부안댁 소리였다. 부안댁은 동네다 대고 고래고래 소리를 질렀다. 동네 여자들이 몰려나왔다. 여자들은 정신없이 이주호 집으로 쏠려들었다.

"이놈들아, 날 죽여라!"

부안댁을 선두로 여자들 세 명이 대문으로 뛰어들며 소리를 질렀다. 횃불을 든 역졸 몇 놈이 쫓아갔다.

"이놈들아, 날 죽여라!"

여자들은 미친 듯이 소리를 지르며 마당으로 뛰어들었다.

"이 미친년들아, 어서 온나 죽여 주께."

역졸들은 방망이로 맨 앞에 선 부안댁 배를 꾹 질러버렸다.

"윽!"

얼마나 모질게 질러버렸는지 부안댁은 외마디 비명을 지르면서 그대로 배를 싸안고 앞으로 고꾸라졌다. 다른 여자들도 꾹꾹 배를 질러버렸다. 그들도 모두 배를 싸안고 앞으로 고꾸라졌다. 방망이 한 대에 모두 거짓말같이 맥을 놔버렸다.

"이 짐승 같은 놈들아!"

대문에서 또 동네 여자들이 몰려들고 있었다.

"저년들을 전부 몰아내고 대문을 괴붙자!"

한 놈이 소리를 질렀다. 아까 우두머리인 듯했던 놈은 계집을 끌고 갔는지 그 자리에 없었다. 역졸들이 대문으로 우 몰려갔다. 방망이로 닥치는 대로 여자들을 후려팼다. 역졸들은 정신없이 방망이를 휘두르며 여자들을 대문 밖으로 몰아냈다.

"이 개 같은 놈들아!"

그 무자비한 방망이에도 몇 사람은 물러나지 않았다. 역졸들은 그 여인들 머리끄덩이를 틀어쥐고 질질 끌고 나갔다.

"이년들아, 느그들은 아무리 앙탈을 해도 느그들까지 봐줄 심은 없어. 낄낄."

역졸들은 여인들을 개 끌 듯 끌고 가서 대문 밖으로 내팽개치며 핀잔이었다. 저쪽 어둠 속에서 또 악을 쓰며 쫓아오는 여자들이 있었다. 역졸들은 부안댁 등 쓰러져 있는 여자들도 끌어다 대문 밖으로 내던져놓고 대문을 단단히 괴어버렸다.

이제 집 안에서 여자들 악다구니 소리는 나지 않았다. 간간이 간드러지는 신음소리가 날 뿐이었다. 파지가 되어 늘어진 처녀와 새댁들을 두 놈 세 놈이 번갈아 가며 능욕을 했다.

"아따, 젊은 놈들 심이 좋기는 좋다."

일을 끝내고 나온 나이 먹은 축들이 장작벼늘 앞 모탕에 앉아 곰방대를 뽑으며 낄낄거렸다. 메고 다니던 보따리는 곁에 놓고 있었다.

"여자 맛이란 것이 일도一盜 이비二婢라 하는디 말이여, 이럴 때 보더라도 그것이 아녀."

작자 하나가 곰방대를 빨며 낄낄거렸다. 여자 맛이란 첫째로 도적질, 즉 유부녀를 상관하는 것이고, 둘째는 여종이라는 소리였다. 대문 밖에서는 동네 여자들이 대문을 치며 악을 쓰고 있었으나, 작자들은 곰방대를 빨며 한가하게 장설을 풀고 있었다.

"그람 멋이여?"

"일겁, 이도, 삼비라 이거여. 낄낄낄."

"일겁이라니?"

"시방 이런 것이 겁이제 멋이여. 겁탈, 겁간도 몰라. 낄낄낄."

"그것은 그러고 말이여. 일도 이비, 그라고 그 뒤로는 멋이여?"

"삼랑, 처녀라 이 말이여. 사과는 과부고, 오처, 그런게 이녁 여편네가 젤로 맛타구리 없는 꼬래비제, 낄낄낄."

강도와 폭민은 차이가 있다. 호랑이는 다른 짐승을 잡아먹고 사는 무서운 짐승이지만, 배가 고플 때만 짐승을 잡아먹고 또 제가 먹을 만큼만 짐승을 잡는다. 배가 부르면 아무리 먹음직스런 짐승이 눈앞에 얼씬거려도 잡지 않는다. 그런데 족제비란 놈은 그렇지 않다. 일테면, 땅꾼이 뱀을 잡아 가두어 두는 뱀우리에 족제비가 침노했다 하면 그 우리 안에 있는 뱀은 다 죽는다. 그놈은 호랑이처럼 뱀을 먹으려고 죽이는 것이 아니다. 죽이는 것 자체를 즐기는 것이다. 그러니까 호랑이는 무서운 동물이지만 잔혹한 동물은 아닌데, 족제비는 약한 짐승에게는 무서운 동물이면서 잔혹한 동물이다. 족제비가 호랑이만큼 큰 짐승이라면 이 세상에 그보다 약한 짐승은 거의 살아남을 수 없을 것이다.

강도는 칼을 들고 주인을 위협하여 물건을 빼앗고 더러는 죽이기까지 한다. 그러나 그들은 물건을 빼앗는 것이 목적이므로 흉기로 위협을 하더라도 주인이 저항을 못할 만큼만 위협을 하고, 사람을 죽일 때는 자기 신분이 들통이 나서 자기가 잡혀 죽을 위험이 있을 때만 죽인다. 호랑이처럼 필요할 때 필요한 만큼만 폭력을 사용하는 것이다. 그러나 폭민은 그렇지 않다. 폭민은 족제비처럼 폭력 자체를 즐긴다. 잡아팰 수 있으면 누구든지 무작정 패고, 부술 수 있는 것이면 무엇이든지 부셔버린다.

역졸들은 일반 관가의 나졸들이나 군대들과는 판이하다. 역에서 말을 돌보다가 행차가 뜨면 견마잡이를 하는 것이 고작 공무 비슷한 일이고, 예사 때의 일은 마초를 베어다 말에게 먹이고 겨울에 대비하여 마초를 말려 갈무리하는 따위 여염집 *꼴담살이나 마찬가지다. 그래서 역졸은, 곤장 치는 나장이나, 봉홧불 피우는 봉수대의 봉군과 함께 관가의 일곱 가지 천직 가운데 하나다. 종하고 같은 신분이다. 그들은 평소 상민들한테 천시를 당하는 것이 무엇보다 한이었다. *칠반천인이니 팔반천인이니 하고 천민을 셀 때 백정이나 종과 함께 역졸이 들어갈 때 그들이 느끼는 치욕감은 견딜 수 없었다. 그러나 단 한번 권세를 부려볼 때가 있다. 어사가 떠서 역졸을 동원할 때다. 그래서 '칠년대한 비 바라듯 역졸 놈들 어사 바라듯' 하는 속 담이 있을 정도였다. 장흥서는 '칠년대한 비 바라듯 병사역졸 어사 바라듯'이라고 했다. 벽사는 장흥읍의 변두리 역참이 있는 곳이다. 그러나 어사출도는 10년에 한 번 있을까말까 한 일이었다.

어사를 수의사또라고도 했다. 수의란 물론 수놓은 옷이라는 뜻이 므로 수의사또란 어사를 화려하게 일컫는 명칭이었다. 어사니 어사 또니 하는 말도 임금 어자가 붙어 그만큼 화려한 직함인데 따로 수 의사또란 별칭이 있을 만큼 어사는 화려한 직책이었다. 영구적인 직 책은 아니지만, 어떤 일에 왕권의 대행자로서 그 권한은 엄청났다. 관속을 현지에서 파직을 시키고 구금까지 시킬 수 있는 직결권 등 그 권한은 권력 행사의 가히 꽃이었다. 이용태가 어제 박원명에게 어사로서 영을 내린다고 한 것은 그 영을 수행 못하면 파직까지도 각오하라는 위협이었다. 일반 사람들이 이 어사를 일반 관속들보다 훨씬 돋보고 사랑하는 것은 그 권한을 백성을 괴롭히는 탐관오리를 징치하는 데 행사하기 때문이었다. 시시비비를 가려 정의를 실천하 기 때문에 정의의 사도로서 백성의 존경과 사랑을 받았다. 그래서 이 어사 이야기는 사랑방에서 하는 옛날이야기의 가장 인기 있는 소 재였다. 어사 출도 장면이라면 거개가 판소리 〈춘향전〉의 어사 출도 장면을 생각하는데, 〈춘향전〉의 어사 출도 장면은 너무 과장된 것이 지만 죽음을 앞둔 춘향이를 살려내는 그 극적인 장면은 이야기로 듣 거나 판소리로 듣거나 막혔던 숨통이 터지는 것 같은 장면이다. 바 로 그런 정의의 사도가 어사였다. 이런 어사가 어제 역졸들에게 영 을 내렸다.

"이놈들은 천하에 무도한 강도고 역적들이다. 이놈들을 잡아들이는 데는 추호도 사정을 두어서는 안 된다. 붙잡다가 죽어도 상관없다. 영을 성실히 거행하는 자에게는 상이 있을 것이요, 나태한 자에게는 그 벌이 준엄할 것이다."

저놈들은 강도고 역적이라고 어사가 말했으므로 저놈들은 강도고 역적이다. 붙잡다가 죽어도 상관없다고 어사가 말했으므로 저놈들은 강도고 역적이다. 나태한 자에게는 그 벌이 준엄할 것이라고 어사가 말했으므로 벌을 안 받으려면 무지막지하게 잡아들여야 한다. 얼마나 기다렸던 명령이냐? 강도고 역적들이니 골통이 깨져도, 죽여도 상관없는데 그런 놈들 재산이 무엇이며 여편네가 무엇이냐? 역졸들은 목줄 풀린 사냥개였고 총구를 나간 총알이었다. 고부 사람들은 사냥개에 몰리는 짐승이었고, 총알 앞의 과녁이었으며, 족제비에게 내맡겨진 뱀이었다.

이용태는 고부 농민군을 잡기 위해서는 역졸이라는 인간 짐승의 모든 악마적인 속성 하나만을 칼날처럼 세워 사람 잡는 사냥판에 개로 내몰아버렸던 것이다.

날이 밝아오고 있었다. 그 엄청난 치욕의 밤이 밝아오고 있었다. 그 시커먼 밤의 어둠으로나 감싸고 있어야 할 치욕인데, 그 어둠이 벗겨지고 날이 밝아오고 있었다. 하학동 여자들은 모녀가 부둥켜안고, 자매가 부둥켜안고 이불 속에 돌덩어리처럼 굳어 흐느끼고 있었다. 그들의 치욕을 감싸주던 어둠이 벗겨지고 밝음이 그들 몸을 드러내고 있었다. 밝음이 이렇게 저주스런 때는 없었다. 날이 밝아오자 백산댁과 창동댁은 어린 딸들의 모습을 세상에 드러내지 않으려는 듯 더욱더욱 으스러져라 껴안았고, 딸들도 젖먹이처럼 어미 가슴속으로만 파고들었다.

아침 일찍 이주호가 동네로 들어서고 있었다. 그는 정읍서 이용태 소식을 듣고 달려오는 길이었다. 땅딸막한 키에 두루마기 자락을 휘갈기며 동네로 들어와 바삐 자기 집을 향했다. 이주호는 자기 집 대문을 들어서다 말고 무춤 발을 멈췄다. 아래채 창문이 하나 크게 부서져 있는 것이 보였다. 어제 저녁 안에서 잠겨 있는 것을 발로 차서 부쉈기 때문에 꼴이 이만저만 험하지 않았다. 행랑아범과 행랑어멈이 징징 짜며 이주호 곁으로 다가갔다.

"어찌 된 일이냐?"

이주호는 싸늘한 눈으로 두 사람을 노려보며 물었다.

"역졸들이 엊저녁에 몰려와서 난리를 쳤습니다요."

행랑아범이 처참한 상판으로 사뭇 허리를 굽실거리며 이죽거렸다.

"뭣이, 역졸들이?"

행랑아범을 다시 홱 돌아보는 이주호의 눈에는 대번에 불이 확 켜지는 것 같았다.

"난리를 쳐도, 난리를 쳐도, 시상에 그런 난리가 없었그만이라우."

행랑어멈이 하소연하듯 엉엉 울며 말했다.

"역졸 놈들이 그랬단 말이여?"

이주호가 잡아먹을 듯이 눈알을 부라리며 소리를 질렀다.

"그랬소. 역졸 놈들이 뜬금없이 몰려와서……."

행랑아범은 더욱 굽실거리며 숨을 씨근거렸다.

"무엇 때문에 그런다더냐?"

"몰려오기는 동학도를 찾는다고 몰려왔는디라우, 그것은 핑계고, 들어오자마자 이 방 저 방 드나듬시로 기냥 닥치는 대로……."

"뭣이, 그런 때려죽일 놈들! 그럼, 그놈들한테 이 집이 뉘 집이란 소리도 안 했단 말이냐?"

"왜 안 혔겠습니까요, 이 댁은 감역 나리 댁이라고 큰마님께서 소락때기를 지름시로 어디를 감히 침범하느냐고 혔제마는, 그놈들은 큰마나님까지도, 흑흑."

"뭣이, 누구를?"

그때 감역댁이 위채에서 내려왔다. 감역은 금방 튀어나올 것 같은 눈으로 자기 아내의 위아래를 훑어봤다.

"그 때려죽을 놈들이 어머님한테까지 행패를 부렸단 말이오?"

이주호는 그 작자들이 아니라, 자기 아내를 잡아먹을 것 같은 표정이었다.

"고정하시고 들어가십시다."

감역댁은 가라앉은 소리로 말했다. 이주호는 자기 아내를 따라 팔랑팔랑 안채로 갔다.

"아니?"

이주호는 방으로 들어서다 말고 또 그 자리에 굳어버리고 말았다. 방 안이 말이 아니었다. 그는 벌린 입을 닫지 못한 채 방 안과 자기 아내를 번갈아 보았다. 농이며 문갑이며 체경이며 성한 것이 없었다. 벽에 걸린 벽시계도 작살이 나 있었다. 벽시계나 체경을 깨버린 것은 못 가져가니까 심술을 부려놓은 것 같았다. 이주호는 입술을 부들부들 떨었다.

"앉으시오. 세간살이야 새로 장만하면 되제마는……."

감역댁은 끝내 울음을 터뜨리고 말았다.

"뭣이?"

이주호의 고개가 아내를 향해 홱 돌아갔다. 마치 고장 난 인형 대가리가 돌아가듯 몸뚱이는 그대로인 채 고개만 그쪽으로 돌아갔다. 감역댁은 울음을 삼키려고 안간힘을 썼으나 울음이 저절로 터져 나오고 있었다. 땅 속으로 기어들어가는 듯한 감역댁의 울음소리는 마치 땅속에서 비져나오는 귀신의 울음소리 같았다. 이주호는 아내가 저렇게 험하게 우는 까닭을 직감하는 것 같았다. 그는 숨을 씨근거리며 그 자리에 굳어서서 아내만 빤히 내려다보고 있었다.

"도대체 무슨 일이오?"

이주호는 맹수한테 한 걸음 다가서는 표정이었다. 그도 여기까지 오는 사이 동네마다 여자들이 수없이 당했다는 말을 들었다. 이주호 표정은 금새 얼음장처럼 굳어졌다. 그 표정에서는 이내 싸늘한 냉기를 뿜기 시작했다. 튀어나올 것 같은 눈도 그대로 굳어버렸다. 감역댁은 경련이라도 난 듯 윗몸을 출렁거리며 땅속으로 잦아드는 울음소리를 한없이 토해내고 있었다.

"으음, 이 때려죽일 놈들!"

이주호는 그대로 서서 으드득 이를 갈았다. 이 가는 소리가 쇠바퀴 밑에서 사금파리 으깨지는 소리였다. 감역댁은 울음을 그쳐 보려고 안간힘을 쓰는 것 같았으나 도무지 울음을 걷잡지 못했다.

"이놈들을, 내 결단코 가만두지 않을 것이다."

이주호가 부드득 이를 갈며 방문을 벼락 치게 열었다.

"여보!"

흐느끼던 감역댁이 갑자기 남편의 다리를 붙잡았다.

"가시더라도 제 말씀을 듣고 가십시오."

"뭐요?"

이주호가 제물에 버럭 악을 썼다.

"앉으시오!"

이주호는 가쁜 숨을 헐떡거리며 엉덩이를 아랫목에다 내던졌다. 이주호는 마치 그렇게 생긴 보릿자루 하나가 내동댕이쳐지는 것 같았다. 그의 앉은 모습은 그러지 않아도 똥그란 모습이 더 똥그래졌다. 꼭 고개를 처박아버린 고슴도치 같았다.

"엊저녁에 동네 처녀들이랑 젊은 새댁들이랑 여남은 명이……."

감역댁은 말을 잇지 못하고 또 흐느꼈다.

"알았어, 그만!"

이주호는 마누라를 씹어 삼킬 듯이 노려보며 악을 써놓고 발딱 일어섰다. 방바닥에서 튕겨오르는 것 같았다.

"제발, 제 말씀 더 들으시오."

감역댁은 다시 깜짝 놀라 남편의 다리를 끌어안았다.

"그런 일을, 그놈들한테 따져봤자 뭣하겠소?"

"뭣이?"

이건 또 무슨 정신 나간 소리냐는 서슬이었다.

"소문만 더 험하게 날 것 아니오?"

감역댁은 애걸하는 표정으로 젖은 눈을 들어 남편을 쳐다봤다.

"뭣이, 소문?"

"생각해 보시오. 여그 왔던 놈들 죄를 묻는다고 이놈 저놈 잡아다 닦달을 하면 서로 했니 안 했니 야단이 날 것인디, 그러다 보면 다른 여자들 당한 이얘기는 다 묻혀불고 하학동 아무개 댁 딸도 당했다고 우리 소문만 유독 낭자하게 날 것 아니오?"

이주호는 잠시 멍청한 표정으로 아내를 건너다보며 가쁜 숨만 요란스럽게 내뿜고 있었다. 그는 몸뚱이 전체를 부들부들 떨며 부드득 부드득 이만 갈고 있었다. 똥그랗게 야무지게 생긴 몸뚱이가 점점 굳어 굳어진 만큼 작아지고 있는 것 같았다.

"이 때려죽일 놈들!"

이주호의 숨소리는 숫제 대장간 풀무질 소리였다. 아내 말이 그럴듯하기는 하다고 느끼면서도, 도무지 어째야 할지 얼른 판단이 안 서는 모양이었다.

"우두머리 놈 얼굴은 똑똑히 봐뒀소?"

이주호는 씹어뱉듯 소리를 질렀다.

"우두머리고 뭣도 없이 이 동네 저 동네 도둑질하고 겁탈하자고 떼 몰려댕기는 놈들 같다고 하요. 농민군 잡자고 온 것도 아니고 첨부터 강도질하고 여자들 겁탈하자고 나선 놈들입디다."

"이 찢어죽일 놈들!"

이주호는 초학 걸린 놈처럼 연방 부들부들 떨며 소리를 질렀다.

"그전에 이 동네 왔던 역졸들은 우리 집에는 문 앞에도 안 와보고 동네 사람들만 잡아갔소."

"이 때려죽일 놈들!"

이주호는 사금파리 씹는 소리로 이를 갈며 연방 풀무질 소리를 내뿜었다. 그의 뱃속에는 둘덩어리가 하나 휘젓고 다니는 것 같았고, 그가 내뿜는 콧김에서는 창자가 타는 노린내가 날 것 같았다. 그러지 않아도 요사이 집안 꼴이 엇바람 먹은 연처럼 아무리 바둥거려도 외오틀어지기만 하다가 끝내는 하나 있는 아들까지 도대체 살았는지 죽었는지 생사마저 알 수 없어 미치고 환장할 판인데, 이번에는 믿는 도끼에 발등을 찍혀도 유분수지 명색 어사란 놈한테까지 이렇게 당했으니 창자가 탈만도 했다.

"아녀, 이놈들을 그냥 둘 수는 없어. 덮어둔다고 그런 소문이 안 날 리가 없어. 또 소문이 안 난다고 새 처녀 되는가?"

이주호는 다시 악을 쓰며 발딱 일어섰다.

"어사 놈이 문죄를 안 하면 감사한테로 갈 것이고, 감사가 문죄를 안 하면 조정에까지 쫓아올라가고 말 것이다. 그놈들을 잡아내서 목을 베지 않으면 대궐 담벼락에다 대가리를 찧어 죽고 말 테다."

이주호는 자갈 으깨지는 소리로 이를 갈며 문을 박찼다. 저렇게 이를 갈고도 이빨이 성할까 싶었다. 감역댁은 남편의 서릿발 치는 살기에 기가 질려 남편을 더 붙잡지를 못했다. 마루로 내려서려던 이주호가 다시 획 돌아섰다.

"어음쪽지 어디 있소?"

"어음쪽지가 뭐요? 쓸 것 못 쓸 것 가리지 않고 다 털어가고, *살강에 숟가락까지 싹 쓸어갔소."

"이 찢어 죽일 놈들, 내 그놈들 목을 베지 않고는 성을 갈 것이다."

"여보!"

감역댁이 다시 정색을 하고 남편을 불렀다. 이주호가 돌아봤다.

"어사한테 가도 말을 지대로 안 듣거든 갈 데가 한 군데 있소."

감역댁이 침착하게 말했다.

"갈 데?"

"예, 전주 남문 밖에 베네트 신부님을 찾아가시오."

"양대인?"

이주호 눈에 대번에 빛이 번쩍했다.

"예, 지 친정을 대고 지 말씀을 하시면 잘 아실 것이오."

"으음, 베 멋이락 했제?"

"베네트 신부님이오. 신부님이라고 하거나 양대인이라고 하면 전주서는 모르는 사람이 없소."

"알았어."

이주호는 숨을 씨근거리며 부리나케 나갔다. 서양 신부 위세가 얼마나 어마어마하다는 것을 이주호도 잘 알고 있었다. 병인양요 이후 고종이 대신들에게 양대인들 대하기를 짐 대하듯 하라고 영을 내린 뒤 관속들은 양대인이라면 양 자만 들어도 고패를 떨어뜨릴 지경이었다. 전라 감사 김문현도 양대인 거동이라면 먹던 밥도 숟가락을 내동댕이치고 버선발로 뛰어나간다는 소문이었다.

봉기한 이래 고부에 한 번도 나타난 적이 없었던 월공이 읍내에서 천치재를 향해 양지뜸 앞을 지나고 있었다. 곁에는 설만두가 따르고 있었다. 읍내서 나오다가 우연히 만나 동행이 된 것이다.

"지금 배들 쪽 사람들은 우령동으로 모이고 있단 말인가?"

"예, 집에 숨었거나 산으로 피했던 사람들이 그리 모이고 있소. 배들 안통 사람들은 그리 모이고, 읍내 쪽 사람들은 흥덕으로 모이고 있소."

"그렇게 모여서 이용태를 칠 참인가?"

"아니라우. 모이는 족족 무장으로 가고 있소. 전봉준 접주님이 해산함시로, 동네 우두머리들한테 만약 이용태가 험하게 나오거든 그리 모이자고 했던 것 같소."

"역시 보셨구만."

월공을 고개를 끄덕였다.

"농민군에 나간 사람들은 지금 얼마나 잡혀갔는가?"

"기나 고동이나 다 잡아간게 잽혀가기는 5백 명 가까이 잽혀간 성부르요마는, 농민군에 나갔던 사람은 1,2백 명백에 안 된닥 하요. 얻어맞기는 농민군에 안 나갔던 사람들이 더 얻어맞는다요. 나는 안 나갔다고 버티면 바른 대로 불라고 패는 통에 더 곤욕을 치른닥 합디다."

"도망친 사람들 가족들은 괜찮은가?"

"어제까지는 손을 안 댔소마는, 오늘부터는 손을 대잖으까 싶그만이라. 동네 임직들이나 두령들 식구들은 틀림없이 잡아들일 것 같소. 실은 내가 시방 배들 쪽으로 그 기별하러 가는 참이오. 오늘도 역졸들이 모도 이리 몰려갔다는디, 무사한지 모르겠소."

"자네는 이러고 다녀도 괜찮은가?"

"이럴 때 본게 내 풍신이 사또보담 낫소. 내 이 폴 보면 그놈들이 어디 가냐고 물어보도 안 하요. 이랄 때 본게 이런 난리 때 쓰라고

376

폴을 요렇게 맨들어놨던 것 같그만이라."

설만두는 경황 중에도 익살을 부렸다.

"도인은 먹물옷 걸친 나 같은 땡초가 아니라 바로 자넬세그려."

두 사람은 한참 웃었다.

"저 역졸 놈들은 모두 잡아서 한나도 냉기지 말고 씨를 말려야 하
요. 우리 동네서는 열 살짜리 귀때기에 피도 안 마른 가시내꺼정 겁
탈을 했소."

설만두는 이를 앙다물며 성한 팔을 휘둘렀다.

"그애는 영영 신세 망쳤구만."

"세상에 험해도 그렇게 험한 놈들은 첨 봤소. 그 역졸 놈들은 기
어코 씨를 말려야 하요."

"역졸들? 허허."

월공은 무슨 생각에선지 공허하게 웃었다.

"왜 웃소?"

설만두는 무슨 모욕이라도 당한 것같이 눈자위에 찬바람을 일으
키며 월공을 돌아봤다.

"자네는 누가 작대기로 자네를 때리거나 개를 풀어서 자네를 물
라고 했으면, 그 작대기만 부질러버리고 그 개만 죽일 참인가?"

월공이 웃으며 물었다. 설만두는 잠시 멍청한 표정이었다.

"그 역졸들은 개하고 마찬가질세. 무슨 말인지 모르겠는가?"

설만두는 이내 고개를 끄덕였다.

"두말할 것도 없이 백성을 물라고 개를 푼 놈을 처치해야 하네.
역졸들 8백 명 다 죽이는 것보다 그놈 하나 죽이는 것이 더 중요하

네. 그런데 이용태가 왜 저렇게 백성한테 역졸들을 풀어 백성을 멋대로 족치고, 또 조병갑 같은 놈은 왜 백성을 그렇게 멋대로 뜯어먹은 줄 아는가?"

"나라 법도가 틀려먹었은게 그러지라우."

설만두가 빤한 이야기 아니냐는 듯 시큰둥하게 말했다.

"맞네. 그럼, 그 법도를 바로잡고 그놈들을 처치해야 할 사람은 누군가?"

"나라 임금이지라우."

"맞네. 그런디, 나라 임금이 그것을 안 하고 있네. 그럼 누가 해사 쓰까?"

"백성이 해사 쓰께라우?"

설만두는 이번에는 좀 자신 없이 대답했다.

"이번에 고부 사람들이 왜 들고일어났는가? 조병갑 같은 놈을 나라가 법으로 처단을 하지 않은게 백성이 잡아서 처단을 할라고 일어난 것이 아닌가? 그렇지?"

"맞소."

"나라 법이 그런 놈을 제대로 처치를 했다면, 조병갑은 나라의 법이 무서워서 그런 짓을 못했을 것이네. 그래서 백성이 잡아서 처치를 할라고 일어났네. 만약에 이번에 조병갑을 고부 사람들이 읍내다 목을 매달았다고 생각해 봐. 그랬다면 다른 데 수령들이 조병갑 같은 짓을 하겠는가? 해도 그렇게 무지막지하게는 못할 걸세. 마찬가지로 작년이나 재작년에 정읍이나 태인서 그런 수령 놈을 하나 목을 달아맸다면 조병갑이 그런 짓을 했겠는가?"

"못 했겠지라우."

"못 했을 것이네. 그런 놈을 너댓 놈만 그랬다고 치세. 꼭 수백 명 수천 명이 일어날 것도 없네. 일테면, 저그 무안서는 상피했다고 억지 죄목으로 당하고 나온 사람이 밤중에 칼을 들고 가서 잠자는 수령 놈을 찔러죽이고, 저그 남원서는 억울하게 인징 문 사람이 수령 놈을 찔러죽이고, 영광서는 불목했다고 억울하게 당한 사람이 찔러죽이고, 이렇게 못된 수령들을 너댓 명 죽였다고 치세. 다른 고을 수령들이 백성한테 그런 짓을 하겠는가?"

"못 하겠지라우. 그렇게 조선 팔도에서 여남은 명만 죽여도 수령 놈들이 발발 떨 것이오."

"자네 전봉준 접주님을 어떻게 생각하는가?"

"훌륭한 사람이지라우."

"여러 가지로 훌륭한 분이네마는, 이번에 제일 훌륭했던 점은 조병갑 목을 매달라고 했던 것일세. 30년 전 임술민란 이래 지금까지 수많은 고을에서 수천 명 수백 명씩 백성이 들고일어나서 아우성을 치고 수령 놈들 짚둥우리를 태웠네. 지난해 동짓달만 하더라도 여남은 고을에서 백성이 들고일어났네. 그런데, 아무리 그렇게 일어나서 아우성을 쳐봤자 앞장섰던 사람들만 목이 날아갔을 뿐 수령들은 눈도 꿈쩍하지 않았네. 그래서 이제부터는 죽이는 수밖에 없다 생각하고 전봉준 접주님이 조병갑을 죽이려고 마음을 먹었던 것일세. 그 때문에 이번에 조병갑을 놓친 것이 더 애석하네."

"스님 말씀이 옳습니다."

설만두는 고개를 끄덕였다.

"나는 서양 천주학 신부들을 몇 번 만나 서양 이야기를 많이 들어 봤네. 그 사람들 이야기를 듣는 동안에 나는 크게 깨달은 것이 한 가지 있네. 식자들 가운데서 좀 깨었다는 사람들은 서양 사람들한테서 기술을 배워야 우리도 잘살 수 있을 것이라고 하네. 그 말은 맞네. 그런데 나는 그보다 더 먼저 배워야 할 것이 있다고 생각하네. 그것이 무엇인 줄 아는가?"

월공이 웃으며 설만두를 돌아봤다.

"뭣이라요?"

"사람 죽이는 일일세."

"뭣이라우? 사람 죽이는 일이라우? 전쟁 말이오?"

설만두가 깜짝 놀라 거듭 물었다.

"아닐세. 그냥 죽이는 것이네. 서양 사람들은 사람 죽일 줄을 아는 사람들일세. 그 사람들은 건뜻하면 죽여버리네. 여차하면 죽이니까 서로가 서로를 무서워하는 걸세. 서양 사람들은 한마디로 말하면 싸움꾼들일세. 싸움꾼이라 제대로 싸울 줄도 알고 제대로 죽일 줄도 아네. 그 사람들은 서로 무슨 *티각이 붙어 결판이 안 나면 칼로 결판을 내더구만. 밤중에 몰래 가서 잠자는 놈을 찔러죽이는 것이 아니라, 아무 날 아무 시에 어디서 만나서 칼로 결판을 내자, 이렇게 합의를 한 다음, 서로 한 사람씩 증인을 데리고 가서 곁에다 세워놓고 칼로 당당하게 싸워서 결판을 내네. 늘 쌈을 하다 보니 이렇게 싸우는 법도, 죽이는 법도까지 생긴 걸세. 개인 간에도 그러는데 관속들이 수많은 백성한테 못된 짓을 하면 그런 사람들이 가만 두겠는가?"

월공은 껄껄 웃었다. 설만두는 웃지 않고 고개만 끄덕였다.

"그라면 그 사람들은 법이 소용 없겠그만이라우."

설만두가 물었다.

"아닐세. 지금은 진짜 법이 선 것일세. 백성이 그렇게 무서우니까, 나라에서는 그러지 마라, 우리가 해결을 해주마, 이러고 법을 제대로 세워서 개인 간의 일도 공정하게 해결을 해주고, 또 관속들 닦달하는 법도 제대로 세워서 엄하게 닦달을 하네. 나라가 법을 제대로 시행을 안 하면 백성이 총칼을 들고 나오는데, 어떻게 법을 제대로 시행 안하고 배기겠는가? 그래서 서양 사람들은 지금은 총칼을 들고 설치지 않는다고 하네. 칼이나 총으로 하던 일을 법이 하니까 설칠 필요가 없겠지. 그러니까 그 사람들은 지금 총칼을 다락에다 얹어놓고 지켜보고 있는 셈일세."

"그라고 있다가 법을 지대로 안 쓰면 다시 그 총칼을 들고 나와서 또 죽이겠그만이라우."

"맞네. 그러니까 서양 백성은 나라의 법 뒤에다 총칼을 대고 지키고 있는 셈이지. 그런데 우리는 죽일 줄을 몰라. '죽일 놈'이니, '죽여버린다' 거니, 말로는 죽인다는 소리를 수없이 하는데 실제로는 죽일 줄을 모르네. 그래서 서양 사람들한테서 나는 제일 먼저 배워야 할 것이 사람을 죽이는 것이라 생각한 것일세. 죽이는 것부터 배워서 나라의 법도를 먼저 제대로 세워놓고 그 다음에 기술을 배워다가 좋은 물건을 만들고 돈을 벌어야 하네. 그런 법도가 안 서면, 좋은 물건을 아무리 만들어봤자, 지금 농사짓는 것 뺏어가듯이 다 뺏어갈 텐데, 그러면 결국 어떤 놈들 존일 시키겠는가? 농사지어서 뺏긴 것도 한이 맺히는데, 그런 기술 배워다가 만든 것까지 또 뺏긴단 말인가?"

"참말로 그라겄소."

설만두는 감격하는 표정이었다.

"나는 동학은 무서운 종교라 생각하네. 그 종교가 교조 수운 선생 가르침대로만 하면 세상을 정말 개벽하네. 동학에서 사람은 하늘이라고 하네. 해월선사 행적담이 많네마는, 그 가운데서도 그 유명한 베 짜는 며느리 이야기 등 사람은 하늘이라는 행적담이 나는 제일로 마음에 드네. 그런데 동학도들은 말로만 사람이 하늘이라고 하지 실천을 못하고 있네. 사람이 하늘이다, 내가 하늘이다, 이랬으면 내가 먹는 밥을 뺏어가는 놈이나 나를 개돼지 취급하는 놈은, 하늘이 먹는 밥을 뺏어가는 놈이고 하늘을 개돼지 취급하는 놈 아닌가? 그러면 그런 놈은 어떻게 처치해야 옳다고 생각하는가? 어디 한번 말해 보게."

월공이 웃으며 설만두를 봤다.

"글씨라우. 그런 놈들은 쥑애사 쓰께라우?"

"맞네. 하늘을 범한 놈에 대한 벌은 죽이는 벌밖에는 없네. 그런 놈들을 죽일 때 비로소 사람을 하늘로 대접하는 것이네. 그렇게 나를 칼로 지켜 하늘을 높이는 사람이라면 그런 사람들이야말로 남도 하늘로 받들지 않겠는가? 나는 동학 두령들을 만나면 하는 소리가 그 소릴세. 사람을 하늘이라고 했으면 그 하늘을 모독한 놈을 죽이든지 그렇지 않으려거든 처음부터 그런 소리를 말아라. 사람이 하늘이란 소리는 무서운 소리다. 손에다 칼을 들지 않고서는 할 수 없는 소리다. 수운 선생이 교룡산성에서 칼노래를 부르며 칼춤을 춘 뜻이 무엇이냐? 수운 선생은 사람을 하늘이라 했고, 사람을 하늘로 지킬 방법은 칼이라고 가르친 것이다. 그 점에서 수운 선생은 위대한 사람이다."

월공은 껄껄 웃었다. 설만두는 거듭 고개를 끄덕이며 감격한 표정이었다.

"백성을 괴롭힌 놈들은 백 명이고 천 명이고 만 명이고 죽여야 하네. 정승도 죽이고 판서도 죽이고 수령도 아전도, 그리고 지주 놈들도 양반 놈들도 못된 놈들은 다 죽여야 하네. 그렇게 백 명만 죽여도 나라에서는 벌벌 떨고 서양 사람들처럼 제발 그만 죽여라, 그런 놈들은 우리가 법으로 처단하겠다 이러고 빌고 나올 걸세. 그렇게 빌고 나올 때까지 정승이고 수령이고 나졸이고 양반이고 지주고 못된 놈은 닥치는 대로 죽여야 하네."

"참말로 그러겠소. 말만 들어도 속이 시원하요."

설만두는 웃었다.

"관속이나 지주나 양반 놈들이 백성을 무서워하게 하려면 백성이 그 놈들 죽일 줄을 알아야 하네. 아까 말한 대로 백 명만 죽여도 나라의 법도가 설 걸세. 사람이 하는 일은 시류를 타게 마련이라 의기 있는 사람들이 두서넛만 그렇게 죽이고 나서면 그런 사람들은 수없이 나설 것이네. 그렇게 참살이 한바탕 세상을 휩쓸어 그놈들이 그렇게 벌벌 떨며 굴복을 하고 나오면 그때 비로소 나라의 법이 제대로 서게 될 걸세. 그렇게 해서 선 법이 참 법이네. 백성이 그렇게 무섭다는 것을 보이지 않으면 백 년이 가고 천 년이 가도 나라의 법은 절대로 안 서네."

"정말 옳은 말씀입니다."

설만두가 거듭 고개를 끄덕였다.

"이 사람아, 중놈이 사람 죽이자는 소리를 하는데 옳은 소리라니?"

두 사람은 한참 웃었다.

"이것은 좀 다른 이야기네마는, 실은 내가 중이 된 것도 그런 죽음하고 상관이 있다면 상관이 있네. 내가 어렸을 때 나를 아주 이뻐 해 주시던 외숙이 한분 계셨네. 그분이 상피했다는 억지 죄로 매를 맞고 돈을 바친 다음에야 풀려나왔는데, 며칠 뒤에 목매달아 죽어버렸네. 내가 여닐 곱살 때 일일세. 나는 머리를 깎은 뒤에까지 그 일을 생각하고 또 생각했네. 지금 나는 그 외숙이 바보 중에서도 바보라고 생각하네. 왜 잘못한 일이 없는데 스스로 자기 목숨을 끊는가? 그 잘못한 수령 목숨을 끊어야 할 게 아닌가? 기왕에 죽을 결심을 할 만한 독심이라면 그 독심으로 수령을 죽일 결심을 했어야 하네. 죽여 놓고 무사히 도망치면 제일 좋고, 도망치다 붙잡혀 죽더라도 그놈을 죽였으니 한은 풀고 죽은 것이고, 수령을 못 죽이고 미리 잡혀서 죽더라도 수령 놈한테 그만큼 겁은 주지 않겠는가? 나는 자살은 바보짓이라 생각하네마는, 더구나 이런 자살은 자기 스스로를 바보까지 만들고 죽는 짓이네. 남을 죽일 줄을 모르니까, 자기가 죽는 것도 이렇게 바보로 죽네. 우리 외숙은 당신이 그렇게 사랑했던 조카한테서까지 이렇게 바보 취급을 당하고 있으니 얼마나 바보인가?"

"허허."

설만두가 맥살없이 웃었다.

"아까 열 살짜리 계집아이들까지 겁탈을 했다고 했지? 그 아이도 불쌍하지만, 처녀들이나 다른 여자들도 불쌍하지 않는가? 설거지는 마누라 차지라고 그러지 않아도 가난하고 못난 집 여자들은 그 고통이 마지막으로는 그들한테 다 떠맡겨져서 고통이 남자들 배는 더 하네. 더구나 칠거지악이니 삼종지도 따위 굴레를 씌워 여자들을 더 서럽게 만든 것은 그 뿌리가 주자학이네. 그 점에서 공자는 수운한테 절을 열 자리는 해야 할 걸세."

두 사람은 한참 웃었다.

"여자들은 평소에도 그렇게 서러운데, 이런 난리가 나도 제일 불쌍한 것은 여자들이네. 전쟁이 나면 사내들은 짐승이 되는데, 약한 여자들이 그 짐승들을 물리치고 어떻게 정조를 지킨단 말인가? 임진왜란 때나 병자호란 때 보게, 사내자식들이 못나서 일본 놈들하고 되놈들한테 안방 침노를 당했으면서도 여자들보고 정절을 못 지켰다고 쫓아낸 놈들이 이 땅의 사내놈들일세. 정조가 목숨보다 귀한 것이라는 윤리를 만들어낸 것이 누군가? 여자들이 아니라 사내놈들일세. 그 정조를 못 지키면 자결하라고 시집갈 때는 은장도까지 주고 있네. 그들이 정말 사내라면 그 장난감 같은 은장도를 연약한 여자들한테 줄 것이 아니라, 그런 전쟁 때라도 제 놈들이 칼을 들고 여자들을 지키다가 힘이 부치면 제가 먼저 칼에 맞아 뒈지든지, 못 뒈졌으면 당한 여자들을 탓하기 전에 못 지켜 준 것을 부끄럽게 생각하고 제 좆대가리라도 잘라버려야 옳지 않겠는가? 그러지도 못하겠으면 처음부터 그런 윤리를 만들지 말아야지. 이것은 아까 사람을 하늘이라고 했으면 정말 하늘답게 지켜야 하는 것하고 똑같은 이치네. 나는 우리 욕설 가운데서 제일 메스꺼운 욕설이 '호로자식' 이란

욕설하고 '화냥년'이란 욕설일세. 호로자식은 되놈 호胡 자, 포로 로
虜 자, '되놈 포로로 잡혀갔던 여자한테서 난 자식'이라는 소리고,
화냥년은, 실은 '환향년'인데, 돌아올 환還 자 고향 향鄕 자, '포로로
잡혀갔다가 정조를 짓밟히고 돌아온 년'이라는 소릴세. 여자들을
포로로 잡혀가게 했던 못난 놈들이 그걸 부끄럽게 생각하기는커녕
염치 좋게 호로자식이고 화냥년일세. 더구나 그런 전쟁 때 정조를
지켜 자결을 한 여자들은 열녀비를 세우고, 조정에서는 그 열녀각에
사액賜額을 내리는가 하면, 열녀 가문에서 충신 난다고 음직蔭職까
지 내렸네. 음직, 알지? 과거 안 보고 벼슬을 주는 것일세. 얼마나 미
친놈들인가?"

설만두는 크게 고개를 끄덕였다.

"이번에도 보게. 아까 그 열 살짜리 계집아이나 처녀들은 어디로
시집을 가겠으며, 남편 있는 여자들은 어떻게 얼굴을 들고 살겠는
가? 더구나 그 처녀들이 이번에 당한 일로 애를 낳으면 어떻게 되겠
는가? 이 한 가지 일만 가지고도 이 땅의 사내 놈들은 전부 나서서
이용태를 죽이든지, 못 죽이면 전부 제 좆대가리를 잘라야 하고, 그
도 못하겠으면 이 땅에 세워논 그 열녀각을 전부 불질러버리고, 그
염치 좋은 윤리를 그 불에 던져야 하네. 그래야 일생 동안 죄인으로
살아야 할 아까 그 불쌍한 열 살짜리 계집아이들을 건져내지 않겠는
가? 여자들한테 그런 무자비한 굴레를 씌워 결국 그 어린 계집아이
들까지 그렇게 죄인을 만들고 있는 놈들이, 제 놈들은 두셋씩 첩을
거느리고 멋대로 좆대가리를 푹푹 쑤시고 다니면서 이용태 같은 놈
한테는 칼 하나 못 쑤신다면 이 얼마나 비겁한 놈들인가? 나는 내 인

생이 너무도 귀하고 하루하루가 잠자는 시간이 아까울 지경일세. 그 열 살짜리가 그 귀한 인생을 일생 동안 죄인으로 살아야 할 것을 생각하면 치가 떨리네."

설만두는 고개를 수없이 끄덕였다.

"내 이야기를 끝내야겠네. 전봉준 접주님은 만만찮은 분이고 지금 농민군들이 다시 모이고 있다니, 아마 일판은 이제부터 제대로 벌어질 것 같네. 그러나 앞으로 일이 어떻게 벌어지든 그때는 제일 먼저 이용태 같은 놈부터 처치를 해야 하네. 이용태는 조병갑보다 열 배는 더 나쁜 놈이기 때문일세. 그는 어사라는 직함을 가지고 온 놈이네. 어사라는 직함은 백성을 괴롭히는 조병갑 같은 탐관오리를 징치하라는 직함일세. 그래서 백성은 어사라면 그만큼 사랑하고 존경했어. 그런데 거꾸로 탐관오리를 향해서 풀어야 할 역졸을 백성한테 풀었네. 이 점에서 조병갑보다 죄가 열 배는 크다는 걸세. 이런 놈은 기어코 제일 먼저 죽여서 본을 보여야 하네. 그래야 앞으로 나올지 모르는 열 명의 이용태가 다섯만 나올 것이고, 또 그 다섯을 죽여 본을 보이면 더는 안 나올 것이네. 그러나 여기서 이용태를 죽여 본을 보이지 못하면, 앞으로 열 놈이 나올 이용태가 스무 명이 나올 것이고, 스물이 나와도 본을 못 보이면 백 놈이 나올지 모르네."

"정말 스님 말씀이 너무도 옳습니다."

설만두는 거듭 감탄을 했다.

"나라의 형편이 앞으로 어떻게 될지 모르겠네마는, 모두 정신을 차려 우리나라가 다른 나라한테 먹히지 않게 노력을 한다면 젤 먼저 군대를 양성하게 될 걸세. 서양 세력이 몰려오고 있으니 일본처럼 부국강병의 길을 택할 수밖에 없네. 지금도 시늉일망정 신식 무기와 신식 전술을 익히는 별기군이라는 것을 만들지 않았는가? 그런데 군대가 강해지면 강해질수록 그 군대를 손에 쥔 놈들은 야심이 생기기 마련이네. 이번 이용태 같은 놈이 나라의 병권을 손에 쥐었다고 생각해 보게. 제 야심을 채우려고 고부 같은 한 고을이 아니라 온 나라 백성 전부를 향해 총부리를 들이댈 걸세. 그것을 막는 길이 무엇이겠는가? 역시 백성이 그런 놈들을 죽여서 본을 보이는 길밖에 없네. 죽여도 처참하게 죽여야 하네. 그놈을 지금 못 죽이면 10년이나 20년 뒤에라도 죽여야 하고, 그놈이 늙어서 운신을 못할 때라도 기어코 죽여야 하네. 그때도 못 죽이면 묏등이라도 파서 그 뼈를 갈아 날려야 하네. 이것이 이 다음에 그런 놈이 또 나타나서 더 많은 백성을 죽이는 것을 방지하는 유일한 길일세. 십 년 전에 이용태 같은 놈을 죽였다고 생각해 보게. 이용태가 지금 저 짓을 하겠는가? 똑같은 이치로 앞으로 10년, 50년, 100년을 생각해 보게. 이제부터는 열녀비가 아니라, 저런 놈을 죽이고 그 징계비를 세워 자손만대에 본을 보여야 하네. 죽이기만 하고 비를 안 세워도 좋네. 만구성비萬口成碑, 백성의 찬양이 바로 비일세."

월공은 또 껄껄 웃었다. 재를 거진 올라가고 있었다.

"스님, 저는 오늘 스님 말씀을 듣고 나니 세상을 새로 태어난 것 같습니다."

설만두는 정말 감동어린 표정으로 월공을 돌아보며 고개를 숙였다.

"고맙네. 자네 눈빛을 보니 쑥떡 같은 말을 찰떡같이 알아먹는 것 같아 나도 기분이 좋아서 정신없이 떠들었네."

월공은 껄껄 웃었다.

"스님께서는 하학동으로 가신다니 저하고 재 꼭대기에서 길이 갈립니다. 스님께 물어볼 말이 너무 많은디, 스님을 또 만나뵐라면 어디 가면 뵈까라우?"

"그런 말에 우리 땡초들 쓰는 말이 있네. 연이 있으면 또 만날걸세."

월공은 또 한 번 껄껄 웃었다.

"그라면 젤 궁금한 것 두 가지만 물어볼라요."

"뭣인가?"

"아까 스님께서는 이번에 조병갑을 죽일라고 했던 것은 잘한 일이라고 말씀하셨는디라우, 이용태가 어제 하는 것 본게로, 만약에 이번에 조병갑을 죽였더라면 저렇게 잡아가기만 하는 것이 아니라 잡히는 족족 전부 죽여부렀을 것 같습디다. 그래서 저는 되레 조병갑을 놓쳐버리기를 잘했다 싶었습니다. 만약 조병갑을 목매달았고, 그 보복으로 이용태가 그렇게 무지막지하게 죽였다면, 백성은 겁을 묵고 앞으로는 수령 같은 놈들은 쥐일 생각을 못할 것 같은디, 그 점은 어떻게 생각하시는지 궁금하고라우, 그 담에 또 한 가지는, 아까 못된 놈들은 혼자 칼 들고 들어가서 죽여버려야 한다는 말씀도 백번 옳은 말씀인디라우, 그런 일이 시류를 이루면 관가 놈들도 본을 보일라고 그런 사람들은 식구들까지 잡아다가 무지막지하게 처단할 것 같소. 그러면 자기 목숨보담 식구들이 불쌍해서 그런 일을 못할 것 같은디, 그 점은 어떻게 생각하시는지 궁금하그만이라우."

설만두는 월공을 돌아보며 진지한 표정으로 물었다.

"내가 자네를 잘 봤구만. 자네는 대단한 젊은일세. 제일 중요한 문제를 족집게로 집어내듯이 집어냈네. 우리 중들은 참선이라는 것을 하네. 참선이란 것은 쉽게 말하면, 선생 중이 제자 중한테 어떤 문제를 주어 스스로 일 년이고 이 년이고 골똘히 생각하는 것일세. 선생이 준 그 문제를 화두話頭라고 하네. 자네가 금방 한 말을 다른 말로 하면, 두 가지 문제가 다 똑같이 작은 칼은 큰 칼을 부를 것인데 그것에 어떻게 대처를 할 것이냐 하는 소리가 되네. 그것은 실로 중요한 문제일세. 그 문제를 참선하듯 자네 스스로 골똘히 한번 생각을 해보게. 그러니까, 나는 같잖은 땡초가 자네한테 화두를 준 셈일세. 연이 있어 다음에 만나면 다시 이야기를 하세."

월공이 웃으며 말을 맺었다.

"그러면 저는 머리도 안 깎고 중이 되아분 것이오?"

설만두가 익살을 부렸다. 두 사람은 유쾌하게 웃었다. 두 사람이 천치재 꼭대기에 올라섰다. 배들이 눈앞에 펼쳐졌다.

"워매!"

설만두가 비명을 지르며 우뚝 걸음을 멈췄다. 월공도 벼락 맞은 꼴이 되고 말았다. 여기저기 동네서 집이 불타고 있었다. 말목서도 타고 있었고, 창동서도, 예동서도, 하학동서도 타고 있었다. 여남은 동네서 타고 있었다. 다 타서 시커먼 연기만 피어오르고 있는 동네도 있었고, 지금 훨훨 타고 있는 동네도 있었다. 작은 동네서는 서너 채씩, 많은 동네서는 예닐곱 채씩 타고 있었다.

"오매, 여자들도 묶어오네."

설만두가 뇌었다. 황토재에서 오는 큰길에 사람들이 묶여오고 있었다. 20여 명쯤 되는 것 같았다. 그 뒤에도 그만한 수가 또 묶여오고 있었다.

"스님, 저그 시방 한참 타고 있는 저 동네가 스님이 찾아가시는 하학동이그만이라우."

하학동서는 예닐곱 채나 타고 있었다. 불길이 길길이 치솟아 하늘을 핥고 있었고, 집 주변으로 동네 사람들이 미친 듯이 뛰어다니고 있었다. 월공과 설만두는 그 자리에 말뚝이 박힌 듯 서서 불타는 동네를 건너다보고 있었다.

강남도령 무당이 섬기는 신의 하나. 한양 남대문을 지은 총각 도편수의 이름
　　　이라 하며, 선혜청 부군당에 모셨다고 한다.

거방지다 잔치나 놀이판 따위가 판이 걸다. 넉넉하고 푸짐하다.

겉볼안 겉을 보면 속까지도 짐작하여 알 수 있다는 말.

고 옷고름이나 노끈 따위의 매듭이 풀리지 않도록 한 가닥을 고리처럼 맨 것.

괴머리 물레의 왼쪽 가로대 끝 부분에 놓는 받침 나무. 여기에 괴머리기둥을
　　　박아 가락고동을 끼운다.

군더기 군더더기.

꼴담살이 소먹이 풀을 베는 일을 하면서 삶. 또는 그런 사람.

늘킴 울음을 시원하게 울지 못하고 참아가며 우는 울음.

더그매 지붕과 천장 사이의 빈 공간.

돌기총 짚신이나 미투리의 허리 양편에 엄지총을 당기어 맨 굵은 총.

동아 속 썩는 것은 밭 임자도 모른다 남의 속 걱정은 아무리 가깝게 지내
　　　는 사람도 알 수가 없음을 비유적으로 이르는 말.

두억시니 모질고 사나운 귀신의 하나.

둔취하다 여러 사람이 한곳에 떼 지어 머무르다. 많은 군대가 한데 모여 진
　　　을 치다.

뒷갱기 칡 껍질이나 헝겊 따위로 짚신이나 미투리의 도갱이를 감아서 쌈. 또

는 그 재료.

떡니 위아래 앞니 가운데에 있는 이.

만귀잠잠하다 깊은 밤에 온갖 것이 잠자는 듯이 고요하다.

맨승맨승한 '맨송맨송'의 잘못. 술을 마시고도 취하지 아니하여 정신이 있
    는 모양.

문선왕 끼고 송사한다 서로 다툼이 있는 일에 권위 있는 사람의 이름을 내
    세워 그 위세로 자기한테 유리하게 결말을 짓는 경우를 이르는 말.

물 먹은 갈파래 집 같다 아주 버겁고 귀찮은 일을 이르는 말.

배역背逆 은혜를 저버리고 배반함.

벙거지 시울 만지는 소리 벙거지의 시울은 아무리 만져도 걸리는 데나 맺
    히는 데가 없다는 데서, 애매하고 모호해서 알 수 없는 말을 이르는 말.

살강 그릇 따위를 얹어 놓기 위하여 부엌의 벽 중턱에 드린 선반.

상인방上引枋 창이나 문틀 윗부분 벽의 하중을 받쳐 주는 부재. 창문 위 또는
    벽의 상부에 가로질러 댄다.

생으로 콱 씹어도 비린내도 안 나겠다 여자가 아주 마음에 든다는 뜻을 천
    박하게 표현한 말.

세안 한 해가 끝나기 이전.

시삐 쉽게.

안핵사按覈使 조선 후기에, 지방에서 발생하는 민란을 수습하기 위하여 파견
    하던 임시 벼슬.

어살버살 이러니저러니 말이 많은 모양.

언제 쓰자는 하늘타리냐 중요한 약제인 하늘타리를 약에 안 쓸 바엔 어디
    다 쓰자고 보관하고 있느냐는 뜻으로, 쓰지 않고 쌓아두기만 하는 경우를
    핀잔으로 이르는 말.

여항閭巷 백성의 살림집이 많이 모여 있는 곳.

오방신장五方神將 일반적으로 다섯 방위를 지키는 다섯 신을 의미하지만, 오
　　방신장은 제왕의 명칭, 상징적 동물, 색채, 고유 신앙과 서로 얽혀 있다.
　　오방을 지킨다는 장군은 동쪽의 청제靑帝, 서쪽의 백제白帝, 남쪽의 적제赤
　　帝, 북쪽의 흑제黑帝, 중앙의 황제黃帝이고 오방신장이 상징적인 동물로 등
　　장할 경우에는 방위를 상징하는 색채와 결부되어 주작朱雀, 백호白虎, 현
　　무玄武, 청룡靑龍으로 나타나기도 한다.

우멍 의뭉.

우물고누 '고누'는 땅이나 종이 위에 말밭을 그려 놓고 두 편으로 나누어 말
　　을 많이 따거나 말의 길을 막는 것을 다투는 놀이. '우물고누'는 '十'의
　　네 귀를 둥근 원으로 막고 한쪽 귀를 터놓은 판에 각각 말 두 개씩을 서로
　　먼저 가두면 이긴다.

우물고누 꼬닥수 전혀 옴나위할 여지가 없는 경우를 이르는 말.

육환장六環杖 중이 짚는, 고리가 여섯 개 달린 지팡이.

작요作擾 야단을 일으키거나 싸움을 시작함.

잔다리밟다 낮은 지위에서부터 높은 지위로 차차 오르다.

점찰법회占察法會 점찰경에 따른 법회. 신라 때에 원광법사가 처음 열었다.

졸경(을) 치르다 한동안 남에게 모진 괴로움을 당하다.

직수굿하다 저항하거나 거역하지 아니하고 하라는 대로 복종하는 태도를
　　보이다.

짓쳐왔다 몹시 심했다.

칠반천인七般賤人 조선 시대에 구별하던 일곱 가지 천한 사람. 주로 조례, 나
　　장, 일수, 조군, 수군, 봉군, 역보를 이르며, 이 밖에 노비, 기생, 상여꾼,
　　혜장鞋匠, 무당, 백정, 혹은 노비, 영인, 기생, 혜장, 사령, 중을 이르기도
　　한다.

토리 실을 둥글게 감은 뭉치.

티각 '티격'의 사투리.

피리춘추皮裏春秋 말로는 잘잘못을 가리지 아니하는 사람도 마음속으로는
셈속과 분별력이 있음.

효유曉諭/曉喩 깨달아 알아듣도록 타이름.